# 서림西林의 벽

"역사는 산맥을 기록하고
나의 문학은 골짜기를 기록한다."

# 지리산 7
이병주

한길사

이병주전집 편집위원

**권영민** 문학평론가 · 서울대 교수
**김상훈** 시인 · 민족시가연구소 이사장
**김윤식** 문학평론가 · 서울대 명예교수
**김인환** 문학평론가 · 고려대 교수
**김종회** 문학평론가 · 경희대 교수
**이광훈** 경향신문 논설위원
**이문열** 소설가
**임헌영** 문학평론가 · 중앙대 교수

1권  **잃어버린 계절**
　　　병풍 속의 길
　　　하영근
　　　1939년
　　　허망한 진실

2권  **기로에서**
　　　젊은 지사의 출발
　　　회색의 군상
　　　기로에서
　　　하나의 길
　　　바람과 구름과

3권  **작은 공화국**
　　　패관산
　　　화원의 사상
　　　선풍의 계절
　　　기로

지리산 4권  **서림西林의 벽**
　　　빙점하의 쌍곡선 | 7
　　　먼짓빛 무지개 | 85
　　　원색의 봄 | 219
　　　폭풍 전야 | 311

5권  **회명晦明의 군상**
　　　운명의 첫걸음
　　　피는 피로
　　　비극 속의 만화
　　　어느 전야

6권  **분노의 계절**
　　　허망한 정열

7권  **추풍, 산하에 불다**
　　　가을바람, 산하에 불다
　　　에필로그

작가후기
지리산의 사상과 「지리산」의 사상 • 김윤식
작가연보

# 빙점하의 쌍곡선

계절은 추워도 정치의 열풍은 거칠었다. 우익에선 '독립촉성청년연합회'를 만드는가 하면, 좌익에선 '조선노동조합전국평의회'(전평全評)를 조직했다.

이승만은 드디어 인민공화국(인공人共)의 주석 취임을 거부했다.

군정청은 인공의 해체를 명령하고, 인공 측은 인공 해체 반대 성명을 발표했다.

멀리 북쪽 함흥에선 반공 학생 사건이 발생, 수십 명의 학생이 죽고 수십 명의 학생이 체포되었다는 소식이 흘러들었다. 신의주에서도 학생들의 폭동 사건이 발생, 역시 수십 명의 사상자가 나고 80여 명이 체포되었다고 했다.

인민위원회 대표자 대회장에서는 테러 사건이 있었으며, 공산당의 주도권을 노려 재건파와 맞붙어 싸우던 장안파長安派가 드디어 해체되고 말았다.

"조선 무산 계급 운동의 교란자 이영李英 일파를 단호히 박멸하라."
라는 삐라가 전신주 또는 담벼락에 나붙었다.

공산당 내부의 싸움이란 게 이상했다.

이규는 박태영에게 물어볼 일이라고 가슴속에 숙제로 접어놓았다.

11월 23일 김구 주석이 돌아왔다. 이규는 라디오에서 흘러나오는 김구 선생의 도착 성명에 귀를 기울였다.

"27년간 꿈에도 잊지 못한 조국 강산을 다시 밟을 때 나의 흥분되는 정서는 형용해서 말할 수 없습니다. 나와 나의 동료들은 과거 2, 30년간을 중국의 원조하에 생명을 부지하고 우리의 공작을 전개해왔습니다. 더욱이 이번 귀국에는 장개석 장군 이하 각계 각층의 덕택을 입었습니다. 그리고 또 한국에 있는 미군 당국의 융숭한 성의를 입었습니다. 그러므로 나와 나의 동료는 중·미 양국에 대해 최대의 경의를 표하는 바입니다. 이번 전쟁은 민주를 옹호하기 위해 파시스트를 타도하는 전쟁이었습니다. 그런데 이 전쟁에서 유일한 승리의 원인은 동맹이라는 약속을 통해 상호 단결 협조함에 있었던 것입니다. 나와 나의 동료는 일개 시민 자격으로 귀국했습니다. 동포 여러분의 부탁을 받아 노력한 결과 이와 같이 여러분과 대면하게 되니 대단히 죄송합니다. 그러나 여러분은 나에게 벌을 주지 아니하시고 도리어 열렬하게 환영해주시니 감격의 눈물이 흐를 뿐입니다."

이규는 모처럼의 귀국 성명을 다른 사람에게 대독시켰다는 점을 이상하게 생각했고 또, 말 내용에서도 석연치 않은 몇 가지를 발견할 수 있었다.

예를 들면 '나와 나의 동료는 일개 시민 자격으로 귀국했다.'고 했는데 그런 것을 일일이 밝힐 필요가 있을까. 또 '나에게 벌을 주지 아니하시고'란 말이 있는데, 조국 광복을 위해 망명 정권을 이끌어오신 분이 아무리 겸손한 말씀씨라고 치더라도 '벌'을 들먹일 필요가 있을까. 이규는 그 귀국 성명이 전반부를 빼곤 지극히 부자연스럽다고 느꼈다.

꿈에서도 그리던 고국의 땅을 밟은 독립 투사의 감격이 좀더 솔직하게 꾸밈없는 결실감으로 나타났어야 하지 않은가. 그래서 이규는, 남에겐 이해될 수 없는 복잡한 사정이 김구 선생을 둘러싸고 있지 않은가 하고 짐작해보기도 했다.

이규는 신문철을 뒤져 이승만의 귀국 성명을 찾아보았다. 이승만의 귀국 성명은 다음과 같았다.

"33년 만에 처음으로 그리운 고국으로 돌아오니 감개무량합니다. ……그러나 지금 우리 형편에 감상담을 말하고 있을 처지가 아닙니다. ……밖의 사람들이 지금 우리에게서 알고자 하는 점은, 40년 동안 다른 나라의 압박과 천대를 받아오던 한민족이 과연 저희들끼리 능히 자주 국가를 세워나갈 수 있나 없나 하는 것입니다. 그런데 내가 한국에 와서 미국 사람들을 대해보니, 그들은 한민족이 어서 빨리 한 덩어리가 되어주기를 바라고 있습니다. 왜 그러냐 하면, 여기 있는 미국 사람들은 모두 하루라도 속히 자기 나라로 돌아가고 싶어 하기 때문입니다. ……나는 평민의 자격으로 고국에 돌아왔습니다. 임시정부의 대표도 아니요, 외교부의 책임자도 결코 아닙니다. 그러므로 이곳 군 정부와 어떤 연락이 있었던 것도 아닙니다. 그러나 여기 오는 길을 열어준 사람은 이분들입니다. 나는 앞으로 우리의 자주 독립을 위해서 일하겠거니와, 싸움을 할 일이 있으면 싸우겠습니다. 그러나 여러분, 5천 년의 우리 역사가 어둠에 묻혀 있는 것은 우리 민족이 불민한 탓입니다. 그중에서도 나와 같이 나이 많은 사람들의 잘못이 많았습니다. 그것은 내가 책임지겠습니다."

이규는 이승만의 귀국 성명에서도 역시 석연치 않은 대목을 발견했다. '나는 평민의 자격으로 돌아왔다.'는 대목, '나이 많은 사람들의 잘못이 많은데, 그것은 내가 책임지겠다.'는 대목 등이었다.
 구태여 평민임을 밝힌 것은, 일반 대중이 자기를 평민으로 받아주지 않을 것이란 전제가 있는 것이다.
 말하자면 그렇게 함으로써 자기의 위치를 일부러 부각시킨 것이라고 할 수 있었다.
 나이 많은 사람들의 잘못을 '내가 책임지겠다.'고 했는데, 그것이 무엇을 뜻하는 것일까. 책임을 진다면 어떻게 지겠다는 것일까.
 이규는, 옛날의 과오를 되풀이하지 않고 그야말로 새로운 나라를 만들려면 우선 지도자가 허튼 말을 쓰지 말아야 할 것이라고 생각했다. 쓸데없는, 그리고 화려하기만 한 말은 일체 추방돼야 할 것이며, 마음에도 없는 말은 절대적인 금기로 해야 하는 것이다. 이규는 에이브러햄 링컨과 토머스 제퍼슨의 성명이나 연설을 상기하면서 이런 생각을 했다.
 '나이 많은 사람들의 잘못이 많았습니다. 그것은 내가 책임지겠습니다. 쳇!'
 그러나 이규는 김구 선생, 이승만 박사의 애국 업적이 참된 뜻으로 보람이 있기를 바라는 마음 간절했다.

 11월 26일 오후 다섯 시부터 아서원雅敍園에서 동기 동창회가 열렸다. 참가한 명단은 다음과 같다.
 김상태, 이규, 박태영, 임영태, 임홍태, 주영중, 김종업, 원두표, 정선채, 김용우 등 열 명이다.

 김상태  조국이 해방된 마당에 이처럼 만나보게 되니 한없이 기쁘구나. 오랜만이 돼서 할 이야기도 많을 끼고 각각 포부도 있을 끼고 하니, 술자리에 들어가기 전에 차례대로 한 사람이 5분씩 연설을 하도록 하자. 그러고 나서 술좌석에 들어가선 일체의 정치담을 빼고 옛날이야기 또는 바람 구워 먹는 얘기나 하며 놀자. 오랜만에 만나고 각기 다른 의견을 갖고 있을 테니, 그렇게 하지 않으면 의견 대립이 생겨 모처럼의 만남이 시끄럽게 될까 두려워서 하는 말이다. 무슨 연설을 해도 반박하지 말자. 그럼 내 가까이에 있는 김종업 군부터 시작하자.

김종업  해방된 것은 나도 한없이 기쁘다. 그 소식을 듣고 사흘 동안 정신을 차릴 수 없었다. 그런데 지금은 악질 반동 지주로 몰릴 처지에 있다. 그렇게 되고 보니 포부니 뭐니 하는 게 있을 까닭이 없다. 한국민주당에 들면 된다쿠더라만, 나는 그런 정당 같은 데 들어갈 의사가 없다. 또, 토지를 농민들에게 갈라 주어버리면 뒤탈이 없을 끼라쿠더라만, 겁을 먹고 하는 것 같아서 그리도 안 할 작정이다. 느그들이 좋은 세상 만들어줄 끼라고 믿고 소설이나 읽으며 지낼 작정이다. 임홍태 군, 좋은 소설을 많이 써라. 죄다 내가 읽어줄 낑깨. 이런 것도 연설이 되나? 참, 학병으로 간 친구들에게 미안한 말이지만, 나는 4학년 때 학교를 그만둔 덕택으로 그런 곤욕을 치르지 않았다. 학교 안 간다고 아버지헌테 그땐 되게 꾸지람을 들었는데, 학병 문제가 나오자 아버지가 나를 불러놓고 한다는 말씀이 '종업아, 혹시 네가 의인인지 모른다. 그렇지 않고서야 어찌 이런 액을 미리 피하단 말이고. 너 덕택으로 군수나 서장에게 시달림을 받지 않게 되었으니 이런 다행이 없다. 아무래도 우리 집엔 왕운王運이 있는 것 같다.'고 하시잖아. 평생 처음으로 아버지로부터 칭찬을 들으니 등이 간질간질하드라만 나쁜 기분은 아니더라. 아버지 말씀처럼 나는 의인인지도 모르니 그리 알고 나를 대해야 할 끼다.

주영중  나는 만주군관학교를 졸업했다. 처음 그 학교에 들어갔을 때 주위에서 나를 비웃는 놈들이 더러 있었다. 제비나 참새 따위가 어찌 대붕의 뜻을 알 수 있었겠나. 내가 군관학교에 입학한 건 일본이나 만주국에 충성하려는 것이 아니고, 언젠가 우리나라를 위할 날이 있을 것이란 기대를 가졌기 때문이었다. 어느 나라건 나라가 나라 구실을 다 하려면 군사력이 있어야 한다. 노예의 쇠사슬을 끊기 위해서는 무력이 있어야 한다. 그런데 예상보다 빨리 그날이 왔다. 나는 목숨을 나라와 민족에게 바칠 작정으로 국군 준비대에 들었다. 그런데 국군 준비대 안에는 약간의 불순분자가 있다. 이 불순분자를 제거하고 국군 준비대를 바로 세우든지, 국군 준비대를 해체하고 별도의 조직을 갖든지 할 요량으로 목하 준비하고 있는 중이다. 소련을 조국이라고 하는 불순분자도 용납할 수가 없고, 그밖에 사대주의 근성에 젖어 있는 놈도 용납할 수가 없다. 민족혼, 그렇다, 민족혼만이 우리가 지켜야 할 유일한 것이다. 우리가 일본놈의 지배를 받게 된 것도 이 민족혼을 지키지 못한 탓이다. 여기 모인 우리 동기 동창은 한 사람도 빠짐없이 내 취지에 찬동해 줄 것으로 믿는다. 서로 협력하고 분발하자. 이상.

정선채  옛 친구들을 만나보니 반갑다. 내겐 별다른 포부는 없다. 우리나라가 공업국으로 발달하는 데 필요한 과학 교육에 응분의 노력을 다할 작정이다.

임홍태  지난날을 회고하니 부끄럽기 짝이 없다. 해방이 되었다고 들었을 때 어찌나 가슴이 떨리던지 견딜 수가 없었다. 눈물이 자꾸 쏟아지고……. 나는 할 수 없이 그 흉한 냄새가 나는 변소간에 가서 실컷 울었다. 그러면서도 나의 마음은 쉴 새 없이 묻고 있었다. 과연 내게, 우리에게 이 해방에 감격할 수 있는 자격이 있는가 하고. 노예 상태에서 풀려나려는 노력이 없었을 뿐 아니라, 그 노예 상태를 감수하며 상전들에게 아첨해온 노예라면, 외고 펴고 그 기쁨을 나타낼 순 없지 않은가. 나는 이런 생각을 했었다. 그래서 해방 이후 줄곧 생각했다. 남의 힘으로 해방이 되었지만 우리의 해방을 쟁취할 만큼 투쟁력을 지금부터 발휘해야 할 것이라고. 우선 38선이란 것이 생기지 않았나. 바로 그것이 우리의 투쟁 목표다. 공짜란 쉽지도 않고 있지도 않다. 해방, 즉 일제로부터의 해방은 마련해놓았으되 과업은 우리 손에 남겨놓았다. 그것이 곧 38선이다. 저 38선을 지금 무너뜨리지 않으면 영구적으로 경화되고 말 것이다. 38선이 영구적인 분단선으로 경화되었을 때를 상상해봐라. 그 이상으로 큰 비극은 없다. 그 이상으로 지독한 불행이란 것도 없다. 나는 청년이나 노년이나 정치가나 노동자나 농부나 할 것 없이 우리 민족이 모든 힘을 합해 38선을 철폐하는 데 집중해야 한다고 생각한다. 김종업 군은 나더러 소설을 쓰라고 했지만, 38선을 저 꼴로 해두곤 소설을 쓸 정신이 없다. 아까 우리에게 과연 해방을 기뻐할 자격이 있겠는가 하고 스스로 물었다고 했는데, 모두들 나름대로 자격이 없을까만, 특히 박태영, 이규 두 사람은 이 자리에서도 가장 빛나는 존재다. 두 사람은 지리산으로 피해 일제에 항거한 사람들이다. 이렇게 지내놓고 보면 아무 일도 아닌 것 같지만, 바로 그때 그 상황에선 그런 생각 자체가 어려운 것이었다. 그리고 상황이 주어지기만 하면 역사에 남을 만한 위대한 공적을 쌓을 정신적 준비가 그들에겐 갖추어져 있었다. 이 사실을 특히 우리 동기 동창에게 알리고, 앞으로도 각별한 관심을 그 두 사람에게 쏟아보기로 하자.

　**원두표**　내 처지도 김종업 군 처지와 똑같다. 그러나 나는 학병의 액을 피했다고 해서 아버지로부터 칭찬을 받진 못했다. 아버지는 자네들이 이미 알고 있는 그대로 친일파에 속하는 어른이다. 그런데 이 친일파였던 아버지가 이승만 박사가 돌아오시자 갑자기 생기를 돋우어 아연할 수밖에 없다. 조금쯤 반성이 있었으면 하지만, 자식 된 도리로 어떻게 할 수도 없고……. 그것을 보상하는 뜻으로 좌익계 정치인들에게 동정적으로 대했더니 이것 또한 묘한 결과가 생겨났다. 고맙다는 태도는 전연 없고, 자기들 것을 자기들 마음대로 한다는 그런 식이다. 아니, 그들이 무서우니까 내가 지레 겁을 먹고 쩔쩔매는 줄 착각한 모양이란 말이다. 제기랄 싶으만. 그래 밸이 틀려 그자들과 상종 않기로 해버렸다. 해볼 대로 해봐라, 이런 배짱이다. 나는 고향의 재산을 정리하고 서울에서 살 작정이다. 되도록 큰 집을 장만할 작정이니까 모두들 서울에 오거든 여관에 갈 생각 말고 내 집으로 오너라. 우리 동기 동창을 위해 내가 기껏 할 수 있는 건 이런 정도의 일밖엔 없을 것 같다. 박태영, 이규 같은 사람을 동기 동창으로 했다는 사실이 더욱 기쁘고, 김상태 같은 사람을 우리 급장으로 모셨다는 것도 영광스럽고, 목숨을 민족을 위해 내던지겠다고 결의를 표명한 주영중 군에겐 무작정 존경의 뜻을 표한다. 북데기 힘 믿고 광대 줄 탄다는 말도 안 있나. 자네들 힘 믿고 이 친일파의 아들도 살길을 찾아야겠다.

김용우  나는 일제 시대부터 관리 노릇을 해온 사람이라서 그런지, 자네들의 고상한 이야기를 들으니 어쩐지 얼떨떨하다. 정치야 어떻게 되어도 좋지만, 내 밥통이나 안 떨어졌으면 좋겠다. 자네들이 빽이 돼 갖고, 우익의 세상이 오면 우익이, 좌익의 세상이 되면 좌익이 나를 도와주도록 해도라. 관리라쿠는 건, 기계로 치면 나사 아니가. 제 의견을 가졌을 리가 있나. 시키는 대로 하는 낑깨 그리 알고 내 빽이 되어도라.

이규  아까 임홍태 군이 엄청난 말을 했는데, 그것은 박태영에겐 해당될 말인지 몰라도 내겐 얼토당토않은 말이다. 우연히 벽송사에 갔다가 오도가도 못 하는 신세가 되어버린 거다. 그런 내게 비하면 임홍태 군의 노고가 컸다. 백수십 명 괘관산 도령들은 임홍태라는 후원자에 힘입어 무사하게 해방을 맞이했다고 해도 과언이 아니다. 내 개인의 얘길 하면, 나는 명년 초에 프랑스로 갈 작정이다. 거기서 몇 년 공부하고 돌아와서 여러분의 대열에 끼일 것이다. 조국의 이와 같은 상태를 두고 외국으로 가는 것이 과연 좋은 일인지 나쁜 일인지 모르겠으나, 아직 학생 신분이라는 걸 감안할 땐 용인이 되지 않을까, 그런 생각도 해본다. 떠날 사람으로서 내가 가장 걱정하는 것은, 차츰 격화되어가는 좌우익의 대립이다. 대립보다는 타협이, 투쟁보다는 화해가, 분열보다는 단합이 이 시각 우리나라에선 가장 바람직한데, 그것이 그렇게 못 되고 거꾸로 나가니 딱하기만 하다. 이런 정치적인 혼란으로 인해 우리 친구가 한 사람이라도 희생당하는 그런 불행이 없었으면 좋겠다. 오늘 이 자리를 만들기에 분주히 노력한 우리의 급장 김상태에게 깊은 경의를 표한다.

임영태  먼저 박태영 동지, 이규 동지에게 존경의 말을 올린다. 두 동지는 학병 가길 거부하고 단호한 길을 택했고, 나는 일제를 위해 총칼을 드는 비굴한 길을 택했다. 다행히 내 소속이 나남 사단이어서 누구보다도 일찍 살아서 돌아왔지만, 하마터면 개죽음으로 천추에 한을 남길 뻔했다. 아찔한 일이다. 그런 뜻에서 나는 이 생명을 앞으로는 참으로 보람되게 쓸 작정이다. 인민을 위한 인민의 나라를 만들기 위해 그 최전선에 서서 싸울 각오다. 왜놈을 위해서 바칠 뻔했던 이 생명, 조국을 위해, 인민을 위해 아까울 것이 없다. 동기 동창 여러분의 지도와 편달을 바란다.

**박태영** 나를 무슨 영웅처럼 말한 친구가 있었는데, 참으로 낯간지러운 일이다. 박태영은 지금부터 시작한다. 지금부터 할 과업을 생각하면 지리산에서 한 노릇은 '센티멘털 자니'이다. 소꿉장난이다. 여러분도 조국이 놓인 현재의 상황을 잘 알고 있을 줄 안다. 이 나라가, 이 인민이 어느 곳을 향해 가야 하느냐도 잘 알고 있을 줄 안다. 이 나라의 주인은 누구냐? 인민이다. 인민의 8할을 차지하고 있는 것이 노동자와 농민이다. 이를테면 노동자와 농민이 인민의 대표일 수 있으며, 이 대표들이 나라의 주인이 되어야 한다. 정치적으로 해야 할 과업이란 바로, 이 주인을 주인다운 자리에 앉히고 주인답게 행세하도록 하는 데 있다. 이밖의 일은 아무리 미사여구, 교언영색으로 장식해도 전부가 거짓이고 사기다. 과거에 민족을 팔아먹은 족속들이 오늘날 민족을 들먹이고 있다. 어제 민족을 배신한 도배들이 민족혼을 내세우고 있다. 오늘 민족을 착취하고 있는 부류가 민족주의를 내세우고 있다. 이웃이 굶어 죽어도 눈썹 하나 까딱하지 않던 치가 엄청난 민족애란 깃발을 들고 나왔다. 동포, 아니 친구를 위해 지푸라기 하나 들어줄 생각이 없었고 앞으로도 없을 그런 각박한 자가 난데없이 민족 정신이란 나팔을 불기 시작했다. 도대체 이것이 어떻게 된 일일까. 한마디로 말해 속임수란 말이다. 그러나 현명한 인민들은 이에 속아넘어가지 않는다. 인민들의 정열은, 그 의지는 지금 요원의 불길처럼 타고 있다. 반동이란 말은 바로, 이와 같은 현실을 직시하지 않고 그 현실을 왜곡해 사리사욕을 탐하는 자를 말한다. 인민에게 봉사하고 복무하는 곳에 정치인의 영광이 있고 문화인의 긍지가 있고 예술인의 보람이 있다. 인민, 인민이야말로 우리의 갈 길을 비추는 광명이며 목적이다. 그리고 무엇보다도 나라의 주인이다. 나는 여기 모인 우리 친구들은 한 사람도 이 대원칙에서 어긋나지 않기를 바라며, 나는 최선의 노력을 다해 이 길을 걸을 것을 맹세한다. 나라의 주인은 인민이어야 하고, 그 인민의 주체는 절대다수를 차지하고 있는 노동자, 농민이란 이 단순하고 결정적인 사실이 왜 그대로 통하지 않는가의 원인을 생각해볼 필요가 있다. 인민의 적이 있기 때문이다. 인민의 적이 지배권을 쥐고 있기 때문이다. 오늘날 우리는 인민의 편에 설 것인가, 인민의 적 편에 설 것인가의 기로에 서 있다. 여기 모인 우리 현명한 친구들은 인민의 적이 무엇인가를 잘 알고 있을 줄 믿는다. 인민의 적 편에 선다는 건 파멸을 뜻한다. 역사에 대한 반역을 뜻한다. 민족도 절대다수인 노동자와 농민을 넘어서진 못한다. 노동자와 농민을 위하지 않는 민족 정신이란 있을 수 없다. 아까 주영중 군이 들먹인 민족, 또는 민족혼이란 말을 나는 이렇게 이해하고 환영한다. 임영태 군의 발언도 그런 뜻에서 환영한다. 김종업 군과 원두표 군은 재산을 인민을 위한 운동을 돕는 방향으로 씀으로써 양심적인 지주가 되어야 한다. 임홍태 군의 38선 철폐 문제엔 나도 동감이다. 그러나 인민의 의지가 결집될 수 있어야만 38선 문제는 해결될 수 있다. 정선채 군의 공업 국가에 대한 꿈도 인민을 위한 복무를 통해서만 가능하다. 김용우 군은 모가지가 떨어질까봐 전전긍긍하지만 말고, 관청 내부에서도 인민을 위하는 방향으로 적극적인 노력을 전개함으로써 그 위치를 쟁취하도록 해야 한다. 이렇게 떠벌리니까 내가 뭣이나 된 것 같다. 말이 길어서 미안하다.

김상태 한 바퀴 다 돈 모양이니 나도 한마디 해야겠구나. 새삼스럽게 말할 필요도 없이 나는 의사가 될 끼다. 박태영 군은 인민에게 봉사하고 복무할 것이라고 했는데, 나는 환자에게 봉사하고 복무할 끼다. 나의 봉사를 요구할 자격은 그러니까 환자가 되는 데 있다. 인민의 적이라도 환자가 되기만 하면 그를 위해서 나의 집 문은 언제나 열려 있을 것이다. 아울러 해둘 말은, 병이 나기만 하면 언제든 내게로 오라는 거다. 내게 그 병을 고칠 기술이 없으면 죽여주기라도 할 것이고, 정 죽기 싫으면 나보다 월등한 의사를 청해서까지라도 봉사할 터이니 안심하고 오너라. 김종업이나 원두표 같은 부자놈들은 어림도 없지만, 돈이 없는 사람에겐 무료 봉사도 불사할 터이니 그렇게 알아라. 내가 의사 공부를 했는데 우리 급우들에게 병원 걱정을 시킬 수야 있나. 이것이 나의 메시지다. 그럼 지금부터 술을 마시자. 기생들도 대기 중이다. 미리 알아둘 것은, 오늘의 이 비용은 원두표가 내겠단다. 다시 한번 강조하거니와, 술 마실 땐 일절 정치 얘긴 하지 않기다. '민족'이란 단어도 '인민'이란 단어도 단호히 불허한다."

김상태의 기지 있는 사회로 술좌석은 시종 화기애애했다. 정치 이야기가 나올 수 없으니 의견 대립이 있을 까닭도 없고, 그밖에 시끄러운 쟁론도 없었다. 주영중과 원두표는 모두 지켜보는 가운데서 화해의 악수를 나눴다.

김종업이 곁에 있는 이규를 보고 말했다.

"김상태야말로 의사를 시킬 것이 아니라 정치가를 시켜야 하는디."

이규도 동감이었다. 하고 싶은 말을 미리 해버리게 하는 등, 탈정치의 연회 분위기를 만든 솜씨는 대단하다고 아니할 수 없었다.

동창회가 끝난 뒤 이규는 김상태, 박태영, 김종업, 정선채, 임홍태를 데리고 명륜동 집으로 갔다. 미리 연락해두었기 때문에 밤이 늦었지만 거기서 박태영의 결혼 피로연을 겸한 잔치를 시작했다. 하윤희도 자리에 어울려 즐거운 밤이 되었다.

연회가 끝나 박태영을 김숙자의 방으로 보내고 이규는 박태영 문제를 친구들 앞에 꺼내놓았다. 문제의 초점은 김숙자가 자살할지 모른다는 데 두었다.

"나는 정치 문제에 일절 관여하지 않겠다."

하고 박태영의 탈당 문제에 끼어들길 주저하던 김상태가,

"그렇게 되면 이건 정치 문제가 아니고 생명 문젠데……."

하며 정색을 했다. 그리고 임홍태를 보고 말했다.

"자네가 좀 따끔하게 얘기해봐라."

"이규 군이 자신이 없는 걸 내가 어찌……."

하면서 임홍태도 걱정스러운 표정을 지었다.

"뭐니뭐니 해도 자넨 우리의 급장이 아닌가. 상태 네가 말해라."

김종업의 발언이다.

"내일 아침 함께 둘러앉아 사문査問하는 형식으로 해볼까?"

김상태가 말했다.

"그건 안 돼. 그렇게 처리할 문제가 아니거든. 자존심 문제도 있으니까 말이다."

이건 정선채의 말이다.

결론을 못 짓고 자고 말았는데, 아침에 일어나보니 김상태가 박태영을 데리고 산책하러 나갔다는 것이었다.

"그놈, 퍽이나 산책을 좋아하지."

김종업이 하품을 참으며 말했다.

"나와 같은 하숙에 있지 않았나. 엄동설한이라도 산책은 빠지지 않았으니까."

이규는 김정란과 같이 밤을 지낸 날 아침을 상기하고 속으로 얼굴을

붉혔다. 그런 집에서 자고서도 김상태는 아침 산책을 나갔던 것이다.

"우리들의 급장은 위생 관념부터가 의사로 되게 돼 있어."

정선채의 이 말은 아주 적절한 평이었다.

아침 식사가 끝나기가 바쁘게 박태영은 급한 일이 있다면서 떠나버렸다.

"일요일인데 무슨 급한 일이 있노."

김종업이 투덜댔다.

"공산당에 일요일이 있겠나."

임홍태의 말이었다.

"그건 그렇고, 그 얘기 오늘 아침에 꺼내봤나?"

정선채가 김상태에게 물었다.

"지독한 놈이야."

김상태가 중얼거렸다.

"그 말을 하려고 태영일 데리고 산책을 나섰는데 대뜸 한다는 소리가, '그 말이 김숙자의 입에서 나왔다면 당장 절연을 선고해야겠다.'고 안쿠나. 어찌나 당황했던지, 그런 기 아니고 엊저녁의 태도로 보아 내가 그렇게 짐작한 기라고 안 얼버무렸나."

"그래, 얘기는 그뿐?"

임홍태가 물었다.

"이빨도 안 서. 공산당을 그만둔다는 건 상상도 못 할 일이라쿠더라. 공산당원이 되면 그렇게 지독하게 되는 긴가. 태영이 본래 그렇게 지독한 놈인가."

김상태는 암울한 표정으로 입맛을 다셨다.

"'김숙자 씨가 자살하면 어쩔래?' 하고 물어보지 않았나?"

김종업이 한 소리다.

"그런 이유로 자살할 여자면 공산당원으로서의 자격이 없다는디 더할 말이 있나. 만일 김숙자 씨가 그런 생각을 한다면 죽건 말건 조금도 미련이 없다 안쿠나. 기가 막혀서."

김종업이 담뱃불을 끄고 자세를 고쳐 앉더니,

"공산당 간부 아는 사람 없나?"

하고 두리번거렸다.

"이현상 씨야 이규가 잘 알겠지."

임홍태가 이렇게 말하자, 김종업은

"그 사람 내게 소개 안 해줄래?"

하곤 이런 말을 했다.

"돈을 산더미만큼 가지고 가서 '이걸 줄 테니 박태영을 제명시켜달라.'고 비밀 교섭을 해보면 어떨까?"

"자아식, 부자놈들이란 이래서 싫어. 뭐든 돈만 있으면 해결되는 줄 알거든. 공산당이 인마, 돈으로 매수될 줄 알아?"

김상태가 빈정댔다.

"모르는 소리 말게. 공산당은 돈을 더 좋아한다네. 공산당 간부란 놈들, 모두 새벽 호랑이가 돼 있어. 나는 놈들과 거래를 해보았단 말이다. 돈 얼마만 주면 앞으로 절대 우리 집은 보호해주겠다고 하더라얘. 그래 요구하는 돈의 10분의 1쯤으로 타결했어."

"김숙자 씨의 자살을 막으려다가 박태영을 자살시킬 참이로구만."

하고 임홍태는 껄껄 웃고,

"만일 박태영이 공산당으로부터 제명 처분을 받으면 자살할지 몰라."

하고 덧붙였다.

조선일보와 동아일보가 복간되었다.
그 두 신문은 이규에게 향수와도 같은 것이었다. 이규는 나날이 그 신문 읽기를 즐기면서 그 기쁨을 박태영과 같이 나눴으면 했다.
이규가 조선일보와 동아일보에 대한 애착을 가꾸게 된 것은 박태영을 통해서였다. 중학교에서 조선어과를 폐지했을 때 박태영이 이규에게 이런 제안을 했다.
"자넨 동아일보를 구독해라. 나는 조선일보를 구독하겠다. 그렇게 하면 조선어과를 폐지한 보상을 우리 스스로 만들 수 있다."
이규는 박태영의 권고대로 동아일보가 폐간된 그날, 1940년 8월 10일까지 구독했던 것이다.
그런 뜻도 있고 터놓고 의논하고 싶은 일도 있어 이규는 박태영의 연락처란 곳으로 편지를 했다. 그러나 회답이 없었다. 하루는 김숙자와 하윤희를 동반하고 그곳으로 찾아가보았다. 그런데 일주일에 한 번꼴로 다른 사람이 와서 편지 같은 것을 찾아갈 뿐, 본인은 나타나지 않는다는 것이었다.
김숙자의 얼굴은 눈에 띄도록 창백하게 시들어갔다. 무슨 각오를 가꾸는지 알 수 없는 형편이어서 이규는 김상태에게 의논했다. 편지 연락처를 가르쳐주며, 지금 박태영이 있는 곳을 알았으면 한다는 의논이었다.
"서울에서 김 서방 집도 찾는다는데 그까짓 것을 못 찾겠나."
김상태는 수월하게 협력할 것을 승낙했다. 이규는 한편 하윤희에게,
"최후의 수단은 언제든 쓸 수 있으니 조급하게 서둘지 말라."

라는 뜻을 김숙자에게 거듭 강조하라고 부탁했다.

몹시도 추운 날이었다. 서울의 거리가 강추위에 절여져 있는 듯한 날, 미군 사령관 하지 중장이 '이 나라의 독립을 저해해온 것이 바로 인민공화국을 조작하고 나선 부류다.'라는 강한 성명을 조선일보와 동아일보에 발표한 날이었다. 김상태가 명륜동으로 이규를 찾아왔다.

"묵정동에 있는 박태영의 거처를 알았어. 공산당 말로는 '아지트'라고 한다나? 그렇게까지 우리에게 숨기고 있는 곳이니 찾아가서 좋을지 어떨지……."

상태는 이렇게 망설였다. 이규는 그의 기분을 이해할 것 같았다.

"숙자 씨를 불러 의논해보자."

이규가 말하자 상태가 동의했다. 김숙자의 의견은 다음과 같았다.

"여자의 본능적인 예감이라고 하는 것, 우스운 얘기죠. 그러나 어쩐지 제겐 냄새로 풍겨오는데요. 지금 공산당이 하고 있는 것, 하려고 하는 짓은 절대로 불가능하다고 생각해요. 모든 게 억지니, 그게 뭐가 됩니까? 열 가지 사실이 있는데 아홉 가지 불리한 사실은 보지 않고 한 가지 유리한 사실만 추려내서 그것을 확대한단 말예요. 마르크스·레닌주의의 이상까진 몰라요. 그러나 조선공산당이 하는 짓은 절대로 안 된다는 생각이 들었어요. 왠지 모두들 성급해요. 대중에 대한 정책보다 자기들끼리의 투쟁이 더 급한가 봐요. 이북과의 관계도 미묘하구요. 박태영 씬 그런 걸 가장 민감하게 파악할 사람인데 그러지 못하거든요. 전 그분을 위해서라면, 그분이 옳은 일만 한다면 어떤 고통이라도 참겠어요. 그런데 그게 아녜요. 만일 선생님들이 박태영 씨에 대해 우정을 가지셨다면 오늘이라도 꼭 찾아주세요. 그쪽 사정을 생각할 필요가 없어요. 오늘의 결과를 듣고 제 처신 문제도 결정하겠습니다."

이규는 김숙자가 얼마나 영리한 여자인지 잘 알고 있었다. 그러한 여자가 그만큼 할 땐 반드시 무슨 곡절이 있다고 생각했다.

이규의 결심은 곧 김상태의 결심이기도 했다.

창경원 앞을 지날 때 바람이 휘몰아쳤다. 코를 에어가는 듯한 가시 있는 바람이었다.

"이건 시베리아에서 불어오는 바람이다."

김상태가 이렇게 말한 것은 몹시 춥다는 얘기였다.

"묵정동까지 걸어서 가자."

이규가 제안했다.

"좋다. 걸어서 가자."

상태와 이규는 종로를 향해 걸었다. 4가쯤에 이르자, 먼지를 섞은 세찬 바람이 정면으로 엄습했다.

이규 역시 춥다는 표현을 이렇게 했다.

"이건 어디서 온 바람이고?"

"이건 호른바일에서 온 바람이다!"

김상태가 고함을 질렀다. 고함을 질러도 행인들은 무관심했다. 제각기 추워서 남의 일에 상관할 겨를이 없었다.

"시베리아에서 오건 호른바일에서 오건 결코 춥지 않다 이거지?"

"결단코 추울 수가 없지. 추울 까닭이 없지. 우리가 어떻게 되어먹은 인간이라고."

하며 상태는 힘있게 양팔을 휘둘렀다.

청계천 다리를 건널 때 이상하게도 바람이 사방에서 휘몰아쳤다. 그 바람을 지나고 겨우 한숨 돌리며 이규가 말했다.

"이건 전혀 방향 감각이 없는 바람인데 어떻게 된 거고?"

"히틀러가 보낸 바람일 거다."

이규는 다방이라도 있으면 들어가 잠깐 언 몸을 녹이고 싶었다. 그러나 그런 곳은 없고 허술한 술집만 눈에 띄었다.

"어때, 상태? 아니, 급장? 우리, '춥다' 소리 세 번만 하자. 아무래도 우리가 정직하지 못한 것 같애. 그래놓은깨 바람이 기를 쓰고 덤비지 않는가 싶어."

"바람에 불려 북악산으로 날려가는 한이 있어도 난 '춥다' 소린 안 할란다."

"그라몬 나도 안 할 끼다."

그럭저럭 묵정동 근처에 이르렀다.

"저 골목 입구에서 왼쪽으로 둘째 집이 긴디……."

상태는 거기까지 와서 주눅이 드는 모양이었다.

"니 혼자 가봐라."

"너, 급장 아니가?"

"아무리 급장이라도 친하긴 너만 못하지 않은가. 게다가 공산당 하지 말라는 소릴 어떻게 하노. 공산당 하는 사람하고 말을 할라몬 이론이 있어야 하는디."

"이론 필요없어. 우정으로 말하면 돼."

"아닌 게 아니라 정치에 무관심하기로 작정하고 사니까 편해 좋던데, 박태영 문제가 자꾸만 정치 생각을 하게 하니 골치가 아프더라."

"하여간 오늘은 급장인 니가 말하는 기다. 나는 워낙 말을 많이 해서 박태영이 면역돼 있다."

대문이 닫혀 있었다. 김상태가 주먹으로 두드렸다.

대문이 반쯤 열리더니 중로中老의 남자가 얼굴을 내밀었다.

"뉘기슈?"

김상태는 선뜻 대문을 비집고 들어섰다. 이규가 뒤따랐다. 수도를 가운데 놓은 좁은 뜰이었다.

"박태영이란 사람을 찾아왔는데요."

상태가 말하자, 노인은 흐린 눈동자로 이상하다는 듯이 상태와 이규를 번갈아 보았다. 그리고 우물거렸다.

"박태영이라, 그런 사람……."

그때 뜰 아래 방문이 열렸다. 박태영이 마루로 나왔다. 낭패를 당한 것 같은 당황한 표정이었다.

"어떻게 여길……."

"친구 하숙집에 찾아온 게 그렇게 놀라워?"

김상태는 성큼 마루로 올라섰다.

방 안이 휑하게 싸늘했다. 온기 하나 없어 보였다. 한구석에 조촐한 이불이 포개져 있었다. 베갯보의 때가 눈에 띄었다. 또 한구석에는 책상으로 쓰는 듯한 밥상이 있고, 그 위에 서류로 보이는 종이 묶음이 놓여 있었다.

살풍경하기 짝이 없는 방, 벽지엔 빈대 핏자국마저 있었다.

'여기서 박태영은 무엇을 하는 것일까.'

이규는 모든 감정에 앞서 삭막했다.

"이 집을 우찌 알았노?"

박태영이 억지 웃음을 띠었다.

"아무리 숨어도 찾는 수가 있응께."

김상태가 빈정댔다. 그리고 덧붙였다.

"이 방은 꽤 시원하구나. 겨울이면 냉방 장치 완전, 그런 식이구만. 그건 그렇고, 이런 꼴로라도 공산당을 꼭 해야 하나?"

"이런 꼴이 나쁘나? 거짓과 착취의 더미에 앉은 호사보다 몇 곱절 좋지."

박태영은 정색을 했다.

"아무리 엄격한 학교라도 퇴학원을 내면 퇴학시켜주는디, 공산당엔 퇴학도 없나?"

상태가 익살조로 나왔다.

"공산당은 학교가 아니니까."

"학교 같은 게 아니라몬 뭐꼬?"

"바로 공산당이지. 억지로 비교한다면 사상을 같이한 군대 조직과 마찬가지라고 할 수 있을까?"

"군대에서도 연한이 차면 제대를 하는데, 공산당엔 그런 것도 없나?"

박태영의 얼굴에 무슨 그림자가 끼는 것 같았다.

"상태, 자네 그런 소리 하려고 내 있는 곳을 찾았나? 나는 장난으로 이 짓을 하고 있는 게 아니네."

"그럼 나도 한마디 하겠다."

하며 상태도 정색을 했다.

"자네가 공산당을 꼭 하겠다는 건 민족을 위해선가, 자네를 위해선가, 공산당을 위해선가?"

"세 가지가 다 포함되어 있지."

"어떻게 해서 그렇게 되는지 구체적으로 설명해보게. 나도 납득이 될 수만 있다면 공산당이 될 테니까."

"그만둬! 내겐 그럴 시간이 없어. 자네들은 공산당원이 안 돼도 좋아. 만일 내게 우정이 있다면, 내 하는 일 방해나 말아줘."

"어떻게 하는 게 방해를 안 하는 것인지, 우선 그거라도 알아야 할 것 아닌가?"

"몰라서 묻나?"

"정말로 난 모른다."

박태영이 어이없다는 듯 웃었다. 그리고 말했다.

"그럼 꼭 한 가지만 말하지. 인민공화국을 밀고 나가려는 세력에 방해되는 일만 말게."

"인민공화국? 그럼 박군은 그걸 밀고 나갈 수 있다고 생각하나?"

"생각한다."

"어떻게"

"방법은 두 가지다. 미 군정청을 납득시켜 순순히 행정권을 보장받는 것이고. 그렇게 안 될 땐 대중의 압력과 지지로 인민공화국을 강력하게 지켜나가는 도리밖에 없다."

"그것이 가능할까?"

상태가 물었다.

"가능 여부를 묻기 전에 가능하도록 노력해야지."

"노력해도 안 되면?"

"공산당엔 불가능이 없어."

"어디서 듣던 소린데? 나폴레옹이 혹시 그런 말 안 했나?"

"빈정대지 말게, 상태!"

"나는 정치를 모른다. 그러나 피부로 느낄 수는 있다. 내가 느낀 대로라면 인민공화국은 이미 파산했어. 부서진 그릇이나 마찬가지야. 그런데 그건 어느 누구나 어느 세력이 부순 것이 아니라, 그 자체가 파산하게 돼 있었어. 그 성립 과정부터 말이다. 자네들은 민족의 총의로 인민공화국이 선포된 것처럼 말하더라만, 그런 말이 벌써 실수다. 나도 민족의 한 사람이고 이규도 민족의 한 사람인데. 그밖에도 많은 사람이 있는데, 내 주위의 누구 하나 인민공화국의 선포에 동의한 사람도 의논을 받은 사람도 없더라. 만일 인민공화국이 민족의 총의로 이루어진 것이라면 무슨 문제가 있었겠나. 일사불란 3천만이 그 체제로 밀고 나가는데, 미 군정인들 어떻게 할 거고? 국민이 전부 지지하고 나서는데 미 군정이 무슨 재주로 행정권을 발휘할 거고? 미군이 군정을 펼 수 있었던 것은, 원했건 원치 않았건 이에 호응한 사람이 있었기 때문이 아닌가. 그들을 민족 반역자라고 해도 좋다. 그러나 그런 반역자의 수가 많은데 어떻게 할 거고? 공산당이 억지로 인민공화국을 밀고 나갈 작정을 세우고, 이를 지지하지 않는 사람을 모조리 민족 반역자로 몰아치우는 건 자유겠지만, 그렇게 할 때 고립되는 건 공산당이란 사실을 알아야 하네. 공산당이 성공하려면, 왜 인민공화국을 끝내 관철할 수 없었던가 하는 이유를 그야말로 구체적으로 파악하고 효과적인 방책을 세울 줄 알아야 한단 말이다. 대중이 따라가지 못할 방책은 아무리 애써도 효력을 발휘할 수 없어. 자네 말이 공산당의 기본 방침이라면 시작부터 실패한 거다. 두고 보라몬. 난 정치에 관심이 없으니까 그만큼 보는 눈이 공평하다고 할 수 있어. 정치에 미숙한 내게 보이는 엄연한 사실을 공산당이 보지 못한다면 공산당은 실패한 조직이고, 만일 알고도 그런 억지를 쓴다면 이것 역시 실패의 표본 같은 것 아닌가?"

이규는 김상태의 말을 듣고 적이 놀랐다.

정치엔 무관하겠다면서도 상태는 볼 것은 정확하게 보고 있었다. 이규는 박태영의 반응을 기다렸다.

"반동에겐 반동의 사상이란 게 있지. 상태 자네의 의견은 반동 사상을 그대로 대표한 것이라고 할 수 있어. 꼭 사람들을 모아놓고 일일이 물어봐야 민족의 총의를 알 수 있나? 그렇게 물어서 의견을 종합하려다 간 하나의 결론도 얻을 수 없는 경우도 있을 거다. 역사의 방향, 이것이 중요하다. 역사의 방향을 바르게 파악한 뒤에 주어진 정세를 그 방향에 따라 요리하면, 그것이 비록 한 사람의 두뇌에서 나온 것이라 해도 민족의 총의라고 할 수 있네. 인민공화국이 내건 강령을 연구해봤나? 거기에 우리 민족이 나아가야 할 목표가 있지 않은가. 그리고 또 인물의 구성을 봐. 완전무결하다고 할 순 없으나 앞으로의 보완을 예상하면 그 이상의 안이란 없을 만큼 돼 있지 않더나. 그런 것을 반대한다면 그건 반대를 위한 반대라고 할 수밖에 없다. 민족의 이익과는 상반된 야심 때문에 하는 반대라고 단정할 수밖에 없잖나. 비록 그것이 다소의 결점을 가졌다고 해도, 그런 윤곽으로 민족의 의지를 결집할 만한 것은 돼 있지 않나. 그러니까 우선 점령군과 교섭할 수 있는 대표 기관으로 해야 할 것이 아닌가. 그리고 그걸 밀고 나가야 민족의 대동단결을 표시하는 게 되지 않은가. 인민공화국의 조직을 깨뜨리면 남는 건 민족의 분열밖에 없네. 이 조직을 끌고 나가는 것만이 우리 민족의 유일한 활로란 말이다. 그런데도 반대하는 사람은 민족 반역자다. 그런 민족 반역자를 상대로 해? 자네는 그런 자가 많다고 생각하지만, 결코 그렇지 않아. 사대주의 근성에 물든 우중愚衆은 계몽하고 선도해야 되는 것 아닌가. 그런 뜻에서도 인민공화국은 고집해야 하는 기라. 자네는 이미 부서졌다고 보고 있지만, 그거야말로 피상적인 견해다. 대중의 가슴에 상당한 뿌리를 박고 있어. 인민공화국은 절대로 관철되어야 해."

"절대로 관철되어야 한다는 희망적인 생각과 현실 문제는 다르지 않나. 정치란 현실을 요리할 줄 알아야 한다고 생각하는데, 희망적인 관측에만 사로잡혀 현실을 직시하지 못한다면 성공은 어림도 없어."

"공산당은 계급 정당이면서 이념 정당이란 것을 알아야 해. 현실을 이념에 맞춰 지도해야 하는 게 공산당이다. 현실에 끌려 우와좌왕하는 반동 정당과는 달라. 이념의 승리, 이것이 공산당의 목표다."

"하여간 나는 지금 방식대로라면 공산당은 성공하지 못한다고 생각하네. 인민공화국을 밀고 나가기는커녕 당 자체의 지탱도 어려울 것 같애."

"무슨 근거로 그런 폭언을 하지?"

"근거래야 아까 말한 내 피부로 느낀 그 느낌뿐이다."

"정치는 기분이 아니다. 원칙이 있고 이론이 있고 목표가 있고 실천이 있다."

"아무튼 나는 내 기분을 믿는다."

"그렇다면 얘긴 끝난 것 아닌가?"

박태영이 서글픈 표정을 지었다. 김상태는 겸연스럽게 웃으며 말했다.

"그건 그렇고, 방이 왜 이렇게 썰렁한가. 불이나 때고 앉아 있지."

"이 서울에서, 8할 이상의 사람이 불기 없는 방에서 산다네."

박태영이 정색을 하고 한 말이다.

김상태는 어이없다는 듯,

"그 8할의 사람들과 고락을 같이한다, 그런 뜻이구만."

하고는 누그러진 말투가 되었다.

"서투른 정치 토론을 했더니 배가 고프다. 어디 가서 따끈한 설렁탕이라도 한 그릇 먹어야겠다."

"자네들이나 가서 먹게."

"혁명가도 밥은 먹어야 할 게 아닌가."

"난 사람을 기다리고 있어. 곧 올 거야."

"그렇다면 할 수 없지."

하고 김상태가 일어서려는데 박태영이 이규를 향해 말했다.

"자네도 한마디쯤 얘길 해야 할 것 아닌가?"

"내 대신 상태가 다 했는걸."

"상태와 자네의 의견이 똑같다는 말인가?"

"자네가 공산당을 그만두었으면 하는 생각은 똑같다."

"기가 막힐 노릇이다. 자네만은 내 생각을 알아줄 줄 알았다."

박태영의 말엔 슬픔이 있었다.

김상태와 이규가 방문을 나설 때 박태영이 말했다.

"앞으론 이 집에 오지 말게. 내가 여기 있지도 않을 거고, 또 만나면 피차 마음만 괴롭고……."

"정치 얘긴 빼면 될 거 아니가. 아무리 바빠도 친구는 만나야 하는 기라."

상태는 이렇게 말했고, 이규는 다음과 같이 말했다,

"몸조심만은 철저히 해라. 우리, 괘관산에서는 이렇게 썰렁한 방에 있지 않았잖은가."

박태영은 말없이 이규와 김상태의 손을 잡았다. 눈언저리에 웃는 빛까지 돋았다.

"뭐니뭐니 해도 친구가 좋은 기라. 알았재? 폐를 끼쳐 미안해."

이 말을 마지막으로 상태와 이규는 묵정동의 그 집을 나섰다.

그 집에서 나와 몇 걸음 걸었을 때, 건너편 골목에서 두 사나이가 나와 상태와 이규를 살피는 눈치더니 그 집으로 들어가는 것이 보였다.

"제기랄! 태영인 그자들을 기다리고 있는 거로구만."

상태가 투덜댔다.

이규는 갑자기 마음이 무거워졌다. 대단한 비밀을 안고 있는 사람처럼 이 집 저 집 전전하며 박태영은 온기 없는 방에 웅크리고 앉아 인상이 고약한 사람들과 만나서 무슨 계교를 꾸미고 있단 말인가. 한풍이 몰아치고 있는 이 거리를 같이 걸어보면 어떨까. 아무리 추워도 춥단 소리 않고 활달하게 걸으며 청년다운 꿈을 키워보면 어떨까.

사이 골목에서 회오리바람이 먼지를 쓸고 불어왔다. 상태와 이규는 살금 그 자리에서 비켜섰다. 회오리바람은 거짓말처럼 근처에서 사라지고 말았다.

"저 바람은 어디서 온 바람이고?"

이규가 상태의 표정을 보았다. '탁' 하면 '척' 하는 격으로 상태의 답이 있었다.

"저건 모스크바에서 온 바람이다."

"모스크바에서 온 바람이 저 정도로 끝난다면 다행이게?"

"아냐, 갖가지가 있어. 초대형, 대형, 중형, 소형, 미니형. 아까 그건 미니형 모스크바 바람 아니가."

"넌 의사보다 만담가 했으면 좋겠다."

"만담가 하면 신불출申不出이만 못할라꼬? 그러나 만담도 의술의 하나란 걸 알아야 해. 웬만한 체증쯤은 만담으로도 고치거든."

진고개로 나와 둘은 설렁탕집으로 들어갔다. 설렁탕에 소금을 치고 훌훌 들이마시면서 상태가 중얼거렸다.

"고생을 사서 할라쿠는데야 말릴 수가 있나. 그러나 설렁탕 한 그릇쯤 먹고 들어가도 될 긴데."

이규도 그 말에 동감이었다.

설렁탕을 먹고 나서 상태가,

"오늘 밤 우리, 다동에 한번 가볼까?"

하며 이규의 눈치를 살폈다.

김정란이란 아가씨의 모습이 떠올랐다. 한 번 더 그 아가씨를 만났으면 하는 생각이 간절했다. 그러나 동시에 하윤희의 모습이 뇌리를 스쳤다.

"이담에 가지."

"자아식."

하며 김상태가 피식 웃었다.

"그 웃음 묘한데?"

"묘하게 안 웃게 됐나?"

"왜?"

"애인에게 성의를 다하겠다, 그거 아니가."

"눈치 한번 빠르구만."

"의사는 눈치가 빨라야 해."

"너무 '의사, 의사' 하지 말어."

"그것도 좋은 충고다. 그런데 어딜 갈까?"

이규도 좋은 생각이 떠오르지 않았다.

"조금 걸으며 김숙자 씨헌테 뭐라 해야 할지 그거나 생각해보자."

"그건 네가 연구해라."

하더니 상태에게 좋은 생각이 떠오른 것 같았다.

"우리, 홍진 선생 만나러 가자."

"홍진 선생이 누군데?"

"왜, 며칠 전에 돌아왔다는 임정 요인臨政要人 말이다. 의정원 의장이라나 뭣이라나."

그때에야 이규는 신문에 그런 기사가 있었다는 것을 기억했다.

"왜 하필 그 사람을?"

"우리 할아버지와 친한 사이였대. 그래서 며칠 전에 아버지가 그 사람한테 다녀갔는데, 그때 나를 들먹였더니 한번 봤으면 하더라나."

"백이 든든하고나."

"의사헌테 백은 소용없어. 너 같은 공부하는 사람은 그런 사람 만나두는 것도 괜찮을걸?"

이규는 슬그머니 흥미가 돋았다.

"어딜 가면 만나나?"

"지금 한미 호텔이란 데 있어."

"그게 어딨는데?"

"명동에 있어. 내가 잘 알아."

"그럼 한번 가보자."

상태와 규는 한미 호텔을 향해 걷기 시작했다.

"의정원이란 게 뭐고?"

이규가 물었다.

"내가 그런 걸 어떻게 알겠나. 국회 비슷한 게 아닐까?"

"국회? 국회면 국회의원이 있어야 할 것 아니가?"

"그런 게 있겠지. 망명 정부도 정부는 정부니까, 그런 구색은 다 갖춰놓았을 거 아니가."

"그러니까 국회 의장에 상당하는 거로구만, 의정원 의장은."

"그렇겠지."

"그럼 대단한 거물 아니겠나?"

"그렇다고 할 수 있지."

진고개에서 한미 호텔은 가까웠다. 그런데 그 한미 호텔 바로 앞쪽 전신주에 굵다란 격문이 붉은 선을 친 글씨로 붙어 있었다.

'임시정부 해체하라!'

'인민공화국만이 우리의 정권 기관이다!'

'임정은 민족 통일을 해치는 행동을 삼가라!'

필적이나 종이로 보아 이제 막 붙은 듯한 벽보였다. 임정 요인이 투숙하고 있는 호텔 바로 앞에 그런 벽보가 붙어 있다는 게 흥미와 호기심을 돋우었다. 아까 박태영이 한 말이 생각났다.

인민공화국을 미 군정과 교섭하는 대표 기관으로 해야 한다는 요지였는데, 그럴 바에야 임정을 민족 대표 기관으로 삼을 수 있다는 주장도 있음 직하다고 느껴졌다. 임정을 해체해야만 인민공화국이 유일한 대표 기관으로 남을 수 있으리라는 짐작도 되었다. 그런데 벽보로 임정을 해체시킬 수 있을까.

수위를 찾았으나 그와 비슷한 사람도 없었다. 입구에서 서성거리다가 지나가는 사람을 붙들고 김상태가 물었다.

"홍진 선생님을 만나뵈러 왔는데 어디로 가면 좋겠습니까?"

"이층으로 올라가시오. 203호실이 그 양반 방일 거요."

어마어마한 거물을 만나러 가는 셈인데 그분과의 면회가 그렇게 쉬울까 싶으니 조금 어색한 느낌이 들었다.

이층으로 올라가 203호를 찾았다. 복도의 구석진 곳에 그 방 번호가 보였다. 상태가 노크를 했다.

　문이 열리더니 조그마한 체구의 마흔 살 가까워 보이는 사나이가 나타났다. 사팔뜨기였다. 에드거 앨런 포의 소설에 나옴 직한 사람이라고 이규는 언뜻 생각했다.

　"홍진 선생님을 뵐려고 왔습니다."

　상태가 정중히 말했다.

　"뉘기시유?"

　한약국이나 복덕방에서 흔히 들을 수 있는 말투로 사팔뜨기 사나이가 말했다.

　"저는 김 종자 식자 하는 어른의 손주입니다. 일전에 원자 효자 하는 어른이 오셨을 텐데, 그분의 아들이구요."

　"아아, 그러슈?"

하더니 사팔뜨기 사나이는 누구에게 물어보는 법도 없이 문을 활짝 열고 들어오라고 했다.

　비좁은 방이었다. 담요를 개어 얹어놓은 침대가 벽 쪽에 붙어 있고, 반대쪽에는 탁자와 의자가 놓여 있는데, 거기에 세 사람이 모여 앉아 이야기하고 있었다. 담배 연기가 자욱하고, 온기가 없어 썰렁했다.

　"제가 김 종자 식자 하는 어른의 손자입니다."

하고 김상태가 세 사람을 향해 꾸벅 절했다. 그러자,

　"오오, 자네가 김종식 공의 손준가?"

하며 일어서는 사람이 있었다. 그분이 홍진 선생이었다. 키가 작고 여위었다. 얼굴에 주근깨가 버섯처럼 돋아 있었다. 여든을 훨씬 넘긴 노인으로 보였다.

　"저는 상태의 친구 이규라고 합니다."

이규도 꾸벅 절을 했다.

"아아, 그래요? 이분들에게도 인사를 하슈."

하고 홍진 선생이 소개했다. 한 사람은 김봉준 씨, 한 사람은 최동오 씨라고 했다. 두 분 다 임정의 요인이었다.

"저기 침대 위에라도 좀 앉으슈."

하는 홍진 선생의 분부가 있어, 상태와 이규는 사팔뜨기 곁에 걸터앉았다.

"내 아들이우. 서로 인사나 하우."

사팔뜨기는 홍진 선생의 아들이었다.

좌정을 하자, 홍진 선생은 김상태의 할아버지로부터 얼마나 신세를 졌는가 하는 얘기를 했다. 만주로 갈 때 많은 노자를 도움받았다는 것이며, 상해에 있을 때에도 남몰래 돈을 부쳐주어 궁색을 면했다는 얘기를 늘어놓더니 상태에게 물었다.

"무슨 공부를 하는고?"

"의학 공부를 하고 있습니다."

상태가 말하자, 홍진 선생은

"의술은 인술이니 좋은 학문을 하는군."

하고 이규에게 물었다.

"이군도 의학 공부를 하는지요"

"아닙니다. 전 역사 공부를 할 작정입니다."

"역사 공부라! 역사는 천리天理와 인사人事를 밝히는 학문이 아닌가. 좋은 공부를 하시네그려."

이때 최동오 씨와 김봉준 씨가 일어섰다. 그리고 또 들르겠다는 인사말을 남기고 밖으로 나갔다. 김봉준 씨는 두툼한 눈썹과 치켜 째진 눈을 가진 무인 타입이었고, 최동오 씨는 반백의 수염을 길게 기른 학자 타입의 인상이었다.

두 분이 나가자 홍진 선생은 이런 말을 했다.

"공산주의니 자본주의니 해갖고 왈가왈부할 필요가 없는 거여. 공산주의의 좋은 점, 자본주의의 좋은 점을 따갖고 좋은 정치를 해야지."

"그게 그렇게 안 되니 탈 아닙니까?"

상태가 말했다.

"왜 그렇게 안 돼. 그렇게 될걸세. 망국한을 안고 살아온 백성인데, 그 백성들의 마음이 오죽하겠나. 지금은 다소 시끄러운 것 같지만, 우리 임정이 들어오고 했으니까 차츰 질서가 잡힐걸세."

이규는 아까 한미 호텔 앞에서 본 벽보를 생각했다. 홍진 선생은 지나칠 정도의 낙관론자인가 싶었다.

"질서가 잽히긴 뭘 잽혀유."

홍진 선생의 아들이란 사팔뜨기가 갑자기 소리를 질렀다. 홍진 선생은 순간 놀라 얼떨떨한 것 같았다. 사팔뜨기는 금속성의 카랑카랑한 소리로 속사포처럼 떠들어댔다.

"의정원 의장님의 방 꼬라지가 뭡니까. 이 추운 겨울에 스토브 하나 없는 이 방 꼬라지가 말예유. 사람 대접을 이렇게 하는데 무슨 질서가 잽힐 거란 말예유. 김구 주석이 경교장을 쓴다면 적어도 그 반쯤의 저택은 마련해줘야 안 되우?"

그때에야 이규는 사팔뜨기의 얘길 알아들을 수 있었다. 주석인 김구 선생이 경교장 같은 큰 집에 들 수 있다면, 국회 의장쯤 되는 자기 아버지도 그 반 정도의 호사는 해야 한다는 뜻이었다.

"말을 그처럼 함부루 하면 못쓰는 거여. 이 방이 어떻나. 비바람을 피할 천장과 벽이 있고 한기를 면할 만큼 침구가 있는데 뭣이 부족허단 말야. 임정의 동지들이 모두 이 호텔에 있는데 무슨 불평이고. 내 처소가 문제가 아니라, 나라의 일이 중요한 거여. 나는 이보다 못한 데라도 좋다!"

홍진 선생이 이렇게 타일렀으나 아들인 사팔뜨기는 듣지 않았다.

"공평해야 말을 안 하지유. 삼권 분립의 정부면 아버지는 주석 다음 가는, 아니 주석과 맞먹는 자리에 계시지 않으세유? 그런데 이 꼴이 뭐냐 말씀이에유. 싹이 누래유. 사람 대접 못 하는 주제에 옳은 정치를 하겠에유? 어림도 없에유."

"네 이놈, 말 좀 삼가지 못할까!"

홍진 씨는 버럭 고함을 질렀다.

이규는 차마 얼굴을 들 수가 없어 시선을 아래로 하고 있었는데 홍진 선생이 신고 있는 구두가 눈에 띄었다. 분명히 가죽 구두인데 생김새가 묘했다. 구두 양쪽에 구멍이 세 개씩 뚫려 있는데, 그 구멍이 엄지손가락이 들어갈 만큼 컸다. 그 큰 구멍을 엮고 있는 구두끈이 실오라기처럼 가늘어서 구두끈을 맨 흔적은 보이지 않고 구멍만 뚫려 있는 느낌이었다. 그 유머러스한 구두를 신고 중경에서 상해로, 상해에서 고국으로 돌아왔다고 생각하니 콧잔등이 시큰했다.

홍진 부자간의 언쟁은 계속되었다. 사팔뜨기가 꺾일 눈치를 좀처럼 보이지 않았다.

"애국자 대접이 이래도 좋다는 말씀이십니까유. 아버진 너무나 사람이 좋으셔유. 사람이 좋으면 좋은 대로 대접하는 세상이라고 생각하면 등신 된다는 걸 알으셔야 해유. 왜 탕탕 꾸지람을 않으셔유. 아까도 군정청에서 사람이 다녀갔는데, 왜 그때 호통을 치시지 않았에유. 이게 나에 대한 대접이냐구, 왜 그런 말을 못 하셨에유."

사팔뜨기가 계속 이렇게 떠들어대자 홍진 선생은 극도로 흥분했다.

"이놈, 잠자코 있으라니까! 이놈아, 애국을 했으면 내가 했지, 어디 네놈이 했나?"

"아버진 애국을 했지만, 전 아버지가 돌보지 않은 집안을 돌봤어유. 아버지가 안심허구 애국허실 수 있게 말유."

"그랬다구 큰소리냐?"

"아버지를 위해서 하는 말예유."

"나를 위한다면 입 닥쳐!"

"분통이 터져 잠자코 못 있겠어유!"

홍진 선생은 말문이 막히는지 힘없이 손을 저었다. 그리고 간신히 말했다.

"알았다, 알았어. 난 이 젊은이들허구 얘길 좀 해야겠다. 넌 좀 밖에 나가 있어."

"누가 여기 있고 싶어 있는 줄 아세유."

사팔뜨기는 훌쩍 일어서더니 밖으로 휙 나가버렸다.

"미안허이, 추태를 보여서."

홍진 선생은 길게 한숨을 내쉬고 담배를 꺼내 물었다. 상태가 성냥을 집어 그어대면서 말했다.

"처소가 하두 누추하니, 자식 된 도리로 울화가 치밀지 않겠습니까?"

"이 처소가 어때서?"

하고 홍진 선생은 혼잣말처럼 중얼거렸다.

"이 처소가 비위에 안 맞으면 제 힘으로 좋은 처소를 마련해야지. 그럴 힘이 없으면 잠자코 있기나 해야 할 것 아닌가."

이규는 홍진 선생의 말씀이 옳다고 생각했다.

"아무튼 이 처소는 너무합니다. 스토브 하나쯤은 있어야 할 것 아닙니까."

상태의 말이었다.

"중경에서의 생활에 비하면 이건 호화판이야. 내겐 조금도 부족이 없어. 되레 이런 대접을 받는 게 송구스럽기까지 하거든. 내가 뭘 했다구. 내가 애국자라구? 부끄러운 얘기여. 나는 민족을 위해서 어떤 한 가지도 보람 있는 일을 못 해봤어. 그저 어울려 돌아다닌 것뿐여. 그렇게 돌아다니면서 한 일이란 싸움을 말리는 것이었어. 두 사람이 모이면 당이 두 개가 되고, 세 사람이 모이면 당이 세 개가 되어 찢고 째고 싸우는 통에 끼여 그 싸움 말리느라고 허송세월을 했지. 옳게 싸움을 말리지도 못했구! 그런 주제가 애국잔가? 그놈은 이런 나의 속도 모르고 언필칭 애국자와 의정원 의장을 내세워 지랄을 하니 어처구니가 없어. 옳은 애국자 노릇도 못 하면서 자식 교육을 제대로 못 한 죄라고 느끼고 꾹 참고 있기는 하네만……."

상태와 이규는 그저 넋을 잃고 노 애국자의 모습을 지켜보고 있을 뿐이었는데, 홍진 선생은 자세를 바로하고 앉아 상태에게 물었다.

"임시정부에 대한 젊은이들의 의견은 어떤가?"

"모두들 존경은 하고 있습니다."

"존경은 하고 있지만?"

"국사를 맡을 수 있을지 없을지, 그 문제에 있어선 대부분 회의적인 줄 압니다."

"임정을 중심으로 한 통일 세력이 가능할까?"

"좌익에서 인민공화국을 들고 나오니 어렵지 않을까 생각됩니다."

"인민공화국과 임정을 합치자는 제의를 하면 어떨까?"

"글쎄요. 거기까진 알 수가 없습니다."

"민족 진영 내에서도 오월동주한 꼴이니 될 턱이 없지."

홍진 선생은 다시 한숨을 쉬었다.

"민족 진영은 대체로 임정을 지지하는 것 같던데요."

이규가 말을 끼워봤다.

"아녀."

홍진 선생이 머리를 가로저었다.

"임정 내부에 벌써 갈등이 나 있는걸. 중경을 떠날 때 철석같이 약속들을 했는데두 그 모양이야. 어디로 가든, 무엇을 하든 행동 통일을 하자고 맹세했던 거요. 허기야 그렇게 될 턱이 없었지. 그러나 귀국한 지 한 달도 채 못 되어 이 꼴이 된 게 챙피허단 말여."

"누가 배신했습니까?"

상태가 물었다.

"그런 말을 이 자리에서 할 수가 있나. 곧 신문에 무슨 성명이라도 낼 거로구먼, 아까 최동오 씨와 김봉준 씨와도 그 얘길 했지. 그분들에게도 별다른 안이 없는 모양이여."

"김구 선생님은 어떻습니까?"

"그 어른 생각이나 내 생각은 대동소이하네만, 그 어른 주위에는 문제가 있어. 요지경을 보는 느낌이여. 그러나 모두들 양심으로 돌아올 줄 알아. 나는 그렇게 믿어. 이대로라면 우리 민족이 너무나 불쌍하단 말여."

"선생님의 정치 신념은 대강 어떤 것입니까?"

역시 상태의 질문이었다.

"민족의 얼을 살려야지. 그것이 원칙이구, 다음은 루소의 '민약론'民約論에 의거한 정치. 간단하게 말하면 이렇게 될까?"

루소가 그 자리에 등장한 것은 정말 뜻밖이었다. 이규는 이 노인이 과연 루소를 어느 정도 이해하고 있을까 하는 데 흥미를 느꼈다. 그래서

"루소보다, 가까운 곳에서 정치의 원칙을 찾는 것이 보다 현실적이지 않을까요?"

라고 해봤다.

"루소로 다 돼. 백성들이 계약에 의해서 나라를 만들고 그 계약을 이행하는 방향으로 정치를 하고, 그 계약에 위반하면 물러서고…… 하는 그 민약설에 근거를 두면 좋은 나라가 될 것이 아닌가?"

이규는 홍진 선생의 소박한 정치 사상에 미소를 지었다.

홍진 선생은 다시 상태의 할아버지를 회상하는 이야기로 돌아갔다.

"환국하자마자 만나고 싶었던 어른이 바로 그 사람이라서 기별을 했더니 자네 부친이 나타나지 않았겠나. 반가우면서도 가슴이 털썩 내려앉는 것 같았는데, 아니나 다를까 돌아가셨다고 하잖아! 눈물이 쏟아지더면. 통곡을 하고 싶더면. 겨우 참았지."

주근깨가 핀 주름 위로 눈물이 두 줄, 석 줄 굴러 떨어지고 있었다.

"자네 아버지는 꽤 많은 돈을 가지고 왔어. 그걸 이 한미 호텔에 같이 있는 동지들과 나눠 가졌지. 그게 또 아들놈의 비위를 거슬린 모양이여! 애비의 꼴이 이 꼴이니 자식놈인들 변변할 까닭이 있겠나만, 그런 게 모두 서러워."

고개를 들 수가 없어 이규는 침대 위로 눈을 깔고 있었다. 뭔가 꼬무락거리는 게 눈에 띄었다. 이였다. 이 한 마리가 이규의 무릎에 오르려는 찰나였다. 이규는 그것을 살며시 잡아 포켓에서 휴지를 꺼내 쌌다.

어디에 버릴까 하고 두리번거리는데, 개어놓은 담요 위에도 이가 보였다. 그것도. 한 마리가 아니라 두 마리, 세 마리……. 이규는 숨이 막힐 것 같았다. 뭐라고 형언할 수 없는 감정이 뭉클 가슴속에서 기어올라 목구멍을 콱 틀어막는 것 같았다. 이규는 일어섰다.

"내 잠깐 변소에 갔다 올게."

이규는 근처의 약방에 가서 이 잡는 특효약이 있느냐고 물었다. 'DDT'란 미제 약이 있다기에 그것을 한 통 샀다. 그리고 근처에 전기 스토브 같은 걸 파는 데가 없느냐고 물었더니 가까운 전기상을 가르쳐 주었다.

이규는 그날 박태영을 만나면 어딘가 가서 식사라도 하려고 돈을 마련해온 것을 다행으로 생각했다. 전기상에서 웨스팅하우스 제품인 중고품 소형 전기 스토브를 샀다.

호텔로 돌아가 전기 스토브를 켜서 홍진 선생의 발목 가까이에 두었다.

"그게 뭐고?"

홍진 선생이 물었다.

"전기 스토븐데, 조금쯤 도움이 되실지 모르겠습니다."

"공연한 짓을 하시는군."

홍진 선생은 무감동인 표정이었다.

이규는 이어, 이 잡는 약을 사왔으니 약을 뿌려야겠다고 했다. 홍진 선생의 얼굴에 수줍은 표정이 돋았다. 그리고

"이 청년이 사람을 부끄럽게 하는군."

하며 자리에서 일어섰다.

이규는 상태와 합동해서 DDT를 뿌리기 시작했다. 담요, 침대, 의자 할 것 없이 방 안이 하얗게 되도록 DDT를 뿌렸다.

"냄새가 고약할 겁니다만, 하룻밤만 참으시면 됩니다. 이 약은 이에 대해선 원자 폭탄이나 다름이 없답니다. 주무실 땐 선생님 몸에도 뿌리셔야 합니다."

이규가 설명하자, 김상태는

"우리 이규가 제일이다."

하고 환성을 올렸고,

"그럼 다른 방에도 나눠줘야지."

하고 홍진 선생은 나눠줄 생각부터 했다.

방 전체를 DDT투성이로 해놓고 상태와 이규는 홍진 선생을 모시고 밖으로 나왔다.

"아드님을 찾아야겠는데, 같이 식사를 하게요."

하고 김상태가 두리번거리자, 홍진 선생은

"그만두게, 우리끼리만 가세."

하고 앞장섰다.

진고개에 있는 근정이란 식사집으로 모셨을 때 홍진 선생은 갑자기 생기를 되찾았다.

"자네들은 나를 불쌍한 노인으로 보는 모양이네만 어림도 없는 생각이여. 나는 이래봬도 대한 임시정부 의정원 의장이란 말일세."

하고 웃기도 하고,

"이를 겁낼 줄 아나? 이는 때론 벗이 될 수도 있지. 한땐 이가 있다는 게 살아 있다는 증거일 때도 있었으니까."

하고 서글퍼하기도 했다.

망명과 유랑은 상상보다 훨씬 가혹한 생활인 것 같았다.

"그런데 그동안 무슨 로맨스 같은 것은 없으셨습니까?"

김상태가 장난스럽게 물었다.

"마른 나무에 꽃이 피나? 로맨스란 꽃 같은 것 아닌가."

"선생님께서도 젊은 시절이 있었을 것 아닙니까?"

"젊은 시절에도 난 항상 이 꼴이었어. 키가 남보다 크나, 얼굴이 잘생겼나. 말주변이라도 있었다면 또 몰라! '어떻게 하면 로맨스와는 인연이 없는 인간을 만들어볼까?' 하고 하나님이 연구해서 만든 사람 같은 게 나여, 나."

이규가 물었다.

"임정이 앞으로 취할 태도에 대해서 선생님은 어떤 형식과 방향이 가장 옳다고 생각하십니까?"

"내 생각을 그대로 말한다면 나는, 앞으로의 정치는 행정 기술자와 애국 지사가 협동하는 것으로 됐으면 좋겠어. 애국 지사는 특수한 기술과 능력이 없는 한 전부 원로원을 구성하는 거여. 그 밑에 하원을 두어 국민의 의사를 반영하고 말여. 하원에서 의결한 것을 원로원이 심의해서 타당하다고 결정되면 행정부에 넘기거든. 행정부에선 재량이 있을 수 없어야 해. 원로원이 지시한 그대로 실천하도록 하거든. 나는 임정이 원로원의 모체가 되었으면 해. 그 이상을 바라서는 안 되고, 그 이하의 처우를 받아서도 안 되구."

이규는 홍진 선생의 의견이 임정에 관해 가장 타당한 의견이 아닐까 생각하며,

"그런 취지의 운동을 일으키면 어떻겠습니까?"

라고 해보았다.

"큰일 날 소리. 지금 임정의 요인들은 모두 대통령 아니면 실권 있는 장관 노릇을 하려고 벼르고 있는데 그런 말을 들어봐. 이 홍진은 어떤

귀신이 잡아갔는지도 모르게 없어질 거야."

"그런데 참, 한미 호텔의 경비가 너무나 소홀합니다."

상태의 말이다.

"헛허."

하고 홍진 선생은 웃고 말했다.

"한미 호텔에 있는 임정 요인은 테러의 대상도 안 된다네."

한미 호텔 앞에서 본 벽보 생각이 났다. 나올 때 보니 어느새 찢겨 없어졌지만, 그 내용은 그대로 이규의 뇌리에 새겨져 있었다.

"좌익들은 임정을 적으로 알고 있는 모양이던데요. 겁을 먹일 요량으로 혹시 테러를 할지도 모르지 않습니까?"

"공산당은 영리해. 문제를 시끄럽게만 하고 효과가 없는 짓은 안 할 거여. 그들은 임정이 내부로부터 붕괴되길 기다리고 있어. 섣불리 임정 요인에게 테러를 했다간 단결하는 동기만 줄 거라는 계산까지 하고 있을 사람들이여."

"그러나 조심하셔야 합니다."

상태는 이렇게 말하고,

"내일 의사를 데리고 오겠습니다. 건강 진단을 해보실 필요가 있으니까요."

하고 덧붙였다.

"건강 진단? 그런 걸 하면 뭘 하나. 난 일흔이 넘었어. 이만하면 오래 산 거여. 천명이라는 게 있어. 그런 걱정일랑 말게."

"그런데 선생님의 그 구두는 어떻게 된 겁니까?"

이규가 물었다.

"내 구두가 어때서? 구두란 발에 맞고 물이 배지 않으면 되는 거여."

하고 홍진 선생은, 그 구두나 옷은 모두 장개석 총통이 준 전별금으로 샀다고 했다. 중경 뒷골목에서 가장 든든하고 값이 싼 것을 골랐다는 게 바로 그 구둔데, 구두와 여편네는 비슷하다고 농담도 했다.

식사를 끝내고 한미 호텔에까지 모셔다 드렸을 때, 홍진 선생은 종종 놀러 오라는 말을 두세 번이나 되풀이했다.

"뭐니뭐니 해도 좀 다른 데가 있재?"

돌아오는 길에 김상태가 한 소리였다.

"그래, 국내에서 보는 노인과는 확실히 달라."

"그게 뭘까?"

"알 순 없지만 홍진 선생님에겐 탈속한 사람 같은 느낌이 안 있더나."

"탈속한 사람이 울어?"

"정이 많은 기라."

"그런데 그 아들 곤란하던데……. 아버지가 돌아오시면 벼락 부자나 될 줄 알았던가 부지?"

"원 오브 더 트래지디스 One of the tragedies."

"그래, 확실히 비극이지."

"내가 보기에 홍진 선생님은 이 정치 정세를 헤쳐나갈 분 같지 않아."

"그런 야심이 없는 것 같더라."

"아닌 게 아니라 본인 말씀대로 원로원 의원으로선 적격이 아니더나."

"독립 운동자는 원로원에 모시고, 행정 기술자는 능력대로 선발하고……. 홍진 선생님의 정치 플랜이 아주 허망한 건 아닌 것 같애."

이규와 상태는 이런 말을 주고받으면서 홍진 선생의 윤곽을 선명하게 파악해보려고 했다. 그렇지만 뚜렷한 윤곽이 잡히질 않았다.

"그러고 보니 오늘 우리는 정치가를 두 사람 만난 셈이로구나."

이규는 상태의 말뜻을 선뜻 알아차리지 못했다.

"20대의 정치가 박태영과 70대의 정치가 홍진 선생님."

듣고 보니 박태영과 홍진 선생은 한국 정치를 이해하는 데 있어서 좋은 대조가 될 수 있다는 생각이 들었다.

동시에 홍진 선생의 다음과 같은 말이 되살아났다.

'우리는 중국에서 줄곧 파벌 싸움만 했다. 지금 생각하면 아무것도 아닌, 아무런 의미도 없는 싸움만 했다. 아무 보람 없는 일을 두고 허송세월만 했다.'

박태영은 그런 회한에 사로잡힐 때가 없을까. 대중과 가장 먼 온기 없는 구석진 방에 앉아 대중을 위해 노력한다고 기를 쓰고 있는 그 노력이 보람은커녕 신세를 망치는 일이 되고 만다면 박태영이란 인생은 뭣일까. 박태영에게 가장 소중한 존재는 아무래도 김숙자라고 할 수밖에 없는데, 그 가장 소중한 사람의 애만 태우고 만다면 보상할 수 없는 불행이 아닌가.

"왜 멍청해 있지?"

김상태가 이규의 옆구리를 찔렀다.

"박태영 문제를 생각하고 있어."

"박태영은 영웅이다. 평범한 인간이 영웅을 걱정하면 뭘 하노. 각기 갈 길이 있는 것 아닌가."

"사람들을 위해서 자기의 행복을 희생할 수 있을까. 자발적으로 말이다. 아무도, 어떤 세력도 강압하지 않는데 말이다. 사람은 저마다 자기의 행복을 건설할 권리가 있는 것 아냐? 그런 뜻에서 생존 경쟁도 용인되는 것 아냐? 그런데 대중을 위해서 스스로의 행복을 희생하겠다고 나서는 사람이 있으니……."

"그러니까 영웅 아니가."

"그렇게 간단히 취급할 순 없어. 뭔가 원인이 있다. 위선 아니면 착각 아니면 사행射倖. 위선도 아니고 착각도 아니고 사행심도 아닌 명철한 이성으로 죽음을 각오하는 모험이 있을 수 있을까. 난 오늘 밤에야 뭔가를 안 것 같애. 홍진 선생님을 생각하는 동안 떠오른 사상이다. 홍진 선생님은 착각 없이 70 평생을 그렇게 살았을까. 위선 없이 그렇게 살았을까. 사행심 없이 그렇게 살았을까. 이것도 저것도 아니라면 타세惰勢로 산 것이 아닐까."

"홍진 선생님은 모르겠다만, 박태영은 조선의 레닌이나 스탈린이 되려고 하는 것 아닌가. 위선도 아니고 착각도 아닐지 모르지."

"그렇다면 사행심이 아닌가?"

"사행심이겠지."

"진리에 대한 정열이 강할까, 사행적인 야심이 강할까?"

"박태영의 경우는 자기가 진리라고 믿는 것의 바탕이 있으니까 사행적인 야심이 성립되는 그런 경우가 아닐까?"

"아냐, 아닌 것 같애."

이규는 거의 단정적인 어세로 말했다.

"태영의 태도는 절대로 진리에 대한 태도가 아니다. 진리 자체는 배타성을 갖겠지만, 진리를 지향하는 사람의 태도는 배타적일 수 없어. 태영이 신봉하는 변증법적 유물론이 바로 그 교훈이란 말이다. 하여간 우스운 일이야. 변증법적 유물론에선 절대로 박태영 같은, 공산당 같은 주장이 나타날 까닭이 없거든. 변증법적이란 진리는 상대적이란 것을 가르쳐주는 방법 외에는 아무것도 아니거든. 그런데 공산당은 그 변증법적 유물론이란 것을 자기들의 전술에 필요한 범위에서만 이용하거든. 술책을 꾸며서까지, 폭력을 써서까지, 불바다를 만들어서까지 절대로 지켜야 할 절대적 진리란 건 없다는 철학이 곧 변증법적 유물론인데, 공산당은 그걸 폭탄의 원료로 하고 있으니 우습단 얘기다."

"나는 무슨 소린지 통 알아들을 수가 없구나. 하여간 박태영에 대해선 신경 쓰지 말기로 하자. 나는 앞으로 그럴 작정이다. 마누라나 친구는 인간의 천성에 직결되어 있는 관계이고 공산주의는 의식이 만들어 놓은 후천적인 것인데, 후천적인 것을 갖고 천성을 짓밟으려고 드는 태도만은 난 납득할 수 없어. 나는 무식하니까 그런 사상으로 만족할 참이다."

"글쎄. 다른 임정 요인을 만나보지 못했으니까 비교할 수는 없지만, 천성에 직결된 관계마저 무시해야 당원이 될 수 있는 공산당은 반자연이고, 반자연인 만큼 나는 승복할 수 없다는 얘기다."

두 사람은 어느덧 을지로까지 나와 있었다.

이규가 말했다.

"오늘 밤엔 명륜동에 가서 자자."

"그렇게 하지."

두 사람은 명륜동 숙소에 이를 때까지 말이 없었다.

'김숙자에게 뭐라고 대답해야 하나.'

기다리고 있을 김숙자의 모습이 이규의 가슴을 압박했다.

숙자인들 상태와 이규의 말을 호락호락 들을 박태영이 아니란 사실을 모를까만, 왠지 면목이 없다는 그런 느낌이었다.

드디어 이규는 숙자에게 할 말을 준비했다. 그건

"박태영인 우리와는 먼 곳에 있습니다."

라는 단 한 마디였다.

숙자가 어떻게 들을지 모르겠지만, 진실을 외면하고 진실을 피할 순 없다고 생각한 것이다.

12월 중순, 하영근 씨와 권창혁 씨가 상경했다. 하영근 씨는 건강이 퍽 좋아진 것 같았다. 하영근 씨는
"서울 인상이 어때?"
라는 물음으로 시작해 두어 달 동안 이규가 한 일을 차근차근 물었다. 최남선 씨 만난 것을 얘기하자,
"잘했다."
라고 칭찬하기도 했다. 그리고 이런 말을 덧붙였다.
"최남선 씨의 변절은 일제에 아부해서 호사스러운 생활을 하기 위해서가 아니라, 이 나라 자체에 실망한 탓이라고 봐야 할 게다. 너무나 역사에 소상하니까 민족의 역량과 운명에 대한 한계 의식 같은 것이 있었을지도 모른다. 육당이 이 나라의 산수山水를 적은 대목은 맑고 운치가 있는데, 인사人事를 적은 대목은 대개 침울해."
"자네의 센티멘털리즘은 어쩔 수 없구먼."
하고 옆에서 듣고 있던 권창혁이 이렇게 말을 이었다.
"역사가가 역사에 실망했으면 침묵하면 그만 아닌가. 내선 일체론을 펼 것까진 없잖아? 비판은 비판, 동정은 동정, 이렇게 명료하게 분별을 해야지."
"자넨 그런 걸 잘 분별하더라."
하며 하영근은 웃었다.
그것이 계기가 되어 두 사람 사이에 육당 최남선 얘기가 꽤 장시간 오갔다. 결론은 두 사람 모두,

"뭐니뭐니 해도 육당은 아쉬운 인물."
이란 의견이었다.

박태영 소식도 물었다.

이규는 보고 느낀 대로 말했다.

하영근은 '후유' 하고 한숨을 쉬었다.

"한데 박군에게 톡톡이 신세를 진 셈이다."

이건 권창혁의 말이다. 공산당 진주 시당의 협박을 중지케 한 얘긴가 보았다.

"그런 신세 지지 않아도 좋으니, 박군이 공산당에서 나왔으면 좋겠다."

하영근이 우울하게 말했다.

이규는 김숙자의 고민, 그리고 곁들여 김상태와 자기의 노력을 얘기했다.

"주치의를 정해야 하니까 이군의 외삼촌을 찾아봐야겠다."

라는 하영근의 말도 그 자리에서 나왔다.

상경하자마자 권창혁은 활동을 개시했다. 이규와 하윤희의 여권을 만드는 일, 돈을 달러로 바꾸는 일이었다.

그 두 가지 일은 모두 어려운 일에 속했으나, 워낙 아는 사람이 많아서인지 의외로 순조롭게 진행되어가는 것 같았다.

이규와 하윤희의 재학 증명서가 여권 신청에 필요하게 되었는데, 권창혁은 동경에 있는 학교로부터 그것을 불과 일주일 만에 받아내는 기술을 부리기도 했다.

"미국인 비행사에게 부탁했지. 얼마간의 수고비를 주고."

권창혁은 아무렇지도 않게 얘기했으나, 그만한 부탁을 할 정도로 미국인 비행사와 친하게 되었다는 사실 자체가 놀라웠다.

"우리들을 위해서 애쓰시는데 빈들빈들 놀기만 하니 죄송합니다."

어느 날 이규가 이런 말을 했더니,

"나는 지금 내 일을 하고 있는 거야."

하고 못마땅하다는 표정을 지었다. 그리고

"모두들 정치의 소용돌이에 휘몰려 갈팡질팡하는데 우리는 이렇게 조용히 미래를 준비하고 있다 싶으니 별로 나쁜 기분은 아니다."

라고 했다. 이규의 일을 보는 것을 미래를 준비하는 일이라고 생각할 만큼 권창혁은 이규를 사랑한다는 뜻인데, 이규는 가끔 권창혁과 하영근의 그러한 호의를 받을 만한 가치가 자기에게 있을까 하는 의혹을 가질 때가 있었다.

12월 27일, 모스크바에서 열린 삼상회의가 한국을 신탁 통치하기로 결의했다는 전문이 날아들었다.

저물어가는 세밑의 서울 거리는 이 뉴스로 해서 발칵 뒤집힌 느낌이었다. 권창혁은 구체적인 내용을 알아야겠다면서 합동 통신사로 달려갔다.

밤늦게야 권창혁은 영문으로 된 조약문의 사본을 구해왔다. 내용은 다음과 같았다.

1. 코리아를 독립국으로 만들고, 코리아가 민주주의의 원칙으로 발전하도록 하며, 오랫동안의 일본 통치의 악독한 결과를 신속히 청산하도록 하기 위해 코리아의 임시정부를 세운다. 이 임시정부는 코리아의 산업, 운수, 농촌 경제 및 코리아 인민의 민족 문화 발전을 위해 필요한

모든 방책을 강구한다.

  2. 임시정부 조직에 협력하며, 이에 적당한 모든 방책을 미리 작성하기 위해 남쪽 미군 사령부 대표들과 북쪽 소련 사령부 대표들로 공동 위원회를 조직한다. 위원회는 자체의 안을 작성할 때 민주주의 모든 정당과 모든 사회 단체와 반드시 협의한다. 위원회가 작성한 건의문은 공동 위원회의 최종적 결정에 앞서 미·소·영·중국 정부의 심의를 받는다.

  3. 공동 위원회는 코리아의 임시정부를 참가시키고, 민주주의 모든 단체를 받아들여 코리아인의 정치적·경제적·사회적 진보와 민주주의적 자치 발전, 코리아의 독립을 위해 상당 기간 협력하는 여러 방책도 작성한다. 공동 위원회는 코리아 임시정부와 협의한 후, 5년을 기한으로 하는 코리아에 대한 사국 신탁 통치 협정을 작성하기 위해 그 제안을 미·소·영·중국의 공동 심의를 받아야 한다.

  4. 남북 코리아의 긴급한 모든 문제를 심의하기 위하여, 또는 미군 사령부와 소련군 사령부 간의 행정, 경제 부문에 있어서 일상적 조절을 확립하는 여러 방책을 작성하기 위해 2주일 이내에 코리아에 주둔하는 미소 양군 사령부 대표로써 회의를 소집한다.

  권창혁이 이렇게 번역해가며 읽고 나자 하영근이 이규를 돌아보았다.
  "역시 이군을 외국으로 보내기로 한 것은 잘된 일이었구나."
  "그래, 맞아."
  권창혁이 맞장구를 쳤다.
  "어떻게 되는 겁니까?"
  이규는 권창혁과 하영근의 표정을 골고루 살폈다.

"이 반도를 신탁 통치하자는 얘기가 아닌가."

권창혁이 흥미가 없다는 듯 말했다.

"신탁 통치라, 그럴 수도 있겠지."

하영근 씨가 중얼거렸다.

"5년간의 신탁 통치라고 하지만, 일단 시작되면 언제까지 계속될지 모른다. 시어머니가 넷이나 되니 의논이 맞을 턱도 없구 각각 파벌이 생겨, 하여간 뒤죽박죽이 될 거구만."

이건 권창혁의 말.

"공산당이 날뛰겠지. 소련의 후견이 있것다, 조직이 강하것다, 공산당 천하가 되고 말 것 같애."

이건 하영근의 말.

"그렇게 비관적으로만 생각할 수 있겠습니까. 정 사태가 그렇게 된다면 반대해야 되지 않겠습니까?"

이규가 한마디 해보았다.

"틀림없이 내일쯤 무슨 움직임이 있을 거로구먼. 우익은 필시 반대할 거고, 좌익은 찬성할 거구."

라는 권창혁의 말에,

"좌익이 왜 찬성합니까?"

하고 이규가 물었다.

"소련의 대표가 서울에 상주하게 되니까 그만큼 그들에게 유리한 정세가 될 거거든. 합법적 투쟁과 비합법적 투쟁을 골고루 할 수 있을 테니까 신탁 통치를 공산당이 굳이 반대할 까닭이 없지. 우익도 일단 신탁 통치를 반대는 하겠지만 그건 미국의 태도 여하에 달려 있어. 미국이 강력하게 신탁 통치를 하겠다면 떠들썩하다가 말 게로구만. 38선을 보면 알잖아."

하고 권창혁이 대답했다.

"슬픈 나라야."

하영근이 숙연히 말했다.

깊어가는 밤에 밖에선 세차게 바람이 일고 있었다. 덧문을 스치는 바람 소리가 맹렬했다.

아침에 눈을 뜨니 세상이 바뀌어 있더란 말이 있다.

드디어 김구 선생이 신탁 통치 반대의 기치를 들고 일어섰다. 이승만 박사도 떨리는 목소리로 국민들에게 반탁을 호소했다. 신탁 통치 반대 국민 총궐기 대회가 열렸다.

그런데 권창혁의 예상과는 반대로 조선공산당도 탁치를 반대하는 뜻의 성명서를 발표했다. 해방일보와 인민보가 그 성명서를 큼직한 활자로 제1면에 실었다.

"우리 당은 과거에도 그랬고 현재도 자주 독립을 위해 싸우고 있다. 포츠담 선언에서도 약속한 바 있음에도 불구하고 탁치제가 나오게 된 것에 대해 무계획적·흥분적 행동으로 해결할 순 없다. 다만 해결 방법은 오직 민주주의적인 민족통일전선을 더 공고히 결성하는 데에서만 가능하다."

이에 부연해 조선공산당 간부 홍남표는 '12월 28일 삼상회의에서 결정되었다는 조선 탁치 문제가 전해지자 우리는 민족적 긍지에 커다란 충격을 받았다. 우리는 신탁 통치에 대하여는, 물론 전국적으로 반대 투쟁을 전개하지 아니하면 안 된다……'고 흥분했다.

이규는 그 기사를 권창혁에게 보이며,

"선생님의 예견이 이 문제에 한해선 빗나간 것 같습니다."
라고 했다. 그랬더니 권창혁은 단호하게 말했다.

"공산당이 그런 식으로 나온다면 독특한 공산당이 되겠지만, 그렇겐 안 될걸. 탁치는 소련이 주장했다고 들었는데 공산당이 반대할 리가 있어? 곧 무슨 지령이 도착할 거야. 그때 당황하는 꼴은 볼 만할 거야."

"그럴까요?"

이규는 웃었다.

"두고 보면 알아."

권창혁은 확신을 갖고 있는 모양이었다.

김구 선생의 움직임을 비롯해서 임정 진영은 탁치 문제가 나오자 아연 활기를 띠기 시작했다.

반탁의 거센 물결을 임시정부 옹립으로 이용할 전술인 것 같았다. 아닌 게 아니라 임정은 군정의 비위를 거스를까봐 간판을 내세우지도 못하고, 다른 보수 정당과 선명하게 구별될 수 있는 뚜렷한 주장을 내걸지도 못해, 이 박사 영도하의 독립촉성 국민회의 산하 단체로서 울울함을 참지 못하고 있는 터였다. 그런데 명분과 투쟁 목표가 선명한 이슈, 반탁 문제가 등장한 것이다. 임정은 이 문제에 사회의 전기轉機를 걸기로 했다. '반탁', '즉시 독립'의 구호를 내걺으로써 임정 추대의 기반을 구축할 셈이었다.

대한민국 임시정부 내무부장 신익회의 명의로 '포고 제1호', '포고 제2호'란 것이 발표된 것은 1945년 마지막 날인 12월 31일이었다.

포고 제1호는 다음과 같았다.

1. 현재 전국 행정청 소속의 경찰 기구 및 한인 직원은 전부 본 정부

지휘하에 예속게 함.

2. 탁치 반대 시위 운동은 계통적·질서적으로 할 것.

3. 폭력 행위와 파괴 행위는 절대 금지함.

4. 국민의 최저 생활에 필요한 식량, 연료, 수도, 전기, 교통, 금융, 의료 기관들의 확보, 운영에 대한 방해를 금지함.

5. 불량 상인 등의 폭리, 매점 등은 엄중히 단속함.

포고 제2호는 다음과 같다.

이 운동은 반드시 우리의 최후 승리를 획득하기까지 계속함을 요하며, 일반 국민은 금후 우리 정부 지도 아래 제반 산업을 부흥시키기를 요망한다.

이 포고가 발표되자 서울 시청 직원들은 휴근休勤을 결정하고, 경기 도청 직원들은 총사직을 결정했다. 서울의 상가는 철시 상태로 들어갔다.

탁치 반대의 이니셔티브를 임정이 쥐고 임정의 둘레에 대중을 모으는 현상을 목격하자 좌익들은 당황했다.

임정과 인민공화국을 동시에 해체하자는 제의까지 하게끔 되었다.

그날 밤 박태영이 명륜동으로 하영근을 찾아왔다.

하영근은 박태영에게 외국에 가라고 권했다. 권창혁도 권했다. 박태영은, 호의는 감사하지만 자기의 갈 길은 이미 정해져버렸다고 했다.

자연히 탁치 문제가 화제에 올랐다. 박태영은 흥분한 어조로 다음과 같이 말했다.

"탁치 반대는 공산당의 기본 방침입니다. 공산당은 조직과 애국적 열의와 역량으로 충분히 통치 능력을 가지고 있습니다. 그런데 자치 능력이 부족하다는 모욕적인 결정을 어떻게 감수할 수 있겠습니까. 그러나 우리는 임정이 하는 것 같은, 염치없고 무질서하고 무원칙하고, 이 기회에 민심을 농단하려는 터무니없는 야심의 발작으로밖에 볼 수 없는 그런 반대는 하지 않을 것입니다. 어디까지나 인민의 힘과 의지를 질서정연하게 집결시켜서 연합국들이 자기들의 잘못을 스스로 깨닫게 하는 방식으로 반탁 운동을 전개할 것입니다. 우익들은 탁치 반대의 명분을 농단해서 테러 행위를 자행하고, 민족의 분열을 책동하고 있습니다. 탁치에 대한 인민의 감정을 그들의 야심을 채우려는 데 이용하려 하고 있습니다. 이건 도저히 용납할 수 없는 일입니다."

빙그레 웃음을 띠고 듣고 있던 권창혁이 물었다.

"박군은 공산당이 끝내 반탁 노선을 걸을 것이라고 생각하나?"

"물론이죠."

"아마 그렇게 안 될 거다. 허기야 공산당이 아까 자네가 말한 방식대로 반탁 운동을 하기만 하면 국민의 반탁 운동을 우익이 독점하는 걸 막는 효과도 있으니까 현명하다고 할 수도 있지. 그러나 나는 조선공산당이 그처럼 독자적일 수 있으리라곤 믿지 않아. 문제는 소련의 태도에 있네. 나는 오늘도 통신사에 가서 확인했는데, 코리아의 탁치를 먼저 내놓은 건 소련이었어. 소련의 제안을 미국이 동의한 거야. 그런데 공산당이 소련의 제안에 위배되는 노선을 채택할 수 있단 말인가. 이것도 통신사에서 안 일인데, 북조선에선 아직 아무런 반응도 보이지 않고 있다는 거야. 소련의 지령을 기다리는 태세로 있다고 짐작할 수 있잖아."

"신탁 통치 반대는 당의 기본 노선입니다. 변동될 까닭이 없습니다."

"그렇게만 하면 조선공산당은 그야말로 영웅적 공산당이 되느이. 박헌영을 비롯한 간부들을 나는 존경하겠어. 그러나 그렇게 될 수 없을 거니까 두고 보라문."

"만일 기본 노선을 변경한다면 나부터도 가만 안 있겠습니다."

"허어, 그럼 어떻게 할 텐가?"

"결사적으로 반대하겠습니다."

"그건 안 돼. 위험해. 자넨 두고두고 반동 분자 또는 해당 분자가 될 수 있는 소질이 있는 자란 낙인이 찍히게 될걸세. 공산당원 노릇을 하려면 무조건 간부의 지시에 따라야 하는 법이네."

하영근이 한마디 끼웠다.

"공산당이 만일 그 기본 노선을 바꾸면, 그것을 계기로 공산당을 그만두는 게 좋지 않을까?"

"절대로 노선을 바꾸는 일은 없을 겁니다."

박태영이 자신 있게 말했다.

"그러니까 하는 말 아닌가. 만일 그런 일이 있으면 그렇게 하란 얘기다."

하영근의 말에 이어 권창혁이,

"무거운 절을 떠나라고 하느니 가벼운 중이 떠난다는 말이 있잖은가?"

하고 웃었다.

"아무튼 그렇게 하게. 그런 기회에 공산당을 그만두는 게 좋을 것 같아."

하영근은 어떻게 해서라도 박태영을 탈당시키고 싶은 것 같았다.

박태영이 말했다.

"공산당엔들 어찌 시행 착오가 없겠습니까만, 그런 중요한 문제에 착오가 있어서야 되겠습니까. 그리고 우익의 선동이 교묘했다고는 하나,

포고문 한 장에 군정청 조선인 직원이 총사직을 하고 서울의 거리가 철시를 하는 판이니, 공산당이 그런 민심에 역행하는 짓을 하겠습니까?"

"그건 그렇다고 치구, ……아냐, 하여간 시간이 경과되면 알 수 있는 문제니까 두고 보기로 하고, ……박군, 공산당원 생활을 하면서 느낀 것을 간단히 말해볼 수 없겠나?"

권창혁이 진지하게 물었다.

박태영이 잠깐 생각을 정리하는 듯하더니 입을 열었다.

"전 그처럼 모두들 열심히 일하려고 서둘고 또 그렇게 하고 있는 단체나 조직을 아직 본 일이 없습니다. 보수를 바라지도 않고, 영달을 바라지도 않고 말입니다. 진리에 대한 헌신, 인민에 대한 정열이 그렇게 철저할 수가 없어요. 전 이러한 조직이, 그런 인간들의 노력이 보람을 보지 못할 까닭이 없다고 생각합니다. 이게 저의 감상입니다."

"근본이 틀려 있으면 부분부분이 아무리 정교해도 소용없어. 목적이 아무리 좋아도 수단이 좋지 않으면 보람을 볼 수가 없고……. 독일 민족이 얼마나 우수한가를 나는 발레리의 『방법적 제패』라는 책에서 읽었는데, 그 우수한 족속들이 저질러놓은 꼴이 뭐꼬. ……그리고 뭣이건 보통이라야 해. 보통의 노력으로 지탱이 되는 그런 조직이라야만 영속성도 있고 인간성도 있는 거다. 보수도 영달도 바라지 않고 어떻든 남보다 일을 많이 하려고 덤비는 그런 비상성非常性에 화인禍因이 있는 거야. 반자연적인 무리는 곧 반인간적인 거다. 그런 비상성, 반자연성, 반인간성이 협동해야만 혁명을 일시적으로나마 성공시킬 수 있는데, 그 비상성 탓으로, 반자연성 탓으로 모처럼 이룩한 성공이 결국은 오욕의 더미가 될 수밖에 없게 되는 거야."

"그렇게 어려운 논리가 적용되기엔 이 세상은 너무나 간단합니다.

억압하는 자가 있고 억압을 당하는 자가 있고, 부자가 있고 가난한 사람이 있고, 진리가 있고 허위가 있고, 정正이 있고 부정이 있고, 동지가 있고 적이 있고 하는 간단 명료한 사회가 아닙니까. 간단한 걸 복잡하게 만들어, 충분히 해결할 수 있는 문제를 해결 불능한 것으로 잡쳐버리는 버릇부터 고쳐야 하지 않겠습니까?"

"박군은 진짜 공산당원같이 말하는 법을 익혔구먼."

하고 권창혁은 껄껄 웃더니 덧붙였다.

"복잡한 문제를 지나치게 간단화하는 건 본질을 놓치게 되는 위험이 있느이."

괘종 소리가 울렸다. 이규는 그것을 헤아렸다. 꼭 열두 점이다.

"1945년이 이제 막 갔습니다."

이규는 조용히 말했다.


권창혁의 예견은 빈틈없이 적중했다.

1월 2일이었다. 조선공산당은 신탁 통치를 지지한다는 내용의 삐라를 서울의 골목마다 뿌렸다. 이 삐라의 내용은 다음과 같았다.

"모스크바 삼상 회담을 신중히 검토한 결과, 우리는 다음의 태도를 표명한다. 문제의 5년 기한은 그 책임이 삼상회의에 있는 것이 아니라 우리 민족 자체의 결함, 즉 장구한 일제 지배의 해독과 민족적 분열 등에 있다고 우리는 반성하지 않으면 안 된다. 그럼에도 불구하고 이번 결정의 책임을 의식적으로 삼국에 돌리고 이것을 정면으로 반대, 배제함에 열중하고, 삼국의 우호적 원조와 협력, 신탁을 흡사 제국주의적 위임 통치제라고 왜곡하고 과거의 일본 제국주의 침략과 동일시해 조선 민족을 오도하며 민족주의적 연합국을 적대하는 방향으로 대중을 기만하는 정책을 쓰고 있는 김구 일파의 소위 반신탁 운동은 조선을 위해 극히 위험천만한 결과를 나타낼 것이 필연적이다…….”

이 삐라를 읽자 이규는 자신만만해하던 박태영을 생각했다. 동시에 이 기회에 박태영이 공산당을 탈당했으면 하는 희망을 가져보았다.

이규는 하영근과 동석한 자리에서,

"어떻게 권 선생님이 그런 판단을 하실 수 있었을까요?"

하고 놀라움을 표시했다.

"전문가란 그 정도는 돼야 하지 않겠는가."

하고 하영근은, 그와는 오랫동안의 친구인데 그의 정세 판단이 아직껏 틀려본 적이 한 번도 없었다고 했다.

"대단한 분이십니다."

"아까운 인재지."

"나라를 위해 뭔가 하셔야 할 텐데요."

"그는 뭣을 하기엔 지나치게 허무주의적이거든. 그게 탈이야. 그게 또 매력이기도 하지만."

"선생님이 권하시면?"

"지금 통신사에서 자꾸만 오라고 하는데, 그럴 생각이 없는 것 같애."

"그렇게 하고 싶은 일이 없을까요?"

"글쎄. 영국 같은 정치 제도가 확립되기만 하면 국회의원 같은 걸 해보았으면 하는 의향은 있는 모양인데, 꿈같은 얘기고…….”

"영국 같은 정치 제도가 확립되길 그저 바라기만 할 것이 아니라 그렇게 만들어야 할 것 아닙니까. 권창혁 선생이나 선생님 같은 분이 나서지 않으면 누가 합니까. 두 선생님은 모두 지나친 안일주의자 같아요."

"권 선생에게 이군이 그렇게 권해보게."

"언젠가 권 선생님은, 자기는 미래를 만들고 있다고 하시던데요."

"그 얘긴 나도 들었다. 그런 점으로도 훌륭하지. 자네들을 외국으로 보낼 아이디어를 낸 사람은 권군이거든."

"기대가 지나치신 것 같아서 두렵습니다."

"기대란 별게 아냐. 그저 몸 성히 마음 내키는 대로 공부나 하고 돌아오면 돼. 박사가 되라는 얘기도, 성공한 학자가 되라는 얘기도 아냐. 권군 말마따나, 자연스럽게 무리하지 않고 공부하며 놀며 하면 되지. 혹시 이런 기대는 있을지 모르지. 조선 사람이 어느 정도 클 수 있는가 하는 것을 보고 싶은 심정이랄까. 우린 모두 가시 덤불 속에 뿌려진 씨앗이나 다름없거든. 그 씨앗 하나를 태양도 흡족하고 공기도 맑은 비옥한 대지에 옮겨 심어보는 심정이라면 자네 거북할까?"

이규를 바라보는 하영근의 눈은 귀여운 아들을 바라보는 듯했다.

"그건 그렇고."

하고 하영근이 약간 소리를 낮췄다.

"같이 생활해봤으니까 대강 알았을 것 아닌가. 윤희를 데리고 가면 혹시 짐스럽다고 생각하진 않나?"

"천만에요."

"솔직히 말해보게나. 조금이라도 부담이 된다면 계획을 바꾸면 될 테니까."

"부담이 되긴커녕 큰 도움이 되리라고 생각합니다. 윤희 씬 그림을 그리시니까 제가 공부를 하고 있어도 미안한 느낌이 없습니다. 그림 그리는 일이 있어서 심심치 않을 테니까요."

"꼭 그렇지?"

"예."

"혹시 윤희를 데리고 가는 것을 조건으로 그런 제안을 하지 않았나 하는 생각을 자네가 가질까봐 조금 걱정이 됐어. 절대로 그렇진 않다. 윤희를 데리고 가고 안 데리고 가는 것은 자네의 자유 의사에 있어."

"데리고 가지 말래도 제가 억지로 데리고 가야 할 기분인데요."

"그래?"

하영근의 얼굴에 다시 웃음이 번졌다.

"1946년! 앞으로 4년만 지나면 1950년이 된다. 20세기의 절반이다. 그때까진 나도 살고 싶다. 앞으로 세계가 급속도로 변할 테니까, 그 변하는 양상을 지켜보는 것도 흥미가 있을 거다. 유럽 한복판에서 20세기의 정오正午를 맞아보는 것도 의미가 있겠지. 권군 말대로라면 우리나라는 1950년을 향해 나락으로 굴러 떨어지는 시늉이 될 것이지만, 그것을 밖에서 관찰해보는 것도 좋을 거다."

하영근은 썩 기분이 좋아 보였다. 다음다음으로 얘길 꺼냈다.

1월 3일.

권창혁이 하영근과 이규를 보고 말했다.

"오늘 오후 한 시, 서울운동장에서 서울시 인민위원회가 시민대회를 여는 모양인데 구경하러 가자."

"추운 날씬데 거긴 뭣하러?"

하영근이 물었다.

"자네나 이군이나 그런 집회를 한 번쯤은 봐둘 필요가 있네. 좌익들이 시민대회를 어떻게 하는가 나 자신 또한 보고 싶기도 하고."

권창혁과 하영근과 이규는 서울운동장으로 가서 입구에서 가장 먼 구석에 자리 잡았다.

"사고는 언제나 입구 쪽에서 나니까 자리는 이쯤이 좋을 거라."
라는 권창혁의 의견이었다.

모임의 이름은 '민족통일자주독립촉성시민대회'라고 되어 있었다.

20만 명쯤 모였을까. 추운 날씨인데도 20만 명의 체온이 모인 탓인지 그다지 춥게 느껴지지 않았다.

빽빽이 광장을 메운 군중들 틈틈에서 각양각색의 깃발이 나부끼고 플래카드가 즐비했다. 게다가 붉은 깃발이 20만이란 인간의 집합에 사나운 의미를 부여하는 것 같았다. 확실히 20만 명쯤 모이고 보니 그 모임 자체가 위력을 가졌다.

"반탁 대회인 줄 알고 모여든 사람들도 많을 텐데."
하고 권창혁은, 그저께까지만 해도 반탁하겠다던 공산당을 비롯한 좌익 단체가 어떻게 찬탁으로 표변하는지, 그 과정이 볼 만할 것이라고 했다.

적기가가 울려 퍼졌다.

리듬을 가진 아우성 소리가 차츰 대회장의 분위기를 좌익적으로 물들여갔다.

이어 「해방의 노래」가 있었다.

"조선의 대중들아, 들어보아라!"

20만 군중이 '들어보아라!'라고 하니, 정녕 들어봐야 할 것 같은 느낌이 들었다.

애국가 제창, 건국 행진곡 제창이 있었다.

순국 선열에 대한 묵념엔, 중공으로부터 수입해왔다는 「추도가」의 반주가 있었다.

"산에 나는 가마귀야, 시체 보고 울지 말라.

몸은 비록 죽었으되 혁명 정신 남아 있다."

묵념이란 무엇일까? 혁명 정신이란 무엇일까? 이규는 그 대군중 틈에서 어쩔 수 없이 고독을 느꼈다.

'저 군중들은 갈 곳을 알고 있을까!'

'바람결에 나부끼는 갈대와 같은 것이 아닐까!'

'진실로 이 대회의 의미를 알고 모였을까!'

'어떤 의미로는 노예일 수밖에 없는 무리들이 아닌가.'

이규는 군중들이 묵념을 하는 동안 한층 높게 만들어놓은 로열 박스 쪽을 보았다. 좌익계의 거물들이 앉아 있었다. 얼굴을 알아볼 수가 없었다. 워낙 거리가 멀었다.

"여운형 씨도 나왔을까?"

"글쎄."

"박헌영은?"

하영근과 권창혁이 이렇게 소곤거리는데 스피커를 통해 고함이 흘러나왔다.

"긴급 동의요! 지금 옥중에 계시는 서울시 인민위원장 최원택 동지를 이 대회의 명예회장으로 추대합시다!"

"좋소!"

"옳소!"

함성과 더불어 박수 소리가 거센 파도 소리처럼 일었다.

"만장일치로 최원택 동지를 본 대회의 명예회장으로 추대합니다."

이 말이 있자, 또 함성과 박수 소리가 터졌다.

개회사가 있었다. 김광수라는 서울시 인민위원회 부위원장이 했다.

"만장하신 인민들이여!"

이렇게 서두를 꺼내고 판에 박힌 인사말을 나열한 뒤 김광수는 갑자기 외쳤다.

"소위 임정이란 것은 친일파, 민족 반역자, 파시스트, 테러 분자들에게 포위되어 이 땅 조선에서 전제 정치를 자행하려고 책동과 모략을 다하고 있으며, 인공人共의 합작 제의를 일축하는 용서 못할 태도를 취한 반동 집단이다!"

"옳소!"

"놈들을 쳐부숴라!"

하는 등의 고함이 이곳저곳에서 터져 나왔다. 김광수는 다시 말을 이었다.

"삼상 결정은, 그저 막연하게 조선에 독립을 준다는 카이로 선언에서 한 걸음 더 나아가, 첫째, 임시적으로 민주주의 정부를 곧 수립한다고 했습니다. 미 군정이 이대로 계속 있으면 우리가 어떻게 되겠습니까. 우리의 민주주의적 정부가 1개월 내로 수립된다 함은 얼마나 반가운 소식입니까. 그럼에도 불구하고 친일파, 민족 반역자의 조종을 받은 반동 집단은 자기들이 미 군정과 야합해 전제 정치를 펴기 위해 이러한 연합국의 호의를 무시하려 하고 있습니다. 연합국의 호의 없이 우리가 독립을 얻을 수 있겠습니까. 조선의 경제 부흥이 선진 국가의 호의적 원조 없이 가능하겠습니까. 그런데도 그들 반동은 연합국과 합작하지 않겠다고 선언하고 있습니다. 삼국의 대표자들은 5년 안에 꼭 우리에게 독립을 준다고 기한을 정해주었습니다. 이것을 반대한다는 것은 마치, 들어오는 복을 박차버리는 것과 같습니다. 우리는 이것을 지지하며 협력해야 합니다."

여전히 '옳소' 소리와 박수 소리가 있었으나 주석단 가까운 앞쪽에서 산발적으로 있었을 뿐, 뒤쪽의 군중들은 별다른 반응을 보이지 않았다.

이어 경과 보고에 들어갔다.

"저게 누구지?"

하영근이 물었다.

"한일이란 친구야."

권창혁이 대답했다.

경과 보고 다음에 대회 취지 설명이 있었다. 그것은

"이 대회는 모스크바 삼상회의의 조선 문제에 대한 결의를 지지하고, 국내의 모든 반동 세력의 반신탁 운동의 반동적·반인민적 모략을 분쇄할 것."

이라는 데 중점이 있었는데, 이상한 건 그다음 대목이었다.

"이 대회는 김구 일파의 음모적 조직인 소위 반탁국민총동원위원회의 즉시 해체를 명령함과 동시에, 시민 생활을 근본적으로 파괴하는 강압적 철시, 파업을 즉시 원상 회복할 것을 결의하는 동시에, 그 일파가 국제적 또는 국내적으로 범한 과오를 완전히 청산할 것을 명령한다."

"이군, 웃기는 얘기 아닌가?"

하고 권창혁은 앞에 서 있는 이규의 어깨를 쳤다.

"공산당이 질서 회복에 나섰구먼. 시민 생활을 근본적으로 위협하는 철시와 파업을 즉각 원상 회복하라고 명하셨는데, 탁치를 하겠다는 소리만 듣고도 저 모양이니, 정부가 서기만 하면 고양이가 되겠군."

공산당 대표 이승엽李承燁의 연설은 더욱 희극적인 것이었다.

"……우리는 첫째, 비민족적 양심을 가진 정치 브로커를 배격해야 하며, 둘째, 국제 정세에 대한 정확한 판단을 가질 능력이 없고 조선이 어떤 조선을 가져야 옳은지 모르는 무능한 자에게 우리의 정치를 맡길 수 없으며, 셋째, 민족의 의사를 반영치 못하고 민중의 지지를 받지 못한 그들은 도저히 조선을 요리하며 부지해나가지 못할 것이니 전 민중의 총의를 얻을 능력 있는 자에게 정치를 맡겨야 한다."

다음에 이른바 인민공화국 대표를 비롯해서 각 좌익 단체 대표들의 판에 박은 것 같은 연설이 계속되더니 결의문 채택이 있었다.

조선 문제에 대한 삼상회의 결정 지지 결의문, 민주주의민족통일전선 결성 촉진 결의문, 한민당 일파의 국민대회 소집 반대 결의문, 소위 대한 임시정부 배격에 관한 결의문 등이었다.

마지막으로 '인민공화국 만세'가 있고, 대회에 참집한 사람들은 시위 행진으로 들어갔다.

돌아오는 길에 세 사람은 명동의 어느 다방에 들렀다. 자리를 잡자 권창혁이 물었다.

"이군, 아까 대회를 보고 뭣을 느꼈지?"

"저런 대회가 무슨 정치적 효과를 가질 수 있을까요?"

"글쎄 말이다. 좌익이나 우익이나 정치하는 사람들은, 사람을 많이 모아놓고 연설을 하기만 하면 무슨 효과가 있을 것이라고 착각하고 있는 것 같애."

"사람을 모으고 연설을 하고, ……그게 정치지 뭣이 정치겠나. 조선의 정치가들이 한다는 일이란 기껏 그런 정도겠지."

하영근 씨의 말이었다.

"그런데 저는 20만이 모였다는 그 사실에 위압을 느끼긴 했어요. 시위라는 게 그런 것 아닙니까? 말하자면 그런 정도의 효과는 있는 것 같았습니다."

"나는 아까 집회를 보고, 이 나라 좌익 세력의 정도를 안 것 같애. 그 지적 수준과 능력의 정도를 말야. 김광수의 개회사, 이승엽의 연설, 그게 다 뭐꼬. 설득력도 호소력도 없는데다 국제 정세를 올바르게 판단해야 한다나? 국제 정세 판단은 그만두고 민중들에게 얘기하는 방식부터 배워야 하는 거야. 민중을 바보 취급해놓고서 무슨 말이건 하면 된다는 안이한 생각을 하니 되겠어?"

"그렇게 걱정되거든 자네가 공산당 학교 교사라도 해보라문."

하영근이 웃으며 말했다.

"내가 교사를 하면 기막힌 교육을 하지."

"자기의 앞날은 결코 순탄하지 않겠더라."

"탁치 찬성으로 좌익은 치명상을 입은 거나 마찬가지다. 반대는 수월해도 찬성이나 지지는 수월하지 않거든. 더욱이 좌익 정당의 생리는, 이런 단계에선 절대로 지지나 찬성은 안 맞아. 공격, 반대 일방으로 나가야 하는 거야. 오늘날 대중의 기분은, 무슨 국면에서건 부정적인 면으로 기울어지고 있거든. 그런 마음의 기울어짐을 이용해야 해. 군정 반대의 자세로 이때까지 좌익은 한몫 봤는데 탁치를 지지하고 나섰으니, 탁치를 결정한 연합국의 일원이란 뜻에서 군정청이 밀고 나가는 어떤 정책엔 동조해야 할 거란 말야. 지금부턴 우익이 군정을 반대하고 좌익이 군정을 지지하는 우스꽝스러운 현상이 나타날 거라. 그렇게 되면 좌익의 면목은 반쯤 감해지는 꼴이 되겠지. 좌익의 조직이 아무리 강하다고 해도 부동浮動하는 인심을 자기편으로 붙여야 세력화할 수 있으니까. 친일파나 민족 반역자들이 이 탁치 문제 바람에 살판이 났어."

"그건 무슨 소리고?"

하영근이 물었다.

"반탁을 함으로써 애국하는 포즈를 취해볼 것 아닌가. 이때까진 데모할 구실도 면목도 없었는데 지금부턴 데모할 수 있는 구실을 찾았거든. 안 그래? 반대할 무엇을 가졌다는 건 그만큼 이점이 있다는 얘기지. 어떻게 해석해도 신탁 통치를 하겠다는 건 우리에게 일종의 모욕이거든. 이 모욕에 대해 반대하는 건 활달하고 간단하지만, 찬성한다는 건 비굴하고 설명을 붙여야 하니까 구구하거든. 정치 활동에 있어서 구구한 태도란 건 그만큼 단점이 되지."

"이런 상황에서 통일 독립을 하려면 미·소의 의사와 전연 어긋나게 하진 못할 테니까 신탁 통치 5년을 견디어야 한다는 결론이 나오지 않습니까?"

이규가 물었다.

"그런 의견도 있을 수 있지. 그러니까 좌익들이 찬탁을 할 수 있는 것 아냐?"

"전망은 어떻습니까?"

"탁치를 피할 수 있을지도 모르지."

"그것은 또 왜요?"

"좌익들이 열성적으로 탁치를 지지하고 나서면 자연 미국의 태도가 변할 테니까. 생각해봐요. 신탁 통치는, 이를 반대 못 할 경우라도 열렬하게 찬성하고 나설 수 없는 그런 델리케이트한 문제거든. 좌익들이 소련의 지령을 받고 찬탁을 외치고 나온다면 미국도 생각하게 되지 않겠어? 신탁 통치는 곧 소련과 공산당을 이롭게 할 것이라고 판단이 서면 미국의 정책에 변화가 생길 것 아닌가!"

권창혁의 의견엔 조금도 어긋남이 없을 것 같았다.

"고견은 집에 가서 듣기로 하고."

하며 하영근이 일어섰다.

세 사람은 택시를 타고 명륜동으로 향하는 도중 화신 근처에서, 종로 3가로부터 걸어오고 있는 시위 군중의 선두를 볼 수 있었다. 겨울 하늘 아래 펼쳐진 시위 행진엔 또 다른 의미가 있다는 것을 이규는 느꼈다.

"손님들은 반탁이유, 찬탁이유?"

나이 많은 운전사가 갑자기 물었다.

"그건 왜 묻는 거요?"

권창혁이 되물었다.

"독립된다고 좋아하던 날이 바로 어제의 일인데 탁치니 신탁 통치니 하니까 서글프지 않소."

오랜 세월을 생활에 시달린 얼굴을 하고 있었으나 그 운전사의 마음은 젊어 보였다.

"탁치는 안 될 테니 걱정 마시오."

권창혁이 아무렇지도 않게 말했다.

"안 되다뇨? 어떻게 압니까?"

"방금 데모 행진하는 걸 보지 않았소. 그건 찬탁하자는 좌익 계열의 데모요. 좌익들이 하자고 나서는 일은 탁치뿐만 아니라 뭐든 안 될 거니까 그렇게 아시오."

"어떻게 그렇게 잘 아시죠?"

"난 점쟁이요. 줄잡아 10년 앞은 내다볼 줄 아는 점쟁이요."

하고 권창혁은 웃었다.

택시에서 내려 골목길로 접어들면서 권창혁이 이규를 보고 말했다.

"아까 그 운전사의 생각, 그것이 물들기 전 서민의 감각이라네. 그 감각을 찬탁 쪽으로 돌려놓자면 좌익들은 꽤나 애를 써야 할 거다."

1946년 1월 15일.

이규와 하윤희는 군정청으로부터 여권을 받았다.

이규는 여권을 받은 즉시 부모님에게 하직 인사를 하기 위해 고향으로 내려갔다. 이번에도 하윤희와 동행이었다. 하윤희도 어머니에게 작별 인사를 해야 했으니까.

이규는 고향에서 일주일 머물렀다. 그동안 할아버지와 할머니의 묘소에 들르기도 하고, 멀고 가까운 친척 어른들을 찾아보기도 했다.

시골에서도 반탁, 찬탁의 회오리는 일고 있었다. 좌우익의 대립이 눈에 띌 정도로 민심을 갈라놓고 있었다.

드디어 고향을 떠나는 날, 이규는 소년처럼 울었다. 10년이란 기한이 아득하기만 했다. 영영 부모와 형제들을 만나지 못하게 되지 않을까 하는 공포도 있었다.

"신외무물身外無物이니라."

큰아버지는 이렇게 말했고, 둘째 큰아버지나 아버지는 그저 말없이 지켜보기만 했다.

이규는 진주로 가서 윤희의 집 사랑채에 하룻밤 묵으면서 아버지가 준 꾸러미를 풀었는데, 거긴 백만 원이란 돈이 들어 있었다. 이규는 가슴이 쿵 내려앉는 듯한 기분이 되었다. 아무리 화폐 가치가 떨어졌어도 백만 원이면 자기 집 재산 거의 전부를 처분해서 만든 금액일 것이라고 짐작되었다. 분명 아버지는 어젯밤,

"서울에 가서 똑똑히 세어봐라. 10만 원을 겨우 준비했다. 하영근 씨에게 너무 기대하는 것 같아 께름하지만 우리 사정이 그러니 할 수 없구나. 정 딱하면 편지를 해라."

라고 했던 것이다.

백만 원이란 사실을 알면 받지 않을 것이라고 이규의 마음을 통찰했기 때문이었다. 집안과 일가들의 눈치를 살핀 탓이라고 풀이할 수도 있었다. 그러나저러나 집안의 재산을 몽땅 가지고 떠나는 것이 아닌가 하여 괴로웠다. 이규는 곧바로 시골로 돌아가 그 돈을 놓고 올까 하는 충동을 억제하기가 힘들었다. 아버지가 진주까지 따라 나오지 않은 이유도, 동생들을 진주까지 딸려 보내지 않은 이유도 그로써 짐작이 갔다. 하영근 씨가 최저 미화 50만 달러를 준비하겠다고 했으니, 가족을 희생시킬지도 모르는 이런 거액은 사실 필요가 없었다.

1월 23일.
이규와 하윤희는 서울로 돌아왔다. 편승할 비행기만 기다리면 되는 나날이 시작되었다. 권창혁의 말은 늦어도 일주일 안에 미 군용기에 편승할 수 있을 것이라고 했다.
이규는 김상태를 찾아 대강 경과를 설명하고, 상태와 같이 밤에 다동으로 김정란을 찾아갔다.
"견우 직녀도 유만부동이지, 우리 도련님들 너무하시지 않아요?"
양혜숙이 익살을 부렸는데, 반가워 들뜬 마음인 것 같았다. 김정란은 방에 들어서기가 바쁘게 손으로 얼굴을 가렸다. 눈물이 쏟아진 것이다.
"옥중 춘향이가 이 도령 본 기분인가 분데."
하고 양혜숙은 정란을 끌어다가 이규 곁에 앉혔다.
술상이 들어왔다.
"이군은 곧 외국으로 가게 됐어. 그래 그 준비로 바쁜 가운데서도 당신들과 송별연을 하기 위해 나온 거요. 그러니 오늘 밤엔 이군의 장도를 축하하는 뜻에서 실컷 마시고 놀고 합시다."

실컷 마시고 놀자는 설명이 되레 침울한 기분을 자아내는 것이 되었다.

"외국이라면 어디?"

익살 아가씨란 별명이 있는 양혜숙이 갑자기 심각한 표정이 되었다.

"프랑스로 간다네."

"프랑스? 거긴 멀죠?"

양혜숙은 딴으론 김정란을 대신해서 물었다.

정란은 도무지 말이 없었다. 주는 대로 술만 받아 마셨다.

"왜 이리 신명이 안 나노."

하고 양혜숙이 술상을 두드리며 노래를 부르기 시작했다. 그러나 도중에 시들고 말았다.

"만나면 이별인 것이 인생인데 왜 이렇게 침울해."

하고 김상태가 「타향살이」 노래를 꺼내긴 했는데, 그도 역시 신이 나지 않는 모양이었다.

"프랑스엔 왜 가나요?"

양혜숙이 이규에게 물었다.

"거기 가서 공부나 할까 해서."

이규는 싱거운 대답을 했다.

"여기선 공부가 안 되나요?"

양혜숙이 또 물었다.

상태가 멋쩍게 말했다.

"여기서 할 수 있는 공부가 있고 프랑스로 가야만 할 수 있는 공부가 있고 그런 기라, 그런 것."

양혜숙은

"정란아, 옛날 춘향인 기껏 한양 간 낭군 생각하고 눈물을 지었는데,

요새 춘향인 낭군을 프랑슨가 뭔가에까지 보내야 하는구나."
하더니 냅다 소리를 질러 노래를 뽑았다.

"괄세를 말아라, 괄세를 말아라! 사람 괄세를 네 그리 말아라!"
양혜숙의 뺨에 눈물이 흐르고 있었다.

"왜 이러나?"
상태가 놀라 말했다.

"남의 낭군 프랑스에 가는데 익살 아가씨가 왜 이러지?"

"정란이가 불쌍해서 그래요. 정란인 학생에게 몽땅 정을 줬나봐. 그러지 말라 해도 매일처럼 학생을 들먹여요. 화류계 사랑이란 담뱃불 사랑, 피우다가 버리면 그만인 사랑이라고 아무리 말해도 소용이 없거든요."

정란은 고개를 푹 숙인 채 어깨를 들먹거리고 있었다.

"야단났고나. 이렇게 되면 이건 초상집인디. 이군 송별회 하자고 했지, 초상 치르자고 했나."

상태가 정색을 했다. 양혜숙이 손수건을 꺼내 정란의 무릎 위에 던졌다.

"울지 마라, 정란아. 창피스럽다. 울지 마."

정란이 얼굴을 닦고 고개를 들었다. 큰 눈망울엔 아직도 눈물이 담뿍 괴어 있었다.

"제기랄, 내나 이군에게 돈이라도 있었더라몬 호기 있게 김정란 씨를 빼돌려 이군이 돌아올 때까지 고스란히 간직해둘 낀데."

상태의 말을 듣자 이규는, 고향에서 받아 온 백만 원을 생각했다. 그러나 그건 순간적으로 스친 상념일 뿐이었다.

"희망이 있다면야 돈은 필요없어요. 내가 정란이를 소중하게, 티 하나 묻지 않게 간수할 수 있어요. 그러나 그렇게 해서 뭣하겠수. 어사가 되어 춘향일 찾아온단 말예요? 신파 연극 같은 얘기 하지도 맙시다."

"연극치고는 신파 연극이 최고다. 홍도야 우지 마라, 오빠가 있다. 그 거는 기생인 누이에 얹혀 사는 씨알머리 없는 오빠가 제 입장을 세우기 위해 쓴 거란다."

"아무리."

양혜숙이 눈을 흘겼다.

"그러나 익살 아가씨 말 한번 잘했어. 만남과 이별은 인생의 이치다. 먼 훗날을 기약한다는 건 그야말로 신파 연극이다. 지저분한 감정일랑 청산하고 활달하게 헤어지는 기라. 그래 또 만날 날이 있으면 기분 좋게 만나는 기라. 십 년쯤 세월은 눈 깜박할 사이에 흘러가버리는 긴께."

상태와 혜숙의 익살로 해서 술자리는 겨우 흥을 지탱할 수 있었다.

이규는 김정란과 이 밤을 같이 새웠으면 하는 생각을 되뇌었으나 깨끗이 그런 생각은 포기하기로 했다. 하윤희를 위해서나 김정란을 위해서나 자기를 위해서나 좋은 일이 아니라고 판단했기 때문이다. 그 대신 자리를 뜰 때 상태와 혜숙일 앉혀놓고 이런 말을 했다.

"지금부터 십 년 후라면 1956년 1월 25일이 되겠지. 정란 씨, 그날을 기억해둡시다. 그날 열두 시에 우리 화신 앞에서 만납시다. 가능한 한 그때 한번 만납시다. 정란 씬 그때 어머니가 돼 있어도 좋고 어떤 형편에 있어도 좋습니다. 십 년 후 꼭 다시 만나도록 합시다. 차 한잔 마시고 헤어져도 그만입니다. 그 대신, 만나고 싶지 않다면 그 장소에서 왼쪽으로건 오른쪽으로건 가장 가까운 다방의 전언판에 그 사연을 써두기로 합시다. 서로의 안부나 알기 위해서요."

"그것이야말로 신파 연극 같은 얘기로구나. 그러나 그 생각은 멋져.

어때, 익살 아가씨, 우리도 꼭 그날 그 시간에 그 자리에서 만나자구."

김상태의 제안이었다.

"의사 학생 선생님도 앞으로 여기 오지 않을래유?"

"왜 안 와."

"그럼 왜 그런 말을 해유?"

"이군과 김정란 씨의 들러리를 서기 위해서 그 약속에 편승해보자는 얘기 아닌가."

"좋아요."

양혜숙이 말했다.

"나는 아직 김정란 씨로부터 승낙을 받지 못했는데?"

이규가 말했다.

"약속하겠어요."

김정란이 고개를 숙인 채 속삭이듯 말했다.

"됐어. 1956년 1월 25일 정오, 화신 앞. 이로써 기다려볼 일이 생겼구만."

김상태는 수첩을 꺼내 적었다. 그리고 한 장 한 장 그 기록을 뜯어 양혜숙, 김정란에게 돌렸다. 이규는 받지 않았다.

"내 가슴속에 이미 새겼는걸."

그러자 김정란도 그 쪽지를 돌려주었다.

"저두요."

"좋아. 들러리들만 그럼 쪽지를 가지고 있자."

하고 상태는 크게 웃었다.

이규는 어떻게 하든 박태영을 한번 만나보고 싶었으나 뜻을 이룰 수가 없었다. 그러나 그 안타까움을 김숙자에게 전해놓았다. 최남선 씨는 하영근과 함께 만났다. 그때 최남선 씨의 말이 인상적이었다.

"나는 내 아들이 역사를 공부하려는 것을 한사코 말린 사람이오. 부끄럽지만 내 재능에 대한 나의 자부는 대단하오. 그런데도 나는 역사 공부에 실패한 사람이오. 내 아들은 아무리 봐도 재능에 있어서 나만은 못하오. 그래 말렸는데, 요즘에 와서야 역사 공부는 재능만 갖고는 안 된다는 사실을 깨달았소. 재능 이상으로 필요한 것이 정신이오, 철학화된 정신. 그것이 없으면 아무리 공부를 해도 고문서의 창고밖에 안 되는 거요. 이군은 먼저 철학화된 정신을 배우도록 하오. 프랑스에 가면 철학화된 정신을 가진 석학을 많이 만날 수 있을 테니까 가능할 거요. 학문의 길엔 두 가지가 있소. 하나는 학문을 살리고 자기도 살리는 길이고, 하나는 학문을 죽이고 자기도 죽이는 길이오. 이 최남선은 아무래도 후자의 길을 걸은 것 같애. 이군은 무슨 일이 있어도 학문을 살리고 자신도 살리는 길을 걸어야 한다……."

1월 31일.
이규와 하윤희는 여의도를 떠났다.
반탁과 찬탁의 엇갈린 주장으로, 조국이 바야흐로 거창한 격동을 겪으려는 그 시간에 조국을 떠나는 이규의 마음엔 복잡한 감회가 서렸다.
이규가 동해 위를 날 때 박태영은 이규가 떠났다는 소식을 들었다.
'양지 쪽만 찾아서 걷는 인간, 위난이 피해주는 사람! 이규야, 부디 너만은 행복하라!'
박태영은 속으로 이렇게 울먹거렸다.
박태영의 얼굴에서 눈물이 굴러 떨어지는 것을 보자, 이규 소식을 전하러 간 김숙자는 와락 박태영의 무릎 위에 몸을 던졌다. 그리고 울음을 터뜨렸다. 숙자는 울면서 마음을 다졌다.

'이 불쌍한 박태영을 위해서 내 몸과 마음을 바치리라! 어떤 길을 걸어도 따라가리라!'

## 먼짓빛 무지개

하얗게 눈이 깔렸다. 산에도 눈, 지붕에도 눈, 거리에도 눈.
그러나 이월의 눈엔 감동이 없다. 눈의 그 흰빛마저도 을씨년스럽게 바래진 느낌이다. 게다가 눈이 녹은 부분은 시커멓게 썩어들어가는 상처 같다. 그러한 설경 속으로 김숙자는 신당동의 비탈을 기어오르고 있었다.

박태영으로부터 아지트를 신설동에서 신당동으로 옮겼다는 편지를 받은 것은 어제 오후다. 김숙자는 그 편지에 동봉된 약도를 따라 지금 박태영을 찾아가는 길인 것이다.

이규가 떠난 지 어언 보름. 그날 신설동 아지트에서 만난 후 김숙자는 처음으로 박태영을 찾아가는 셈이었다.

'무슨 까닭으로 그처럼 자주 거처를 옮겨야 할까.'

그것부터가 김숙자의 이해를 넘는 사실이었다. 공산당원이란 사실만으론 어느 누구도 침범하지 않는 시절인데 말이다.

비탈을 기어올라 세 갈래로 골목이 갈라진 곳에서 김숙자는 손에 든 약도를 폈다. 맨 오른쪽 골목으로 화살표가 그려져 있었다. 그리로 올라가 왼쪽으로 다섯째 집에 동그라미가 그려져 있었다. 문패의 이름은

배성식,

　그 앞에 김숙자는 섰다. 골목엔 사람의 그림자도 없었다. 몇 개의 발자국을 새겨둔 채 그 골목의 눈은 내린 그대로 쌓여 있었다.
　나지막이 대문 판자를 두드렸다.
　"누구십니까?"
하고 중년의 사나이가 점퍼 차림으로 마루 끝에 나서는 것이 판자문 틈으로 보였다.
　"전 선생을 찾아왔어요."
　김숙자는 되도록 나지막하게, 그러나 또록또록 발음했다. 박태영의 편지에 쓰인 그대로 실행하고 있는 셈이었다. 박태영이 그 집에서는 '전호길'이란 이름으로 되어 있는 모양이었다.
　중년의 사나이는 뜰에 내려서서 문으로 다가서더니 대문을 열었다. 숙자는 인사를 할 양으로 몸을 도사렸다. 그런데 그 사나이는, 어떤 인사도 받지 않기로 작정한 것 같은 표정이었다.
　숙자는 문 안으로 들어섰다. 뒤에서 문을 걸어 잠그는 소리가 들렸다. 뜰 왼쪽에 조금 떨어져 별채가 있었는데, 그 별채의 방문이 열렸다. 며칠 동안 수염을 깎지 않은 모양으로 텁수룩한 박태영의 얼굴이 내다보고 있었다. 김숙자는 가슴이 뭉클했다.
　"춥지?"
하고 박태영은 김숙자를 방 안으로 맞아들여 아랫목에 깔아놓은 담요 위에 앉혔다. 방 안이 썰렁했다. 박태영은 방 안인데도 어깨에 외투를 걸치고 있었다.
　책상으로 쓰는 밥상, 조그마한 트렁크, 그리고 삼류 여관에서나 볼 수 있는 포개진 이불과 요, 그리고 베개. 타월로 싸놓은 베개는 보기만 해도 불결했다. 묵정동 아지트보다 신설동 아지트보다 더 초라하고 불결한 방이었다. 벽에 발라놓은 신문지가 중간쯤에서 풀기를 잃고 축 처져 있기까지 했다.

"어쩌면."

하고 김숙자는 한숨을 쉬었다. 너무나 초라해서 저절로 한숨이 나온 것이다. 박태영이 숙자의 손을 잡았다.

"손이 차구나."

"당신 손이 더 차가워요."

박태영은 숙자의 손을 잡은 손에 힘을 주었다. 그리고 말했다.

"추운 것을 견디는 것도 당원의 수양이오."

숙자는 할 말을 잊었다.

'당원? 당원의 수양? 당원이 뭣일까!'

"춥고도 추운 러시아에서 공산당이 승리하기 위해선 먼저 추위를 이겨내야 했어."

그런데 박태영의 이 말은 김숙자의 눈엔 허세로밖에 보이지 않았다. 그러나 그런 말을 할 수는 없었다.

"그런데 왜 그처럼 연락이 안 되죠?"

힐난하는 투가 아닌, 그러나 약간 원망하는 빛으로 숙자가 말했다.

"그 아지트는 이용하지 못하게 됐어."

그 아지트란, 연락을 하면 하룻밤엔 꼭 소식이 전해질 수 있도록 마련된 일종의 통신 센터 같은 곳을 말했다.

"왜 이용을 못 하게 됐죠?"

"견책 처분을 받았어."

박태영이 우울하게 말했다.

"이유가 뭔데요?"

"그 이상은 묻지 마. 말 못 하게 돼 있으니까."

박태영은 잡고 있던 숙자의 손을 놓고 천장으로 시선을 옮겼다. 장지문이 바람에 떨었다.

"이렇게 추운 방에 있으려면 이불이라도 더 있어야 하지 않겠어요?"

"여기도 오래 있진 않을 게요. 그러나저러나 내 걱정일랑 말고 당신 걱정이나 하소."

"그럼 앞으론 어떻게 연락을 하죠?"

"일이 있으면 내가 편지를 하지. 하영근 씨 댁으로."

"그 댁엔 미안해요. 이규 씨와 윤희 씨가 떠나고 나니 더욱 미안해요."

"미안해할 것 없어. 그만한 신세쯤이야 져도 좋아요."

"그래두."

"그게 소부르주아, 소시민 근성이란 기라."

"남에게 신세를 지고 미안해하는 게 소시민 근성인가요?"

"그렇지. 미안해해도 별 도리가 없는데 그저 미안하다고 생각하는 게 소부르주아 근성인 기라."

"그런 억지 소리 마세요."

"억지라니, 우리는 혁명을 하려는 거요. 혁명을 한다는 건 비상 수단을 취한다는 뜻이오. 비상 수단이란 남의 의사를 무시해도 어쩔 수 없다는 행위인 기라. 그런 행위도 불사해야 할 사람이 조그마한 신세를 졌다고 자꾸만 미안하게 생각하면 어떻게 되겠어? 안 그래?"

숙자는 어이가 없었다.

"태영 씬 변했어."

"변하고말고. 차츰 당원의 수양이 돼가는 판이거든."

"그 당원의 수양이란 말 좀 안 했으면 좋겠어요."

"그래?"

하고 박태영은 웃는 표정을 지으려고 했다. 그러나 얼굴이 이지러졌을 뿐이다.

숙자는 보퉁이를 끌렀다. 세탁한 내의 등은 윗목으로 밀어놓고 스웨터를 꺼내 폈다.

"이것 한번 입어봐요."

"묘하게 생긴 스웨터구나."

"묘하긴, 미군들이 가지고 온 건데, 요즘 시중에 많이 나돌고 있어요. '도쿠리 샤쓰'라고 해요."

"도쿠리 샤쓰라."

박태영은 외투와 상의를 벗고 그것을 입어보려고 했다.

"벗은 김에 내복도 벗어요. 빨아야겠어요."

숙자는 세탁해온 내의를 태영 앞으로 밀어놓았다.

"그럴까?"

하고 태영은 나체가 되었다. 앙상하게 늑골이 드러난 가슴팍에 조알 같은 소름이 일었다. 안타깝기 짝이 없는 육체! 숙자는 와락 눈물을 쏟았다.

내의를 입고 그 위에 도쿠리 샤쓰를 입은 박태영은,

"어때, 좀 스마트해진 것 같잖아?"

하고 웃었다. 그러나 곧,

"이런 미군 물자를 입어도 될지 모르겠다."

하고 중얼거렸다. 다른 공산당원들의 눈초리를 의식한 말이었다.

"상의 안에 입는 옷인데요, 뭐. 따뜻하기만 하면 되잖아요."

하고 숙자는 눈물을 닦았다. 방바닥에 눈물이 떨어졌다. 그것을 치맛자락으로 닦았다.

"언제까지 이런 생활이 계속되죠?"

"승리하는 그날까지."

"승리하는 그날?"

"그렇지."

그날이 언제인지 숙자는 묻지 않았다. 박태영도 알 까닭이 없다는 걸 숙자는 잘 알고 있었다.

"당의 일은 잘되우?"

"그럭저럭."

"하 두령 소식은 들었어요?"

"나도 그게 궁금한데 알 수가 있어야지."

"노동식 동지의 소식은 알아요?"

"그것도 모르고 있어."

"당의 조직국 같은 데 물어보면 되잖아요."

"그런 건 묻지 못하게 돼 있어."

"꽤 까다로운 조직이구먼요."

"혁명을 할라쿠는 정당 아니가. 까다로울 수밖에 없지."

"그러나 친구와 가족의 정까지 막아버린다는 건 너무하지 않아요?"

"그런 말을 하면 못써. 승리하는 그날까진 개인 감정 같은 건 일체 억제해야 돼."

태영이 말하는 승리하는 그날! 김숙자는 그런 날이 영원히 있을 것 같지 않다는 생각이 들었다.

"식사는 괜찮아요?"

윗목의 물그릇에 아침에 갖다놓은 듯한 숭늉이 반쯤 얼어 있는 것을 보며 숙자가 물었다.

"식사야 뭐, 굶어 죽지 않을 정도면 되지. 지리산에서도 살았는데."

"지리산? 그곳에선 얼마나 즐거웠다구요. 보릿가루를 나물에 섞어 소금을 쳐서 먹고 살았지만 전 그때가 좋았어요."

숙자는 눈앞에 괘관산 일대의 풍경이 스쳤다. 높은 하늘, 하얀 구름, 갖가지 새들, 다소곳한 산꽃!

"그렇지. 생각하면 그때가 좋았지."

박태영도 지리산, 괘관산에서의 생활을 일순 회상했다.

침묵이 흘렀다. 그 침묵 사이의 공기는 싸늘했다.

"저도 놀고만 있을 순 없구, 그러니 당에나 들까요?"

숙자가 불쑥 이렇게 말을 꺼냈다.

"당에?"

"당이 안 되면 여맹女盟 같은 데라도 좋아요. 저도 태영 씨가 가는 방향으로 노력하고 싶어요."

"안 돼, 조직에 들면 너무나 제약이 많아."

"그걸 태영 씨를 위해서 하겠다는 겁니다."

"안 돼."

"우리는 부부 아녜요? 부부가 합심해서 해나가자는데 왜 그러죠?"

"하여간 숙자 씬 조직 밖에 있어야 해. 그럴 이유가 있어."

"그럼 허구헌날 빈둥빈둥 놀고만 있으란 말예요?"

"할 일을 생각해봐야지. 고향에 내려가 기다린다든가, 적당한 곳에 취직을 한다든가."

숙자는 드디어 평소에 품어온 생각을 말해볼까 했다.

"꼭 그렇다면 학교에나 다녀볼까 해요."

"학교? 무슨 학교?"

"의과 대학에요."

박태영은 잠깐 생각하는 눈치더니,

"그것 좋은 의견인데."

하고 물었다.

"입학 시험에 붙을 자신 있소?"

"머리는 태영 씨만 가지고 있는 줄 아세요? 지금부터 공부를 하죠, 뭐. 입학이 반년쯤 남아 있으니까요. 모두 비슷비슷한 처지일 테니까 조금만 노력하면 되잖을까요?"

"그럼 됐어. 그렇게 합시다."

"문제는 학비 아네요?"

"그건 내가 하영근 씨에게 부탁해보지."

"또 하영근 씨?"

"도리가 있나, 뭐. 나랑 당신을 외국 유학까지 보내주려는 아량이 있었던 분이니까 그 정도 부탁이야 안 들어줄라구."

"그야 그렇겠지만, 당신이 끝내 공산당을 고집하는 게 마음에 안 드시는 모양이던데요."

"지주는 공산당을 좋아할 까닭이 없지. 그러나 하영근 씬 우리 당이 양심적인 지주라고 인정한 분이니까 괜찮아. 그분에 대한 우리의 보답이 꼭 있을 테니까."

"그런 날이 있을까요?"

"숙자 씬 무슨 그런 말을 해."

박태영이 바깥을 살피는 표정이 되었다. 그러나 전깃줄을 울리는 바람 소리, 아득하게 들려오는 자동차 소리가 있을 뿐이었다.

"권창혁 선생님 말씀을 들으면 영영 가망이 있을 것 같지 않던데요, 뭐."

"그런 소리 말라니까."

박태영이 정색을 했다.

그러나 숙자는 말을 멈출 수가 없었다.

"공산당은 수렁과 같대요. 얼른 빠져나오지 못하면, 발을 빼려고 하면 할수록 점점 깊이 빠져들어가는, 그리고 드디어는 완전히 함몰하고 마는 수렁 말예요. 그것과 같다고 했어요."

"권창혁 선생에겐 한계가 있어. 아무리 명석한 두뇌라도 넘어설 수 없는 한계란 게 있는 거야. 그분은 공산당에 대한 감정적인 혐오를 가지고 있어. 그게 한계란 말요. 어느 정도까진 정확하게 판단하지만, 어느 정도를 넘으면 그 감정의 빛깔로 발라버리거든. 레닌의 승리를 러시아의 인텔리겐치아는 아무도 예상하지 못했는데, 권창혁 씨는 그런 인텔리에 속하는 사람이오. 감정적인 선입감으로 추리를 해나가니까 혁명의 비약을 이해하지 못하는 거야. 두고 봐요. 우리 공산당은 꼭 승리하고 말 테니까."

김숙자는 쓸쓸한 웃음을 띠었다.

"당신의 그 웃음 마음에 걸리는데. 당신도 나처럼 확신을 가져요. 확신을 가지지 못하면 기회주의자나 패배주의자가 될 수밖에 없소."

이렇게 말하는 박태영 앞에서 더 이상 회의적인 말을 할 수가 없었다.

"권창혁 선생님의 말씀이 백 번 옳아도 따라가긴 당신을 따라갈 테니까 걱정 마세요."

"무슨 뜻이지?"

"액면 그대롭니다."

"확신도 없으면서 나를 따라와?"

"당신을 확신하고 있으니까요. 내 남편으로서, 애인으로서, 친구로서, 그리고 세상에 단 하나밖에 없는 박태영 씨로서 확신하고 있으니까요."

"그렇다면 신념도 나와 같이해야지."

"제겐 신념보다 당신이 더 중요해요. 당신이 곧 나의 신념입니다. 그러니까 당신이 가는 곳이면 어디라도 따라가고, 당신이 가라는 곳이면 어디라도 갈 참입니다. 그런데 그밖에 또 신념이 필요하단 말인가요?"

박태영이 김숙자의 어깨를 안았다. 옷 위로도 어깨뼈가 느껴져, 무척 말랐다는 것을 알 수 있었다. 뭉클 목구멍으로 치미는 것이 있었다. 박태영은 그 목구멍에 치민 것을 토하기 위해서라도 엉엉 소리내어 울고 싶었다. 그러나 마음을 가다듬었다.

"우리가 앞으로 살아나가는 데 있어선 센티멘털리즘은 금물이오. 어디까지나 이성적으로 차가운 눈빛을 하고 싸워나가야 해요. 승리냐 죽음이냐 하는 이자택일의 기로에 우리는 서 있는 거요. 조그마한 실수도 있어선 안 되오. 그러자면 사상과 신념으로 무장해야 하는 거요."

말하다가 갑자기 박태영은, 자기가 한 말이 언젠가 들은 최용달의 말 그대로라는 것을 깨닫고 놀랐다. '어느덧 나도 앵무새가 된 모양이구나.' 싶었지만, '당은 한동안 앵무새를 필요로 한다.'라고 자위했다.

한편 김숙자는 박태영으로부터 그런 판에 박은 듯한 말은 듣고 싶지 않았다. 마음의 소리를 듣고 싶었다.

어느덧 점심때가 가까워져 있었다.

"우리, 식사하러 안 갈래요?"

시계를 들여다보고 숙자가 말했다.

"나갈 순 없어."

"한 시간쯤이면 될 텐데요, 뭐."

"안 돼."

"왜요?"

"곧 연락하러 사람이 오게 돼 있어."

"없는 동안에 오면, 조금 기다리라고 주인집에 일러놓으면 되잖아요?"

"그게 안 된다니까."

"딱도 하십니다."

숙자는 새침해졌다. 그리고 덧붙였다.

"그래, 점심 먹으러 갈 시간의 여유도 없단 말예요?"

"점심은 여기서 먹게 돼 있어."

박태영의 표정에, 단순한 사양 이상의 그 무엇이 있음을 암시하는 것이 있었다. 김숙자의 민감한 눈이 그것을 놓칠 리 없었다.

"태영 씨, 무슨 일이 있는 거죠? 그러지 않고서야 오랜만에 아내가 찾아왔는데 한 시간쯤 밖에 나가지 못할 까닭이 뭐냐 말예요."

"아냐, 누가 오게 돼 있어서 그래."

"그럼 좋습니다. 저도 여기 있겠어요. 태영 씨가 어떤 점심을 먹는지 알아보기도 할 겸, 어떤 사람이 오는지도 알아봐야겠어요."

"안 돼. 숙자는 곧 떠나줘야 해."

박태영은 당황하기조차 했다.

"아내가 남편 식사하는 것을 보는 것이 안 되다니, 그게 무슨 말씀입니까. 또, 아내가 남편을 찾아오는 친구를 만나보는 게 뭐 나쁩니까?"

"그럴 사정이 있어."

"그 사정이 뭐냐 말예요?"

"난 지금 견책 처분을 받고 있다지 않았나."

"당신 같은 충실한 당원이 왜 견책 처분을 받죠?"

"아까도 말했잖아. 말할 수 없다고."

숙자는 그처럼 당황해하는 박태영을 본 것은 그때가 처음이었다. 언제나 침착한 박태영이 아니었던가.

온갖 말을 다 쏟아놓고 싶었으나 박태영의 표정에 나타난 괴로운 빛이 너무나 심각했기 때문에 김숙자는 자기를 진정시키기에 애썼다. 그래 겨우 이렇게 말했다.

"그럼 전 곧 이 방에서 나가야 됩니까?"

"아냐. 아직 한 시간쯤 여유가 있어."

태영이 빈약한 책상 위에 놓인 시계를 돌아보며 말했다.

격정이 사라지고 나니 모든 것이 허망의 빛깔로 쓸쓸했다. 숙자는 태영이 벗어놓은 때묻은 내복을 보자기에 싸기 시작했다.

"미안해, 숙자."

내복을 싸고 있는 숙자의 손 위에 태영의 손이 겹쳐졌다. 숙자는 태영의 목을 끌어안고 키스라도 할 정염情炎이 일지 않는 바도 아니었지만, 그 방 안은 너무나 황량했다. 공기가 너무나 싸늘했다. 그 황량함과 싸늘함 속에선 어떠한 정염도 활활 타오를 수가 없었다.

"이거 십만 원입니다. 하 선생님이 주신 겁니다."

숙자는 가슴속에서 봉투를 꺼내 태영 앞에 놓았다.

"고맙다고 하더라고 인사나 전해주소."

박태영이 얼굴을 떨어뜨린 채 말했다.

신당동 비탈길을 미끄러지지 않도록 기를 쓰며 내려오는 김숙자의 눈엔 흥건히 눈물이 담겨 있었다.

김숙자가 떠난 뒤 박태영은 한동안 멍청히 앉아 있었다.
이규 생각이 났다.
'그는 지금 동경에 있다는데……'
그러나 얼른 그 생각을 지워버렸다.
'하 두령은 지금 어디에 있을까?'
하준규와 같이 있으면 어떤 곤란이라도 견딜 수 있을 것 같았다. 지금 하준규도 자기와 똑같은 처지에 있지 않을까 하여 태영은 갑자기 불안을 느꼈다.
'하 두령이 이런 처지를 견딜 수 있을까. 그 자존심 강한 하 두령이!'
만일 하준규가 당의 처리에 불만을 느껴 당을 떠나는 일이 있으면 어떻게 할까. 박태영의 걱정은 그것이었다.
태영은 이러한 망상을 지워버리기 위해 밖으로 나왔다. 뜰로 내려서려니까 위채의 방문이 반쯤 열렸다.
"운동을 할라구요."
태영은, 사람은 보이지 않으나 반쯤 열린 방문을 향해 쾌활하게 소리 높여 말했다.
박태영은 좁은 뜰에서 제자리뛰기를 시작했다. 그렇게 한바탕 하고 나면 망상도 사라지고 추위도 잊는다.
태영이 운동을 끝내고 방으로 들어가려 하자, 다시 윗방의 문이 열리고 중년의 사나이가 얼굴을 내밀었다.
"걱정하지 마슈."

그리고 방문을 닫았다.

"고맙습니다."

라는 말을 남겨놓고 태영은 방으로 들어갔다. 그리고 책상 앞에 앉았다. 그날의 반성문을 쓸 참이었다.

태영은 숙자에게 말했듯이 당으로부터 견책 처분을 받고 있었다. 3개월 근신, 바꿔 말하면 연금을 당하고 있었다. 아까 윗방 사람에게 '고맙습니다.'라고 한 것은, 연금 동안엔 아무도 못 만나게 돼 있는데 아내인 숙자와 만나게 해줘서 고맙다는 뜻이었다.

그러나 그런 특혜를 베푼 것은 결코 그 집 주인의 호의에서 우러난 것이 아니다. 태영이 내복을 갈아입어야겠다는 핑계로 숙자에게 보내는 편지를 써서 그 집 주인에게 주자, 그 집 주인은 세탁을 해주는 수고를 덜기 위해서 태영의 편지를 우체통에 넣어주고, 김숙자의 방문을 몇 시간 동안 허락해주었을 뿐이었다. 박태영이 현재 묵고 있는 그 집은, 기본 계급이며 공산당 공로자의 아들 집이라고 해서 당이 신임하고 있는 집으로서, 그 집 주인은 감시 역할을 하고 있는 터였다.

박태영이 견책 처분을 받게 된 동기는 탁치 문제에 있었다.

공산당이 찬탁으로 태도를 바꾸기 전날 밤, 박태영은 당 중앙의 소집을 받았다. 회합 장소인 재동의 어느 집으로 갔더니, 아무런 설명도 없이 '탁치를 지지하는 길만이 정당하다.'는 뜻을 골자로 한 몇 가지 문례를 내놓고, 그것을 붓으로 쓰거나 등사판으로 등사해서 통행 금지가 해제되는 대로 일제히 거리에 나가 그 전단을 뿌리고 또는 벽이나 전신주에 붙이라는 명령을 내렸다.

박태영은 영문을 알 수 없었다. 혹시 공산당에 반대하는 부류의 모략에 걸린 것이 아닐까 하는 생각도 들었다.

"여기 모인 동지들은 서로 인사할 필요가 없소."

"삐라를 뿌리고 벽보를 붙이고 나면 지체없이 각자의 아지트로 돌아가 다음의 지시를 기다리시오."

하는 등등의 처사가 종래 당이 해오던 방식과 전혀 다르고, 아무리 둘러보아도 평소에 이름을 알거나 낯이 익거나 한 사람이 하나도 없기 때문이었다. 심지어 박태영은, 이곳으로 모이라고 지시한 자기의 상위자 윤을 의심하기까지 했다.

'그자가 반동과 결탁한 모략이 아닐까.'

순간의 일이지만 박태영의 두뇌는 민첩하게 회전했다. 그의 짐작, 그의 계산으로선 지금 이 시점에 찬탁이란 어림도 없는 얘기였다. 공산당이 그러한 짓을 할 까닭이 없었다. 모스크바 삼상회의의 결정이라고 해서 탁치 문제가 나왔을 때 보여준 민중 심리를 보더라도 결코 그럴 순 없었다. 공산당은 인민과 더불어 나아가고 민중과 더불어 살아야 할 정당이며 조직이 아닌가.

이렇게 결론이 났을 때 박태영은 번쩍 손을 들고 고함을 질렀다.

"질문 있습니다."

일순 조용해졌다. 대문을 세 개나 거쳐 들어온 깊숙한 고가의 안채가 지닌, 뭐라고 형용할 수 없는 정적이 삼십여 명으로 헤아려진 사람들의 머리 위를 누르는 것 같았다.

"질문이라니, 그게 뭐요?"

구석진 곳에서 소리가 났다. 그러나 그 말을 한 사람이 누군지 분간할 순 없었다.

"책임자가 있을 것 아닙니까. 그 책임자에게 묻고 싶습니다."

태영이 침착하게 말했다.

"지금 일이 바쁘오. 여기 있는 사람으로 용산에서 효자동까지의 넓은 지역을 맡아야 하니, 엉뚱한 얘기로 시간을 낭비할 수가 없소. 여러 말 말고 맡겨진 일이나 하시오."

아까 문례를 설명하던 30대의 사람이 억압적으로 말했다.

"일이 바쁘다니, 그런 말 갖곤 되지 않습니다. 지금 지시한 일은 우리 당이 며칠 전에 세운 주장과 백팔십 도 다릅니다. 그런데 이렇다 할 설명 하나 없이 이런 일을 한단 말입니까?"

박태영의 어조는 흥분되어 있었다.

"아까 설명할 땐 어디에 있었어?"

어디선가 고함이 날아왔다.

"나는 그 설명을 듣지 못했습니다."

박태영이 싸늘하게 대답했다.

"그럼 지각한 것 아냐? 지각한 주제에 무슨 큰소리야!"

또 다른 곳에서 지른 고함이었다.

"난 지각하지 않았소. 내가 연락을 받은 것은 일곱 시 삼십오 분, 여기에 도착한 것은 여덟 시요. 묵정동에서 여기까지 달려오려면 손기정 선수라도 그만한 시간은 걸릴 것이오. 그러니 나는 지각하지 않았소."

"꽤 말이 많군."

"일이나 하자구."

"괜히 떠들고 있어."

중구난방으로 소리가 터져 나왔다. 박태영은 주위의 적의를 느꼈다. 분명 이건 모략이란 판단이 섰다.

"우리 조선공산당이 이렇게 불합리한 일을 할 까닭이 없소. 나는 퇴장하겠소."

박태영은 대청마루에서 축돌 위로 내려섰다.

"저놈을 잡아라."

하는 고함 소리가 일었다. 동시에 억센 팔들이 박태영의 몸을 꼼짝달싹 못하게 잡았다. 박태영은 그대로 뒤쪽 집으로 끌려갔다. 40대로 보이는 한복 차림의 신사가 상좌에 앉고, 30대, 20대로 보이는 청년들이 그를 중심으로 회의를 하고 있는 듯했다.

박태영을 끌고 간 사람 가운데 하나가 한복 차림의 사람에게 귀엣말을 했다. 한복 차림의 사람이 박태영의 얼굴을 한참 동안 보더니 물었다.

"나는 당의 중앙위원이오. 당이 시키는 일에 동무는 불만이 있소?"

"당이 시키는 일인지 무슨 모략인지 알 수가 없어서 질문을 했을 뿐입니다."

"그럼 거기 앉아요."

한복 차림의 사람은 태영을 끌고 온 사람들을 보내고 입을 열었다.

"이름이 뭐요?"

"도삼입니다."

"본명은?"

"상대를 확인하지 않고 어떻게 말합니까?"

"내가 중앙위원이라고 해도?"

"그걸 누가 압니까?"

"여기 모인 동무들이 승인을 해도?"

"여기 있는 사람들을 내가 알 까닭이 있습니까?"

그러자 한복 차림의 사람은 조끼 안주머니에서 일제 때 쓰던 오십 전짜리 은전을 꺼내 보였다. 그리고 말했다.

"오늘은 임진강으로 가는 날이야."

"무산에서 기다리겠습니다."

박태영도 순순히 암호를 댔다.

"그럼 본명을 물을 만하잖나."

"박태영입니다."

"박태영? 음, 이현상 동지가 말한 친구로구먼."

하고 그 사람은 고개를 끄덕였다.

"이만하면 이 모임이 당 사업을 위해 모인 것인 줄 알겠지? 나가서 일을 해요."

그러나 박태영은 일어서지 않았다.

"왜 그러고 있소?"

중앙위원이란 사람이 노기를 띠고 말했다.

"도저히 납득할 수가 없습니다."

태영은 그 사람을 똑바로 보고 말했다.

"뭣이 납득할 수 없다는 거야?"

"어떻게 해서 반탁이 찬탁으로 바뀌었습니까?"

"정보가 잘못 전해졌기 때문이야. 후견後見과 신탁을 혼동했어. 얼마 전에 바른 정보가 들어왔어. 그래 당이 서두르는 거요. 인민들의 그릇된 인상을 씻기 위해서 서둘고 있는 거란 말요."

"그럼 신탁 통치를 하지 않는다는 것을 신탁 통치한다고 오해했단 말씀입니까?"

"아니지. 탁치는 하되, 우리 조선 인민에게 유리한 방향으로 할 것이란 내용을 파악했단 말야."

"이렇건 저렇건 탁치 아닙니까?"

"탁치에는 여러 종류가 있을 것 아냐? 탁치와 동시에 남북 조선의 통일 정부가 선단 말야. 우리 공산당이 주도 역할을 할 수 있는 임시정부가 서고 그다음 단계에 정식 정부가 서고 하는 순서로 일이 돼나갈 것이란 말야."

"그렇게 그림 그리듯 하는 것을 우익은 가만 보고 있겠습니까?"

그러자,

"이 사람이!"

하고 고함이 터졌다. 이어,

"내가 당신과 언제 토론을 하쟀나? 건방지게. 좋게 타일렀으면 순순히 응할 일이지, 뭐야 그 태도가? 당장 나가! 나가서 일이나 해!"

하고 중앙위원은 식식거렸다.

"지금 민심은 그렇게 돼 있지 않습니다. 어제까지 반탁을 했다가 내일 찬탁이라고 하면 당의 위신이 땅에 떨어집니다."

태영은 호소하는 심정으로 말했다.

"당의 위신은 우리가 더 생각하고 있어. 당원은 당의 지시에 따르면 되는 거야. 당의 명령은 신성하고 절대적이야. 잔말 말구 빨리 나가!"

그래도 박태영은 움직이지 않았다. 자기 나름으론 당의 중대 문제이니 어떻게 하든 눈앞에 있는 그 중앙위원의 마음만이라도 돌리고 싶었다.

"아무리 당의 명령이라도 납득이 안 되는 일을 어떻게 할 수 있습니까. 방법 문제는 신중히 검토해서 하더라도, 반탁의 원칙만은 당이 포기하면 안 됩니다."

"이 사람 보아하니 정신 나간 사람이구먼. 당은 이미 찬탁하기로 결정했단 말야. 그래서 오늘 밤 비상 작업을 하고 있는 거란 말야. 이 이상

중얼대면 반당 행위자로 규정할 테니까 빨리 나가 일해요."

그래도 태영이 움직이지 않고 말을 하려 하자 중앙위원은 호통을 쳤다.

"이 사람을 끌어내!"

좌중의 청년들이 일제히 일어서더니 태영의 손을 잡아 끌었다.

태영은 묵묵히 일어섰다. 그리고 순순히 방 밖으로 나왔다. 미닫이가 닫혔다.

"별놈 다 보겠어. 내일 당장 징계위원회에 회부해야겠군."

하는 소리가 미닫이 저쪽에서 들렸다.

박태영은 자기를 혼자 남겨준 것을 기화로, 분주히 등사판을 돌리고 있는 건물을 피해 뒤쪽 담벼락으로 돌았다. 불빛도 없는 어둠 속에서 하늘을 쳐다봤다. 하늘엔 별이 있었다. 태영은 한참 동안 서서 그 별들을 바라보다가 망설이는 마음의 결단을 지어야겠다고 생각했다.

'갈까, 말까?'

간다는 것은 당이 시키는 일을 하러 간다는 뜻이고, 만다는 것은 당의 지시를 거역한다는 뜻이다. 태영은 어떻든 당을 거역하긴 싫었다. 그러나 신탁을 찬성할 순 없었다.

마음을 정할 수가 없어 어둠 속에서 담벼락을 따라 도는데,

"누구요?"

하는 나직한 소리가 있었다. 어둠에 익숙한 눈으로 가만히 보니 샛문이 있고, 샛문 옆에 사람이 서 있었다. 불의의 난입자를 막기 위한 것 같았다.

"누구요?"

하는 말이 되풀이되었다.

"임진강으로 갑니다."

태영의 입에서 반사적으로 나온 암호였다.

"문산에서 기다리죠."

하더니 문을 지키고 섰던 사람은,

"이 문을 열 줄 모르니 앞문으로 나가시죠."

라고 했다.

"앞문으론 출입이 금지되어 있소."

태영이 조용히 말했다.

"그럼 한번 열어봅시다."

하고 그 사람은 성냥을 그어대며 빗장을 찾았다. 녹슨 빗장은 예사로운 힘으론 움직이지 않았다. 태영은 돌을 주워 빗장을 때렸다. 소리가 꽤 크게 났으나, 워낙 울 안이 넓어서인지 방해할 인물이 나타나진 않았다.

드디어 빗장을 열고 태영은 그 집에서 빠져나왔다. 가로등 아래서 시계를 보니 열 시 반이었다. 태영은 행길로 빠져나오면서, 문을 여는 데 도와준 청년을 생각했다. 어두워서 얼굴이나 표정은 알 수 없었으나 충직한 당원임엔 틀림없을 것 같았다. 암호를 말한 것만으로 무조건 신뢰하고 문을 열어주는 그런 행동이 곧, 지나치게 엄격해서 형식적으로 경화된 조직의 폐단이란 사실을 박태영이 깨달은 것은 먼 훗날의 얘기지만, 그 청년에 대한 감회는 오래오래 남았다.

'귀신 같은 사람이다.'

박태영은 엄습해오는 불안감 사이에도 권창혁의 예언을 되씹지 않을 수 없었다.

'절대로 공산당은 찬탁 노선을 택할 거다.'

권창혁은 이렇게 말했다.

"만일 공산당이 끝내 반탁을 하면 조선공산당을 존경하겠다."

권창혁은 이런 뜻의 말도 했다.

'그런데 어떻게 권창혁은 그런 예측을 할 수 있었을까. 조선공산당의 어느 누구도 그런 예측을 하지 못하고 있었는데 어떻게 권창혁은 그럴 수 있었을까. 우연일까? 우연이라고 하기엔 권창혁의 말은 너무나 자신에 넘쳐 있었다.'

박태영은 '그처럼 권창혁이 공산당의 생리에 통달해 있다면 공산당에 관해서 그가 한 말은 모두가 진실이 아닌가.' 하는 생각으로 이끌리기도 했다.

'그러나 그럴 리야 없지. 러시아의 혁명을 성취한 공산당이 아닌가. 중국의 반을 지배하고 있는 공산당이 아닌가. 인류의 미래를 담당한 공산당이 아닌가. 역사는 후퇴하는 법이 없다. 유물사관은 진리다. 권창혁의 판단은 일시적이고 국부적인 경우에만 맞을 수 있는 것일 뿐이다.'

이런 생각을 하다가도 박태영은 징계위원회에 회부되었을 때의 상황을 상상했다.

'어떤 처분이 내려질까.'

하여 불안하기도 했다. 그러나 한편 그런 경우를 이용해서 자기의 반탁 이론을 전개하리란 기대도 가졌다.

'모두들 양식이 있고 정의를 바라는 사람들이 아니겠는가. 진리에 대한 갈망을 가진 사람들이 아니겠는가. 모두 애국자들이 아닌가. 그렇다면 성의와 이론을 다한 내 말이 통할 수 있을 것 아닌가.'

라고 생각해보면, 훌륭한 당원으로 인정을 받는 계기가 되지 않을까 싶어 가벼운 흥분마저 느꼈다. 그런데 중앙위원이란 사람의 인상을 생각해보면 다시 불안감이 짙은 구름처럼 떠올랐다.

'그런 사람이 어떻게 공산당 중앙위원이 될 수 있었을까? 그런 사람이 있으니까 반탁을 찬탁으로 돌리는 따위의 어처구니없는 과오를 범하는 것이 아닐까.'

태영은 그 중앙위원과 대결할 요량으로 자기의 반탁 이론을 머릿속에서 정돈하기에 바빴다. 그래서 거의 뜬눈으로 밤을 새웠다.

이튿날 아침, 박태영은 밥을 먹고 책상 앞에 앉았다. 반탁해야 한다는 의견을 정리하기 시작했다.

첫째, 일반 대중의 심리와 감정에서 동떨어진 정책은 있을 수 없다.

둘째, 찬탁을 함으로써 우익에게 명분을 주어선 안 된다.

셋째, 찬탁은 자주 독립에 있어서 절대로 지장이 된다.

넷째, 탁치를 받아들인다는 것은 우리에게 자치 능력이 없음을 자인하는 비굴한 꼴이 된다.

다섯째, 관여하는 나라가 넷이나 되니 민족의 분열을 극심하게 해서 한말과 같은 상황을 조장할 위험이 있다.

여섯째, 만부득이 찬탁을 해야 한다면 전제 조건을 달고, 그 전제 조건 이행의 확약을 받은 후에 해야 한다.

'그 전제 조건이란 이렇다.'
라고 쓰려는데 바깥에서 기침 소리가 났다.

태영은 문을 열었다. 태영의 상위자 윤병창이 시무룩한 얼굴로 쑥 들어왔다. 그 뒤에 낯모르는 청년 둘이 따랐다.

"이렇게 일찍 웬일입니까?"
하고 태영이 인사를 했다.

윤은 태영에게 대꾸도 하지 않고 명령조로 말했다.

"모든 책, 서류를 전부 내놓으시오."

반문을 허용하는 그런 분위기가 아니었다. 태영은 책상 위에 있는 책과 서류를 대충 챙겨 윤 앞에 밀어놓았다.

"이것밖에 없소?"

윤이 물었다.

"가방 안에도 있습니다만, 그건 내 개인 책입니다."

"그것도 내놓으시오. 하여간 책이란 이름이 붙은 것, 단 한 줄이라도 글을 쓴 종이면 죄다 내놓으시오."

박태영은 낯 모르는 청년들 앞에서 그런 꼴을 당하는 것이 아니꼬웠지만 어쩔 수 없었다. 가방을 털어 책과 종이를 가려냈다.

"이게 다요?"

"그렇습니다."

라고 하자, 윤은 벽장 안을 손으로 더듬었다. 그리고 책상 위에 아까 태영이 글을 쓰던 종이쪽지를 집어 들더니,

"이것도 같이 싸시오."

하고, 데리고 온 청년들에게 일렀다.

책 꾸러미가 묶여지자 윤은 청년들을 먼저 가라고 하고 자리에 앉았다.

태영은, 어제까지만 해도 상냥하게 굴다가 갑자기 험한 표정을 짓고 대하는 윤이 잔뜩 못마땅했다. 태영의 표정도 자연 굳어질 수밖에 없었다.

"어젯밤 박 동무는 대단한 짓을 했습니다그려."

"……"

"당원이 당명을 어기면 어떻게 되는지 알죠?"

"그만한 이유가 있었던 겁니다."

"이유?"

윤이 싸늘하게 웃었다.

"이유 없이 그런 행동을 했겠습니까?"

"이유야 어떻든 당명을 어긴 것은 사실이죠? 그러니 징계를 각오하고 있겠죠?"

"징계위원회 석상에서 말하겠소."

"누가 당신을 징계위원회에 참석시킨다던가요?"

"아무리 징계위원회기로서니, 본인의 말을 들어보지도 않고 처리하는 법이 있소?"

"긴가민가할 때, 여러 사람이 관련되어 대질할 때 징계위원회에서 부르는 경우는 있겠죠. 그러나 박 동무의 경우는 반당 행위가 너무나 명백하오. 당명 거부, 상위자에 대한 불손, 사업장에서의 무단 이탈, 동료 단원에 대한 기만—죄목이 이만큼 나열되고 그 증거가 모두 뚜렷한데 불러 무엇하겠소?"

"그럼 내 말을 듣지도 않고 처단한단 말요?"

태영은 격한 어조가 되었다.

"그럼 징계위원회의 결정까지 반대해보시지."

윤은 냉소를 띠고 일어서서 문고리에 손을 대며 싸늘하게 말했다.

"당에서 지시가 있을 때까지 현재의 위치에서 움직이지 마시오. 박 동무에게 연락하러 온 동무도 만나지 마시오. 당신의 임무는 해제되었소. 피하지 않을 줄 압니다만, 피하려고 해도 소용이 없을 거요."

이런 말을 남겨놓고 윤은 떠났다.

윤이 떠난 뒤 태영은 집 바깥의 동정을 살펴보았다. 몇 사람인지 알 수 없지만 감시자가 있는 눈치였다. 그러나 도피할 생각이 전연 없는 박태영에게 그건 문제가 되지 않았다. 분한 것은, 이편의 말을 한마디도 듣지 않고 징계 처분을 한다는 그 처사였다. 할 말을 간추리고 다듬고 한 자기 자신이 병신스럽게 느껴졌다.

지루하고 우울한 날이 저물었다.

윤이 다시 나타났다. 옷가지를 챙겨 들고 나오라는 것이었다.

태영이 따라간 곳은 신설동 어느 구석진 집이었다. 구석진 집의 구석진 방에 앉히더니 윤은 당의 명령을 전달했다.

"앞으로 3개월간 근신을 명한다. 근신하는 동안엔 당의 지시에 의하지 않곤 외출할 수 없다. 매일 2천 자 이상의 반성문을 써야 한다. 어떤 사람과도, 당의 지시를 받은 사람 이외엔 면회할 수 없다."

그렇게 해서 박태영은 근신 처분을 받는 몸이 되었다. 이규가 그처럼 만나려고 해도 뜻을 이루지 못한 것은 그 때문이었다. 그러나 그동안 김숙자와 한 번 만날 수 있었던 것은 주로 이현상의 호의에 의해서였다.

이현상의 배려가 없었더라면 박태영은 북쪽으로 압송되어 어떤 탄광에라도 끌려갔을지 모른다. 그런 사정을 박태영은 최용달을 통해서 알았다.

그때까지 박태영은 경성대학 민주화를 위한 한 단위의 세포로서 일하고 있었다. 민주화란 그들의 선전 용어이고, 바로 말해 적화赤化를 뜻한다.

경성대학 적화를 위한 공산당 조직 전모와 자기가 차지하고 있는 좌표가 어떤 것인지 박태영 자신도 몰랐다. 다만 알고 있는 것은, 자기의 직속 상위자로서 윤병창이 있다는 것, 자기의 하위자로서 권·조·서의 세 사람이 있다는 것, 그리고 몇 단계 위인지 몰라도 피라미드의 정점에 최용달이란 교수가 있다는 사실이었다.

신설동에서 열흘쯤 지냈을 때 박태영은 당 중앙에 불려 갔다. 당 중앙이란 것이 최용달이었다. 최용달과는 이미 안면이 있는 사이여서 박태영은 수월하게 자기의 속셈을 털어놓을 수 있었다. 최용달의 태도는 부드러웠다. 간부가 부하를 대하는 그런 것이 아니고, 스승이 제자를 대하는 그런 태도였다.

최용달은 먼저 이현상 씨의 체면과 호의에 의해 비교적 너그러운 처분이 되었다고 전제하고, 신탁 통치를 지지하지 않을 수 없는 이유를 열거했다. 결론을 말하면, 소련의 후원 없인 조선의 혁명은 있을 수 없고, 소련의 후원을 얻자면 소련이 시키는 대로 안 할 수 없다는 내용이었다.

"민족의 주체성은 어떻게 됩니까?"
라는 박태영의 질문에 대해선,

"민족의 주체성 운운은 이미 시대 착오적인 관념일 뿐만 아니라, 민족이란 관념의 도입으로 계급 투쟁의 실상을 애매하게 해서 혁명 과업을 둔화시키는 유해한 작업이다."
라고 하고,

"세계는 자본주의 세력과 사회주의 세력의 대립으로 이해해야 할 단계에 있다. 세분된 민족을 들먹일 단계가 아니다."
라고 덧붙였다.

"당의 조직은 민주적이어야 하는데 현재의 당은 지나치게 하향적 전제가 아닙니까."

라는 박태영의 질문에 대한 최용달의 대답은 다음과 같았다.

"공산당 조직은 두 다리 위에 서 있다. 하나는 민주적이고 하나는 전투적이다. 그런데 지금의 단계에는 전투적인 데 중점을 두어야 한다. 전투적인 데에 중점을 둔다는 것은, 하향적인 절대 지배 체제가 되어야 한다는 뜻이다. 병정들에게 물어서 작전 계획을 세우는 군대가 있겠나. 그런데 공산당이 일반 군대와 다른 점은, 어떤 명령을 받더라도 자기의 의사로서 소화해야 한다는 점이다. 군대에선 맹목적으로 명령에만 따르면 되지만, 우리 당에선 상부가 내린 명령을 자기가 자각해서 그렇게 하기로 결심한, 이를테면 각자의 신념으로 받아들여야 한다는 게 중요해."

"공산당엔 과오가 없습니까?"

"있어선 안 되지."

"있어선 안 되는 것하고 현실하곤 다르지 않습니까?"

"그렇게 따지는 게 스콜라적인 사고방식이란 거다. 자본주의를 타도해야 한다. 그러기 위한 방법은 공산 혁명 이외엔 없다. 공산 혁명을 하는 권위적인 조직이 곧 공산당이다. 이처럼 공산당의 목적은 선명하다. 그리고 그 목적은 철학적 진리, 경제학적 진리, 역사적 진리와 일치된다. 그러니 공산당엔 과오가 있을 수 없다. 당원의 신념 내용은 이 정도면 되는 거다. 그 이외의 번잡한 생각은 모두 스콜라적인 불모의 사상이다. 마르크스의 말이 있지, 왜. 종래의 사상은 갖가지로 세계를 해석하긴 했지만 개혁할 수는 없었다. 문제는 해석해보는 데 있지 않고 개혁하는 데 있다. 그런데 마르크스주의만이 세계를 개혁할 수 있는 사상이란 점을 명심해야 해. 신탁 통치 문제도 마찬가지다. 당이 그것을 찬성하기로 했으면 그만인 거다. 정세와 정보를 분석한 결과 내린 결정이니까 무조건 따라야 해. 아니, 그것을 스스로 신념화해야 해. 그래야만 대중을 승복시키는 설득력이 생길 것 아닌가?"

"그럼 인간의 개성은 어떻게 되는 겁니까?"

"개성은 인민의 의사에 융합시켜야지."

"소련 말만 듣다가 소련의 속국이 되면 어떻게 합니까?"

"진정한 공산주의자는 그런 질문을 할 수가 없지. 공산주의의 조국이 소련 아닌가. 그 조국과 일체화되는 게 뭣이 나빠. 공산주의자의 궁극 목표는 세계의 공산화에 있잖나. 그렇게 되면 조국이니 나라니 민족이니 독립이니 주체니 주권이니 하는 건 전 시대의 유물이 되고 말 것 아닌가."

"그런데 왜 공산당원들은, '소련을 조국이라고 하는 자들'이라고 공격하면 '결코 그렇지 않다.'고 변명합니까?"

"그건 너무나 천박한 민심을 사자니까 부득불 취하는 전술 아닌가. 전술과 근본 방침은 다른 거니까. 도의니 도덕이니 인정이니 하는 케케묵은 봉건적 유물도 필요에 따라서는 이용하자는 게 전술이란 거다."

그리고 최용달이 박태영에게 마지막으로 한 말은 이러했다.

"박군은 우리 당에서 가장 촉망하고 있는 청년 당원이다. 이번의 실수는 천만 유감이지만, 시련을 일찍 받아두는 것이 크게 유익할지도 모르지. 전화위복이란 말도 있잖은가. 처분 기간이 끝나면 박군의 역량을 충분히 발휘할 수 있는 임무를 맡기도록 할 테니까 안심하고 계속 당원으로서의 수양을 쌓도록 하게."

박태영이 떠나려고 할 때 최용달은 팸플릿 하나를 주었다.「당원의 수양」이란, 중국의 유소기劉少奇가 쓴 책의 일역판이었다.

먼짓빛 무지개 113

김숙자로부터 박태영의 동태를 전해 들은 하영근과 권창혁은 서로 얼굴만 바라볼 뿐 한동안 말이 없었다. 먼저 입을 연 사람은 하영근이었다.

"견책 처분을 받았다면서도 공산당을 그만둘 생각은 없습디까?"

"그런 기색은 전연 보이지 않았습니다."

김숙자는 자기의 느낌을 솔직히 말했다.

"무슨 까닭으로 견책 처분을 받았는지도 알 수 없구요?"

"예."

"난 신탁 통치를 둘러싼 사건이 원인일 것 같애. 탁치 문제에 있어선 공산당에도 양론이 있었다니까."

권창혁이 말했다.

"그런 처분을 받으면 어떻게 될까?"

하영근의 말이었다.

"얼마 동안 연금, 또는 감금 상태에 두는 정도겠지. 그러나 앞으로의 문제가 중대해. 일단 반당 행위자라고 낙인이 찍히면 좀처럼 헤어날 수 없는 게 공산당의 특색이거든. 그뿐만 아니라 어려운 과업을 맡겨 제물로 삼는 경우도 있고……. 그러니 그런 처분을 받았으면 그만두는 게 상책인데……."

권창혁의 의견이었다.

"지금 탈출 못 할까?"

하영근이 물었다.

"탈옥도 하는데 그런 정도의 연금에서 탈출 못 할 리는 없지. 문제는 본인의 의사야. 그러나 공산당은 박군이 그럴 사람은 아니라는 판단 아래 그 정도의 연금을 하겠지. 탈출할 위험이 있는 사람이라고 보았으면 달리 수단을 썼을걸."

권창혁의 대답이었다.

"무슨 수가 없을까?"

하영근은 초조한 빛을 보였다.

"말을 강가에까지 끌고 갈 수는 있어도 억지로 물을 먹이진 못한다는 말이 있잖나. 친한 경관과 연락해서 납치해 올 수는 있겠지만, 박군의 생각이 바뀌지 않는 한 도리 없는 일 아닌가."

권창혁의 얼굴에도 안타깝다는 표정이 서렸다.

"그렇게 총명한 사람이……."

"공산당원이 되면 총명이 흐려지는 모양이지. 공산당은 늪과 같다니까. 풍겨내는 가스를 쐬면 일종의 중독 상태가 되는 그런 늪……."

"차라리 제명 처분이나 했더라면……."

하영근이 한숨을 내쉬었다.

"내막적으론 제명을 했을지 모르지. 그러나 직권을 행사하는 간부가 아니면 그 사실을 본인에게 알려주지 않는 게 공산당의 불문율이거든."

"제명을 해놓고 본인에게 통고하지 않으면 어떻게 되나?"

"만사가 비밀주의니까 문제가 되지. 아까 말했듯 생명의 위험이 따르는 그런 일을 시키기 위해 제명 안 한 척하는 경우도 상상할 수 있잖아? 근신 처분만 받아도 당분간 과업에서 해제되니까. 그리고 다음 단계에 가서 비당원이라도 할 수 있는 일을 시킬 수도 있으니까 본인이야 알 까닭이 없지."

"그런 얘기를 해서 박군을 다시 한번 설득해보면 어떨까?"

"기회가 있으면 그런 말을 해보겠지만……."

"숙자 씨가 집을 아니까 같이 가보면 어떨까?"

"천만의 말씀. 감시가 있다는 것을 알아야 해요. 되레 박군의 입장만 곤란하게 만들어 진짜로 감금당하는 사태가 발생할지 모르니, ……당분간은 경과를 지켜볼 수밖에 없어."
하고 권창혁은 김숙자에게 들려주기 위해 다음과 같은 말을 했다.

이상으로서의 공산주의는 소련의 혁명 과정을 통해 사멸되고, 순진한 청년들의 공상 속에만 있을 뿐이라는 것.

오늘날의 공산당은 공산주의의 이상과는 동떨어진 자체의 야망만을 추구하고 있다는 것.

그렇게 되니까 자연 목적과 수단의 관계에 일관성이 없고, 목적을 위해선 수단과 방법을 가리지 않는 광포성을 나타낸다는 것.

우민을 선동하기 위해 정세를 왜곡하는 버릇이 고질이 되어, 그들 자신이 그 폐단에 말려들어 정세 판단을 옳게 못 한다는 것.

못사는 대중의 복수 심리에 불을 붙여 대중을 조종해서 당 자체를 소수의 이권 단체로 만들어버린다는 것.

권력과 이권이 표리일체가 되어 있기 때문에 당 내의 헤게모니 투쟁이 격렬하다는 것.

그런 까닭에 일단 반당분자로 낙인이 찍히거나 반당의 소질이 있는 자라고 인정되면 희생의 제물이나 숙청의 대상밖엔 안 된다는 것.

과격한 혁명 노선이, 그 과격함이 저지른 과오 때문에 다음다음으로 비상 사태를 만들어내어 끝내 인간의 행복과는 어긋나는 방향으로 가고 만다는 것.

아직 전모가 밝혀지진 않았지만 소련은 그 광대한 규모로 감옥이나 다를 바 없다는 것.

중공은 지금 혁명 과정에 있으니까 인민의 벗인 양 가장할 수도 있고 가장하기도 하지만, 목표를 달성한 어느 단계에 가면 소련과 똑같은 생리와 병리를 보인다는 것.

예를 들어가며 권창혁은 설명했는데, 김숙자는 그것을 박태영에게 전하라는 뜻으로 받아들였다.

그날 밤, 김숙자는 권창혁으로부터 들은 얘기를 순서 하나 바꾸지 않고 한 권의 노트에 기록했다. 그리고 이튿날 아침 권창혁 앞에 그것을 내놓고 혹시 잘못 적은 것이 있으면 고쳐달라고 했다.

"뭣하시려고 이걸 기록했습니까?"

권창혁이 물었다.

"박태영 씨에게 전할 작정입니다."

김숙자의 대답을 듣고 권창혁이 웃으며 말했다.

"이 정도의 얘기는 박군에게 몇 번 되풀이해서 말했는지 모를 정돕니다. 그러나 효과가 없었다는 것을, 오늘날 박군의 태도를 보면 알 수 있지 않습니까?"

"그러나 꼭 이것을 전하고 싶어요."

"그럼 내가 한번 읽어보지요."

노트를 읽은 권창혁은 참으로 놀랐다. 자기가 한 말을 순서 하나 바꾸지 않고 본질적인 부분만 정확하고 요령 있게 기록했다. 그래서 하영근에게 한 말은 이러했다.

"억지로라도 김숙자 씰 이규와 윤희에게 딸려보낼 걸 그랬어. 박군과는 이왕 헤어져 있는 사정이니까 말야. 기막힌 재원에다, 박군 이상 가는 천재일지도 모르겠는데."

내막적으론 박태영이 공산당에서 제명되었을지 모른다는 권창혁의 짐작은 옳았다. 박태영은 공산당 징계위원회에서 제명 처분을 받았다. 다만 이현상의 간곡한 부탁으로 북쪽으로 추방되는 처분만은 면하고, 개과천선을 기다려 복당시킨다는 유보조건을 얻었을 뿐이었다.

이렇게 가혹한 처분을 받은 것은, 당이 반탁, 찬탁으로 분열될 위험성을 내포하고 있기 때문이었다. 박헌영 체제가 그만큼 확립되어 있지 않았다는 얘기도 되었다.

당 공식 기구의 결정을 기다리지 않고 찬탁 삐라를 만들어 살포하게 된 사정도 그런 데 원인이 있었다.

탁치에 대한 견해 불일치를 보임으로써 박헌영의 영도력 부족을 폭로할 음모도 있었던 것이다. 그러니 탁치 지지에 불응한다는 것은 명분 여하를 막론하고 박헌영 체제에 대한 반발로 간주되었다. 박태영의 제명을 이현상이 끝내 반대할 수 없었던 원인도 여기에 있었다.

"일제 시대부터의 투사이며 청년 당원 가운데서 가장 투철한 이론가의 능력을 갖고 60프로의 충성도밖에 없는 사람보다, 60프로의 능력밖에 없으나 100프로의 충성도를 가진 사람을 요구한다."
라는 반론 앞에 어쩔 수가 없었다. 그래서

"제명 처분을 하되, 본인에겐 통고하지 아니한다. 당분간 비당원 신분으로 당원을 보좌하게 하고, 실적을 보아 복당을 검토하기로 한다."
라는 결정을 내린 것이다.

그러니 최용달이 박태영을 접견한 것은 일종의 연막 전술이기도 하고, 앞으로 이용 가치가 있는지 없는지 따져보기 위한 수단이기도 했다.

이런 줄도 모르고 박태영은 불기 없는 방에 앉아 덜덜 떨면서 매일 2천 자 이상의 반성문을 쓰고 있었다.

세계가, 또는 국내가 어떻게 돌아가는지 알 까닭이 없었다.

어느덧 공산당 없인 살아갈 방도가 없다는 의식을 익히게 된 박태영의 두뇌는 점점 녹이 슬어가고 있었던 것이다.

태영은 자기 속의 인간을 죽이고 있었다. 허공의 일각에 걸린 이상 사회의 무지개 같은 다리를 모색하고 있는 그는, 당이 자기에게 내린 가혹한 처분에도 감사하는 심정을 기르고 있었다.

당시 그가 쓴 반성문엔 다음과 같은 것이 있었다.

"……나는 내 속에 깊이 잠재해 있는 자유주의적 성향을 한시바삐 청산해야 한다. 그 성향을 열거하면 다음과 같다. 옛날 읽은 부르주아 소설 가운데 어느 것을 감동적으로 회상하는 버릇, 비당원인 친구에 대한 우정, 조그마한 타당성이 있어도 그것을 옳다고 생각하며 읽은 갖가지 학설에 대한 기억, 지배 계급이 효과적 지배를 위해 베푼 호의를 감사하다고 받아들이려는 마음의 경사. 이러한 것은 인민의 전위에 서서 일하겠다는 역군에겐 백해무익한 관념의 함정이다……."

이것은 정신병자가 쓴 기록이라고 해도 의심할 사람이 없을 것이다.

그런데 총명하다고 소문난 박태영이 이런 글을 쓰고 있었다.

권창혁의 말처럼, 공산당은 유독한 가스를 뿜어내는 늪 같은 것인지도 몰랐다.

하여간 박태영의 공산주의자로서의 인생은 이처럼 좌절된 상황에서부터 시작되었다.


김숙자가 다녀간 며칠 후 박태영은 근신 처분에서 풀려났다. 석 달의 근신이 두 달로 준 셈이다. 그 명령을 전달한 사람은 장기일이라고 했다.

장은 박태영에게, 앞으로 자기의 지령에 따라 움직여야 한다면서 밖으로 나가 설렁탕이나 같이 먹자고 했다. 박태영은 식사보다 목욕을 하고 싶었으나, 권위적이고 무뚝뚝하게 나오는 장의 제안을 물리칠 수 없었다.

진고개로 가서 설렁탕집에 들렀다. 오랜만에 보는 거리의 풍경이나 식당의 모양이 외국에서 온 사람이 보는 것처럼 서먹서먹했다.

장은, 자기는 충청도 단양 출신이라고 묻지도 않은 말을 하고,

"경상도 사람은 저돌적인 데가 있는 게 결점인데, 동무는 그런 점을 조심해야 할 거유."

하고 사뭇 위압적인 충고를 했다. 박태영의 처분 경위를 들어서 알고 있는 눈치였다.

아무 말도 하지 않고 있는 박태영을 못마땅하다는 듯이 노려보며 장은 한 번 더 다짐했다.

"한 번쯤의 실수는 있는 법유. 그러나 그 실수가 두 번 거듭되면 돌이킬 수 없을 테니 각별히 조심하슈."

그래도 박태영이 아무 말이 없자, 장은

"알아들었어요?"

하고 대답을 재촉했다.

"알겠습니다."

박태영은 우울하게 말했다.

식사가 끝나자 장은 종이쪽지를 꺼내 거기에다 약도를 그렸다. 그리고 그것을 박태영 앞에 밀어놓았다.

"이게 내 아지트요. 내일 아침 여섯 시에 이리로 오시오, 밖에서 부를 땐 동무란 말을 빼고 대신 '장 선생'이라고 부르시유."

박태영은 그 쪽지를 받아 들고 하마터면 실소를 터뜨릴 뻔했다. 그 쪽지에 기재된 집은 몇 달 전 박태영 자신이 쓰고 있던 묵정동 아지트

였다. 그러나 박태영은 아무 말 없이 쪽지를 접어 넣었다.

진고개에서 장과 헤어진 박태영은 우선 목욕탕을 찾아갔다. 두어 달쯤 목욕을 못 한 박태영의 몸에선 한량없이 때가 나왔다. 국수 가닥처럼 밀려 나오는 때를 보며 박태영은 까닭도 없는 눈물을 흘렸다.

묵정동 그 아지트에 내일 아침 여섯 시에 가야 한다는 것은, 몇 달 전 자기에게 보고하러 온 세포들의 신분으로 강등했다는 사실을 의미했다. 그러나 박태영은 그런 사실을 슬퍼한 것은 아니었다. 두 달 동안이나 더덕더덕 때를 올리고 있었다는 사실, 그리고 그때를 지금 밀어내고 있다는 사실에 어쩐지 인간으로서의 굴욕을 느꼈던 것이다.

목욕탕에서 나온 박태영은 명동 거리를 걸어 내려오다가 어떤 헌책방 앞에서 발길을 멈췄다. 일본인들이 버리고 간 듯한 일서日書가 질서 없이 더미로 쌓여 있었다. 태영은 책방에 들어가 이 책 저 책 뒤져보았다. 읽어보았으면 하는 책이 너무나 많았다. 호주머니엔 하영근 씨가 보낸 꽤 많은 돈이 있었다.

그는 입센의 희곡집과 힐퍼딩의 『금융 자본론』과 지멜의 『생의 철학』을 샀다. 책 꾸러미를 들고 나오니 옛날의 학생 시절로 되돌아간 기분이 되었다.

성당 앞을 지날 때 누군가 뒤에서 부르는 기척을 느꼈다. 뒤돌아섰다. 태영이 동경의 사립대학 전문부에 있을 때 같이 적을 두고 있던 강두진이란 청년이 몇 발 앞에 서 있었다. 두 사람은 반갑게 악수를 했다.

"강군은 함경도 아니더나?"

태영은 기억을 챙겨볼 양으로 물었다.

"함경도 함흥이 내 고향이지."

"학병엔 안 갔더나?"

"징용으로 질소 공장에 갔었지."

"언제 월남했나?"

"일주일쯤 됐어."

"이럴 게 아니라, 우리 어디 좀 들어가 앉자."

태영이 강두진을 데리고 명동 거리로 되돌아섰다. 다방 간판이 붙은 집으로 들어섰다.

"그런데 서울 구경 왔나?"

자리를 잡자 태영이 물었다.

"살려고 왔어."

강두진의 대답엔 힘이 없었다.

"강군 같은 사람이 일할 때가 왔는데, 이북이 더 좋잖아?"

태영은 강두진이 불온 서적을 가졌다고 해서 몇 번인가 경찰 신세를 진 전력을 알고 있기 때문에 이렇게 말했다.

"말 말게. 이북은 엉망이야."

"엉망이라니?"

"어제까지 머슴살이하던 놈이 갑자기 주인 행세를 하는 것까진 좋은데, 도대체 정신을 차릴 수가 없어. 친일파를 숙청한다고 청년들이 덤벼서 가관이지."

"자네는 괜찮을 텐데. 일제 때 경찰 신세를 적잖이 져서……."

"내 혼자 괜찮다고 안심할 수 있나. 내게 그런 경력이 있다고 해서 자꾸만 나를 앞장세우려 하니까 골치지, 모처럼 해방을 했으니까 그 기쁨을 똑같이 나누는 뜻으로 관대하게 하자고 하면 그런 나를 반동 분자라는 거야. 뒤숭숭해서 도무지 견딜 수가 없었어. 그래 훌쩍 떠나버렸지."

"과도기에 흔하게 있는 현상 아닌가. 그런 건 참아야지."

"정상기는 과도기 다음에 오는 시기 아닌가. 그런데 과도기의 꼴을 보면 정상기의 꼴도 짐작할 수 있지 않나. 머잖아 이북엔 공산 정권이 설 텐데, 지금 이런 혼란을 빚고 있는 배후자가 바로 공산당이거든 뻔해, 앞날도."

"소련군의 태도는 어때?"

"말 말게. 그들은 사람이 아냐. 바로 짐승이야. 짐승들이니까 단순하기도 하지만, 역시 그들을 조종하고 있는 건 공산당이니까 그 단순한 것이 또 해독이 되거든."

"강군은 공산당에 완전히 실망한 것처럼 말하는구나."

"실망 안 할 수가 있어야지. 최소한의 도의, 최소한의 경우도 없으니까 말야. 억누를 생각만 하지, 백성들의 동의를 얻을 생각은 조금도 안 하니, 그놈의 정치가 어떻게 되겠어."

"흠."

하고 박태영은 한동안 생각했다. 억누를 생각만 하고 동의를 얻을 생각은 안 한다는 강두진의 말에 집히는 데가 있었기 때문이다. 조금 전에 헤어진 장의 얼굴, 그전까지 '캡'이었던 윤의 얼굴에 겹쳐 반탁이 찬탁으로 바뀌던 날 밤의 일이 뇌리를 스쳤다.

"가난한 노동자나 농부의 잘사는 사람들에 대한 보복 감정을 잔뜩 부풀게 해놓곤, 노동자·농민들로부터 빼앗을 건 악착같이 빼앗아가거든. '당신들의 원수를 갚기 위해선 공산당이 튼튼해야 한다. 공산당이 튼튼하게 되려면 쌀이건 잡곡이건 많이 모아야 된다. 지금 굶어도 공산당이 튼튼하게 되는 날 배불리 먹을 수 있을 것이니 있는 대로 갖다 바쳐라. 너희가 가진 것이 없거든 부자놈들 것을 빼앗아서라도 바쳐라.' 이런 식이란 말야."

"아무리……."

하고 태영이 웃었다.

"이 사람아, 내가 거짓말을 하는 줄 알아? 나는 우리 면 인민위원장인가 뭔가를 했는데, 하두 상부의 지시가 엉뚱해서 건의를 했거든. 점진적으로, 관대하게, 그리고 서로 의논해서 해나가자는 얘기였어. 그랬더니 대뜸, 나를 반동 분자라는 거야. 부르주아 근성을 청산하지 못했대. 나는 사표를 내고 말았지. 그게 반항하는 태도로 보인 모양이야. 소련군 사령부에 끌려갔지. 내가 소련군을 모욕했다고 터무니없이 밀고한 사람이 있었던 모양이더먼. 사흘을 시달리다가 풀려나고 보니 딱 귀찮아졌어. '공산당'이란 말만 들어도 밥맛이 떨어질 지경이었어……."

"그래 월남했다, 그 말이구나."

"그것뿐만이 아냐. 그러나 들먹이기도 싫어. 앞으로 어떻게 될 건지."

"이남은 어때? 이남은 잘될 것 같애?"

"모르지, 그건. 하지만 맘대로 떠들어댈 수는 있잖아? 좌익은 좌익대로, 우익은 우익대로 똑같이 궁하긴 하지만 자유가 있다는 게 좋잖아?"

"자유? 글쎄, 지금의 이 꼴을 자유라고 할 수 있을까?"

"그저 단순한 의미로 하는 소리야."

강두진은 표정이 우울했다. 태영은 언제나 쾌활하던 강두진의 모습을 상기했다. 유치장 신세를 지고 나왔어도 강두진은 웃는 얼굴을 잊지 않았다. 그리고 아주 노래를 잘 불렀다. 성악가가 되었으면 싶을 정도로 풍부한 성량과 고운 음색을 가진 테너였다. 그의 애창곡은 「오 솔레 미오」, 「돌아오라 소렌토로」 등이었는데, 어쩌다 친구들의 하숙방에 모여 앉기만 하면 으레 친구들의 간청에 의해 몇 곡씩 노래를 불러야 했다.

"요즘도 노래를 부르나?"

"노래?"

"자넨 테너 가수가 아니었나?"

"노래를 잊은 카나리아가 됐어."

"카나리아는 노래를 되찾아야지."

"그럴 날이 있을지……."

"있어야 안 되겠나."

하고 박태영은 자기의 신념을 강두진에게 전달해보고 싶은 충동을 느꼈으나, 강두진이 그런 말을 받아들일 처지가 못 되는 것 같아 그만두었다. 다만 이렇게는 말했다.

"커다란 역사가 흘러가는 판이니, 갖가지 불합리가 있게 마련 아닌가. 강이 어디 들로만 흐르나. 펄로도 흐르고, 나뭇조각도 섞이고, 죽은 배암도 섞이고, 똥오줌도 섞이고 하는 것 아닌가. 그렇다고 해서 강의 흐름을 부정할 수는 없지 않은가. 역사는 이를 거역해도 반대해도 제 갈 곳으로 가고 마는 그 자체의 법칙을 가지고 있거든. 그럴 때 사람은 다소의 자의식은 희생시켜야 하지 않을까. 일시적인 불합리는 참아야 하지 않을까. 노동자, 농민의 대다수가 잘살 수 있다면 자기 자신의 이해관계쯤은 초월해야 하는 게 지식인의 도리가 아닐까?"

강두진은 박태영을 물끄러미 바라보다가,

"박군의 말은 옳다. 그러나 아무리 역사의 방향이라도 전적으로 자기의 비위에 맞지 않을 땐 거역하든지 반항하든지 피하든지 해야 하지 않겠나. 마음에도 없는 짓을 어떻게 하나. 죽었으면 죽었지 나는 그렇게 못해. 노동자, 농민이 잘살 수 있는 보증만 확실하다면 그거야 뭐, 내 하나쯤 희생해도 좋지. 그러나 지금 북쪽에서 진행되고 있는 꼬락서니를 보니 노동자, 농민이 잘살긴 틀렸어. 물론 우리 안에 있는 돼지처럼 모두들 굶어 죽지야 않겠지. 허나 인간으로서 굶어 죽지 않아야 의미가 있지, 돼지로 타락해서 굶어 죽지 않을 정도가 된다면 무의미할 뿐 아니라 인간에 대한 모독이 아닐까?"

"자네의 말은 조금 감정에 지나친 것 같은데."

"이 사람아, 나는 내 눈으로 직접 보고 느꼈어. 소련군이 처음 들어왔을 때 나는 정말 실망했다. 아무리 독립 전쟁을 치열하게 치렀기로서니 병정들의 그 꼴이 뭐람. '28년 동안 사회주의 정책을 쓴 결과가 그것밖에 안 된다면 이건 낭패.' 하는 생각마저 들었어. 일제에 수탈당한 우리들의 최하급 농민만도 못하니 말야. 이론이 어떻건, 실제로 내가 본 사회주의의 일단이 그런데 어떻게 하나. 보아하니 자넨 공산주의에 심취해 있는 모양인데, 그 사상을 나쁘다곤 하지 않겠네만 좀더 냉철하게 생각할 필요가 있어. 책에 쓰여 있는 것과 실제의 거리가 너무나 멀다는 덴 그만한 이유가 있을 것이란 것쯤은 언제나 잊지 말아야 할 거야."

태영은 강두진의 말을 들으며 막연하나마 '조국의 공산화는 생각보다 어렵지 않을까.' 하는 생각을 했다. 이때까지 박태영은, 고질적인 편견을 가진 사람이나 성격화된 무기력자가 아니면, 공산주의 이론에 의한 설복은 쉬우리라고 믿고 있었던 것이다.

박태영은 좀더 자기의 의견을 분명히 말해보고 싶은 마음이 없지 않았으나 다음 기회를 이용할 참으로,

"그런데 자네 숙소는 어디지?"

하고 물었다.

"영등포에 먼 친척이 있어."

하더니 덧붙였다.

"지금 그 집 신세를 지고 있는데, 오래 있을 형편은 못 돼. 어디든 취직을 해야겠어."

"대강 어떤 델 바라는가?"

"글쎄, 중학교 선생쯤이 무난하지 않을까."

"음악 교사를 하면 되겠구나. 직장도 찾고, 잃었던 노래도 찾고……."

"음악 교사가 그렇게 쉬운 줄 아나? 악전이야 별게 없지만 몇 가지쯤 기악을 할 줄도 알아야 해."

"공부하면 되겠지 뭐."

"어디 그런 자리가 있을까?"

"내가 한번 찾아보지."

박태영은 김상태를 염두에 두고 이런 말을 했다. 김상태의 친척이 서울 어딘가에서 중학교 교장 노릇을 한다고 들은 적이 있기 때문이었다.

"되는대로 힘을 좀 써주게. 정말 내 사정은 딱해. 지금 신세를 지고 있는 친척이 열렬한 좌익이야. 바늘방석에 앉아 있는 것 같애."

하고 종이쪽지에 강두진은 자기의 주소를 적어주며 박태영의 주소를 물었다. 박태영은 명륜동 하영근 씨 집 주소를 댔다.

"내가 거기 살고 있진 않지만, 그리로 편지나 전화를 하면 내게 연락이 된다."

한 잔의 차를 나누고 두 청년은 동서로 헤어졌다. 혼자 길을 걸으면서 박태영은 생각했다.

'아무래도 내가 약해진 것 같아. 별로 저항을 느끼지 않고 강두진의 그런 말을 듣고 있었고, 그런 사람인 줄 알면서 취직 알선까지 해주고 싶은 마음이 되었으니…….'

갖가지 생각을 하며 그저 닥치는 대로 걷는데, 발이 어느덧 명륜동을 향하고 있었다. 내일 아침 여섯 시까진 자유롭게 행동할 수 있다는 상념이 새삼스럽게 또렷하게 느껴졌다. 걸음이 한결 가벼워졌다.

김숙자는 가정 교사와 함께 영어 공부를 하고 있었다. 하영근 씨의 호의가 숙자에게 영어, 수학, 국어의 가정 교사 셋을 붙여준 것이다. 그 사실을 그때에야 안 박태영은 하영근 씨에 대해 진심으로 머리를 숙이고 싶은 심정이 되었다.

숙자의 영어 가정 교사는 50세를 훨씬 넘은, 미국 유학 경험이 있는 모 대학의 교수라고 했는데, 그런 사람을 가정 교사로 초빙하려면 상당한 비용이 들 것 같았다. 백 교수라는 그 사람은 태영이 숙자의 남편임을 알자,

"영어 교사 노릇이 어언 20년이 되는데 김숙자 씨처럼 우수한 학생은 처음 보았소."

하고 숙자를 격찬했다.

권창혁 씨는 없고 하영근 씨 혼자 사랑에서 책을 보고 있었다.

태영이 숙자의 일을 비롯해서 여러 가지로 폐가 많다고 감사의 말을 했더니,

"김숙자 씨에게는 내 주치의로 할 양으로 미리 투자하는 거니까 고마워할 필요가 없다."

하고 웃고 나서 물었다.

"자네, 무슨 근신 처분인가 하는 걸 받았다던데 나다녀도 괜찮은가?"

"오늘에사 풀렸습니다."

"그것 좋은 소식이로구나."

하고 하영근 씨는 기뻐했다.

하영근 씨는 이 기회에 공산당을 그만두는 게 어떠냐고 충고하고 싶었지만, 만날 때마다 그렇게 하는 건 공연히 박태영을 괴롭히는 일이라고 그런 말을 안 하기로 했다. 그 대신,

"이규 군으로부터 편지가 왔어. 자네 안부도 물었더라."
하며 문갑에서 이규가 보낸 편지를 꺼냈다. 편지의 내용은 다음과 같았다.

"……일본의 황폐함은 이루 말할 수가 없습니다. 동경 일대가 부서진 건물 더미로 변했습니다. 그런데 모두들 그런 상황을 자기의 책임으로 생각하고 견디는 듯 보여 갸륵한 느낌이 들기도 합니다. 일본의 정치도 우리 못지않게 혼돈한 것 같습니다만, 38선이 없다는 것, 즉 국토의 물리적인 분단이 없다는 사실 때문인지 그 혼돈은 우리나라의 혼란에 비해 독기가 없는 것 같습니다. 불란서로 가는 것을 일 년쯤 늦추었습니다. 지도 교수의 말이 이왕이면 동경대학을 졸업하고 가라는데, 그 말이 리즈너블하다고 여겨졌기 때문입니다. 저 혼자 같으면 아무 데서라도 뒹굴겠지만 윤희 씨가 있고 해서, 생활비가 비싸게 치이지만 고급 아파트를 골라 들었습니다. 동경의 식량난, 주택난은 세계에서 최고라고 하는데, 돈 가지고 해결되지 않을 정도의 궁핍은 아니니 그런 문제에 관해선 과히 걱정하지 마십시오. ……태영 군은 어떻게 지내고 있는지 궁금합니다. 신념을 갖고 걷는 길이니 그 자체에 의미가 있는 줄로 알긴 합니다만, 태영이 너무나 성급하게 서둘지 않는가 하는 걱정을 해 봅니다. 선생님께선 계속 박태영 군을 보살펴주셔야겠습니다. 워낙 자존심이 강해 좀처럼 비명을 올릴 인간은 아닙니다만, 선생님의 도움 없인 박태영은 당면한 갖가지 문제를 감당할 수 없을 것입니다……."

편지를 읽고 박태영은 한동안 고개를 들 수 없었다. 이규의 편지는

태영의 정곡을 찌르고 있었다. 하영근 씨의 도움 없인 박태영은 당면한 문제를 감당할 수 없는 것이다. 숙자 문제만도 그랬다. 박태영 자신의 경제적인 문제도 그랬다. 헌 책방에서 책을 사고 목욕탕에서 목욕을 할 수 있었던 것도 모두 하영근 씨 덕택이 아니었던가. 하영근 씨로부터 경제적인 원조가 있었기 때문에 당원 생활과 연금 생활도 활달하게 견딜 수 있지 않았던가.

"건강엔 탈이 없지?"

"예."

"조금 여윈 것 같다. 건강에 특별히 조심해야 한다."

"예."

"부족한 건 없나? 혹시 돈이라도!"

"선생님이 보내주신 거로 충분합니다."

"필요하면 말해. 우리 사이에 체면 차릴 필요는 없네."

"예."

"권창혁 씬 통신사에 해설 위원으로 나가고 있다. 아마 국제 정세를 우리나라에선 가장 정확하게 아는 사람 가운데 하나일 게다. 정치 운동을 하려면 정세 판단이 빨라야 해. 권창혁 선생을 많이 이용하도록 해라."

"그렇게 하겠습니다."

말은 이렇게 했지만 지금 박태영의 위치로선 국제 정세 판단을 권창혁을 통해 알아봤자 소용이 없었다. 전달된 것 이외의 판단을 가지는 것 자체가 당에 대한 배신이기 때문이었다. 당이 모르고 있는 국제 정세를 아는 척만 해도 그것은 중대한 과오다. 상부에서 전달한 국제 정세 판단에 과오가 있음을 확인해도 이를 시정하려고 해서는 안 된다.

만일 그렇게 했다간 단번에 반당 행위로 몰리기 때문이다.

박태영이 근신 처분을 받기 전에 당이 하부에 전달한 미국에 대한 공식적 판단은 다음과 같았다.

미국은 원래 무장 봉기로 독립을 쟁취한 나라다. 그러니 무장 봉기에 대해선 언제나 동정적이다. 남조선에서 무장 봉기가 일어나면 미국은 그것에 맞추어 정책을 변경한다. 우리는 겁내지 말고 무장 봉기도 불사할 태세를 갖추어야 한다.

미국은 언론을 존중하는 나라다. 남조선 인민 대다수의 의견을 반드시 존중하게 되어 있다. 그러니 우리는 대중 동원을 열성적으로 해서, 우리의 주장이 절대다수의 의견이란 것을 그들에게 반영시켜야 한다.

미국은 노동 운동이 극도로 발달한 나라다. 만일 우리 노동 대중과 미군이 충돌할 경우가 생겨 그것이 전쟁 상태로 번지면, 미국 노동자는 대포 탄환은 물론 소총 탄환까지도 불발탄을 만들어 보낸다.

미국민은 2차 대전에 지쳐 전쟁을 원하지 않는다. 그러니 소련과의 대립을 원하지 않는다. 소련의 주장을 꺾지도 못한다. 만일 미 군정이 우리에게 불리한 짓을 하면 소련이 가만 있지 않으리라는 것을 그들은 알고 있다. 우리는 이러한 그들의 태도를 예견하고 아울러 소련이 우리 배후에 있다는 사실을 인식해 과감하게 미 군정과 대결해야 한다…….

태영은 이와 같은 전달과 더불어 '정세 분석을 할 경우엔 꼭 이대로 하라.'는 명령을 받았을 때는 얼떨떨한 기분이었다. 그런데 기회 있을 때마다 이런 말을 되풀이하니, 나중엔 태영 자신도 이런 견해를 믿게 되었다.

국제 정세에 관해서 알고 싶거든 권창혁에게 물으라는 하영근 씨의 말을 듣고 박태영은 공산당의 생리를 상기했다.

공산당은 미 제국주의가 얼마나 악랄한가를 소리 높여 외치면서 한편으로 정세 분석은 엉뚱하게 했는데, 그런 사실에 모순된 느낌을 갖지 않은 것이 이상하다고 생각하는 사람이 당원 가운데 한 사람도 없었던 것이다.

하영근 씨와 박태영의 화제는 이규의 편지로 옮아갔다.

이규야말로 기대해볼 만한 인물이라고 박태영이 말하자 하영근 씨는 고개를 흔들었다.

"기대해볼 만한 인물은 박군 자네지. 이규 군은 평범한 청년이 어느 정도로 성장할 수 있는가를 보여주는 범례가 될 수 있는 정도면 성공이지……."

이튿날 박태영은 옛날 자기가 아지트로 쓰던 묵정동 집으로 장기일을 찾아갔다. 장기일은 박태영에게 오늘 안으로 숙소를 공청共靑 동대문 합숙소로 옮기란 지령을 내리고, 지금 준비 중인 조선문학가대회에 관한 일을 하게 될 것이란 암시를 주었다.

"문학가대회의 진행을 지켜보고 그 구성원 가운데 몇 사람의 동태를 내사하는 게 동무의 과업이오. 누구의 동태를 내사하게 될진 아직 미정이지만, 원래 그런 조직은 산만하게 마련이어서 반동이 작용할 수 있는 틈서리가 있게 마련이유. 구성원 각 개인의 성격, 배후 등을 철저하게 파악해서 그 조직이 당의 외곽 단체 구실을 야무지게 하도록 해야 하는 거유. 지금 가서 이사를 해놓구 오늘 밤 여섯 시에 이곳으로 오시오. 공청 숙소에 가거든 책임자를 찾아, 속리산에서 온 전 동무라고만 하시오. 공청 동대문 합숙소를 아시죠?"

"압니다."

하고 박태영은 그 집에서 나왔다. 골목에서 그 집의 딸을 만났다.

"어머나, 전 선생님. 다시 우리 집으로 오셨어요?"

하고 그 여자는 반기는 표정을 지었다. 그 반기는 표정도 태영에겐 귀찮았다.

"아닙니다."

무관심한 표정으로 대답을 던지고 태영은 골목길에서 빠져나왔다.

공청 동대문 합숙소로 가야 한다는 것은 결정적인 강등을 의미했다. 단독 아지트를 가지고 있던 자가 합숙소로 옮겨야 한다는 건 참을 수 없는 굴욕이기도 했다.

'그러나 참아야 한다. 이것도 당원의 수양이다. 감옥에 가야 할 경우도 있지 않겠는가!'

신당동으로 돌아와서 짐을 챙겼다. 짐이래야 내의 등 옷이 든 트렁크 한 개였다. 책이란 책, 서류란 서류 하나 없는 트렁크는 가볍기만 했다.

공청 동대문 숙소는 창신동 골목 안에 있었다.

"속리산에서 온 전 동무올시다."

박태영이 말하자, 민첩하게 생긴 청년 하나가 위아래를 재보듯 날카롭게 살피더니, 박태영을 세 개가 나란히 붙은 구석진 방의 미닫이를 열고 그리로 들어가라고 했다.

"침구는 어떻게 했소?"

"없습니다."

청년은 뒤로 돌아가더니 담요를 서너 장 가지고 나와선,

"그럼 이걸 쓰시오."

하고 방바닥에 던졌다. 먼지가 풀썩 났다.

"같이 있는 사람이 넷입니다. 전 동무를 끼워서 말요. 이곳 규칙은 아

시죠?"

"모릅니다."

청년은 호주머니에서 등사판으로 만든 책자를 꺼내 태영에게 내밀었다.

"여기 규칙이 적혀 있소. 이대로 해야 합니다. 공동 생활엔 질서가 있어야 하니까요."

태영은 알았다는 뜻으로 고개를 끄덕였다.

"저녁 식사는 여섯 시부터 일곱 시 사이에 바로 이 집 앞에 있는 김천옥에서 하게 돼 있습니다. 식권을 미리 주어놓죠."

식권이란 것은 명함 크기만 한, 날짜와 시간을 적고 글자를 알아볼 수 없는 도장이 적혀 있는 미농지 조각이었다.

"동무는 공청원이 아니니까 과업은 우리와 관계가 없지만, 공동 생활에 관한 규칙만은 지켜야 합니다."

이 말을 끝으로, 청년은 문간 쪽에 있는 방으로 들어가버렸다.

태영은 방바닥에 팽개쳐진 담요를 꺼내, 간신히 들어와 있는 햇빛에 닿도록 마루 위에 펴놓고 먼지를 털었다. DDT를 사야겠다는 생각을 했다.

담요를 털어 방 한구석에 포개놓고 규칙서를 폈다.

공청의 강령 규약 다음에 숙소 규칙이 나왔다.

기상 여섯 시, 취침 밤 열 시, 쓸데없는 말 하지 말 것, ……실장 지시에 절대 복종할 것 등 구질구질한 규칙이 이십여 개 항에 걸쳐 나열되어 있었다. '이것도 당원의 수양이다.'라는 다짐 없인 읽을 수 없는 너절한 문서였다.

여섯 시에 식사를 하고 걸어서 묵정동으로 갔다. 장기일은 내일 조선 문학가대회가 있다는 것과 그 시간과 장소만을 알리고 그 회의 경과를 소상하게 기록해서 가지고 오라는 지시만 하고 돌아가라고 했다. '그 정도의 일 같으면 아침에 말했어도 되었을 텐데…….' 하는 불만이 일었지만, '이것도 당원의 수양이다.'라는 마음으로 참기로 했다.

종로를 한 바퀴 돌아 열 시 가까이 되어서야 합숙소로 돌아왔는데, 합숙소는 텅텅 비어 있고, 네 사람이 있다는 태영의 방에 억세게 생긴 청년 하나가 앉아 있을 뿐이었다.

"난 전호길입니다."

박태영이 이렇게 자기소개를 하자,

"난 정호근이라우."

하는 전라도 사투리가 돌아왔다. 말이란 그뿐이었는데, 잘 시간이 되었는데도 사람들이 돌아오는 기척이 없어 태영이 물었다.

"다른 동무들은 언제 돌아옵니까?"

"모두들 과업인개비여."

정호근이란 전라도 청년은 짤막하게 대답하고 이불을 뒤집어썼다.

2월 8일, 박태영은 장기일이 지정한 대로 오전 열 시쯤에 종로 YMCA 회관 앞으로 갔다. 장기일이 벌써 와 있었다. 구석진 곳으로 가더니,

"오늘의 회의 상황을 상세히 보고해야 할 테니까, 시종일관 주의를 집중해야 할 게유."

하며 종이 다발과 연필을 박태영에게 건넸다.

그리고 어떤 청년과 인사를 시키고 그 청년에게,

"전 동무가 회의 진행을 잘 지켜볼 수 있게 자리를 마련해주슈."
하고 부탁했다. 장기일은 박태영을 그 자리에 남겨놓고 떠나며 다시 한 번 아까의 말을 되풀이했다.

다음에 전국문학가대회의 상황을 적어본다.

김태준金台俊, 권환權煥, 이원조李源朝, 한효韓曉, 박세영朴世永, 이태준李泰俊, 임화林和, 김남천金南天, 안회남安懷南, 김기림金起林, 김영건金永鍵, 박찬모朴贊摸 등으로 구성된 전국문학가대회 준비위원회는 대회에 참가할 문학인 233명을 선정, 그들에게 1946년 1월 20일자로 대회 통지서를 발송했다.

이러한 준비 과정을 거친 뒤 1946년 2월 8, 9일 이틀 동안 제1회 조선 문학가대회가 서울 종로 YMCA에서 열렸다.

1946년 2월 8일 제1회 조선문학가대회 첫날 모임은 상오 11시, 2백여 명의 문학인과 사브신 소련 총영사와 그 부인, 김원봉金元鳳, 김호金乎, 이주하李舟河 등 내빈과 제1정치학교 학생 150명 등 방청객 5백여 명이 참가한 가운데 권환의 사회로 개최되었다.

먼저 조선음악동맹원의 주악에 맞춰 애국가와 건국 행진곡을 제창했다.

개회사는 문학동맹 위원장 홍명희洪命憙의 것을 이태준이 대독했다. 회순에 따라 출석자 점호가 있은 다음 아래와 같이 임시 집행부가 구성됐다.

　의장　이태준, 김태준, 임화, 이기영李箕永, 한설야韓雪野
　서기　홍구洪九, 박찬모, 여상현呂尙玄, 이봉구李鳳九, 김영석金永錫. (이기영, 한설야는 불참.)

다음으로 오장환吳章煥의 긴급 동의에 따라 대회는 소련의 니콜라이 치호노프, 미국의 업튼 싱클레어, 중국의 곽말약郭沫若 등 외국 작가를 명예의장으로 추대했다.

연합국에 대한 감사문 및 연합국 저명작가에게 보내는 메시지 발송을 결의하고 초안 작성을 이원조, 김남천, 김기림, 한효에게 위임했다.

그리고 경과 보고 순서에 들어가 이원조로부터 간단한 보고를 들었다.

이 대회는 각계로부터 보내온 많은 메시지와 축사가 있었다.

소련 작가동맹 니콜라이 치호노프의 메시지는 김영건이 낭독하고, 조선학술원 대표 백남운白南雲의 메시지는 김양하金良瑕, 과학자동맹 대표 박극채朴克采의 메시지는 이창기李昌器, 민주주의민족전선 준비위원회 메시지는 김오성金午星, 조선 인민공화국 중앙인민위원회 메시지는 서중석徐重錫, 조선연극동맹 메시지는 김태진金兌鎭, 조선공산당 대표 박헌영의 축사는 이주하, 조선공산당 청년동맹 메시지는 김용우, 그리고 조선영화동맹 메시지는 나웅羅雄이 낭독했다.

조선공산당의 축사 요지는 다음과 같다.

"조선의 문화인은 첫째, 소·미·영 등 연합국에 감사드리며, 문화면에서 이들 나라와 협조해야 할 것이며, 민주주의 교육자가 되어야 한다. 둘째, 일제의 악독한 정신을 새로운 조선 정신으로 청소하도록 해야 한다. 셋째, 민족문화 건설자가 되어야 한다. 넷째, 편협한 민족주의를 배격하고 문화인들의 분파성을 청산하며 인민문화, 민족문화를 건설해야 한다."

첫날 회의는 각계로부터 보내온 축하 메시지와 축사를 낭독한 다음 연합국에 대한 감사문 및 연합국 저명작가에게 보내는 메시지 초안 심의에 들어갔다.

대회에서는 먼저 기초위원인 한효가 낭독한 '연합국에 대한 감사 결의문' 초안부터 시작해 소련 작가동맹 대표 치호노프에 대한 메시지(김남천 낭독), 그리고 미·영 작가들에게 보내는 메시지(김기림 낭독), 중화민국 문학자 동지들에게 보내는 메시지(이원조 낭독)의 차례로 토의했는데, 한 사람의 이의도 없어서 모두 원안대로 통과시켰다.

소련 작가 치호노프에게 보내는 메시지의 내용을 일부 소개하면 다음과 같다.

"……우리 연소한 조선의 새로운 문학은 성장의 초기부터 귀국의 위대한 민족문학에서 심대한 교훈과 영향을 입은 것을 이야기드리지 않으면 안 된다. 이 일당에 모인 문학가로서 또는 우리들의 주위를 둘러싸고 있는 문학 애호자와 예술·지식의 지도자로서 푸슈킨, 톨스토이, 도스토옙스키, 고골, 체호프, 투르게네프를 자신의 생장과 발육을 위한 정신적인 양식으로 하지 않는 사람은 한 사람도 없을 것이다. ……우리 뒤떨어진 민족문학의 수립 과정에 있어서 고리키를 비롯한 귀하의 위대한 동료 데미얀베드느이, 마야코프스키, 에세닌, 리베딘스키, 세라피모비치, 판표로프, 베셀로프스키, 솔로호프, 그라닌, 에렌부르그 등의 문학이 우리의 정신을 풍부하게 하는 데 얼마나 도움이 되고 또 지표가 되어왔는지, 그것은 귀하의 상상을 넘는 것이라고 생각한다."

이처럼 이 메시지는 당시 대회에 참가한 문학가들이 모두 위에 열거한 소련 작가들로부터 깊은 문학적 영향을 받았다고 단정되었으며, 그리고 '조선 문학'은 소련의 프로 문학에 기초를 두어 성장한 것처럼 사실을 왜곡했다. 물론 1920년대에 공산주의 쪽에 기울어진 일부 작가들(박영희, 이기영, 한설야 등)이 카프(조선 프롤레타리아 예술동맹)를 조직하고 예술 활동을 전개한 사실이 있기도 하나, 그것이 우리 문학의 주류가 될 수는 없었던 것이다.

한편 이와 대조적으로 작가들에게 보내는 메시지 내용은 매우 간단했다. 문학가대회가 개최되고 있다는 것을 알리는 정도의 인사말이었다.

중화민국 문학가에게 보내는 메시지는 약간 특색이 있었다. 이 무렵 '제3차 국공 합작'이 모색 중에 있었기 때문에 이를 고려해 그 어느 편 (모택동과 장개석)에도 기울어지지 않는 중도적 내용이었다. 그러나 이 메시지에서는,

"다년에 걸친 국공 대립이 오늘에 와서 완전히 통합되었다는 것은 중국의 장래를 위해 경하할 일일 뿐만 아니라, ……특히 우리와 같이 민족 통일을 절대적으로 요청하는 현 단계에 있어서 중국의 통일적 진로는 우리 민주주의민족전선의 한 원형이란 것을 확신하는 바이다."

라고 국공 합작을 매우 긍정적인 것으로 평가하면서 당시 공산당이 추진 중에 있던 '민주주의민족전선 결성'과 국공 합작을 결부시켜 풀이했다.

이상과 같은 메시지 내용으로 보아 이 문학가대회가 공산당의 조종 아래 진행되었다는 것은 넉넉히 짐작할 만하다.

이것으로 오전 회의를 마치고 1시 40분부터 오후 회의에 들어갔다.

의장 이태준으로부터 바통을 이어받은 김태준은 의장 교체의 간략한 인사말을 한 다음, 회순에도 없는 박치우朴致祐의 특별 보고를 먼저 듣자는 엉뚱한 안을 내놓았다. 그 이유는 '현하 국제 정세로 보아 점차 국수주의의 파시즘화 위험을 감득하는 바 있기 때문에 이 대회에 부의 附議 상안上案한다.'는 것이었다.

이와 같은 의장의 긴급 제안을 받아들인 대회는 박치우의 다음과 같은 보고를 들었다.

"……문학가가 창작은 뒷전으로 하고 정치 문제에 참관한다는 것은

문학가의 입장으로는 소모적인 월경越境임이 틀림없다. 그러나 정치 문제가 일국 문화의 부침소장浮沈消長과 지대한 관계를 갖게 되는 경우라면, 문학가는 단순히 일신상의 변호나 방어를 위해서만이 아니라 국가 민족의 수호와 발전을 위해서 용감하게 전선에 나서지 않으면 안 된다……. 파시즘과 그 온상인 국수주의에 대한 투쟁이야말로 이러한 성질의 문제이다……. 파시즘 대두의 위험을 앞두고 문학가가 자기와 문학 및 문화를 위해서 이것과 정면으로 싸운다는 것은 자신을 위해서나 문화를 위해서 지극히 당연한 일이다."

박치우는 이와 같이 문학가의 정치 참여 필요성과 당위성을 강조하면서 그 투쟁 방향으로, 첫째, 비합리주의적인 것과의 투쟁 전개, 둘째, 민주주의전선조직에 적극 참가, 셋째, 근로 인민과의 단결 강화를 제시했다.

박치우의 특별 보고가 끝나자 이원조는 '박치우의 연설은 과학적·이론적 근거에 의한 객관적 현세에 적절한 여론으로 인정되니 이 대회에서 본 건에 관한 결의를 하자. 그러나 그 결의안은 집행부에서 제안하도록 하면 좋을 것 같다.'고 동의했다. 대회는 이원조의 긴급 동의를 이의 없이 받아들여 집행부로 하여금 결의한을 상정토록 했다.

이 결의안 초안은 집행부의 위임에 의해 김남천이 낭독했는데, 대회에서는 이를 만장일치로 가결 채택했다.

채택된 '파시즘의 위험과 문학가의 임무에 관한 결의'의 요지는 다음과 같다.

1. 해방 후 반 년 동안 문학예술에 종사하는 자는 미력하나마 민주주의 국가 건설에 이바지해왔다.

2. 우리나라의 후진성을 틈탄, 외래 금융 자본을 배경으로 한 파시즘

의 급격한 대두를 경시할 수 없다.

3. 전국의 문학가는 민주주의민족전선의 일익으로 그 부과된 임무를 성실히 수행하기 위해 일체의 파시즘 대두와 횡행에 대해 과감한 투쟁을 전개할 것.

여기에서 말하는 파시즘이란 우익 세력을 지칭한 것이며, 대회에서 모든 문학가는 민족전선 성원이 되어 우익 파시즘을 반대하는 투쟁에 적극 참여해야 한다는 내용의 결의문까지 채택하게 한 것은 공산당의 통일전선 전술에 의한 것이었다고 볼 수 있다. 회순에도 없는 '특별 보고'를 삽입한 그 자체가 공산당의 사전 계략에 의한 것이었음은 두말할 나위도 없다.

박치우의 특별 보고에 대한 결의문을 채택한 다음, 회의는 회순에 따라 각 부문의 일반 보고와 그에 대한 심의에 들어갔다.

보고 제목으로는 첫째, 조선 민족 문학 건설의 기본 과제에 관한 일반보고(임화), 둘째, 국어 재건과 문학가의 사명(이태준), 셋째, 조선 시詩에 관한 보고와 금후의 방향(김기림) 등이었다.

대회는 일반 보고에 따라 토의가 있었는데, 이태준이 연설한 '국어 재건과 문학가의 사명'에 대해서는 참가자들 간에 논쟁이 있었다. 이 때문에 '대회의 이름으로 어떤 결의를 하자.'는 동의(박찬모)까지 나왔다. 그러나 의장 김태준은 '이태준의 보고 내용에 의하면 현재 한자漢字 폐지 주장자는 단순한 학자적 입장으로부터의 주장이 아니고 이 문제에는 정치적 편협성을 결부시켜 파쇼적·국수주의적 경향을 나타내고 있는 것이 명백하다. 더구나 이 문제는 민족 문화의 기초적 수단을 결정하는 중대한 문제이니 충분히 토의해달라.'고 당부, 성급한 결의 채택을 반대했다. 결국 이 문제는 시간 제약 때문에 이태준의 '문학가의 입장에서 전국적으로 전문위원회를 조직해 그 위원회로 하여금 충분히 연구와 대책을 강구케 하자.'는 제의를 채택, 대회의 입장을 결정했다.

이리하여 조선문학가대회 첫날 모임은 오후 6시경에 폐회됐다.

조선문학가대회 제2일 모임은 2월 9일 오전 11시 40분, 같은 장소인 서울 종로 YMCA에서 이태준의 사회 아래 속개되었다.

대회는 회순에 들어가기 전에 나도향羅稻香, 김소월金素月, 최서해崔曙海, 심훈沈熏, 이상화李相和, 이효석李孝石, 한인택韓仁澤, 강경애姜敬愛 등 작고 작가 27명에 대한 묵념을 올리고, 38도 이북에서 교통 사정 때문에 이 대회에 참석치 못한 이기영, 한설야, 최명익崔明翊, 정영택鄭英澤 등이 대회에 보내온 축문, 축전을 읽었다. 그리고 인민당 당수인 여운형과 재미한족연합회 대표 김호의 축하 연설을 들었다.

여운형은 축사에서,

"국가의 혼란기에 있어서는 문인들의 붓끝이 총칼보다 더 힘 있다. ……우리 조선 사람 대부분은, 즉 농민이나 노동자들은 너무도 고생하며 살아왔기 때문에 자기의 감정을 표현할 줄 모른다. 말하자면 정서적인 세계가 조약돌처럼 굳어졌다. 그러나 이 조약돌 밭에다 부드러운 거름을 주고 아름다운 예술의 물을 부어주면 그들의 생명에 약동하는 인간성이 다시 회복될 수 있을 것이다. 이런 점을 생각해 문학가 여러분은 우리 문학을 일반 대중의 문학으로 육성시키도록 근본적으로 혁명해서 어느 특권 계급에 이용되지 않게 해야 할 것이다."

여운형과 김호의 축사에 이어 대회는 제1일 회의의 일반 보고에 계속해 이원조로부터 '조선 문학 비판에 관한 보고'를 들은 다음 신남철 申南澈의 '특수 보고'인 '민주주의와 휴머니즘'을 들었다. 신남철은

"일제의 잔재가 8·15 이후 다른 보호자를 맞이하기에 급급해 건국

독립까지도 안중에 없는 듯이 보이는 현재, 우익 진영의 완고파는 미래에 대한 찬란한 전망도 없이 자파의 이익과 유지 신장만을 위해 착취 사회의 질서를 연장시키려 하고 있다. 무이론, 무원칙, 무사상이 그들 우익의 성격이다. 그들이 가지고 있다는 이론, 원칙, 사상이라는 것은 과학적 이론 앞에 견디지 못하는 것이다."
라고 '조선 혁명의 민주주의적 성격과 단계'를 규정, 우익 세력 비난 연설을 했다.

다음으로 '소설에 관한 보고 연설'을 안회남이 하도록 되어 있었는데, 그가 불참했기 때문에 임화가 대신 보고했다.

이로써 대회 오전 회의를 마치고, 오후 2시 25분 김태준 사회로 속개했다.

'조선 농민 문학의 기본 방향'(권환), '새로운 창작 방법에 관하여'(김남천) 등의 일반 보고를 들었다.

그리고 시간 관계상 나머지 몇 개에 관해서는 보고 발표를 하지 않고 원고를 받도록 했다.

이때 원고로 제출된 보고 제목은 다음과 같다.

'조선 아동 문학의 현상과 금후의 방향'(박세영)

'문학 유산의 정당한 계승 방법'(김태준)

'계몽 운동과 신인의 육성'(김오성)

'세계 문학의 과거와 장래의 동향'(김영건)

대회는 이틀 동안에 걸쳐 회순에 따라 발표된 각 부문 일반 보고에 대해 결정서를 채택했는데, 임화가 낭독한 초안을 수정 없이 만장일치로 가결시켰다. 대회에서 채택한 '민족 문학 건설에 관한 결정서'의 요지는 다음과 같다.

1. 조선 문학의 기본 임무는 민족 문학의 수립이며, 일제 잔재와 봉건 유물의 청산에 있다.

2. 조선문학가동맹의 활동 시인.

3. 계급 문학 건설의 촉진.

4. 국수주의적 경향과의 투쟁 전개.

5. 민족 문학은 민주주의 국가 건설만이 존재할 수 있다.

6. 문학가는 민주주의 조국 건설에 적극 참여한다.

7. 문학동맹 지도 기관은 ① 민중과 문학가의 연계 강화책 수립 ② 문학가의 창작 활동을 용이하게 하기 위한 방법 수립 ③ 국어의 재건과 정당한 발전을 위한 정책 수립 ④ 문학의 대중화 운동에서 도시 편중주의 시정과 38도 이북에 총국總局 설치 ⑤ 공산 문학과 농민 문학의 육성 발전책 강구.

이상의 결정은 당시 조선공산당의 문학 정책과 완전 일치되었다.

대회는 '민족 문학 건설에 관한 결정서'를 채택한 다음 회순에 따라 '국어 문제에 관한 결정서'를 집행부의 원안대로 통과시켰다.

계속해서 문학가동맹 강령·규약의 심의에 들어갔는데, 한효가 발표한 강령은 다음과 같은 요지였다.

1. 일제 잔재의 소탕

2. 봉건주의 잔재의 청산

3. 국수주의 배격

4. 진보적 민족 문학의 건설

5. 국제 문학과의 제휴

규약의 원안에 대해 특별한 이의를 제안하는 사람은 없었으나 '문학가동맹'이라는 명칭 문제를 가지고 논쟁이 벌어졌다.

오장환  '문학동맹'이라면 너무 막연하니 '문학가동맹'으로 했으면 좋겠다.

홍효민  문학동맹이라는 명칭은 이미 작년 12월 23일 문학동맹결성대회에서 결정되었으므로 여기에서는 논의하지 말자.

김오성  문학동맹이라는 것은 잠정적 명칭이다. 그러므로 이 대회에서 결정해야 한다. 문학가동맹이라고 하자는 오장환의 동의에 찬성한다.

박찬모  어느 나라에 있어서나 문학가의 단체는 작가동맹, 문학가동맹이라고 한다.

홍효민  김오성의 말은 법리적으로 보아 잘못이다. 문학가대회에서 동맹의 명칭은 운위云謂될 바 아니다.

박아지  문학가대회의 소집을 문학동맹에서 소집했는가, 그렇지 않으면 문학가대회 준비위원회에서 소집했는가를 명백히 밝혀라.

홍효민  물론 준비위원회에서 소집했다고 본다. 따라서 이 대회에서는 명칭을 논의하지 말자. 문학가동맹이라고 하면 너무 전문가의 모임 같은 인상을 준다.

김광균  시야비야是也非也할 것이 아니라 준비위원회의 설명을 듣기로 하자.

한효  명칭은 이 대회에서 신중히 결정 토의할 수 있다고 본다. '맹원'盟員과 '맹우'盟友를 구별하면 대중적 서클을 갖는 데 별로 지장이 없을 것 같다.

의장  문학가동맹이라고 하든 문학동맹이라고 하든 별로 손損이 없을 것 같다. 과학자동맹도 있으니 그것에 시간을 버리지 말자.

박찬모  우리 문학가 조직은 그 명칭 하나에 있어서도 신중히 고찰 후 결정해야 한다. 기왕에 문학동맹이라고 했더라도 이 대회에서 새로 결정할 수 있다고 생각한다.

　**박세영**　문학동맹이라면 너무 국한되는 느낌이 있다. 더 많은 대중과 긴밀히 하려면 문학가동맹이 좋다고 본다.

　**박승식**　과거 프롤레타리아 문학동맹계에서는 문학동맹을, 문학 건설 본부계에서는 문학가동맹을 서로 고집한 듯하다. 이런 고집은 서로 부리지 말기로 하자. 농민조합이니 노동조합이니 했지, 노동자조합이라고 한 곳은 한 군데도 없다. 문학가의 모임이라고 해서 반드시 문학가동맹이라고 할 필요는 없다.

　**홍효민**　문학가동맹이란 문제가 왜 나왔는지 반성하고 고집하지 말자.

　이처럼 '가'家자를 붙이느냐 안 붙이느냐로 의견이 맞서 합의를 못 보게 되자, 이원조는 가부를 종다수로 결정하자고 제의했다.

　의장은 이원조의 동의를 받아들여 거수로 가부를 물어보았다. 그 결과 '문학동맹'은 28명, '문학가동맹'은 43명으로, 결국 '가'자를 붙이는 것으로 결정되었다. 이로써 '문학동맹'은 '문학가동맹'으로 명칭을 바꾸게 되었다.

　강령에 있어서 대회는 신고송申鼓頌의 강령 중 '진보적 민족 문학'이란 표현에서 '진보적'이란 말을 삭제하고 그저 '민족 문학'으로 고치자는 이의를 받아들여 이를 가결시켰다.

　대회는 회순에 따라 문학가동맹 중앙 집행 위원 선거에 들어갔다.

　이원조의 '현 문학동맹 중앙 집행 위원을 전원 재임시키고 부위원장으로 한설야를 선임하기로 하자.'는 안案과, 허준의 '모든 중앙 집행 위원을 개선하자.'는 안이 나왔는데, 다수의 지지를 얻은 이원조의 안을 채택했다.

선출된 중앙위원의 명단은 다음과 같다.

위원장　홍명희

부위원장　이기영, 한설야, 이태준

서기장　권환

위원　이원조, 임화, 김오성, 김남천, 안회남, 정지용, 김태준, 한효, 김기림, 박세영, 조벽암 기타 6명.

대회는 '계몽 문제', '조직 문제' 등 몇 가지 미해결 의안이 있었으나, 중앙집행위원회에 일임키로 하고 오후 6시에 폐회했다.

전국문학가대회의 상황을 소상하게 기록해야 할 임무를 띠고 지켜본 만큼 박태영의 관찰은 예리했다.

그런데 결과적으로 커다란 환멸을 느꼈다.

이른바 문학가라는 부류의 사람들에게 환멸을 느끼고, 그들을 이용하려고 광분하는 당의 처사에 환멸을 느꼈다.

한마디로 말해 시간과 정력의 낭비라고 할 수 있었다.

박태영의 생각으론, 문학과 정치의 결합은 자연스럽고 유연해야만 했다. 정치의 시녀로서 문학을 이용할 의도라면 더욱 그 관계에 섬세한 신경을 써야 한다.

그러지 못할 때 독자의 인상에 문학과 정치의 야합이 두드러지게 나타난다.

매력을 잃은 문학은 정치의 선전으로서도 이미 효과를 잃는다. 문학과 정치 어느 편도 이익을 보지 못하는 것이다.

태영은 이 단계에 있어서 문학이 공산당에 봉사해야 한다는 주장을 긍정했다. 그런데 문학이 공산당에 봉사하려면 방법을 갖추어야 한다.

야합이란 인상을 주는 방법은 가장 졸렬한 방법이다.

전국문학가대회는 그런 뜻에서, 문학가와 공산당이 야합하는 가장 치사스러운 광경을 보여준 결과밖에 낳지 않았다.

'뭔가 성급하다.'

이건 문학가대회를 조작한 당의 의도에 대한 박태영의 감상이었고,

'긍지는 물론 문학가로서의 지각도 없다.'

이건 거기 모인 문학가들에 대한 박태영의 느낌이었다.

'외치는 대로 사태가 되어가리라 생각하고 한 짓이라면 너무나 단순하고, 그런 조작을 함으로써 몇몇 사람들의 공명심을 만족시키려는 의도라면 도대체가 되어먹지 않았다.'

이런 생각을 하다가 박태영은 문득 '공산당 산하의 모든 단체가 예외 없이 그런 앙상한 조직이 아닐까.' 하고 짐작해보지 않을 수 없었다.

'문학가의 단체는 어디까지나 문학가다운 단체라야 하고, 학생의 단체는 어디까지나 학생다운 단체라야 한다. 그렇게 친화 단결이 잘된 후에 어떤 계기에 정치력으로써 정치적으로 폭발시키도록 치밀한 각본을 짜야 하는데…….'

생각이 이에 미치자 박태영은 결과야 어떻든 자기의 소신을 당당하게 피력하는 보고를 써야겠다고 결심했다.

합숙소의 규칙은 '특별한 과업으로 열 시 취침을 하지 못할 경우엔 그 목적을 합숙소책合宿所責에게 알리고 지정된 방에서 그 과업을 진행해야 한다.'라고 되어 있어, 사무실 옆에 붙은 조용한 방을 빌려 보고서 작성을 시작했다.

거의 반쯤 진행시켰을 때 박태영은 장기일의 권위적인 태도를 상기하자 맥이 풀렸다. '누가 동무에게 의견을 쓰랬나? 상황을 그대로 적으

라고 했지.' 하고 덤빌 것이 뻔했다. 태영은 만년필을 놓고 멍청히 앉아 천장을 쳐다보다가 벽을 바라보다가 했다.

태영은 한 번 더 용기를 북돋워보려고 애썼다. 그러나 일단 시들어버린 의욕이 되살아나진 않았다.

어디선가 두 시를 알리는 시계종이 울렸다. 초조한 감이 태영을 엄습했다. 어떻게 하든 내일 아침 열 시까진 문학가대회 상황 보고서를 제출해야 했다.

태영은 입을 악물었다. 그리고 이때까지 써놓은 원고를 한 장 남기지 않고 찢어버리고 다시 백지를 앞에 놓고 앉았다.

'이것도 당원의 수양이다.'

태영은 씁쓸하게 웃고, 당에서 왜 자기에게 그러한 보고를 하게 했는가 의도를 추측해보는 마음이 되었다.

'상황을 알고 싶은 목적만이라면 문학가대회를 조종한 당원에게 시키면 되지 않은가. 아니, 그쪽에서도 보고가 들어오게 돼 있을 것이다. 그런데 또 내게 시켰다는 것은? 내 태도를 알아볼 겸 내 능력을 재어보자는 얘길 거다.'

이런 짐작이 들고 보니, '어떻게 쓰면 상부의 마음에 들까.' 하는 계교로 생각이 기울었다. 정론을 피하고 아첨하는 글을 써야 하는 자기의 비굴한 모습을 발견했을 때 태영은 정체 모를 공포에 사로잡혔다.

'이것도 당원의 수양인가?'

태영은 되도록이면 건조한 문장으로 순서와 내용에 조금도 어긋남이 없는 보고서를 쓸 수밖에 없다고 작정하고 만년필을 들었다.

(주: 전국문학가대회의 기술記述은 김남식金南植 씨의 『남로당』南勞黨

에서 인용했습니다. 김남식 씨에게 사과와 함께 감사를 드립니다.)

　문학가대회 보고가 잘되었다고도 잘못되었다고도 박태영에겐 아무런 말이 없었다. 그리고 달리 과업이 주어진 것도 없었다.
　당원이 과업 없이 중대한 시기를 그저 지내고 있다는 것은 납득할 수 없었다. 그런데도 매일매일 무엇을 했는가를 묵정동 아지트에 보고해야 했으니 따분했다.
　아침 여섯 시 기상, 기상과 동시에 세수, 간단한 맨손 체조, 독서, 아침식사, 식사를 끝내고 30분 동안 산책, 합숙소로 돌아와서 방 안 청소, 빨래, 독서, 점심 식사, 독서, 산책, 독서, 저녁 식사, 밤 열 시에 취침……. 결국 이런 따위의 무내용한 보고일 수밖에 없었다. 그런데 어느 날 갑자기 '캡'으로부터 질문이 있었다.
　"동무의 보고는 매일 똑같은데, 했으면서 숨기는 일은 없소?"
　"없습니다."
　"그럴 리가 있소?"
　"과업이 없는데 무슨 일을 한단 말입니까. 매일매일 아무 일도 하지 않으니 똑같을 수밖에 없지 않습니까?"
　"낮잠은 안 자오?"
　"안 잡니다."
　사실 추워서 낮잠을 잘 수도 없고, 잠밖에 잘 수 없는 겨울의 긴 밤을 누워서 새우기도 힘겨웠다.
　"독서를 한다고 했는데, 대개 무슨 책을 읽소?"
　박태영은 적당하게 대답했다. 첫째, 유소기의 『당원의 수양』을 들먹이고, 둘째, 모택동의 『신민주주의』를 들먹이고, 셋째, 레닌의 『제국주의론』을 들먹였다.

"『자본론』은 안 읽소?"

"그건 벌써 다 읽었습니다."

"언제 그것을 다 읽었소?"

"일제 시대 괘관산에 있으면서 다 읽었습니다."

"스탈린 대원수의 저서를 읽을 생각은 없소?"

"구할 수 있는 데까진 다 읽었습니다."

"뭣을 읽었소?"

"『레닌주의의 기본 문제』를 읽었습니다."

"그럼, 그 저서의 내용을 간단히 설명해보시오."

박태영은, 공업이 발달하고 따라서 프롤레타리아 계급이 엄연한 세력으로 성장한 영국·독일을 비롯한 유럽 사회의 상황을 전제로 해서 만든 마르크스 이론을, 공업이 낙후되고 따라서 프롤레타리아가 계급으로서의 세력을 갖지 못한 러시아의 후진 사회에 적합하도록 꾸민 혁명이론이 곧 레닌주의라고 한 스탈린의 그 저서 내용을 찬찬히 설명했다.

'장'이라는 성의 '캡'의 얼굴에 조소하는 듯한 웃음이 주름을 잡았다. 그러고는 한다는 말이 이랬다.

"동무는 지식을 갖고 혁명을 성공시킬 수 있다고 보시오?"

박태영은 순간 불쾌했다.

"그럼 지식이 없어야 혁명을 성공시킬 수 있다는 겁니까?"

해놓고, 태영은 '아차' 싶었다. 안 할 말을 했다는 후회가 잇따랐다.

장의 얼굴에 핏기가 오른 것 같았다.

"동무는 인텔리들의 죄악을 어떻게 생각하오?"

"무슨 말인지 모르겠는데요?"

박태영이 정직하게 한 말이다.

"인텔리의 죄악을 몰라요?"

"죄악이라면 인텔리의 죄악만을 들먹일 필요는 없지 않습니까."

"혁명의 적은 인텔리요."

"러시아 혁명을 지도한 사람은 레닌을 비롯한 인텔리들이 아닙니까?"

"레닌은 인텔리가 아니오."

"……."

"레닌은 지도자요. 인텔리라고 하는 건 얄팍한 지식을 무슨 보물인 양 휘두르는 버러지 같은 족속들에게 붙여진 이름이오. 그러니까 동무는 레닌을 모독한 거요. 레닌을 모독하는 걸 나는 용서할 수 없소."

박태영은 어이가 없어서 웃었다.

"동무, 왜 웃소. 내 말이 틀렸단 말요?"

장은 흥분한 투로 박태영을 노려보며 말했다. 태영은 그런 어거지 같은 소린 그만두라고 하고 싶었으나 끝내 자기의 감정을 진정시켜야 했다.

"내가 언제 레닌을 모독했습니까. 나는 인텔리란 말을 지식인이란 뜻으로 썼습니다. 레닌은 훌륭한 혁명의 지도자이며 탁월한 지식인이기도 합니다. 그런 뜻에서 나는 레닌을 인텔리라고 한 것입니다."

"레닌을 그 인텔리의 카테고리 속에 넣는 게 틀렸단 말이오. 레닌은 그 카테고리를 초월한 사람이오. 똑똑히 들으시오. 지식인은 지식을 가졌기 때문에 약점, 아니 약점투성이인 지식인을 인텔리라고 하는 거요. 지식인이 인텔리로서의 약점을 극복했을 땐 인텔리가 아니란 말요. 레닌이나 스탈린이나 모택동이 모두 훌륭한 지식인이지만 인텔리라고 안 하는 건 그분들이 인텔리로서의 약점을 죄다 극복하고 다른 인격을 가지게 되었기 때문이오."

"인텔리 가운데 나쁜 인텔리도 있고 좋은 인텔리도 있다고 하면 될 것 아닙니까?"

"안 될 말이오. 그런 것을 미온적이라고 하는 거요. 우리는 혁명을 하기 위해선 단어 하나라도 엄격히 규정하고 나가야 합니다."

"엄격히 규정한다고 해도 본래의 뜻을 왜곡할 것까진 없지 않습니까?"

"본래의 뜻을 왜곡하다니, 그게 무슨 말이죠?"

"그렇지 않습니까. 지식인을 인텔리라고 하면 되고, 지식 계급을 인텔리겐차라고 하면 되지, 약점 있는 지식인을 인텔리라고 한다는 그런 것이 왜곡이 아니고 뭡니까?"

태영은 자기도 모르게 흥분하고 있었다.

장은 다시 한번 조소하는 듯한 웃음을 띠더니 음성을 가라앉혔다.

"동무는 제법 아는 척하지만 그게 틀린 거요. 말엔 역사가 있소. 아니, 역사가 말에 의미를 부여하는 거요. 지식인 이퀄 인텔리, 이것은 순전한 언어학적인 개념 조작이오. 내가 지금 말하고 있는 것은 사회학적·역사적·혁명적 개념이오. 불란서 혁명 이래 몇 차례의 혁명을 겪는 동안 지식인들은 그들이 가지고 있는 지식 때문에 빛나는 업적을 쌓는 역할을 하기도 했고, 한편 그 지식 때문에 역사를 역행하고 혁명을 배신하는 과오를 저지르기도 했소. 트로츠키, 부하린, 카우츠키 따위가 다 후자의 대표적인 인물이 될 거요. 말하자면 그들이 가진 지식 때문에 반동 분자가 되었다, 이거요. 따라서 지식인에겐 반동의 계기가 언제나 그 내부에 있단 말이오. 그러니까 오늘날 우리가 지식인이란 말을 쓰는 건 유식한 사람을 무식한 사람과 단순히 구별하기 위한 언어학적인 용어로서가 아니고 반동의 계기를 품은 위험 분자들이란 뜻에 강세를 두고 있다 이거요. 알았소?"

박태영은 장의 말을 비로소 이해할 수 있을 것 같았으나 불쾌감은 여전히 남았다. 무엇 때문에 그런 말을 끄집어내느냐 말이다.

장은 태영의 침묵이 또 못마땅한 모양이었다.

"요는 인텔리를 경계해야 한단 말이오. 인텔리는 언제나 감시의 대상이 된다는 말이기도 하구요. 그런 뜻에서 동무는 인텔리의 죄악이란 걸 생각해본 일이 없느냐고 묻는 거요."

"과오를 범하고 죄악을 저지른 인텔리들에 관해 생각해본 적이 없습니다."

태영의 대답은 약간 퉁명스러웠다. 그러나 어디까지나 그렇게 대답하는 것이 옳다는 자신이 있었다.

"과오를 범하지 않는 인텔리는 이미 인텔리의 카테고리를 벗어난 존재라고 내가 말하지 않았소. 하여간 동무는 인텔리의 과오를 생각한 적이 없다는 얘기를 했다고 나는 취급하겠소."

"그런 일반론이 무슨 소용이 있단 말입니까?"

"일반론에서 원칙이 나오는 거요. 원칙에서 전술이 나오는 거요. 동무가 인텔리의 죄악을 생각하지 않았다는 것은 인텔리로서의 동무의 자기비판이 부족하다는 고백일 수밖에 없소."

"어떻게라도 해석하십시오. 나는 왜 장 동무가 이런 말을 끄집어내는지 그 의도를 알 수가 없습니다."

"내 의도를 모르겠소?"

"알 까닭이 없잖습니까?"

"난 동무를 상당히 눈치 빠른 사람으로 알고 있었는데."

"과대평가를 하셨구면요?"

"과대평간지 과소평간지 모르겠소만."

하고 장은 신랄하게 덧붙였다.

"동무가 전형적인 인텔리이기 때문이오. 동무 내부에 있는 인텔리를 추방하든지 극복하든지 해야겠소."

태영은 자기가 매일 책만 읽고 있다고 보고한 것이 장의 비위를 거슬렀다고 짐작했다. 그래 말했다.

"내게 과업을 줘보십시오. 아무리 내가 인텔리라고 해도 매일 책만 읽고 지내진 않을 겁니다."

"동무, 무슨 소릴 그 따위로 하우?"

장은 발끈 화를 냈다.

"내가 동무 책 읽는다고 해서 하는 소린 줄 아우? 천만에. 동무는 앞으로 더욱 책을 읽어야 할 거요. 레닌도 더 읽구, 스탈린도 더 읽구, 모택동도 더 읽구, 필요에 따라선 루카치의 문학 이론도 읽어야 할 거요. 그러니까 동무가 책을 많이 읽는다고 해서 동무를 보고 내가 인텔리라고 한 것은 아뇨."

"그럼 뭡니까?"

"지금부터 당은 대대적으로 인텔리 규탄 운동을 시작하려는 거요. 인텔리를 인민의 벗과 구별하는 작업을 시작한다 이 말이오. 그러자면 우리 스스로가 우리 내부에 있는 인텔리를 소탕할 필요가 있는 거요. 자기 합리화의 수단이 될 수 있는 지식, 반동의 계기가 될 수 있는 지식, 휘두르기 위해서만 가지고 있는 지식, 지도 계급인 양 행세하기 위해 내뵈는 지식. 이를테면 인민을 위하고 인민을 선도하기 위해 필요한 일체의 지식 말고는 모조리 불살라버려야 한단 말요. 이 나라에서 인텔리를 인민의 적으로 규정해서 대중 앞에서 단죄하려면 그렇게 할 일꾼으로서의 우리는 단연코 인텔리가 되어선 안 되는 거요. 간단하게 말해봅시다. 우리가 인텔리가 되어 있으면서 어떻게 인텔리를 추방할 수 있겠소? 어떻게 인텔리를 인민의 적으로 규정할 수 있겠소? 그래가지고 대중을 지도할 수 있겠소? '인텔리는 인민의 적이다.'—이것이 구호요. 그러나 이것은 공공연하게 발표하고 선언할 수 없는 구호요. 공공연하게 발표하고 선언하지 않아도 인민 대중이 스스로 체득할 수 있도록 계도해야 하는 구호란 말요. 그러려면 이렇게 되어야 하오. '우리에게도 지식이 있다. 놈들보다 우월한 지식이 있다. 그러나 이건 어디까지나 인민의 심부름을 하기 위한 지식이지 다른 것이 아니다. 그러니까 우리들은 인텔리도 지식인도 아니다. 노동자와 농민의 대변자이며, 그 전위다. 그런데 우리와 같지 않은 저 지식인들, 또는 인텔리는 그들이 가진 지식으로 혁명을 방해한다. 노동자와 농민을 종처럼 부려 먹으려 한다. 그러니 절대로 그들에게 동조해선 안 될 뿐만 아니라, 그들을 적, 또는 원수로 알고 철저하게 말살해야 한다. 그들을 말살해야 노동자, 농민, 그밖의 무산 대중은 혁명을 완수할 수 있다.'—이러한 관념을 철저하게 주입해야 한단 말이오. 알겠소?"

"대강 알겠습니다."

태영은 요령부득한 태도로 그러나 대답만은 그렇게 했다.

"지금부터가 중요하오. 똑똑히 들으시오."

장은 이렇게 서두를 말하고 다음과 같이 말했다.

"지금 우리의 혁명 과업은 난관에 봉착해 있소. 노동자, 농민을 조직하면서 한편 인텔리들의 협력과 지지도 바라고 있소. 그래 별의별 문화 단체를 만들고 있소. 그런데 문화인을 대접하는 듯한 이러한 작업이 엉뚱한 역효과를 내고 있다는 것을 당은 최근에야 발견했소. 우리 당이 문화인, 또는 지식인을 소중하게 대접하니까 일반 대중 사이에도 지식인을 존중하는 풍조가 생겨났단 말요. 이런 풍조가 작용해서 모든 하부 조직의 책임 세포에 인텔리들이 끼어들게 되었소. 그것까지는 좋다고 합시다. 어느 시기를 포착해서 갈아 치울 수도 있으니까. 한데 우리 노선에 반대하는 지식인까지도 대중의 존경을 받는 경향과 동시에, 그런 분자들이 이끄는 단체들이 소수이긴 하나 대중을 흡수하는 징조를 보이고 있소. 지식인을 존경하는 옛 폐습이 차츰 되살아나고 있단 말요. 그래 우리 내부 지식인들의 자각과 적극적인 협조를 얻어 이 땅의 지식인들의 면목을 사정없이 깎아내리자는 거요. 지식인을 불신하는 운동, 지식인을 욕하는 운동, 지식인의 그 얄팍한 허영심과 이기주의를 폭로하는 운동을 전개하잔 말요. 반동의 병균이 바로 지식인이오. 하나의 지식인이 수십 명의 인민을 반동화하는 게 현재의 실정이오. 그렇지 않소?"

"그렇습니다."

"일전의 보고, 전국문학가대회에 관한 동무의 보고는 잘되었습디다. 상부에서도 칭찬이 있었죠. 그래서 동무와 지식인 문제에 관한 토론을 해보고 싶었던 겁니다."

장은 말과 더불어 태도도 누그러졌다. 태영은 '진작에 그렇게 나올 일이지.' 하는 마음과 아울러 이때까지의 태도가 경솔했다는 뉘우침을 가졌다.

"그 문학가대회에 모인 인간들은 몇 사람을 빼곤 거지새끼 같은 녀석들 아뇨?"

장은 비로소 동지끼리 하는 말투로 바꾸며 또 이런 소리도 했다.

"허나 그건 그런대로 이용 가치가 있다고 쳐둡시다. 그런데 엉뚱한 반동놈의 새끼들이 그 대회를 통해 놓여 있는 문학가의 위치를 그들 나름대로 이용하려 하고 있단 말요. 이거 기가 막히는 일 아뇨?"

"요는 지식인들의 위신을 떨어뜨려 인민의 신뢰를 받지 못하도록 하자는 것 아닙니까?"

"그렇지, 그렇소."

"그렇다면 첫째가 명분 문제 아니겠습니까?"

"명분 문제야 그렇게 어렵지 않소. 고래로 우리나라를 망친 사람은 지식인이니까. 가깝게 이조의 썩은 정치도 양반 계급, 특히 지식인들이 저지른 일 아닙니까. 관리의 행패도 대단했거니와 유림의 행패도 혹심했거든. 요컨대 이조를 망친 사람은 지식인 아니겠소? 일본에 굴복한 것도 지식인 탓 아닙니까. 총독 정치에 아부해서 인민을 괴롭힌 사람도 인텔리들 아닙니까. 그런데 그 인텔리들이 또 미국과 야합해서 우리가 세운 인민공화국을 파괴하고 있지 않습니까. 이렇게 들먹여가면 이 나라에서 인텔리가 설 자리란 전연 없소. '나쁜 짓은 인텔리가 하고, 그 죄악의 대가는 인민들이 치르고, 이렇게 하길 수백 년인데, 또 유식한 놈들의 말을 들어서 되겠느냐? 그렇게 밸이 없어서야 쓰겠느냐? 콩으로 메주를 쑨다고 해도 지식인의 말이면 듣지 않아야 될 텐데, 아직도 그런 놈의 말에 휘둘리는 사람이 있으니 딱하다.'는 식으로 나가면 되니까요. 그러니까 문제는 결정적인 계기를 만드는 데 있소. 평지에 풍파를 일으켜야죠. 지식인 몇 놈을 인민의 의사로써 죽여 없애는 겁니다. 그래놓고 그 죄상을 폭로하는 거죠. 그리고 그놈과 비슷한 놈은 이 잡듯 잡아 없애는 폭풍적인 상황을 만들어나가는 거죠."

"그러나 그게 어디 쉽겠습니까?"

"쉽지 않으니까 동무와 의논하는 것 아닙니까?"

하고 장은 처음으로 담배를 박태영 앞에 밀어놓으며 피우라고 했다.

"나는 담배를 피우지 않습니다."
하고 태영은 사양했다. 장은 담배를 피워 물더니,
"담배는 피우는 게 좋을 거요. 생각할 땐 담배라도 피워야……."
하고 갑자기 어조를 바꿨다.
"경성대학을 민주화하는 데 가장 큰 장애가 되는 교수 이름을 들먹여보시오."
"……."
"지식인을 불신하는 풍조를 만드는 첫째 작업에 필요할까 해서 하는 말이오. 동무는 몇 달 전까지만 해도 경성대학 세포책 중의 한 사람이었죠?"
물으나 마나 한 얘기였다. 태영은 비로소 자기 앞에 앉아 있는 장이 기왕 자기가 하고 있던 과업을 맡고 있음을 확인했다.
'경성대학에 관한 일은 계속 내가 맡는 것이 효과적일 텐데……'
하는 마음과 더불어
'근신 처분 이래 학교에 관한 얘기가 전혀 없었는데 학적은 어떻게 되었을까.'
하는 생각이 났다. 학적이야 어떻게 되었건 상관이 없지만 태영은, '기왕의 내 자리를 차지한 장 앞에서 기왕 내가 지배하던 세포의 입장이 되어버렸구나.' 하고 생각하니 쓸쓸한 심정이 되었다.
"차근차근 얘기해보시오. 어떤 교수들이 경성대학 민주화의 장애물입니까?"
장은 다시 한번 아까의 말을 되풀이했다. 박태영은
"그건 이미 내가 당 중앙에 보고했는데요."
하고 망설였다. 이미 문서로 보고한 내용을 장 앞에서 구두로 설명한다는 노릇이 어쩐지 내키지 않았던 것이다.

"기왕의 보고는 당 중앙에 한 보고이고, 나는 나대로 동무의 의견을 듣고 싶다는 거요."

"그렇다면 난 말할 수 없습니다. 책임 있는 사람에게 책임 있는 사람으로서 구두로건 서면으로건 보고해야 한다고 당의 규칙은 되어 있지 않습니까?"

"동무는 내 책임 아래 있는 사람입니다. 그러니 내겐 말해도 좋아요."

"장 동무의 책임은 알겠습니다. 그런데 나는 무슨 자격으로 말해야 합니까."

"기왕에 알고 있던 일을 동지에게 알려준다는 그런 가벼운 기분으로 말하면 되지, 별게 있겠소?"

장의 얼굴에 불쾌한 빛깔이 다시 돋아났다.

"당의 규칙은, 가벼운 기분으로 당의 기밀을 허락도 없이, 설사 그것이 상위의 동지에게라도 할 수 없게 되어 있는 줄 아는데요."

"동무는 계속 '당, 당' 하는데, 지금 동무의 입장으로선 지나치게 당의 규칙에 구애될 필요가 없다고 생각하오."

장은 노골적으로 불쾌한 표정을 짓고 뱉듯이 말했다.

"그게 무슨 말입니까? 당원이 당의 규칙에 구애받지 않아도 좋다니, 그게 무슨 말입니까?"

장은 불쾌한 빛을 조소의 빛으로 바꾸더니,

"그러지 말구, 우리 본론으로 돌아갑시다. 아까 내가 말한 인텔리 배격 운동의 취지는 납득하셨죠?"

하고 말을 이었다.

"요는 그 운동에 필요해서 묻는 겁니다. 인텔리 배격 제1호, 제2호,

제3호를 경성대학 교수 가운데서 내볼까 해서 묻는 말이니까 솔직하게 대답해도 탈은 없을 거요."

장은 박태영에게, 너는 이미 당원이 아니라고 쏘아주고 싶은 충동을 가까스로 참고 이렇게 말을 바꾸었다. 박태영을 당에서 제명했다는 사실을 박태영 자신에게 알리지 말도록 당의 엄명이 있었으니 할 수 없는 노릇이기도 했다.

박태영은 어찌할 수 없는 압박감에 짓눌려 자기가 파악한 대로 경성대학 사정을 설명하기 시작했다.

일본의 어느 대학에서 지하 공작을 하다가 형무소 생활 5년을 겪고 해방과 동시에 출옥했다는 장은 지식에 있어서도 박태영의 상위자임이 틀림이 없고 술수에 있어서도 그랬다. 박태영은 경성대학의 사정을 설명하면서도 계속 꺼림칙한 감정을 지워버릴 수가 없었는데, 바로 그 것이 당원으로서의 수양이 부족하다는 증거로 첨가되어 불리한 입장에 빠져들게 하는 자료가 되리라고까진 꿈에도 생각지 않았다.

메모를 하기 위해 장은 태영의 설명을 간혹 중단시키기도 하면서 주의 깊게 들었다. 장은 박태영의 설명을 토대로 해서 경성대학에 관한 상세한 보고서를 작성할 요량인 것 같았다.

설명이 끝나자 장은 수고했다는 말과 내일 아침 여섯 시 정각에 오라는 말을 했는데, 태영은 그냥 일어설 순 없었다.

"빨리 과업을 정해주었으면 합니다."

"동무는 지금 과업을 맡고 있는 겁니다."

하며 장은 무슨 말을 하느냐는 태도로 박태영을 보았다. 그리고 물었다.

"동무는 자기에게 부과된 과업을 모르오?"

"모르겠습니다."

"동무는 지금 합숙소에서 매일 책을 읽고 있지 않소. 그게 과업이오."

"그런 지시가 없었는데요."

"지시가 필요 있어요? 시간을 만들어주면 그만 아뇨? 지시가 없어도 책을 읽는 사람에게 새삼스럽게 책을 읽으라는 지시를 해요?"

"그렇더라도 무슨 책을 읽으란 지시쯤은 있어야 과업으로서 성립되지 않겠습니까?"

"우리 당은 형식적이고 기계적인 당이 아닙니다. 자유와 융통성도 있소. 동무 같은 사람에겐 그런 지시 안 합니다. 지시를 받고 하는 독서는 의무감이 겹쳐 흥미가 반감된다는 인간의 속성까지 당에선 계산하고 있소. 동무는 자발적으로 유익한 책을 골라 읽을 것이란 당의 짐작이 있단 말요. 그래 아까 무엇을 읽느냐고 내가 묻지 않습디까. 그 정도면 당에서 독서 방향을 수정할 필요가 없다고 판단했소. 당의 짐작이 옳았던 것이오."

"그럼 언제까지 이런 상황에 있게 됩니까?"

"그건 나도 모르죠. 상부에서 결정할 문제니까."

"되도록 빨리 행동할 수 있는 과업을 내리도록 힘써주십시오."

"좋소."

장은 힘있게 말하고 묘한 웃음을 띠며 덧붙였다.

"행동을 바란다 이거죠? 결정적이며 맹렬한 행동, 고독 속에서 독서를 통해 익힌 의지와 역량을 행동으로 시험해보아야죠. 동무의 그런 뜻을 상부에 전달하겠소."

태영은 찬 바람이 불고 있는 거리로 나왔다.

2월이 중반을 넘었는데도 어느 한 곳 봄이 올 기색은 보이지 않았다.

하늘도 회색, 집들도 회색, 거리도 회색, 지나가는 사람들도 회색, 불고 있는 바람도 회색!

'동무들이여, 회색의 추위라는 것을 아는가?'

태영의 뇌리를 이런 엉뚱한 시구 같은 것이 스쳤다.

한때 태영은 이 거리를 한없이 사랑했다. 이 거리는 혁명으로 통하는 길과 혁명을 바라고 몸부림치는 집들로 붐비고 있는 거리였다. 사람들의 눈동자에서 태영은 혁명을 갈망하는 감정 같은 것을 발견하곤,

'인민 대중들이여, 잠깐 동안만 기다려라! 여기 지금 혁명의 길을 닦고 있는 한 사람의 투사가 지나간다.'

라고 회심의 미소를 짓기도 했다.

그랬던 거리가 갑자기 감당할 수 없는 적의를 품고 다가선 것은 언제던가. 태영의 내부에서 혁명에 대한 정열이 식지도 않았는데 어느덧 거리가 그 면모를 달리하고 나타난 것이다. 그러나 적의를 느낀 것도 좋았다. 지금 태영은 이 거리에 대해 적의마저 상실한 처지가 되었다. 그러니까 하늘과 거리와 사람들이 더욱더 회색일 수밖에 없었다.

태영은 '당이 지식인을 배격하는 사업을 전개할 작정을 했다.'는 장의 말을 검토해보기로 했다. 지식인이 반동화할 계기를 언제나 내부에 간직하고 있다는 판단은 옳다. 지식인과 허영과 이기 근성의 지적도 옳다. 하지만 '그런데?' 하는 의혹이 남았다.

'지식인을 배격해야 한다는 생각을 하고 있는 당의 상층부 인사들은 지식인으로서의 약점을 가지고 있지 않을까? 지식인의 가장 추잡한 근성, 이를테면 독선 의식 같은 것에 병들어 있는 족속이 바로 공산당의 간부가 아닐까?'

태영은 자기의 캡인 장이 누구보다도 지식인으로서의 괴팍한 냄새

를 풍기고 있다는 사실에 생각이 미치자, 어떻게 해서라도 놈의 상위자가 되어 놈을 신랄하게 부려보고 싶은 야심이 부글부글 괴어오름을 느꼈다.

'그렇게 될 방법은 없을까. 당의 상층부가 깜짝 놀랄 만한 그런 일이 없을까. 정치국의 간부가 되기만 하면? 그땐 놈을!'

이런 공상을 할 때의 박태영은 완전히 이성을 잃고 있었다. 출세욕에 사로잡힌 속물들을 비웃는 태영 자신이, 자기도 역시 그런 출세욕에 사로잡혀 있다는 사실을 깨닫지 못했다. 세속적인 출세욕은 규탄해야 하되, 공산당 내부에서의 출세욕은 긍정해야 한단 말인가. 이 정도의 반성도 태영에게 없었다는 것은 주목할 만한 일이었다.

태영은 자기가 알고 있는 당원들이 하나같이 결함투성이라는 것을 느꼈다. 일을 열심히 하려는 성의와 노력은 볼 만한 구석이 있지만, 인간으로서의 정도는 열이면 열 다 형편없었다.

공산주의자는 자기 자신을 당의 의도에 좇아 개조해야 한다는 것이 당의 지상 명령 가운데 하나다. 그 지상 명령에 따라 개조된 인격들이 모두 그 모양이라면 공산당은 괴물의 집단일 수밖에 없다. 그러나

"당은 신성하다."

"당은 정당하다."

"당은 결코 과오를 범하지 않는다."

라는 슬로건을 외면서 박태영은, 이런저런 생각이 공산당에 대한 의혹으로 번지려는 경향을 얼른 지워버려야 했다.

박태영은 언제나 똑같은 노순을 밟고 있었다. 묵정동에서 퇴계로, 퇴계로에서 종로2가의 왼쪽 길을 걸어 동대문 합숙소.

태영은 파고다 공원 근처에 왔을 때 시장기를 느꼈다. 옆골목으로 들

어서면 그가 단골로 다니는 설렁탕집이 있다.

식사 때가 지나서인지 식당 안은 한산했다. 저쪽 구석에 세 사람이 한 탁자에 앉아 식사를 하고 있었다.

태영은 설렁탕 한 그릇을 비우고 일어서다가, 구석진 곳에 앉아 있는 사람 가운데 한 사람이 아는 사람이란 걸 발견했다.

묵직한 로이드의 강한 근시 안경을 쓰고 있는 그 사람은 태영의 중학 시절 두 급 위에 있던 김용규란 선배였다.

그는 일제 시대 진주에서 가장 큰 백화점 주인의 아들이었다. 태영은 김용규에게 인사를 할까 말까 망설였다. 지금의 처지로선 이 사람, 저 사람 함부로 만나면 안 된다는 당원의 자각 같은 것도 있고, 학병으로 갔다고 들은 선배가 저기 저렇게 무사히 돌아온 모습을 보이고 있는데 모른 척 지나쳐버린다는 건 인정의 도리가 아니란 생각도 일었다.

망설이던 끝에 태영은 인사만이라도 해야겠다고 마음먹고 그 자리로 가서 인사했다.

"김 선배 아닙니까?"

"이것, 박태영 씨 아닌가?"

하며 벌떡 일어선 사람은 김용규보다 심용운이 먼저였다. 심용운도 김용규와 함께 태영에겐 2년 선배다. 심용운 옆에 있는 사람은 노상필, 역시 그도 태영의 2년 선배다.

"박태영 씨, 웬일이오?"

김용규도 일어서고,

"반갑소."

하며 노상필도 일어섰다.

"이렇게 모이신 걸 보니 동기 동창회를 하시는 것 같네요."

태영이 웃으며 말했다.

"악운이 센 탓으로 사지에서 돌아와 또 이렇게 모였소."

하며 김용규가 태영에게 자리를 권했다.

하급생은 상급생을 잘 알아도 상급생은 하급생을 잘 모르는 것이 중학 시절이지만 박태영의 경우는 달랐다. 워낙 뛰어난 수재라고 해서 전교에 이름이 알려졌기 때문에 태영은 재학 시절 하급생으로부터는 존경을, 상급생으로부터는 귀염을 받아왔다.

"고향에 돌아오니 박군은 지리산의 영웅이 돼 있더만."

노상필의 말이었다. 노상필은 박태영과 같은 군 사람이고, 그의 집은 수천 석의 부자였다.

"박군 애길 많이 들었소. 박군이야말로 앞날을 기대해볼 만하지."

이건 심용운의 말이다.

"여기서 꾸물댈 게 아니라 우리 집에 가서 얘기하자."

하며 김용규가 일어섰다. 김용규의 집은 식당 건너편에 있는 조그마한 삼층 건물이었다. 아래층은 가게를 하고 있었는데 해방 직후 문을 닫았다고 했고, 이층은 사무실용, 삼층은 살림집으로 돼 있었다.

박태영은 김용규의 집 이층으로 선배들을 따라 올라갔다.

"아직 정돈이 안 되어서 이 꼴이라."

하면서 김용규는 난잡하게 쌓인 가구들을 밀어 만든 공간에 네댓 개 놓인 의자를 권했다. 스토브가 활활 타서 방 안은 훈훈했다.

"부자놈들은 좋겠어. 시골에 가면 시골집, 서울에 오면 서울집에서 살 수 있으니."

심용운이 방을 한 바퀴 둘러보고 말했다.

"상필의 서울집에 비하면 이게 뭐 집이가."

김용규가 한 소리다.

"그러나 여긴 종로 한복판 아니가. 땅값으로 치면 우리 집 같은 거 문제가 안 될 거야."

노상필이 이렇게 말했다.

"자네 집이 있는 계동도 땅값은 꽤 나갈 낀디."

하고 김용규는 웃으며 덧붙였다.

"그러나저러나 인플레가 어디까지 치솟을지 두고 볼 만한 일이야."

"인플레? 말도 말아라. 중국에선 지금 우동 한 그릇에 10만 원쯤 할 거다."

하는 심용운의 말에,

"아마 그쯤 돼 있을지 모르지. 우리가 나올 때 3만 원 했으니까. 아무튼 매일 놀랍게 물가가 오르는 판이었으니까."

하고 노상필이 맞장구를 했다. 한동안 인플레 얘기로 꽃을 피웠다.

"돈으로 된 종이보다 백지가 몇 곱 비싸게 되었다쿠몬 말 다 한 기지."

"독일에서 그런 일이 있었다고 안 하더나. 형제가 유산을 받았는데, 근검 저축한 아우는 일시에 거지가 되고, 매일 술만 마시고 지내던 형은 빈 술병을 팔아 졸부가 되었다는 얘기 말야."

김용규와 노상필이 주고받는 말을 듣다가 심용운이 이런 얘길 했다.

"스테판 츠바이크란 독일의 작가가 있지. 그 사람이 쓴 것 가운데 이런 것이 있어. 1차 대전 중에 그는 스위스에 있었는데, 원고료를 수표로 받았던 모양이지. 전쟁이 끝나자 스위스에서 돌아와 은행에 돈을 찾으러 갔더래. 돈을 찾아갖고 우표를 사러 갔는데, 수표를 받았을 당시엔 1년치의 생활비가 되었던 그 액수가 우표 한 장 살 돈이 안 되더라는 거라. 기가 막혀 거리로 나왔는데, 길가에 앉은 거지의 모자 속에 그 돈의 수백 배 되는 지폐가 들어 있더래."

"이 나라의 인플레가 그 정도로 갈 낀가?"

노상필이 말하자, 심용운은

"경제학을 전공한 김용규에게나 물어봐."

하고 턱으로 김용규를 가리켰다.

"이 친구의 경제학은 고리대금 경제학이니 인플레의 이론을 알라구?"

노상필이 웃으며 빈정댔다.

인플레 얘기가 한 단락을 짓자, 세 사람의 관심이 박태영에게 쏠렸다.

"지금 뭘 하시죠?"

심용운이 물었다.

"별루 하는 것 없습니다."

"일체 딴 생각 말구 박군은 학문을 하시오. 세상이 어떻게 돌아가건 학자는 있어야 할 테니까. 박군은 학문을 계속하기만 하면 세계적인 학자가 될 거요. 해방된 우리나라에서 세계적인 학자 한번 내봅시다."

심용운이 열심히 이런 말을 했으나 박태영은 대답을 흐릴 수밖에 없었다. 그래 다음과 같은 제안을 했다.

"제 문제보다 선배님들의 얘기를 듣고 싶습니다. 학병으로 나가셨다고 들었는데 그 얘기나 들려주십시오."

"갈 땐 뭐가 뭔지 모르고 갔는데, 돌아와보니 쑥스러워."

노상필이 한 말이다.

"중국으로 간 느그들은 수학 여행 간 거나 별 다를 것이 없잖나. 들웅깨 소주, 상해로 돌아다니면서 실컷 좋은 구경만 했더만."

김용규는 이렇게 말했다.

들으니 노상필, 심용운은 중국으로 가고 김용규만은 일본 나고야名古

屋에 있었다. 그런데 중국으로 간 노상필과 심용운은 초년병 시절에 훈련 때문에 고생을 했을 뿐 비교적 편하게 지냈는데, 나고야로 간 김용규는 거듭되는 공습 때문에 몇 번이나 죽을 뻔했다는 얘기였다.

학병 생활에 관한 갖가지 얘기가 나왔다. 모든 것이 태영에겐 새로운 얘기라서 재미나게 들었다.

"그런데 언제쯤 돌아오셨습니까?"

"김용규 군은 나고야에 있었으니까 곧 돌아온 모양이고, 나와 노군은 2월 초에 상해에서 돌아왔소."

"앞으로 선배님들은 뭣을 하실 작정입니까?"

"난 문학을 할 작정이오. 어느 정도 객관성을 지탱할 수 있을지 모르지만, 불편부당한 입장을 견지하는 문학을 할 작정이오."

이건 심용운의 말.

"난 당분간 아래층에서 가게나 해볼 작정이오. 장사꾼의 아들은 장사를 해야지."

이건 김용규의 말.

노상필은 웃기만 했다.

"노 선배님은 뭣을 하시겠습니까?"

"일본놈 편에 서서 총칼을 든 주제에 뭣을 하겠소. 당분간 학교에나 다닐 작정이오."

"학교라면 경성대학?"

"시기가 오면 편입 시험이라도 볼 생각이오."

"저도 경성대학에 적을 두고 있습니다."

"무슨 과죠?"

"철학과입니다. 그런데 아직 한 번도 나가보진 않았습니다."

"질서가 잡혀야 나가든지 들어오든지 하지."

김용규가 말했다.

"지금 경성대학은 좌익 일색이라면서요?"

심용운이 물었다.

"빨갛단다."

김용규가 대신 대답했다.

"김군은 좌익이라고 하면 본능적으로 공포를 느끼는 모양이지?"

노상필이 말하자,

"그럴 수밖에 없잖나. 공산당 천하가 되면 고리대금업자는 전부 죽어야 할 낑깨."

하고 심용운이 맞장구를 쳤다.

김용규의 아버지는 상점 주인이기도 했지만, 고리대금업자로 소문난 사람이었다.

"지금부터 고리대금 얘긴 하지 말아라. 지금은 하지도 않거니와, 앞으로는 내가 절대로 못 하게 할 테니까."

김용규는 고리대금업자란 말을 듣기가 거북한 모양이었다.

태영은 화제를 돌릴 겸,

"학병으로 간 사람 가운데 몇이나 전사했을까요?"

하고 물었다. 심용운이 대답했다.

"아직은 모르지. 태평양 지역으로 간 사람도 상당수 있는 모양이니까 그들이 돌아와봐야 알겠지만, 대륙 지방으로 간 사람 가운덴 그리 많은 전사자는 없는 모양이오. 진주 지방에서 간 사람 가운데선 황인수 군 하나가 죽었더만."

이어 황인수가 화제에 올랐다. 아무리 추워도 내의를 입지 않았다는 애기, 콘사이스를 찢어 먹어가며 영어 단어를 외려고 서둘렀다는 애기 등, 그는 기행이 많은 사람이었다. 그리고 진주 출신으로 동경 유학을 한 사람으로선 유일한 고학생이기도 했다.

"그렇게 정열적이고 향상심 많고 생의 의욕에 꽉 차 있던 사람이 하필이면 전사를 하다니, 운명이란 건 참 이상한 기라."

심용운이 감개를 섞어 말했다.

"그렇깨 사람은 보통이라야 해."

김용규가 의미 있는 듯한 말을 했다.

"황인수가 보통이 아닌 건 또 뭐꼬?"

노상필이 김용규의 말에 반발을 느낀 듯 말했다.

"좀 지나친 데가 있지 않았나?"

김용규가 어물어물 대답했다.

"청년이 청년다운 기백으로 살아볼려고 한 게 지나쳐?"

하는 노상필.

"아닌 게 아니라 황군이 김군에겐 좀 지나쳤지."

하는 심용운.

태영은 그 까닭을 알고 싶었으나 심용운이나 노상필은 웃기만 하고 얘기하지 않았다. 태영이 후에 들은 얘긴데, 황인수는 김용규를 보기만 하면 '샤일록의 아들'이라고 불렀다는 것이고, 그것이 계기가 되어 급우 전체가 김용규를 그렇게 부르게 되었다고 했다.

약간 이상해진 분위기를 느껴 박태영은 일어섰다.

"가봐야겠습니다."

그러자 노상필이,

"박군에게 할 말이 있는데."

하고 일어섰다. 심용운은 노상필과 같이 가기로 돼 있는지 따라 일어섰다.

김용규는 박태영의 손을 붙잡고
"종종 놀러 오시오."
하는 인사를 잊지 않았다.
"그렇게 하겠습니다."
하면서도 박태영은 '심용운의 표현을 빌리면 공산당에 본능적인 공포를 느끼고 있다는 김용규가 나의 정체를 알면 어떻게 할까?' 생각하곤 내심으로 웃었다.

"바쁘지 않죠?"
행길에 나서자 노상필이 물었다.
"별로 바쁜 일은 없습니다만……."
박태영이 망설이는 태도를 보이자,
"박군, 오늘은 우리 같이 놉시다."
하고 심용운이 말했다.

박태영은 동대문 합숙소를 너무 오래 비워둘 수는 없다는 심정이 되어 있었다. 자기를 감시하는 눈을 육감으로 느끼고 있는 터였다. 그러나 선배들의 모처럼의 권유를 이유 제시도 못 하면서 거절할 수는 없었다.

"어디 다방에라도 가자."
노상필이 화신 쪽으로 걷기 시작했다. 심용운이 그와 어깨를 나란히 하며 뱉듯이 말했다.
"얼굴에 침이나 뱉어주고 나올걸!"
"그럴 수야 있나."
"글쎄, 그게 사람이야?"

"그러니까 내가 뭐라더나. 용규헌텐 그런 말 하지 말자고 안 하더나."

"그래도 학병으로 가서 고생도 하고 돌아왔으니 사람이 좀 달라졌겠지 하는 기대쯤은 가져볼 만하잖겠나."

"그 기대가 터무니없었던 거야."

"그리고 나중에 자기만 빼놓았다고 원망하면 어떡하나 하는 생각도 있었고……."

"사람의 심리를 그렇게 알아볼 줄 모르는 놈이 뭐, 문학을 해!"

"그게 어디 사람인가, 동물이지. 그까짓 동물의 심리는 몰라도 문학은 가능해."

두 사람이 무슨 얘길 주고받는지 알 까닭이 없어 태영은 그저 묵묵하게 그들의 뒤를 따랐다.

다방에 들어가 앉자 심용운이 박태영에게 오늘 있었던 일을 얘기했다.

노상필, 심용운 등은 고향으로 돌아와서야 황인수가 전사한 사실을 알았다. 황인수는 북지北支에 있는 부대로 갔기 때문에 중지中支에 있는 그들은 그 사실을 알 수 없었던 것이다.

황인수의 가족은 비참하게 살고 있었다. 그 가족을 위로할 양으로 돈을 모았다. 노상필, 심용운은 친구들과 의논해서 상당한 금액을 모아 그 집에 갖다 주었다. 한데 돈이란 건 다다익선이니 김용규에게도 얼마간 내도록 권하기로 했다. 그래 찾으니 서울로 갔다고 해서 노상필과 심용운이 서울에 온 김에 김용규를 찾았다. 사정을 말하자 김용규는

"내게 무슨 돈이 있겠노?"

하고 한 마디로 거절했다.

"네게 없어도 느그 아버지에겐 있을 것 아니가. 우리가 돈을 낸 것은 우리에게 돈이 있어서 낸 거나, 어디. 부모님헌테서 얻어낸 거지."

했더니, 김용규는

"울 아부지를 샤일록이라고 욕한 놈 동정해달라고 아버지에게 그런 소릴 할 수 있어?"

하며 흥분까지 했다. 그로써 얘기는 끝났는데, 같이 가서 점심을 먹은 게 큰 실수였다는 것이 심용운의 탄식이었다.

"같이 갔나 어디. 우리가 식당에 들어가 있으니까 그가 나타난 거지. 그렇다고 해서 시켜놓은 것 먹지도 않고 나올 수야 있었나. 용규가 용렬하다고 해서 우리까지 그처럼 용렬할 수야 있나."

하고 노상필은 그런 불쾌한 얘기는 그만하자고 손을 내저었다.

듣고 보니 납득이 되었다. 아까 그 집 이층까지 올라간 것은 순전히 박태영이 나타났기 때문이란 것과 거기서 오고 간 말들이 친한 사이에선 있을 수 없는 빛깔을 띠고 있었다는 그 까닭을 알게 된 것이다.

"그건 그렇고."

하고 노상필이 얼굴을 박태영에게 돌렸다,

"할아버지께서 위독하시다는 것을 박군은 모르고 있지?"

"할아버지가 위독해요?"

박태영은 소스라치게 놀랐다.

"지금쯤 어떻게 되셨는지……. 내가 돌아왔다는 소식을 듣고 박군 아버지께서 인사하러 오셨더군. 그때 들은 얘기니까 벌써 이주일 넘었소. 태영 군에게 할아버지가 위독하다는 것을 알려야겠는데 있는 곳을 알 수가 없어서 딱하다는 말씀이었소."

태영은 충격의 여파를 감당할 수 없어 노상필의 얼굴만 멍청하게 바라보고 있었다.

"곧 고향으로 가봐야 할 게 아니오?"

노상필이 물었다.

"가봐야겠습니다만 오늘이야 어디……."

박태영은 어름어름 말했다.

"갈 생각이 있으면 오늘 밤 차라도 타야 하지 않소?"

박태영은 순간 장을 찾아가 허락을 받아볼까 했다. 그러나 그건 불가능한 일이었다. 당의 안전에 관한 중대사가 아니면 지정된 시간 외엔 어떤 일이 있어도 캡의 아지트를 찾아가선 안 된다는 철칙이 있었다. 부득이 내일 아침 여섯 시에 가서 장에게 사정을 말해볼 수밖에 없었다.

"내일 아침에 가기로 하죠."

"차비가 없어서 그렇소? 그렇다면……."

"아닙니다."

하고 박태영은 당황했다.

"그런데 박군!"

노상필이 달래는 듯한 어조로 말했다.

"왜 집에 편지를 하지 않소. 편지도 쓸 수 없는 무슨 딱한 사정이라도 있소?"

"……."

"박군 아버지께서도 그게 걱정인 것 같습디다. 일주일에 한 번이 안되면 한 달에 한 번이라도 편지를 할 수 있을 텐데, 통 소식이 없으니 불안하다는 얘기였소."

"달리 사정이 있겠습니까. 그저 게으른 탓입니다."

"하여간 내일엔 꼭 고향으로 돌아가보시오."

"예."

하고 일어서려고 했으나 박태영은 어쩐지 노상필의 곁을 떠나기가 싫

먼짓빛 무지개

은 심정으로 변하고 있었다. 멀리 떨어져 있다가 다시 만난 형님을 대한 감정 같은 것이 서리기도 했다.

노상필과 박태영은 면은 각각 달랐지만 방학해서 돌아갈 때나 개학을 맞아 진주로 올 때 같이 어울리는 경우가 잦았다. 상필은 두 해 밑인 태영에게 학교에서 하는 관례에 따라 꼭 존대의 말을 썼다. 방학 동안엔 간혹 같이 천렵을 하기도 하고 태영의 집을 찾아오기도 한 그런 사이였던 것이다.

노상필과 박태영이 주고받는 말을 듣고 있던 심용운이 조용히 말했다.

"박태영 씨는 자기 자신을 아껴야 해요. 어느 중국의 문서를 보니 대인은 남을 위해 애쓸 필요가 없다는 말이 있습니다. 처음엔 무슨 뜻인지 몰랐지. 그런데 생각해보니 그 뜻을 알 수 있을 것 같습니다. '대인은 존재만으로, 그 행적만으로도 민족 또는 인류의 빛이 되고 힘이 될 수 있으니 소소한 봉사 같은 덴 신경 쓰지 말고 오로지 자기 자신을 보전해야 한다.' 그런 뜻인 것 같았어요. 그러지 않고서야 그 말의 존재 이유가 없지 않겠소. 오늘 우연히 박태영 씨를 만나니 그 말이 생각나는구먼요. 태영 씨는 자기 자신을 잘 보전해서 크기만 하면 그로써 민족이나 국가의 빛이 될 거요."

태영은 얼굴이 화끈해지는 것을 느꼈다. 만일 심용운이나 노상필이 자기가 장으로부터 당한 광경을 보기라도 했더라면 어떤 생각을 가질까 했기 때문도 있었고, 선배들의 과대평가가 부끄럽기도 해서였다.

"세상 되어가는 꼴 보니까 참으로 한심해. 해방 후 반년쯤 외지에 있다가 돌아온 것이 우리에겐 다행이었어. 객관적인 시점으로 나라의 형편을 볼 수 있으니까 말야."

심용운의 이 말에 갖가지 화제가 쏟아져 나오게 되었다.

노상필은 임시정부 얘기를 했다.

김구 선생 일행이 중경으로부터 상해로 내려와 대광명 극장이란 곳에서 열린 환영회 석상에서 대뜸 한다는 소리가,

"일제에 아부해 나쁜 짓 한 놈들을 죄다 우리 임시정부에 고발하시오."

라는 것이었다 한다. 노상필은 거기서 받은 임시정부에 대한 나쁜 인상을 끝내 지워버리지 못할 뿐 아니라, 자꾸 환멸을 거듭하다가 요즘은 전연 무관심한 상태가 되었다는 것이다. 그리고

"장차 어떻게 될지 모르지만 우익이 정권을 잡는 날이면 이 나라는 뒤죽박죽이 될 것 같애."

하는 것이 그의 결론이었다.

"그렇다고 해서 좌익이 정권을 잡아야겠다는 말은 아니겠지?"

하고 심용운은 말하더니, 상해로부터 고향으로 돌아와보니 일제 때 경찰의 앞잡이를 하던 놈이 인민위원회 위원장을 하고 있더라며 혀를 찼다.

"좌익도 그 꼴이니 말해 뭣해."

박태영은 그 말만은 그저 들어 넘길 수 없었다.

"어느 군의 누군데요?"

"H군의 K라는 자야. 그자는 조선공산당 초기에 가담한 경력이 있지. 그러다가 곧 전향해서 H읍에서 여관을 경영하고 있었는데, H군의 독립 운동자들은 거의 그자의 밀고로 일망타진되었다는 그런 인물이오. 그런데 글쎄 해방이 되자 건준의 위원장을 하고, 그 건준이 인민위원회로 바꾸면서 그 위원장으로 눌러앉았다는 거요."

태영은 그 사실이야말로 당에 보고해야겠다고 생각하고 좀더 구체

적인 상황을 물었다.

"그래놓으니 조금이라도 지각이 있는 사람은 인민위원회를 외면해 버리고 무식한 놈들, 그야말로 일제 시대 일본놈에게 아부한 놈들만 그 밑에서 우글거린단 말요. 우리 면의 경우를 예로 들면, 일제 시대 면장으로 공출을 독려한다며 상주의 뺨까지 때린 놈이, 그놈은 공출한 양곡을 횡령하다가 일제 말기 파면당한 놈이기도 한데, 그놈이 치안부장 노릇을 한다고 경찰서를 턱 차지하고 있거든. 그뿐만 아니라, 면 인민위원장은 일제 시대 군청 서기를 한 놈이고, 치안부장 밑에서 행동대장을 하고 있는 놈은 지원병으로 나갔다가 돌아온 놈이고……. 순전히 만화라니까."

"그럴 리가 없을 텐데……. 친일파와 민족 반역자 숙청이 좌익들의 슬로건이기도 한데 어떻게 그렇게 되었을까요?"

하고 박태영은 전연 납득할 수 없다는 심정으로 물었다.

"군 인민위원장이 그 꼴이 돼놓으니 자기의 전비前非를 카무플라주하기 위해서 그렇게 한 모양입니다."

"그렇다고 해서 친일파를……."

"그건 이렇게 변명하고 있는 모양이오. 일제에 협력하는 척하면서 지하운동을 했다고……. 참말로 웃기는 얘긴데, 공산당인가 뭔가도 그런 꼴 해가지곤 혁명이고 나발이고 어림도 없지."

"그건 부분적인 현상 아니겠나. 우리 군의 경우는 그렇지 않거든."

노상필이 한 말이었다.

태영은 자기가 고향을 떠나올 무렵의, 군 건국준비회 내부의 치사스러운 자리다툼을 상기하고 노상필의 말에 의문을 품었다.

'노 선배는 심용운의 말을 반대하기 위해 공연한 소릴 하는 것이 아닐까. 그런 분은 아닐 텐데……. 그때의 건준이 그냥 탈바꿈한 것이라면 심용운 선배가 말한 H군 같지는 않아도 일대 청소 작업이 있어야 할 건데…….'

"그래, 느그 군은 어떻게 돼 있노?"

"첫째, 치안부장이 하준규 선배 아니가."

태영은 놀랐다. 하준규 두령이 그럼 고향에 내려가 있단 말인가.

"하준규 선배가 치안부장이라면 제대로 되겠구나. 위원장은 어떤 인물인데?"

심용운이 이렇게 묻자 노상필이 약간 난처한 표정을 지었다.

"위원장은 데데한 모양이구나."

심용운이 웃었다. 태영도 그럴 것이라고 짐작했다.

"아닌 게 아니라, 좀 데데할진 모르나 나는 그런대로 괜찮다고 보는데……."

하고 노상필이 말꼬리를 흐렸다.

"누굽니까?"

하고 이번엔 태영이 물었다.

"우리 형님이야."

하곤 노상필이 수줍게 웃었다.

"그래요?"

태영은 다시 한번 놀라지 않을 수 없었다. 노상필의 형 노정필은 일제 시대부터 사상가로 인근에 이름이 높이 나 있었다. 그가 어디론가 자취를 감추어버렸기 때문에 그 이름은 신비롭기도 했다. 어떤 사람은 금강산에 들어가서 신선수양을 하고 있을 거라고 하고, 어떤 사람은 중국으로 가서 독립군을 지휘하고 있을 것이라고 했다. 그런데 해방이 되

고 박태영이 서울로 올라올 무렵까지만 해도 노정필은 고향에 나타나지 않았었다. 그러니

"언제 어디서 돌아오셨습니까?"

하고 박태영이 묻지 않을 수 없었다.

"작년 연말에 돌아오신 모양이오. 엉뚱하게도 일본 북해도 탄광에 있었대요."

수천석꾼의 아들이 탄광에 있었다니 믿어지지 않는 얘기다.

"왜 그처럼 늦게 돌아오셨을까요?"

"끝까지 남아 동포 광부들 문제를 처리한 모양입니다."

심용운이 빙그레 웃더니,

"상필이."

하고 불러놓곤,

"만석꾼 위원장에 천석꾼 치안부장이면 인민위원회를 할 것이 아니라 지주당地主黨을 하지."

하고 껄껄 웃었다.

"그래서 나도 형님더러 그만두라고 했어. 형님도 그 노릇은 못 하겠다고 하더라. 그러나 군민들이 말을 들어야재. 형님이 인민위원장을 안 하면 절대로 안 된다는 거야. 할 수 있나. 형님은 하준규 선배가 치안대장으로 오는 조건으로 위원장을 하기로 했단 얘기였어."

태영은 비로소 사정을 이해했다. 하준규 두령이 고향으로 내려가게 된 것은 노정필 씨의 요구 때문이었다. 그렇다면 노정필은 당 최고 간부들과 통하는 것이 분명했다.

태영은 한 줄기 광명을 얻은 느낌이었다. 노정필 씨와 하준규 두령에게 자기의 입장을 의논해볼 수 있겠다는 기대가 생긴 것이다.

할아버지에게 문병하러 내려가 하준규 두령을 만날 수 있다고 생각하니 가슴이 설레기조차 했다. 이렇게 박태영이 흥분하고 있는 동안 심용운은 다음과 같은 말을 했다.

"우익은 물론 안 하겠지만 좌익도 안 하겠어. 나는 우리 부대가 붙잡아온 신사군新四君의 포로들을 가끔 생각해. 고문을 받아도, 목이 날아가도 꿈쩍도 안 하던 그 사람들의 용기와 지조를 생각해. 기막히지 않더나. 만일 내가 좌익 운동, 아니 정치 운동을 하겠다면, 첫째 그런 용기와 지조를 배워야 할 것 같애. 그런데 내겐 도무지 그런 용기, 그런 지조, 그런 각오를 배울 바탕이 있을 것 같지 않거든. 지금 우리나라의 상황에선 정치는 생사를 걸어놓고 해야 할 일대 모험 아닌가. 신사군의 병정들 같은 각오 없인 달려들 성질의 문제가 아니거든. 듣고 보니 자네 형님은 각오가 서 있는 분 같다. 그러니 정치 운동을 할 만하다. 그러나 상필아, 너는 그만둬라. 네가 가끔 이상한 소릴 한다 싶었는데, 그게 모두 느그 형님의 영향이로구나. 독창도 위험하지만 모방도 못쓴다. 그리고 한 집안에 좌익 운동 하는 사람 하나만 있으면 안 되나. 전 가족이 나설 것까진 없잖아? 난세를 사는 처세 방법으로선 되레 자넨 우익 운동을 하는 게 나을 끼다. 허나 내키지 않는 일을 할 순 없을 거니까 자넨 정치 운동엔 발을 들여놓지 말게."

노상필은 그저 애매한 웃음을 띠고만 있었다.

심용운은 태영 쪽으로 향해 앉았다.

"태영 씨도 지금 정치 운동을 하고 있으면 한시바삐 거기서 발을 빼고, 하고 있지 않거든 아예 정치 운동에 가담할 생각은 마소. 어쭙잖은 선배가 하는 소리지만 귀담아들어 놓으소. 태영 씨에겐 정치 운동을 하지 않아도 될 재간이 있지 않소. 중국에서 경험한 일이지만 정치란 무서운 것입디다. 우리나라의 정치 운동도 막바지엔 중국과 똑같은 꼴이 되고 말 거요. 우리는 국부군國府軍처럼 되고 좌익은 중공군처럼 될 것이 뻔하오. 태영 씨, 어떻소. 나하고 같이 문학을 합시다. 우익이다, 좌익이다 하여 상실되어가는 인간을 문학에서 찾아보잔 말이오. 우익이 가는 길, 또는 좌익이 가는 길을 불편부당한 관찰만으로 지켜보고 기록하는 것도 의미가 있지 않겠소. 나는 문학의 본질을, 토양의 질에 관심을 두는 작업이라고 생각하오. 정치는 그 토양에서 생산되는 수확물을 어떻게 나눠 갖느냐에 치중하는 작업이라고 비유할 수 있지 않겠소? 우린 그런 문제는 당분간 외면하자 이겁니다. 수확물을 누가 많이 차지하건 공평히 분배하건 그런 문제에 관심을 두지 말고, 되도록 질이 좋은 수확물이 많이 생산될 수 있도록 토양을 갈고 거름을 주고 산성을 알칼리성으로 바꾸고 하는 그런 일에 몰두해보잔 말이오. 비옥한 토양이 아닌 데서 어떻게 좋은 수확물을 많이 얻을 수 있겠소. 아무리 좋은 체제라도 민족의 문화적인 역량, 이를테면 토양의 비옥도에 비유할 수 있는 저력이 없으면 아무것도 안 되지 않겠소. 체제 문제는 정치가들에게 맡기고, 우리 인간의 심성에 관계되는 보다 본질적인 문제를 추구하며 동시에 사마천 같은, 투키디데스 같은, 톨스토이 같은, 도스토옙스키 같은, 노신 같은 기록자가 되잔 말이오. 나는 이런 결론에 도달하기까지 무수한 밤을 뜬눈으로 새웠소. 그러나 내겐 역량이 없어요, 천재가 없어요. 박태영 씨 같으면, 뜻을 세우기만 하면 대성할 거라고 믿소. 나는 너무나 많은 죽음을 보아왔기 때문에 죽음이 겁납니다. 천명으로 죽는 것도 겁나는데, 고문을 당해 죽거나 사형을 당하거나 하는 것은 상상만 해도 겁난단 말이오. 그런데 정치 속엔 죽음이 있소. 정치를 한다는 건 죽음을 자초하는 뜻이 되는 거요. 되도록 오래오래 살도록 우리 스스로를 보전해가면서 보람 있는 일을 하자는 거요."

태영은 심용운 선배의 성의를 의심할 수 없었다. 그만한 각오 없이는 일제 때 취직의 가능성이란 거의 없는 불문학과를 택해 진학했을 리가 없다. 그러나 태영은 동조할 수 없었다. 그런데 잠자코 있는 건 선배의 성의를 위선으로 대하는 셈이 되었다. 박태영은 조심성 있게 입을 열었다.

"저는 문학을 토양을 개량하는 것이라고 본다면, 정치는 토지를 차지하기 위한 노력이라고 봅니다. 일제 시대에 우리의 문학이 가능했습니까. 토지가 없는데 어떻게 그걸 개량합니까. 체제와 토지의 문제는 절대로 동일합니다. 식민지 체제에선 토지는 우리 것이 아니었습니다. 자본주의적인 체제에선 토지는 인민 대중의 것이 아닙니다. 진정한 문학을 가능하게 하기 위해선 정치가 토지를 만들어주어야 합니다. 문학이 짓밟힌 자의 고통스러운 상황을 기록하고 이긴 자의 의기양양한 모습을 기록하는 것이라면 그것이 무슨 소용이 있겠습니까. 진정한 문학자는 자기의 문학을 위해서는 정치의 제1선에 나서야 한다고 나는 생각합니다. 죽음이라고 하셨죠? 물론 정치 속엔 죽음이 있습니다. 한량없는 생명이 죽어야 할지 모르죠. 그것을 문학의 힘으로 방지할 순 없지 않겠습니까. 정치의 힘으로 막아야 합니다. 죽음을 두려워하는 심정을 저도 압니다. 그러나 이런 말이 있습니다. 겁쟁이는 몇백 번 죽고, 용감한 사람은 꼭 한 번 죽는답니다. 두려운 죽음을 몇 번이나 겪어서야 되겠습니까. 한 번만 죽을 수 있는 용감한 길을 택해야죠……."

죽음을 들먹이자 태영은 갑자기 자기 할아버지가 위독 상태에 있다는 사실을 상기했다. 함부로 죽음을 들먹일 것은 아니었다. 태영은

"제가 심히 건방진 소릴 한 것 같습니다. 결국 전 문학 이전의 문제에

너무나 사로잡혀 있다는 얘기가 되겠죠. 근본 문제를 회피할 수 없다는 그런 기분이기도 합니다. 우선 우리의 뜻에 알맞은 정치 체제를 만들어 놓고 볼 일이란 생각에 들떠 있는 겁니다. 그러나 심 선배님의 문학을 기대하겠습니다."

하고 요령부득하게 말을 맺었다.

"결국 태영 씨는 문학에 애착을 느낄 수 없다는 말을 한 거라고 나는 듣겠소. 내 기본은 근본 문제를 회피할 수 없으니까 문학에 집착하는 거요. 무슨 체제를 만들건 근본 문제는 인간일 테니까."

심용운의 말은 어디까지나 부드러웠다.

"저녁 식사 때까진 아직 시간이 있으니까, 어디 극장에나 가서 시간을 보낼까?"

하고 노상필이 시계를 보았다.

"전 가봐야겠습니다."

박태영이 일어섰다.

"안 돼요. 박군과 심군의 토론은 퍽 재미있어. 저녁이나 먹으며 토론을 다시 시작해야지."

"내일 고향으로 가려면 지금부터 준비를 해야겠습니다."

그러는 태영을 노상필은 굳이 만류할 수 없었다.

"아까워. 참말로 아까운 사람인데."

박태영이 사라진 다방의 문간을 보며 심용운이 아쉬운 듯 중얼거렸다.

이튿날 아침, 박태영은 정해진 시간보다 30분쯤 일찍 묵정동으로 갔다.

부산으로 가는 기차가 아침 아홉 시에 있어, 되도록이면 그 기차를 타고 싶었던 것이다.

그런데 캡인 장은 일찍 찾아온 박태영에게 노골적으로 불쾌한 표정을 보였다. 정해놓은 시간을 왜 지키지 않느냐는 암묵의 비난이었다.

"제가 오늘 아침 일찍 온 것은 잠깐 고향엘 다녀올까 해섭니다."

태영은 방 밖에 선 채 이렇게 말했다.

"방으로 들어와서 얘기하슈."

장은 퉁명스럽게 말했다.

그런 시간인데도 침구가 치워져 있고 방 안이 말끔히 청소되어 있는 것을 보면 장은 꽤나 일찍 일어나는 사람인 것 같았다.

"고향엘 가다니 어떻게 된 거유?"

장은 옷매무시를 고치고 앉아 물었다.

"할아버지가 병환 중에 계시다고 들어서 가볼 생각을 했습니다."

"중태인가요?"

"위독하다고 들었습니다."

그러자 장의 표정이 일순 굳어졌다.

"동무는 숙소를 가족에게 일러놓고 있는 거로구먼요."

"알리지 않았습니다."

"그런데 어떻게 그런 소식을 즉각 들을 수 있었수?"

"즉각 들은 게 아닙니다. 할아버지 병환이 퍽 오래된 모양입니다."

"하여간 그 소식을 어떻게 알았느냐 말요?"

"어제 여기서 나가 숙소로 돌아가는 도중 고향 사람을 만났습니다."

"그 사람과 만날 약속이 있었던가요?"

"우연히 만난 겁니다."

"우연히 만났다구요?"

"예."

"우연히 만났는데 그 소식을 전합디까?"

"할아버지가 아픈데 제 소식을 몰라서 가족들이 걱정하고 있더란 얘기였습니다."

"참으로 신기한 우연이구먼요."

할아버지가 위독하다고 했는데도 위로의 말은 없고 먼저 의심부터 하는 장의 태도가 몹시 못마땅했지만 태영은 그런 내색은 하지 않고,

"그런 사정이니 고향에 가봐야겠습니다."

하고 다시 한번 간청했다.

"그래서 30분이나 빨리 온 것입니까?"

"기차가 아홉 시에 있습니다. 그래서……."

"그렇게 결정했으면 내게서 허락을 받을 것도 없잖소."

"……."

"이를테면 통고를 하러 오신 거구먼요."

"……."

"동무는 오늘 무슨 일이 있는지 모르오?"

"잘 모르겠습니다."

"몰라요?"

"모릅니다."

"오늘 민주주의민족전선의 결성대회가 있다는 걸 몰랐수?"

"그건 알고 있습니다만 제겐……."

"그런 중대사가 있는데도 동무완 관계가 없단 말요?"

"아무런 지시가 없었으니까요."

"꼭 무슨 지시가 있어야 중요시하고, 지시가 없으면 어떤 중요한 일

도 동무완 관계가 없다는 얘기유?"

박태영으로선 참으로 분통이 터지는 말이었다. 민주주의민족전선 결성을 위한 준비위원회가 열린 것은 1월 말이었다. 그때 박태영은 근신 처분을 받고 있었다. 2차 준비위원회가 열린 것도 태영의 근신 처분 기간 중이었다. 태영은 그 사실을 『해방일보』를 통해서 알았을 뿐, 당으로부터 통지를 받은 것이 아니었다. 그런데 그 뒤 태영은 다른 사람 아닌 바로 장을 보고 '민주주의민족전선이 결성된다는데 그 조직에서 과업을 맡을 수 있겠느냐.'고 간청했었는데,

"시키지 않은 일엔 관심을 갖지 말아요."

하고 장은 호되게 꾸중을 했던 것이다. 그런데 지금에 와서, '지시가 없으면 어떤 중요한 일도 동무완 관계가 없다는 얘기유?' 하고 힐난을 하니, 태영은 장의 악의를 느끼지 않을 수 없었다. 그래 태영은 물었다.

"민주주의민족전선에 관심을 갖자면 어떻게 하면 됩니까?"

"몰라서 묻는 거유?"

"몰라서 묻는 겁니다."

"허허 참, 기가 막혀."

"뭣이 기가 막힙니까?"

"동무는 내게 시비를 거는 거유?"

"몰라서 묻는 겁니다."

"동무는 거만해요. 조심하시오."

"시키지 않는 일엔 관심을 갖지 말라고 한 것은 언제고, 지시가 없다고 해서 관심을 갖지 않느냐고 힐난하는 건 또 무슨 까닭입니까."

"내가 언제 시키지 않는 일엔 관심을 갖지 말라고 했수?"

박태영은 어이가 없었다. 어이가 없어서 침묵해버린 박태영을 향해

맹렬한 욕설이 퍼부어졌다

"이 친구, 데마고그 소질이 있구먼. 모략과 중상을 예사로 할 수 있는 자로구먼. 반당 행위의 위험이 있는 자라는 중앙위원회의 결정이 옳았어. 당신은 혁명을 하려는 자가 아니고 혁명 전선을 교란하려는 분자야."

"좋소."

하고 박태영은 일어섰다. 그리고 냉정하게 다음과 같이 덧붙였다.

"당신은 당신이 한 말에 책임을 져야 할 거요. 내가 비록 신탁 통치 문제 때문에 근신 처분을 받았소만, 그밖에 당의 비난을 받을 만한 일은 한 적이 없소. 심지어 당신으로부터 계속 학대와 악의를 받아왔지만, 그런 굴욕까지도 당을 위해서 참아왔소. 당신은 지금 당이 나를 버릴 것으로 알고 함부로 온갖 소릴 다 하는 모양입니다만, 내게도 상부에 직소할 방법은 있소. 분명히 말해두거니와, 당이 내게 얼마나 가혹한 벌을 내려도 나는 감수할 각오가 되어 있소. 그러나 당신의 그런 버릇은 고쳐놓고야 말겠소. 당신은 나를 어떻게 볼지 모르나, 나는 당신을 당원의 자격이 없는 사람으로 보오. 당은 하위자가 상위자에게 항거하는 것도 용서하지 않으려니와, 상위자가 하위자에게 부당하게 굴어 당의 친화력을 깨뜨리는 행위도 용서하지 않을 걸로 압니다. 나는 내가 책벌을 받을 것을 전제로 하고 당신을 당에 고발하겠소."

태영이 방에서 나와 마루 끝에 섰을 무렵 장이 뛰어나왔다. 그리고 태영의 손을 잡고 방 안으로 끌어들였다.

"내가 그렇게 한번 해본 거요. 우리끼리 토론은 얼마라도 할 수 있지 않소. 그것도 토론의 일종이라고 생각하면 되는데 그 정도를 갖고 훌쩍 떠나버리면 어떻게 하우."

장은 이런 말과 더불어 태도를 거짓말처럼 바꿔버렸다.

"그런 말에 성을 내지 않는다면 뱀이 없는 인간이죠. 박태영 동무는 역시 기골이 있어. 그만하면 됐소. 그 대신 박 동무는 할 말 다 하지 않았수. 앞으론 이런 일 없도록 합시다."

태영은 또다시 어이가 없었다. 이와 같은 장을 상대로 어떻게 해야 좋을지 정말 모를 노릇이었다.

"우리 잊읍시다. 어려운 과업을 하다보면 본의 아닌 말도 하게 되는 거요. 동무니 동지니 하는 건 의견의 대립, 감정의 충돌을 조절하고 같은 목적을 추구하는 사람들끼리란 뜻 아뇨? 내가 지나친 말을 했으니 동무가 그것에 반발한 것 아뇨? 공격하고 반발하고 그리구 화합하구, 이게 변증법적 우정이라고 하는 거유. 자!"

하고 장은 손을 내밀었다. 박태영은 그 손을 잡지 않을 수 없었다. 장이 손을 힘차게 흔들었다. 거북한 악수였지만 박태영은 거절할 수가 없었다.

"우리, 화해한 거죠?"

장이 물었다.

"좋습니다. 화해했습니다."

태영은 이렇게 대답했으나 쑥스러웠다.

"그런데 말요."

하고 장이 꺼낸 얘기엔 아첨의 흔적마저 있었다.

"오늘 사실은 동무를 민주주의민족전선 결성대회에 옵서버로 참석시킬 요량을 하고 있었소. 그리고 다시 르포를 쓰게 해서, 그로써 당의 인정을 다시 한번 받으면 해방일보의 기자로 천거하려고 했죠? 허기야 그것 없어도 동무가 희망하면 해방일보 기자가 될 순 있을 거요만……."

"나는 해방일보 기자 되길 원하지 않습니다."

태영이 또박 말했다.

"그건 왜요?"

하고 장은, 해방일보의 기자가 되는 건 당의 정치국원이 되는 거나 맞먹는다고 하고,

"항상 당 상층부와 접촉이 있으니 잘만 하면 의례적인 출세를 할 수 있는데."

하며 아쉬워했다.

"해방일보 기자가 되기엔 전 미숙합니다."

태영은 이렇게 말했지만, 해방일보 기자가 되길 원치 않게 된 것은 권창혁의 권고가 있어서였다.

"박군은 내 충고를 한 가지도 듣지 않으려고 하는데 이 충고만은 들어주게. 뭣을 해도 좋지만 공산당, 또는 좌익 계열 기관지의 기자만은 하지 말게. 앞으로 시국이 더욱 어지러워질 게 분명한데 서둘러 스스로를 노출시킬 필요가 없다는 것이 이유 중의 하나고, 또 하나의 이유는 지금 공산당은 정세에 쫓겨 의견을 변경하고 있는데 공산당의 생리상 그 보도의 책임은 언제나 기자가 지게 되어 있다는 것이고, 셋째 이유는 신문기자를 하기엔 박군의 연령이 너무 어리고 동시에 세상 물정을 너무나 모르는 판이니 본의 아닌 과오를 범할까 두렵다는 것이네."

박태영은 권창혁의 그 충고만은 듣고 싶은 심정이었던 것이다.

권창혁이 그런 충고를 한 것은 박태영을 공산당으로부터 이탈시키지 못할 바엔 노출이라도 막아야겠다는 노파심에서였는데, 박태영은 신문기자라는 것에 대한 일종의 불신감을 가지고 있는 터여서 그 충고가 썩 마음에 들기도 했었다.

"할아버지께선 연세가 몇이나 되십니까?"

장은 어떻게라도 태영의 마음을 풀고 싶은 눈치였다.

"일흔이 넘었습니다."

"그럼 걱정되시겠소. 빨리 가보도록 하시오."

태영은 일어섰다.

"고향까지의 차비는 얼마면 될까요?"

장은 묻더니 태영의 대답이 없자,

"이쯤이면?"

하면서 3천 원을 호주머니에서 꺼내 박태영에게 내밀었다. 박태영은 거절하고 싶은 마음을 꾹 참고 그 돈을 받았다. 그걸 받지 않으면 무슨 돈이 있어서 당에서 주는 돈을 받지 않느냐는 또 다른 문제가 제기될 두려움이 있었기 때문이다.

박태영이 명륜동에 있는 김숙자에게 알리지 않고 서울역으로 곧바로 나간 것은, 숙자가 함께 가자고 나설까봐 두려워서였다.

서울역에서 부산 가는 차표를 샀다.

학병동맹이 해산한 것같이 된 후에 노동식이 부산으로 내려가 노동조합의 조직책 역할을 하고 있다고 들어, 고향으로 가는 도중 그를 만나고 싶었다.

기차의 내부는 해방 직후에 비해 조금 질서를 회복한 것처럼 느껴졌다. 좌석의 시트는 벗겨진 채로 있었으나 창문의 유리는 제대로 박혀 있었고, 승객도 많지 않아 여유 있게 자리에 앉아서 갈 수 있었다.

허나 박태영에겐 커다란 충격이 있었다.

같은 자리에 중로의 사람들과 어울려 앉았는데 그들이 주고받는 말을 통해 미 군정이 거의 민심에 뿌리를 박고 그 미 군정의 방향으로 행정 질서가 잡혀나간다는 사실을 실감한 것이다. 태영은 서울의 아지트를 전전하면서, 어디까지나 행정의 내실은 인민위원회에 있고 미 군정은 물에 뜬 기름 모양으로 일반 대중과는 유리되어 있는 것으로 막연하게 짐작하고 있었던 것이다.

태영이 차 안에서 들은 대화의 단편은 대강 이런 것이었다.

"우리 경상남도 도지사는 일제 때 목사를 한 김이라는 사람이라오."

"우리 군 군수도 일제 때 장로를 지낸 사람이죠."

"앞으로는 예수를 믿어야 출세를 하겠네요?"

"아무렴, 그럴 것 같애."

"일본놈보단 미국 사람이 후한 것 같죠?"

"아직은 혼란스러워 모르겠소만, 아무래도 미국인이 일본놈보다야 낫지 않겠소."

"징병이니 징용이니 하는 소리 안 듣는 것만 해도 어디유."

"통역들이 잘해야 하는 기라. 지금은 통역 정치 아닌가배."

군정을 아무런 거리낌 없이 받아들이고 있는 듯한 그들의 사고방식이 불쾌해서 '우리 경상남도 도지사는 일제 때 목사를 한 사람'이라고 한 사람에게 박태영이 물었다.

"경남의 인민위원장은 누굽니까?"

"인민위원장요?"

"예, 인민위원장 말입니다."

"글쎄, 누구라고 하더라. 모르겠는데요."

"군정청의 도지사는 알고도 인민위원장은 모른단 말입니까?"

"군정청 도지사야 우리 생활과 직접 관계가 있으니까 알지만, 위원장이야 어디……."

"인민위원장은 행정과 전연 관계가 없습니까?"

이렇게 말하자 그 사람은 태영을 이상한 눈초리로 봤다. 그리고 물었다.

"젊은이는 이북에서 오는 거요?"

"아아뇨."

"그런데 왜 그렇게 묻는 거요?"

"인민위원회가 다소나마 행정에 개입하지 않나 해서 물은 겁니다."

"인민위원회는 정당 아닌 좌익 정당 아닌가요. 정당이 우찌 행정을 합니까?"

"아아, 그렇습니까."

하고 박태영은 입을 다물어버렸다.

공산당은 인민위원회에 행정 기관으로서 버티라고 지령을 내리고 있었다. 박태영은 그 지령 그대로 인민위원회가 행정 기관 노릇을 전적으로 잘하진 못할지라도 어느 정도 하고 있지 않을까 했던 것이다.

그런 박태영을 의식했음인지 손님들의 대화는 다음과 같이 이어졌다.

"좌익들은 인민공화국을 만들어갖고 정치를 할 작정인 모양이지만, 미국이 어디 그 말을 들어야재."

"인민공화국은 없어진 거나 마찬가지지."

"정당 구실을 하고 있는 것 아닌가."

"그런 정당이 백 개 있어봤자 무슨 소용이 있겠소?"

"그렇게 생각할 순 없지."

"이미 실권을 미 군정이 장악해버렸는데, 인민위원회가 미 군정을 몰아낼 수 있단 말이오?"

"우찌 알겠소. 좌익들이 득세를 할지."

"어림도 없는 소리 하지도 마소. 일본놈들을 몰아낸 미군이 호락호락 인민위원회에 밀려나? 되지도 않을 말."

참다못해 박태영이 한 마디 끼웠다.

"그렇다고 해서 미국의 지배만 받을 거요?"

"받기 싫으믄 우쩔 끼요. 우리가 일본놈 지배를 받고 싶어서 받았소?"

"그러니까 항거해야죠. 우리의 주권을 찾아야죠."

"누구에 대해서 항거를 한단 말요. 미국에?"

"우리가 마음을 합치면 되는 겁니다."

"어떻게 마음을 합칠 끼요. 우익, 좌익 하면서 벌써 갈등이 났는디……."

백만 번 이런 얘기를 되풀이해보았자 소용이 없을 것 같았다. 태영은 자기 말고도 그 사나이의 의견에 반대하는 사람이 나타나지 않을까 하여 주변 좌석을 휘둘러보았으나 보이는 것은 모두 무표정한 얼굴뿐이었다.

태영은 '공교롭게도 우익 반동들 틈에 끼여 앉았구나.' 싶었지만, '이런 우익 반동들이 버젓이 기차를 타고 있다면 좌익 세력은 그만큼 열세가 되었다고 할 수 있지 않을까.' 하며 생각에 잠겼다.

태영이 아는 바로는, 공산당 중앙은 '우익 반동은 서울에 도사리고 있는 몇몇 정객과 이들에게 매수당한 일부 도배들뿐'이라고 치고 '언제든 불만 그어 붙이면 대중들은 일시에 타오를 것'이라고 계산하고 있었다. 그런데 사정이 그 계산과 어긋난다면 당은 결정적인 착오를 범하고 있는 것이 아닐까.'

박태영은 소리를 높여,

'공산당, 또는 좌익을 지지하는 사람들은 손 한번 들어보시오!'
하고 외치고 싶은 충동마저 있었다. 어쩌다 공교롭게도 반동들 틈에 끼여 앉았지만, 그들을 제외한 모두는 좌익을 지지하는 사람들이라는 확신을 얻고 싶었던 것이다.

열 시간이 넘는 지루한 시간을 박태영은 생각에 잠겼다가 간혹 일어나서 차 안 이곳저곳을 헤매어보았으나 자기에게 만족을 느끼게 하는 현상에 부딪히진 못했다.

'해방 후 그처럼 팽배했던 혁명의 기운은 어디로 갔는가!'

지난해 시월에 태영이 서울로 올라오는 기차간만 해도 혁명의 기운이 꽉 차 있었는데, 아무리 두리번거려도 그런 기운을 이번에는 찾아낼 수가 없었다.

'그렇다고 혁명의 정열을 숨겨야 하는 그런 단계가 되었단 말인가.'

너무나 허전해서 박태영은 차 안을 다시 한 바퀴 돌았다. 한 찻간에, 대학생으로 보이는 청년 곁에 마침 빈자리가 있어, 그 청년과 얘기라도 나눠볼 작정으로 앉았다.

그런데 곧 일어서버렸다. 그 청년의 손에 있는 것은 영어 단어장이었다. 미군 통역 아니면 군정청 관리가 소망인 듯한 청년을 상대로 얘길 나눠볼 의사는 없었기 때문이다.

부산에 도착한 것은 열 시가 넘어서였다. 그래도 태영은 꼭 한 번 가본 적이 있는 노동식의 비둘기집 같은 집을 무턱대고 찾아갔다.

다행히도 노동식은 집에 있었다. 밤중에 찾아온 손님이 박태영임을 알자, 노동식은 반가워 어쩔 줄을 몰랐다. 부인도 남편 못지않게 태영을 반겼다.

밤참을 장만해 술을 곁들여 먹으며 이야기했다.

"태영 씨의 의견이 옳았어. 그 학병동맹이란 것, 형편없는 집단이야. 내일이라도 무슨 벼슬을 할 것처럼 잔뜩 공명심만 강해갖고 분별없이 행동하다가 탕 하고 한 방 얻어맞아 놓으니 정신 못 차리드마. 김두한과 격전이 있어 간부 몇이 붙들리니까, 남은 사람들은 슬슬 꽁무니를 빼버렸어. 참말로 어이가 없어서……. 그런 사람들을 당이 이용하려고 애썼으니, 당 지도부가 좀 뭣해."

다른 사람이 한 말이라면 태영은 저항을 느꼈을 텐데, 노동식의 입을 통하고 보니 당 지도부에 대한 비난도 기분 좋게 들렸다. 태영도 안심하고 당 지도부에 대한 불만을 털어놓을 수 있었다.

"지도부가 인재 본위로 구성되지 않고 감정적·지역적으로 구성되어 있는 것 같아 전술에 일관성이 없단 말요. 무슨 전시 효과나 노리는 것처럼 온갖 조직을 확대만 해놓고 한 개도 알맹이 있게 활용하지 못하는 것 같애. 수백 개의 동맹이 있는데 그게 다 뭣하는 거란 말이오."

하며 태영은 노동식의 근황을 묻기도 했다.

"부산에 있는 노동조합 총연합회의 오르그 역할을 하고 있는데, 믿을 수 있는 건 노동조합 운동이라고 생각해."

하고 노동식은 노동자의 단결력과 혁명적인 기폭력 등을 설명했다. 그리고 덧붙였다.

"역시 혁명의 전위는 임금 노동자일 수밖에 없어. 생활의 바탕이 일치되어 있으니까 단결의 필요를 철저하게 인식하거든."

"그러나 그 수가 얼마 되지 않으니 노동자에 의존하는 건 무리가 아닐까요?"

"그러니까 농민 조직이 필요하지. 임금 노동자를 전위로 하고 농민을 후원 부대로 하는 동시에 농민을 차츰 전위화하면 굳건한 혁명 역량을 기를 수 있다고 보는데."

노동자 틈에 끼여 있어서 그런지 노동식은 낙관적이었다.

얘길 하다가 태영이 느낀 것인데, 노동식은 제법 술잔을 번번이 비웠다.

"형님, 술을 꽤 하시게 됐네요."

"노동자와 어울리자니까 자연 술이 많이 늘었소."

"술 때문에 큰일이에요."

부인이 한 마디 했다.

"주정이라도 하십니까?"

"그런 일은 없어요."

"그렇다면야……."

"그래도 건강이 걱정되잖아요."

"절도를 잃을 형님이 아니니 과히 걱정하지 마세요."

라고 하고, 태영은 기차 속에서 느꼈던 소감을 말했다. 인민위원회가 전연 맥을 못 추는 모양이니 그게 큰일 아니냐는 걱정이었다.

노동식이 말했다.

"원래 무리가 있었지. 적어도 행정 능력을 발휘하려면 합법성이 있든지 총칼에 의한 위협성이라도 있어야 하는데 그런 것이 전연 없었거든. 인민위원 선출 과정이 또 일반 대중을 설득시킬 수 없는 어수선한 것이었어."

요컨대 노동식의 말은 미군의 권위에 대항할 만한 힘이 인민위원회, 즉 인민공화국에는 없다는 얘기였다.

"그런데 당은 인민위원회, 즉 군郡 인민위원회를 단위로 해서 버틸 방침을 지금도 고수하고 있는 것 아닙니까?"

당 중앙에서 소외되어 있었으나 박태영은 그 방침에는 변동이 없으리라고 믿고 한 말이었다.

"그렇지. 그런데 인민공화국 중앙 조직이 아무런 권위도 가지고 있지 못하면서 하부 조직만 버티라고 하니 그게 우습다는 거라. 어제도 인민위원회의 조직책을 만났는데, 중앙으로부터 매일같이 행정 명령, 또는 훈령이 온다더만. 그 사람 말론, 중앙엔 정신 빠진 사람들만 모여 있는 모양이라는 거야."

"경남 도당은 어떻습니까?"

"인민위원회에 권위를 세우기만 하려고 들지, 이와 같은 실정을 전연 상부에 보고도 안 하는 모양이라요. 모든 것을 인민위원회의 무능으로 치고 있다는 얘기니 딱하지."

"그럼 뒤죽박죽이란 얘기가 아닙니까?"

태영은 불안을 감출 수가 없었다. 서울에서 『해방일보』니 『인민일보』를 보며 일체 타인과의 접촉을 끊고 지령대로 움직이는 동안에 세상 물정을 전연 모르고 있었던 것이다. 서울에선 각파 정객들이 모여 갈피를 잡을 수 없을 정도로 혼란스러워도 지방만은 인민위원회 단위로 결속되어 있으리라고 믿었던 것이다. 아니 10만 안팎의 미군이 행정력으로 침투하기엔 어려울 것이라고 막연히 믿고 있었다. 인민위원회 밑에 인민들이 뭉쳐 있으면, 미 군정이 행정할 때엔 인민위원회를 통할 수밖에 없을 것이라고 짐작했던 것이다.

"뒤죽박죽이란 표현이 옳을지 모르지. 미군 서너 명이 탄 지프차 한 대가 군청 소재지에 들어서기만 하면 그 군의 인민위원회는 태양에 이슬 녹듯 사라져버렸으니까. 하동, 산청, 합천, 함양, 의령 등지에선 약간의 저항이 있긴 한 모양이지만 결과는 마찬가지야. 아직도 인민위원회 간판을 걸어놓고 있지만, 정치 단체로서의 의미 이상의 기능은 가지고 있지 않으니까."

"함양도 그런가요?"

"그런 모양이드만."

"그럼 하 두령은 뭣 한답디까?"

"뒤에 올 사태에 대한 준비나 하고 있는 게 아닐까?"

"뒤에 올 사태라니?"

"당에서 군정 반대 운동을 대대적으로 일으켜 인민위원회의 복권을 꾀할 작정이던데, 태영 씬 그걸 모릅니까?"

"금시초문인데요. 미군 서너 명이 탄 지프차 한 대만 들어가면 없어져버리는 인민위원회가 무슨 힘으로 복권을 한답디까?"

"종래의 인민위원회 구성이 너무나 허술했거든. 지금 당성이 강한 인물들로 인민위원회를 개편하고 있지. 말하자면 당과 표리일체한 인민위원회를 구성하고 있지. 외곽인 민청 단체를 밀리턴트하게 조직하기도 하고……. 그 구성과 조직이 완료되는 날 일시에 인민위원회의 복권을 발성할 그런 전략을 세우고 있는 것 같애."

이런 이야기를 부산에 와서 노동식의 입을 통해서 들어야 하는 박태영의 심중은 매우 착잡했다.

'나는 당으로부터 교육적으로 소외된 것이 아니라 실질적으로 소외된 것이 아닐까.'

하는 의혹이 처음으로 태영의 머릿속에서 싹텄다. 태영은 서러운 심정이 북받쳐오름을 느껴, 그동안 자기에게 있었던 모든 일을 털어놓았다. 신탁 통치에 관한 일, 근신 처분을 받은 일, 한때 캡 노릇을 했는데 지금은 그 위치가 뒤바뀐 일, 캡 장으로부터 받은 갖가지 굴욕적인 일⋯⋯.
이렇게 들먹이니 태영은 목이 메었다.

"그래도 나는 당을 위해서, 우리의 혁명 목적을 위해서 참고 견디고 있는 겁니다."

숙연한 표정으로 듣고 있던 노동식이 태영의 손을 덥석 잡았다.

"고생이 많았소. 나는 그 일을 벌써 다 알고 있었소. 그러나 어떻게 할 수가 없었소. 태영 씨는 지혜와 능력이 있는 사람이니, 보다 큰 사람이 되기 위해선 그만한 일은 견디어내리라고 믿고 잠자코 있었소. 그런데 지금 듣고 보니 치가 떨릴 정도요. 어떻게, 유능하고 충성스러운 당원을 그렇게 대접할 수 있단 말요."

"형님은 어떻게 내 일을 알았소?"

태영은 억울한 감정보다 호기심이 앞서서 물었다.

"하 두령을 통해서 알았소."

"두령이?"

"그렇소."

"그럼 왜 두령은⋯⋯?"

태영은 기가 막혔다.

"두령의 흥분도 대단합니다. 한땐 당을 그만두겠다고까지 했답니다. 그런데 이현상 선생으로부터 간곡한 부탁이 있었답니다. 태영 씨 문제는 절대로 자기가 책임질 테니, 두령은 전연 모르는 것으로 해두라고 신신당부하더랍니다. 두령이 아는 척을 해서 문제를 일으키면, 이현상 선생 자신부터 곤란하게 된다는 얘기였답니다. 소소한 감정에 사로잡혀 당을 망치는 결과가 될지 모르니, 반년 동안만 가만있어달라는 부탁과 함께, 두령은 함양으로 내려가 있어야겠다면서 모종의 지령을 내렸다고 합디다."

그리고 노동식은 다음과 같은 말도 했다.

"장안파와의 싸움이 예상 외로 심각해서, 그러한 와중에 당의 지도권을 유지하려니까 박헌영 선생의 신경이 굉장히 날카롭게 돼 있는 모양입니다. 게다가 공산당 북조선 분국分局과의 문제가 또 복잡한 모양이드만. 공산당은 일국에 일당이 원칙인데, 지금 북조선에선 새로운 헤게모니의 질서를 세우려 하는 모양이지? 그 배경에 소련과 중공이 있고 보니 박헌영 선생의 심정도 알 만해. 그러니 조금이라도 자기 명령을 어긴 사람이면 그 사람이 유능할수록 더욱 경계하는 모양이라. 태영 씨도 거기에 걸린 거야. 그리고 그런 미묘한 문제가 돼놓으니, 이현상 선생도 강하게 못 나가는 모양 아닌가 싶어. 태영 씨 일도 문제려니와, 지도자가 그처럼 마음이 좁다는 것도 문제라."

태영은 비로소 자기 처지에 관해 어렴풋이나마 납득이 갔다. 그래 씁쓸하게 웃으며 말했다.

"당의 성격이 사람의 성격을 고쳐나가야 할 건데, 당이 지도자의 성격을 닮아 편협해진다면 참으로 낭패군요. 그런데 형님은 어떻게 해서 당의 사정에 그렇게 밝소?"

"밝다고 할 수 없지. 노동조합 연합체 일을 보자니까 자연 만나는 사람이 많지 않겠소. 그 사람들로부터 들은 이야기를 나름대로 정돈해본 것에 불과하지."

"당이 그런 모양이니, 형님이 하는 노동조합 운동인들 순탄하겠소, 어디."

"그것도 그래. 당이 목표를 똑바로 세우고 적절한 전술을 써야지. 자칫 잘못했다간 큰일 나겠어."

"구체적으로 말하면 어떤 점이 그렇습니까?"

"당은 걸핏하면 노동자를 시위의 제1선에 세우려고 하거든. 그런데 노동자란 자기들의 이해관계에 굉장히 민감하단 말야. 예를 들면 소·미 공위蘇美共委를 지지 데모를 지령해오는데, 그런 지령을 함부로 남용하면 노동자의 단결을 깨뜨릴 위험이 있어. 한두 시간 평화적으로 끝나는 시위 같으면 좋은데, 어쩌다 불상사나 나봐. 당은 그 불상사를 이용해서 노동자의 분격을 높여 혁명력으로 전환하라고 하지만, 그렇게 되는 건 극히 일부이고, 대부분은 위축돼버리는 거야. 혁명력으로 전환되는 부분을 1이라고 친다면, 위축되는 비율은 5쯤이나 된다고 봐야 해. 그러니 섣불리 정치적으로 자주 동원했다간 결정적인 순간에 그들을 이용하지 못하는 경우가 생기거든. 임금 투쟁의 경우는 사정이 다르지. 임금 투쟁을 하다가 희생자가 나면 그야말로 단결이 더욱 굳어져, 웬만한 힘으론 그 단결을 부술 수가 없어. 그러나 이것 역시 남용은 금물이야. 쥐도 도망갈 구멍을 남겨놓고 쫓으란 말이 있잖소. 임금을 올려줄 수 있는 여유와 조건을 감안해서 타협의 여지를 두고 투쟁을 벌여야지, 덮어놓고 했다간 양자가 함께 쓰러지는 위험이 있거든. 노동자가 직장을 잃고 룸펜이 돼봐. 이건 레닌의 이론을 기다릴 필요도 없이 반동 세력화하거든. 이를테면 룸펜 프롤레타리아는 백해무익한 존재가 아닌가. 게다가 항상 반동 노동자의 침입도 경계해야 해. 노동자를 그들 눈앞의 이해와 관계없는 정치 목적을 위해서 이용하다간 생디칼리슴(노동조합 지상주의)의 독소를 도입할 위험이 있거든. 생디칼리슴이란 건 한 마디로 말해 '어떤 정체政體가 되어도 노동자는 노동자일 수밖에 없다. 그러니 우리는 노동자로서 가능한 한 유리한 생활 조건만 확보하면 그만이다. 그러니 노동 시간을 단축하는 동시 가능한 한 높은 임금을 받아내도록 하는 것이 노동 운동의 목적이며 한계다.' 하는 주장이거든. 위축되기 쉽고 안일을 원하는 노동자에게 이 이상의 달콤한 말이 어디에 있겠소. 폭행당할 염려 없고, 경찰에 끌려갈 위험도 없이 생활의 조건을 높이자는 운동이니까 말야. 미국의 노동 운동이 혁명 세력화되지 못한 이유가 바로 이 생디칼리슴 때문 아닌가. 그런데 우리 당은 너무나 성급하게 노동자를 정치 도구로 쓰려고 하거든. 이렇게 하다가는 노동자를 생디칼리슴으로 쫓는 결과가 되고 말 거야."

"그런 걸 형님은 언제 다 연구하셨소?"

"자나 깨나 노동조합인데, 그만한 견식도 없어서야 쓰겠소?"

하며 노동식은 자기가 등지고 있는 책장을 열어 보였다. 전등불 밑에도 노동 운동에 관한 서적이 꽉 차 있다는 것을 알 수 있었다.

"이런 형님이 부산의 노동 운동을 장악하고 있으니, 부산의 노동조합은 아무 걱정 없겠습니다."

"그렇지도 않아. 나는 당에서 오는 지령이라도, 검토한 결과 현지 사정에 부적당하다고 보면 그 이유를 붙여 중앙에 반송하는데, 단위 조합장 가운덴 과잉 충성자가 있어 당의 명령이라면 뭐든 하려고 덤비는 바람에 난처한 일이 왕왕 있지."

"그럴 땐 어떻게 합니까?"

"내 의견에 자신이 있을 땐 완강하게 반대하지."

"그래도 당에서 아무 소리 안 합니까?"

"부산의 노동조합은 지금 형편으론 당이 가지고 있는 최대의 무기고나 다를 바 없거든. 그런 곳에 관한 일이고, 누구보다도 내가 현지 사정을 잘 파악하고 있다고 당도 인정하니까, 내가 완강히 거절하면 당이 승인하지. 그러나 이것도 지금까진 그랬다는 얘기지, 앞으론 어떻게 될지 알 수가 있어야재."

"도당에선 무슨 주문을 안 합니까?"

"내가 도당 간부이기도 하니까, 도당은 언제나 내 편을 들게 돼 있지."

"명실공히 부산의 왕자라고 할 수 있겠네요."

"그만큼 책임도 무거워."

"어떨까요, 형님. 나도 당분간 부산에 와서 일하고 싶은데요. 들으니까 노동조합 운동이 퍽 재미있어 봬요. 일개 노동자로서 단위 조합에라도 끼어서, 그야말로 기본 계급 성분으로서 재출발했으면 하는데요."

"그렇지 않아도 내가 몇 번 중앙당에 요구했소. 근신 처분 상태 그대로라도 좋으니 내게 인도해달라고. 그러나 안 되드먼. 이현상 선생이 딱 거절이야. 박태영 씨는 어떤 곡절이 있어도 중앙당의 요원으로 배치해야 된다는 거였소. 인재는 각기 있을 곳에 있어야 보람을 다할 수 있다는 거였소. 이현상 선생의 욕심은 태영 씨를 당의 이론가로 키우고 싶은 모양이야."

"혁명 이론은 레닌 한 사람만 있으면 그만입니다. 레닌의 이론을 어떻게 소화하느냐에 현재 우리들의 문제가 있을 뿐이지, 새로운 이론가가 무슨 필요가 있어요."

"그건 그렇지 않을걸. 정세는 비슷하면서도 언제나 새로운 거니까. 공식을 그냥 들이대서 풀리는 현실이란 없어. 공식의 유연한 적용, 그것이 곧 우리가 필요로 하는 이론이 아닐까? 노동조합을 보살피고 있으니까 그런 게 더욱 절실하게 느껴져. 부다페스트나 베오그라드 같은 데선 '저 자본가를 내몰고 저 집을 우리의 숙사로 하자.'고 외쳐야 마땅한데도, 부산에선 폭도들이 그 집을 부수려고 하거나, 우리 노동자가 가서 그 집을 지키고 그 집 안에 있는 자본가를 보호해주어야겠다고 해야 할 경우가 있단 말야. 이론은 그런 때 필요해. 현 단계는 왜 자본가를 보호해야 하느냐를 노동자에게 설명해야 하거든. 이건 극단적인 예지만, 이와 비슷한 예는 얼마라도 있어. 그럴 때마다 이론의 빈곤을 느끼거든. 지금은 어떤 단계니까 어떠한 목적 아래 어떻게 후퇴하는 것이 앞으로의 비약을 위해서 필요하다는 명확한 설명이 이론으로 제시되어야 한단 말이오. 우리 태영 씨는 그런 작업을 해낼 수 있어. 이현상 선생도 그 점에 착안하고 있는 거요. '조선의 레닌'을 태영 씨에게 기대하고 있는 거요."

태영은 이런 말을 들을 때마다 얼굴이 화끈거려 견딜 수가 없었다.

"형님, 술 취하신 것 아닙니까?"

"아, 약간 술에 취하기도 했소. 그러나 술에 취했다고 해서 안 할 말을 하는 건 아니야. 정신은 말짱하니까."

"정신이 말짱하시다면 내 청 하나 들어주십시오."

"무슨 청인데?"

"아까 말하지 않았습니까. 나를 부산에 내려와 있게 해주시오."

"당이 거절하는 걸 내가 어떻게 하겠소. 그리고 내가 생각하기도 태영 씨는 중앙당의 요원이 돼야 할 사람이오."

"중앙당 요원이 되어야 한다고 합시다. 부산에 한동안 있었다고 해서 중앙당 요원이 못 됩니까."

"허나 당이 허락하지 않는 것을 내가 어떻게?"

"형님이 나를 어떤 단위 조합에라도 끼워넣어 주십시오. 그러면 난 제명 처분을 각오하고 노동자로서 새 출발할 테니까요."

"안 될 말이야."

"왜 안 됩니까?"

"장차 당의 대들보가 될 사람을 내 멋대로 처리할 순 없어."

"공산당은 노동자의 당 아닙니까. 그 공산당의 기본 성분이 되겠다는데 구애받을 것이 뭐 있습니까. 제명 처분을 각오하고 일개 노동자로서 일하겠다는데 구애받을 무엇이 있습니까. 형님의 입장은 노동 희망자에게 직장을 구해주는 것으로 끝나는 겁니다."

박태영의 청이 이렇게 간절하자 노동식은 긴장한 얼굴이 되었다. 그리고 한숨을 섞어 말했다.

"태영 씨의 현재 사정이 그처럼 견디기 힘듭니까?"

그 질문에 태영은 당황했다. 그러나 얼른 그런 감정을 억누르고,

"현재의 사정이 딱해서가 아닙니다. 기본 계급으로서 출발하고 싶은 겁니다. 노동자로서의 체험을 통해 노동자의 전위대가 되고 싶다는 얘깁니다."

노동식은 한참 눈을 감고 생각하더니 다시 눈을 뜨고 말했다.

"태영 씨, 그럼 이렇게 합시다. 고향에 돌아가면 하 두령을 만날 것 아닙니까? 하 두령과 의논해서 하 두령이 동의한다면 태영 씨의 뜻대로 하겠소. 우리는 공산당의 당원이기에 앞서 보광당 당원이 아니오? 그러니 이 문제는 하 두령의 의사에 맡기도록 합시다."

보광당이란 이름이 나오는 바람에 박태영은 콧등이 찡해졌다.

'아, 보광당! 안타깝도록 눈물겨운 이름! 그 이름을 잊고 몇 달을 살았구나!'

금방이라도 눈물이 쏟아질 것 같았다.

"태영 씨, 왜 이러죠?"

갑자기 고개를 숙여버린 태영을 보고 노동식이 물었다.

"보광당의 이름을 들으니 가슴이 뭉클해졌어요."

"생각하면 그때가 좋았지."

고개를 숙인 채 태영은 노동식이 술잔을 비우는 소릴 들었다. 그리고 다시 고개를 들어 쾌활하게 말했다.

"그렇게 합시다. 우리의 두령이 시키는 대로 합시다."

"누가 들을라."

하고 노동식이 장난스럽게 웃으며 말을 이었다.

"누가 들으면 분파 행동을 한다고 오해하지 않겠소?"

"우리에겐 보광당이 모체이고 공산당이 분파 아닙니까?"

태영이 이렇게 말하자, 노동식이

"그렇지, 그렇고말고."

하고 크게 웃었다.


자리를 깔고 누워서도 두 사람은 얘기가 끝나지 않았다.

말이 오가는 도중, '당은 신성하다.'는 신조는 바꿀 수 없으되 당의 사정을 은밀히 연구하는 노력도 게을리해선 안 되겠다는 데 합의를 보았다.

"나는 전연 그런 생각을 안 했으니 이상하죠?"

"태영 씨 같은 사람이 자기가 속해 있는 당의 사정을 등한히 살핀 것을 보면, 공산당이란 그 이름만으로도 무슨 마력—카리스마라고나 할까—그런 걸 가진 게 분명하지."

"그런 것 같아요. '당은 신성하다. 당은 과오를 범하지 않는다. 당에 대해 회의를 품어선 안 된다.'고 믿고 조금도 당의 사정을 살피려고 안 했으니 기가 막혀. 예수교도들에게도 신학이란 게 있는데, 당학이 없어서야 될 말입니까? 오늘 밤 좋은 아이디어를 얻었습니다. 나는 당분간 당학을 할 작정입니다. 당의 생리와 병리를 철저하게 파악해야만 당을 개선할 수도 있고 후배를 가르칠 수도 있지 않겠습니까?"

"그런데 그 당학이란 게 형이상학적으로 되어선 안 되지."

"그렇게 될 까닭이 있습니까? 나는 당수의 성격부터 연구할 참인데요. 이를테면 박헌영에 있어서의 당수 연구, 또는 박헌영에 있어서의 지도자 연구, 또는 박헌영에 있어서의 인간 연구……."

"제목만 들어도 썩 재미가 있군."

"아닌 게 아니라, 나라의 운명, 당의 운명이 매달려 있는 인물의 연구를 등한히 했다는 건 커다란 실수였습니다."

"그런데 태영 씨는 박헌영 당수에 관해서 어느 정도 알고 있지?"

"간부들이 간혹 설명한 것, 그러니까 공식적으로 나타나 있는 기록 정도죠."

"하 두령과 내가 한동안 신세를 진 이현상 선생의 사위 윤씨는 그런 점에선 철저하드만."

"어떤 점이 말입니까?"

"아마 그분은 자기의 장인과 더불어 박헌영 선생의 전기를 쓸 작정인가보지. 하여간 철저하게 조사하고 있어. 예를 들면 경성제일고보, 그러니까 지금은 경기중학이지, 거길 가서 박헌영 선생의 학적부를 다 베껴올 정도로."

"그걸 봤소?"

"봤지."

"어떻습디까?"

"그땐 농과와 상과로 나뉘어 있었는데, 박헌영 선생은 상과였어. 영어를 빼곤 별루 신통하지 않더만."

"영어 성적은 좋았어요?"

"대개 9점, 10점이었소. 박 선생은 당시 미국으로 갈 작정이었던 모양이오. YMCA의 영어 강좌에도 나갔더만. 어쨌건 영어만은 마스터하려고 들었던 것 같애."

"그분이 졸업하는 해에 3·1운동이 있었던 것 아뇨?"

"졸업을 23일 앞두고 3·1운동이 있었더만."

"그런데 어떻게 무사히 졸업을 했을까?"

"3·1운동에 참여한 모양인데, 용하게 체포되지 않고 졸업했더만."

"그때부터 피하고 숨는 덴 소질이 있었던 모양이죠."

"윤씨는 제일고보의 성적표뿐만이 아니라 보통학교 학적부도 베껴왔는데, 그때의 성적은 상위에 속했어."

"어느 보통학콘데요?"

"박 선생의 고향은 충청남도 예산군 신양면인데, 거긴 학교가 없고 이십 리쯤 떨어진 대흥면에 4년제의 보통학교가 있었어. 박 선생은 그 대흥 보통학교에 다닌 기라."

"집안은 비교적 유복했다죠?"

"아버지는 박현주朴鉉柱란 사람인데, 미곡상도 하고 돈놀이도 해서 꽤 많은 돈을 벌어 중농 정도의 생활을 한 모양이야."

태영은 문득 중공의 모택동을 연상했다. 그의 아버지도 호남성湖南省 어느 소읍에서 미곡상에 곁들여 돈놀이를 했다는 것을 어느 책에서 읽은 적이 있었다.

"그것까진 모택동과 비슷하군요."

"모택동의 부친도 미곡상을 했던가?"

"그랬어요."

"그런데 박 선생의 출생 사정은 좀더 복잡해."

하고 노동식은, 박현주는 본처와의 사이에 딸이 없다는 핑계로 딸을 갖고 싶다면서 빈농 이씨의 딸을 나락 몇 섬을 주고 첩으로 샀는데, 박헌영은 그 첩의 소생이라고 했다. 그리고 노동식은, 그러한 미천한 출생 성분이 박헌영으로 하여금 자라서 공산주의자가 되게끔 저항 의식을 가지게 하지 않았겠는가 생각했지만, 박태영은 그러한 출생이기 때문에 의심이 많은, 관용할 줄 모르는 성격이 형성된 것이 아닌가도 싶었다.

"박 선생이 공산주의 사상을 갖게 된 것은 언제였을까요?"

"글쎄, 정확하게 알 순 없지만, 윤씨의 말에 의하면 20세 때 상해로 갔는데 그 이후가 아닐까 하더만."

"그 당시의 사정을 좀더 자세하게 알았으면 하는데요."

"여러 가지를 들었지만 내 기억은 신통찮아. 태영 씨가 서울에 가거든 창신동으로 윤씨를 찾아가서 물어봐요."

태영은 자기가 거처하고 있는 동대문 합숙소 가까이에 이현상의 사위인 윤씨가 살고 있다는 사실을 알면서도 한 번도 찾아갈 생각을 못 했던 것이다. 그처럼 태영은 충직하게 당의 명령을 지켰다는 얘기도 된다.

화제는 다시 부산의 상황으로 돌아갔다. 태영이 물었다.

"부산의 인민위원회가 행정적으로 맥을 추지 못한다면 부산의 혁명 상황이 침체해져 있다는 얘기가 아닙니까?"

"그렇지 않아. 지금이라도 무슨 선거를 한다면 우리 편이 지지하는 사람을 내세울 자신이 있으니까."

"그 정도 가지고 되겠습니까. 혁명이 목적인데."

"태영 씨도 당 중앙에서 온 사람답게 성미가 급하구만. 중앙당은 오늘에라도 혁명을 할 수 있도록 하라고 다급하게 서둘고 있거든. 그러나 사정이 그렇게 안 되는 걸 억지를 쓴다고 되나? 나는 이런 생각을 해봤어. '인민 다수의 의사를 우리 편에 모아 그것을 투표로 표현하지 못할 성싶을 때 폭력 혁명이 필요하지, 투표로 표현할 자신이 있을 땐 되도록 폭력을 배제하는 게 옳지 않을까.' 하고. 지금 우리 주변의 상황을 살펴봐. 면이면 면, 군이면 군, 도면 도의 대표자를 선출하는 선거가 있다고 치자. 우익에는 조직이라고 할 것도 없어. 군웅할거 아닌가. 입후보자가 어쨌든 복수로 나올 게거든. 그런데 우리의 조직은 입후보자를 단수로 낼 정도로는 정비되어 있잖아? 게다가 조직적으로 운동할 수도 있고. 선거만 있으면, 우리가 마음먹기만 하면 무슨 선거에도 이길 자신이 있어. 되레 그것을 방해할 자는 우익 반동들이라. 그러니 우리의 당, 우리의 조직은 지금과 같은 정세를 유지하기 위해 어디까지나 합법적으로 나가면 어떨까 하는 생각이야. 군정이나 우익을 자극하는 따위의 일을 하지 말고, 내부의 단결을 공고히 하는 방향으로 조직을 확대하고 훈련해나가면 밤이 익어 떨어지듯 우리의 목표는 달성되지 않을까 싶어."

"이를테면 의회주의를 하자는 얘기 아닙니까?"

"이 단계에선 그렇단 얘기지. 우리 노동조합은 그런 평화적인 방법으로 커나갈 수 있거든."

"그러나 의회주의는 한계가 있지 않습니까. 현 체제에 대한 긍정으로부터 시작해야 하니까요."

"아니지. 언젠가 한 번은 투표로 결정해야 할 단계가 있지 않겠어? 명색이 민주주의의 방향으로 나간다면서 투표라는 형식 없이 지나칠 순 없잖아? 그런 단계를 추구하며 그런 단계에 대비하잔 얘기라. 그래서 다수표를 얻은 뒤엔 무슨 짓이라도 할 수 있지 않나. 소수표를 얻었을 땐 그때 전술을 수정해도 되고. 그래도 정 안 되겠다 싶을 때 비로소 조직의 총력을 발휘해서 사생결단하는 전선을 펴면 될 게 아냐?"

원래 신중한 노동식이 생각함 직한 사상이라고 할 수 있었다. 그러나 박태영은 그런 사상을 받아들일 순 없었다.

"혁명적인 정당은 혁명적인 방법으로만 목적을 달성할 수 있습니다. 의회주의를 채택한다는 것은, 혁명적인 정당이 그만큼 혁명성을 잃는다는 뜻이 될 게 아닙니까?"

"전술로선 의회주의도 충분히 성립되리라고 믿는데. ……의회주의에 사로잡히는 것이 아니라, 의회주의를 일시의 수단으로 하자는 거니 나쁠 것 없잖을까. 레닌도 케렌스키 정권 시절엔 이런 전술을 썼다고 보는데."

"하여간 지금의 당 사정으로선 형님의 견해는 용납되지 않을 겁니다."

"나도 그런 생각을 해봤을 뿐이지, 그런 생각을 고집하는 건 아냐. 그런데 지금 중앙당의 전략과 전술엔 왠지 석연찮은 게 있어. 긴 안목의 전망이나 전술이 없는 것 같아. 눈앞의 일에 너무 구애를 받는 것 같아. 각처에서 충돌을 일으켜 희생자만 내는데, 그것이 무슨 보람이 있단 말인가. 권투 시합처럼 심판이라도 있어서 판정으로 승패를 결정한단 말인가. 정치에 있어선 마지막 승리가 유일한 승리가 아닌가. 소미 공위 문제로 충돌을 하고, 인민공화국의 체신을 지킨다고 난동을 부리고……. 이런 따위의 모험주의는 그때마다 소영웅은 만들어낼진 모르나, 결과적으로 따지면 대중을 위축시키는 마이너스가 되고 말 것 아닌가. 내 생각은 이래. 어디까지나 합법성을 지녀 군정이 우리의 조직을 트집 잡지 못하게 하고, 그 대신 우리 내부의 실력을 가꾸자는 거라. 군정이 제의하는 회의엔 언제나 참석해서 우리의 의견을 다수의 의견으로 만드는 거라. 소미 공위에 어떤 정당이건 참여시키는 거라. 언젠가 총선거가 있을 것 아냐? 그때 가서 결판을 내든지, 그전에 결정적인 파탄이 있으면 그것을 명분으로 배수의 진을 치고 혁명적인 폭력을 조직하고 행사하면 될 것 아닌가?"

"형님의 뜻을 잘 알겠소. 그러나 아까도 말한 바와 같이, 당이 그런 생각은 용납하지 않을 거요. 당의 투쟁을 통해서 혁명성을 높이고, 당원을 단련해서 난공불락의 요새를 만들 수 있다고 생각하고 있으니까."

노동식이 한동안 말이 없더니, 김숙자 소식을 묻고, 하영근, 권창혁, 이규의 소식을 차례로 물었다.

태영은 적당하게 답하고 물었다.

"차범수 씬 지금 어디 있습니까?"

"산청군 인민위원장을 하고 있지."

그것도 태영에겐 금시초문이었다.

"산청군 당 위원장이 아니고 인민위원장입니까!"

"그게 이상해. 당성이 약하다는 지적을 받은 것 같애."

"차범수 씨의 당성이 약해요?"

"신중한 사람은 대개 당성이 약해 뵈는 법 아닌가?"

노동식이 웃는 기색을 했다.

"차범수 씬 여간 훌륭한 분이 아닌데."

박태영이 중얼거렸다. 노동식도 따라 말했다.

"훌륭한 분이고말고. 보광당 당수를 선출할 때의 그분의 태도를 나는 잊을 수가 없어. 이현상 씨의 고집으로 거수투표까지 했지만, 그러기 전에 차범수 씨가 내게 한 말이 있어. '하준규 씨는 나의 후배지만, 명색이 당으로 출발한다면 절대로 당수는 하준규 두령이라야 한다.'고

했어. 그뿐만 아니라, 그 후 행동하는 걸 보니까 참으로 된 사람이드만."
이런저런 얘기를 주고받는데 두 시를 알리는 괘종 소리가 들렸다.
"벌써 두 시가? 기차 타고 오느라고 피로할 테니 한숨 자기로 하지."
노동식이 말했다. 아직도 눈이 말똥말똥했지만 태영은 억지로라도 잠을 청해야겠다고 생각했다.

하루만 더 쉬었다 가라는 노동식의 만류가 있었지만, 박태영은 할아버지의 병환이 마음에 걸려 떠나기로 했다.
노동식이 부산역까지 나왔다. 기차를 기다리는 동안 두 사람은 대합실 구석진 곳에 서서 얘기를 주고받았다. 그런데 수상한 눈빛의 사나이가 약간 떨어진 곳에서 빙빙 돌면서 자기들을 살피고 있는 듯한 느낌을 태영은 가졌다.
"이상한 사람이 우리를 감시하고 있는 듯한데요?"
태영이 말하자, 노동식은 그쪽에 시선을 보내더니,
"아, 저 사람? 저 사람은 도경道警의 형사부장인데, 나와 잘 아는 사람이지. 직책상 저러고 있지, 별것 없어. 나하곤 부산이상의 동기 동창이기도 하구."
하며 그 사람에게 손을 들어 보였다.
그 사람도 손을 들어 보였다. 그런데 그의 눈초리가 태영은 마음에 걸렸다.
"이름이 뭐죠?"
"문남석이라고 하지."
"그 사람, 눈길이 사납네요."
"별거 없어. 노동조합 내부를 살피는 형산가 본데, 자기의 동기 동창인 나를 해칠 사람은 아냐."

"상업학교를 나와 갖고 경찰관을 한다는 건 좀 이상한데요?"

"이상할 게 뭐 있소. 이상 출신엔 간혹 저런 자가 있소."

"일제 때부터 경찰인가요?"

"졸업하자 곧 경찰에 들어갔으니까 일제 때부터지."

"제가 생각하기론 조심해야 할 것 같은데요."

"노동조합은 합법적이니까 걱정할 게 뭐 있어."

"하여간 조심하십시오."

"불가근 불원간不可近不遠間의 태도면 될 게 아닌가."

나직이 이런 말을 주고받는데, 문남석이란 형사는 박태영의 얼굴을 기억해두려는지 빙글빙글 주변을 돌면서 태영에게 계속 시선을 쏟았다.

노동식이 플랫폼에까지 나왔는데, 문남석이란 그 형사도 플랫폼에 따라나왔다. 태영은 다시 한번 노동식에게,

"저 형사를 조심해야 합니다."

하고 기차에 올랐다.

부산에서 진주로 가는 기차는 해방 직후의 몰골 그대로였다. 차창의 유리가 온데간데없어, 늦은 겨울바람이 마구 불어닥쳐 추위가 견딜 수 없을 정도였다.

박태영은 외투의 깃을 올리고 자라목처럼 목을 움츠리고 앉았다. 그렇게 추운데도 지난밤을 거의 뜬눈으로 새워 졸음이 왔다.

졸다가 추워서 깨다가 또 졸다가 이렇게 마산까지 왔을 때였다.

태영의 눈앞에 사람이 서 있었다.

"박한수 아니가?"

태영이 엉겁결에 이렇게 말하고 일어섰다.

"참으로 오래간만이로구나."

하고 박한수가 마침 비어 있는 태영의 앞자리에 앉았다. 박한수는 태영과 진주중학 동기 동창인데, 검도 선수이며 주영중과 같이 학생보국회를 만들어 일본 천황에게 충성을 맹세한 사람이었다. 그러나 박한수는 성격이 단순하고 담백해서, 주영중과는 달리 박태영과 의를 상하지 않을 정도로 지냈다.

"자넨 뭣하노?"

박태영이 물었다.

"나는 국방경비대에 들어갈 끼다. 이때까지 국군준비대에 있었는데, 그곳은 말짱 빨갱이 소굴이라. 그래 뜻 맞는 몇 친구와 상의해서 국방경비대에 들어가기로 했지. 국방경비대야말로 앞으로 신생 독립국가의 국군이 될 끼다."

"그럼 자넨 장차 조선 국군 대장쯤 되겠고나."

"대장이 될지 뭣이 될지는 모르지만, 우리나라를 떳떳한 독립국가로 만들어야 안 되겠나."

박한수는 검도 선수다운 씩씩한 체격을 뽐내듯 하고 물었다.

"참, 자네는 공산당 한다며?"

"누가 그러데?"

"주영중이가 그러더라. 느그 서울서 한 번 만났다며?"

"한 번 만났지."

"공산당이건 우익이건 나라를 사랑하는 마음은 한가지 아니겠나. 더욱이 박군이야 일제 때부터 민족의식이 뚜렷했으니 오죽할라고. 각기 노선은 다르지만 성의껏 해보자고. 어느 편이 이기는가는 시간이 말해줄 것 아닌가. 그리고 자네나 내나 페어플레이 하자고. 정정당당히 사상적으로 싸우는 기라. 그 결과를 따라가면 실수 없을 것 아닌가. 안 그래? 난 박군을 믿어. 우리 페어플레이 하잔 말이다."

"페어플레이를 해야지."

박태영은 박한수다운 말이라고 생각하며 맞장구를 쳤다.

"우리 정치인이 모두 페어플레이 정신에 투철하면 정국이 보다 명랑할 건데 그러질 못하고 모략 중상만 일삼으니 그게 탈이라. 그러나 나는 박군만은 페어플레이를 할 사람이라고 믿어."

"주영중 군도 국방경비대에 들어가나?"

"주군은 벌써 들어갔어."

"주군을 만나거든 그도 페어플레이를 하도록 권하게."

"물론이지. 주군도 페어플레이를 할 사람이지."

"그밖에 우리 동기 동창 가운데 국방경비대에 들어가는 사람이 있나?"

"있지. 이효근이도 들어갈 끼고, 김달석이도 들어갈 끼다."

"옛날 자네들 클럽이 몽땅 들어가는 셈이구먼."

"모두 무도武道를 한 놈들이 돼놓으니까 군인으로서의 적성이 있는 기라."

박한수는 함안에 있는 처가에 가는 길이라면서, 결혼한 지 얼마 안 되는 마누라를 만나러 가는 들뜬 기분이었던지,

"세상이 어떻게 돌아가도 자네와 나는 페어플레이 정신으로 일관하자."

라는 말을 몇 번이고 되풀이했다.

박한수가 함안역에 내린 뒤 박태영은 다시 눈을 감고 생각했다.

'박한수는 어디서 페어플레이란 말을 주워들었을까. 아마 미국식 민

주주의 교과서에 있는 문자인지 모르지. 그러나 페어플레이가 뭣일까. 과연 그것이 가능할까. 더욱이 미 군정의 앞잡이 국방경비대 대원하고 조선공산당 당원인 나 사이에 페어플레이가 어떻게 가능할까.'

그러면서도 박태영은 정치에 있어서의 페어플레이 문제는 등한히 할 것이 아니라 진지하게 연구해보아야 할 문제란 상념에 이르렀다.

동시에 노동식의 동기 동창이라는 문남석 형사의 날카로운 눈초리가 뇌리를 스쳤다. 그런 눈초리를 가진 형사에게 과연 페어플레이 정신이 있을까?

3년 후 노동식은 결국 문남석 형사에게 붙들려 죽게 되는데, 박태영은 이때 막연하나마 그런 예감의 언저리를 서성거렸다고 할 수 있었다.

# 원색의 봄

진주에서부터 산골짜기를 누비는 길이 시작되었다. 군데군데 눈 자국이 남은 산허리의 영양실조에 걸린 소나무들이 앙상했다. 멀게 가깝게 초라한 초가집 풍경이 스쳤다.

황량한 고향길!

박태영은 귀성할 때마다 느껴보는 쓸쓸한 감회를 다시금 되씹으며, 봄이 와도 꽃이 피지 않는 고향을 생각하고 자기의 초라한 몸에 두른 낡은 외투의 깃을 세웠다.

버스의 뚫린 창으로 찬 바람이 사정없이 몰아쳤다. 헌 상여를 같은 버스는 그야말로 달리는 냉동고였다. 좌석이 반 이상 비어 더욱 황량한 느낌이었다. 길에 깔린 돌과 자갈이 튀고 차체가 마구 흔들렸다. 곧 차체가 분해돼버릴 것같이 털털거려 심히 불안했다.

바로 앞자리에 두 노인이 앉아 있는데, 영락없이 넝마 뭉치에 사람의 머리를 달아놓은 것 같았다.

"대한, 소한 다 지났는데도 추위가 이 꼬라지니, 어, 참!"

"아무래도 무슨 일이 날 끼라."

노인들의 푸념이 간혹 들려왔다.

"추운 건 견딜 수 있지만, 물가가 자꾸 올라 어디 살것나."

"살기 아니면 죽기지."

"자네 동네에서도 빨갱이들이 지랄하나?"

"말 말게. 요새 젊은 놈들 날뛰는 꼴 보기 싫어 죽것다."

"참 큰일이라. 세상이 요 꼴로 되어간다면⋯⋯."

"삼강오륜은 개가 물어갔어."

"삼강오륜? 말도 마소. 요새 삼강은 낙동강, 한강, 압록강이란다."

"망조가 들었어."

"망조가 들고말고."

빨갱이란 물론 좌익을 말했다. 태영은 '어떻게 해서 좌익들이 저런 노인들에게서까지 미움을 샀을까?' 하고 생각에 잠겼다. '노인들이란 원래 보수적인 기질이 있으니 좌익들의 급진 사상을 소화하긴 곤란하겠지만, 방법만 잘 쓰면 노인들의 환심을 사지 못할 바도 아닌데⋯⋯.' 하여, 공연히 안타까웠다.

태영은 지방 사정을 알기 위해 그들에게 말을 건네보았다.

"어르신네들요."

두 노인이 함께 고개를 돌렸다.

"어르신네들 동네에선 빨갱이들의 행패가 심합니까?"

두 노인은 태영의 표정을 살피는 듯하더니 고개를 도로 앞으로 돌렸다. 그리고 대답도 없었다.

"행패가 심합니까? 그럼, 그런 버릇을 고쳐줘야 할 것 아닙니까?" 했더니, 마음을 조금 푼 모양으로 한 노인이 말했다.

"무슨 수로 놈들의 버릇을 고칠 낀가?"

"대강 말씀해보이소. 행패를요."

태영이 공손히 말했다.

"신탁 통치 지지 안 한다고 야료를 부리고……."

노인이 말하자, 다른 노인이

"예사로 남의 집 닭 잡아묵고 돈 줄 생각은 안 하고."

하고 맞장구를 쳤다.

"방천 막는 계에 쌀 한 되 안 낼라는 놈들이 공산주의 해갖고 나눠묵자 안 하나."

"네 건 내 기고, 내 건 내 기라 하는 기 공산주의인 기라."

노인들 입에서 비난의 말의 쏟아져 나왔다.

"치안댄가 뭔가를 만들어가지고, 치안대원 된 게 영락없이 정지(부엌) 가시내 기생이 된 꼴이라."

"남은 뼈 빠지게 일하고 묵을 것 안 묵고 논을 샀는데, 즈그는 술이나 처먹고 노름이나 하던 주제에 그걸 몰수해 갖겠다고 하니 그게 될 말인가?"

"반동이 무슨 우라질 낀지, 건듯하면 '반동, 반동' 하고 즈그 하래비 잡아 묵은 원수처럼 들볶는 건 어짜고?"

"그노무 '동무'란 소리, 참말로 이가 갈린다니까."

태영은 계속 듣기만 하다가 물었다.

"그럼 어르신네들은 어떤 정치라야 되겠습니까?"

"우리가 뭐 그런 걸 아나?"

이건 한 노인의 말이었고,

"천리에 어긋나는 노릇은 안 되는 기여."

이건 다른 노인의 말이었다.

"천리에 어긋나지 않으려면 어떻게 해야 합니까?"

"삼강오륜을 지켜야지."

"이조는 삼강오륜을 지키다가 망하지 않았습니까."

"옳게 삼강오륜을 지켰으면 망할 리가 없지."

태영은, '진실로 삼강오륜을 지키려면 공산주의를 하는 수밖에 없다.'고 말하고 싶었으나, 노인들과 토론을 하기는 싫었다.

'일부 나쁜 놈들의 행동을 들추어 대세를 판단하지 말라.'는 말도 하고 싶었으나, 그 말 역시 그만두기로 했다.

그 노인들은, 자식들이 효도하고 동네 젊은 사람들이 노인을 존경해 주는 풍습이 가꾸어지는 사회를 바라고 있을 것이다. 그런데 공산주의 사회가 이루어진 때면 몰라도, 그 사회를 만들어나가는 과정에서 삼강오륜을 지키는 일은 어림도 없을 것이라고 생각하니, 노인들이 본능적으로 공산주의를 싫어하는 까닭을 이해할 수 있을 것 같았다.

'효도와 혁명은 본질적으로 대립되는 행동이다.'

이런 생각을 하자, 태영은 갑자기 할아버지의 병환에 마음이 갔다. 병상에 초라하게 누워 있을 할아버지의 모습이 뇌리를 스쳤다. 가슴이 뭉클했다. 혹시 지금쯤 돌아가시지나 않았나 하는 불안도 섞였다.

'아, 할아버지. 돌아가시지만은 말아주소서.'

갑자기 울부짖고 싶은 충동이 일었다.

앞자리의 노인들이 서로 경쟁이나 하듯 좌익 청년들의 행패를 주워섬겼지만, 태영은 그것을 귀담아들을 마음의 여유가 없었다. 그러나 한 가지만은 물어보지 않을 수 없었다.

"우익 청년들의 행패는 없습니까?"

"우익? 우익 청년이란 게 있어야지."

한 노인이 이렇게 말하자, 다른 노인이 고쳐 말했다.

"있기야 있지. 그러나 시골에선 맥이나 추나? 가만히 엎드려 있지."

그런 정도라면 됐다고 생각하고 태영은 할아버지의 안위에 마음을 보냈다.

'어떻게 되었건 할아버지 살아 계시기만 하소서.'

세 시간 자동차를 타고도 한 시간을 걸어야 했다.

태영은 삭풍이 휩쓸고 있는 고개를 넘고 들길을 걷고 또 고개를 넘고 들길을 걸었다. 개울을 건너면 마을 앞길이 되는 지점에 서서 태영은 호흡을 가다듬었다. 엄습한 불안감을 떨치기 위해서도 잠깐 그곳에서 서성거릴 필요가 있었다.

바랜 빛깔의 대밭으로 둘러싸인, 그리고 집마다 앙상하게 마른 가지를 뻗은 감나무가 있는 50호 남짓한 초가의 취락! 어떻게, 무슨 연유로 이 후미진 산골에 삶의 터전을 잡게 되었는지……!

난리와 기근과 학정에 쫓겨온 무리들이 이곳에 정착했으리란 애매한 전설이 있을 뿐, 몇백 년을 거슬러 올라가야 할지, 최초로 마을을 만든 사람이 어떤 사람들인지 알 길이 없었다.

태영은 동네로 들어섰다. 사람은 그림자도 없었다. 모두들 방에 틀어박혀 온돌 바닥에 궁둥이를 지지고 있는 모양이었다. 태영은 무인無人의 마을처럼 느껴지는 동네의 골목을 걸어 자기 집 문 앞에 섰다.

열린 사립문으로 사랑채의 한쪽 귀퉁이가 보였다. 인기척은 없고, 썰렁한 기분만 느껴졌다. 흉악한 예감이 가슴을 저리게 했다.

사립문을 들어서면 왼쪽으로 안채의 부엌이 보인다. 부엌문이 열려 있는 게, 검은 공동空洞으로 통하는 입구 같다. 그런데 그 공동에서 하얗게 소복을 한 김숙자가 물동이를 들고 불쑥 나타났다.

"앗!"

하고 태영이 멈칫한 것과,

"앗!"

하고 김숙자가 물동이를 내려놓는 순간이 같았다.

태영은 한꺼번에 모든 것을 이해했다. 할아버지가 돌아가신 것이다. 숙자는 태영의 곁으로 달려오다 말고 뒤돌아 안채를 향해 고함을 질렀다.

"어머니!"

그 소리는 흡사 비명 같았다.

안방 문이 열리더니 태영의 아버지가 나타났다. 머리 위에 삼베 두건이 있었다. 이어 나타난 사람들이 몇 있었다. 먼 친척들이었다.

어머니는 통곡을 터뜨리고, 아버지는 물끄러미 아들을 바라보았다. 태영은 마당 흙바닥에 주저앉아 울기 시작했다.

"아이고, 이 자식아. 할아부지가 돌아가시는데 임종도 못 하고……."

어머니는 마룻바닥을 치고 울었다. 태영의 어머니에게 있어서 시아버지는 친아버지 이상으로 자상한 어른이었다. 남편 이상으로 믿어온 존재이기도 했다.

아버지는 묵묵히 마루에서 내려서더니 사랑으로 갔다. 태영에게 따라오라는 무언의 명령이었다.

빈소에는 태영 몫의 상복이 있었다. 태영은 양복 위에 너덜너덜한 상복을 입고 두건을 쓰고 무릎을 꿇고 통곡했다. 태영의 아버지도 슬피 울었다.

한참을 통곡한 뒤 태영은 고개를 들어 위패 위에 걸린 할아버지의 낡아 퇴색한 사진을 보았다. 평생을 흙먼지 속에서 살다가 흙으로 돌아간 기막힌 인생의 흔적이었다.

죽고 나서야 그 은혜를 뼈저리게 느끼고 그 존재의 커다란 의미를 겨우 알게 되었다는 것은 슬픈 일이다. 태영은 할아버지 살아생전에 단 한 번인들 마음 편하게 해드리려고 애쓴 일이 없었다는 사실을 새삼스럽게 깨달았다.

"할아버지는 마지막 순간까지 네 이름을 부르다 돌아가셨다."

아버지는 아직도 들먹거리는 태영의 어깨를 내려다보며 뚜벅 이렇게 한마디 하고 밖으로 나가버렸다. 태영은 다시 한 줌의 향을 향로에 넣고 활활 타오르는 푸른 빛깔을 지켜보았다. 그리고 할아버지가 이렇게 빨리 돌아가실 줄 알았더라면 자기의 행동이 달라졌을 것이 아닌가 하고 생각에 잠겼다.

태영은, 덕유산 은신골에까지 몸소 쌀을 짊어지고 오신 할아버지의 모습을 회상했다.

국민학교 때, 해마다 우등상장과 상품을 받아오면 반가운 빛은 조금도 없고 언제나,

"사람은 보통이면 되는 긴디."

하고 중얼거리던 모습도 회상했다.

감, 곶감, 산삼 등을 소중히 간수해두었다가 아무에게도 주지 않고 손주에게만 먹였던 할아버지의 마음이 태영을 울먹거리게 했다.

태영이 중학 5학년 초에 퇴학을 당했을 때 아버지는 하늘이 무너진 것처럼 어쩔 줄 몰라했는데, 할아버지는

"나라도 잃고 사는 판인데 그까짓 학교쯤 못 다닌다고 무슨 소동이냐."

하고 아버지를 꾸짖기조차 했었다.

태영이 남달리 항일 의식이 강했던 것은 아버지가 군청의 서기 노릇을 하고 있다는 바로 그 사실 때문이었는데, 그런 손주의 마음을 가장

잘 이해해준 분도 할아버지였다.

"네 애비 군청 서기 노릇 하는 거 나도 딱 싫다. 그러나 달리 배운 기술이 없고, 농사는 죽어도 짓기가 싫다 하니 어쩔 수 없는 거 아니가. 네가 네 애비를 이해해줘라."

그리고 아들더러,

"네 힘 빌리지 않아도 내 손주 공부쯤은 내 힘으로 시킬 수 있다."
하고 할아버지는 소를 치고 돼지를 기르고 논밭을 갈고 가꿨다.

하여간 태영은, 한학을 조금 공부한 외에는 거의 학식이 없는 촌부로선 투철한 견식을 가졌던 할아버지에게 나름대로 애착을 가지고 있었는데, 그 할아버지가 떠나고 보니 뭐니뭐니 해도 자기와 가장 가까운 어른을 잃었다는 상실감이 망극했다.

문이 살금 열리더니 숙자가 들어왔다.

"이제 그만 울고 들어가요. 아버지와 어머니가 데리고 오래요."

"당신은 어떻게 된 거요?"

태영이 물었다.

숙자의 설명을 들으니, 할아버지는 태영이 노상필을 만난 날 전날 돌아가셨다. 그 기별이 서울 하영근 씨 집으로 왔다. 숙자는 태영을 찾아나섰지만 찾아낼 수가 없었다.

"당 본부에도 가고, 해방일보에도 가봤어요. 모두 모른다는 거예요."

"바쁜 사람들이 어디 친절할 여가가 있겠어."

"공산당이 가장 비인간적인 조직이란 걸 안 것만 해도 다행이었어요."

태영은 대답할 말을 찾지 못했다.

하루를 꼬박 찾아다니다가 이튿날 새벽 김숙자는 서울을 떠났다고 했다. 그러니 태영보다 하루 일찍 떠난 셈이고, 태영이 부산에서 묵은 탓으로 숙자는 이틀 먼저 집에 도착한 것이다.

김숙자는 기를 쓰고 며느리 노릇을 한 셈이었는데, 그 심지가 태영은 안타까웠다.

"숙자, 고마워."

태영은 자기도 모르게 숙자의 손을 잡았다. 숙자의 손은 농부의 손처럼 거칠어져 있었다. 불과 며칠 동안 부엌일을 했을 뿐인데 손이 그처럼 거칠어졌다고 숙자는 말했다. 그건 변명이라기보다 자랑에 가까운 말이었다.

아직 햇살이 있고 거리가 가깝기도 해서, 태영은 그날 할아버지의 묘소를 찾았다. 황량한 산과 들을 굽어보는 뒷동산에 할아버지의 무덤이 있었다. 마른 잔디가 듬성듬성한 황톳빛 무덤 앞에 꿇어앉아 태영은 되레 일종의 안심을 얻었다. 낡은 사진과 위패를 보고 느꼈던 허전함이 무덤을 보자 '할아버지는 계신다.'는 존재감으로 바뀐 것이다. 생전의 할아버지도 태영에게 있어 그저 존재한다는 느낌 이상의 것은 아니었다. 비록 무덤의 형태지만 할아버지는 확실히 존재한다는 느낌은 고마운 것이었다. 태영은 다시 한번 할아버지의 말소리를 들었다.

"사람은 보통이면 되느니라."

살아 있던 느낌이 한 덩어리의 무덤이 되었다고 생각하면 슬프지만, 하나의 무덤이 됨으로써 할아버지의 존재가 영구불변한 것으로 정립되었다는 믿음은 위안이 아닐 수 없었다. 그래 태영은 눈물을 흘리지 않고 그 무덤 앞에 꿇어앉아 있을 수 있었고, 비통한 감회 없이 그 무덤을 하직할 수 있었다.

그날 박태영은 오랜만에 아버지와 단둘이 마주 앉아 얘기하는 시간을 가졌다.

태영의 아버지는 아들을 두려워했다. 속되게 표현하면, 고양이가 범 새끼를 낳고 한편 당황하고 한편 두려워하는 그런 심사에 비유할 수 있었다. 매사에 의표를 찌르며 성장하는 아들에 대해 자랑을 느끼기에 앞서 지레 겁을 먹었다고나 할까, 태영의 아버지는 아들에게 한 마디 훈계 비슷한 말을 한 적이 없었다.

꼭 한 번 중학교에서 퇴학 명령을 받았을 때,

"조금만 조심했더라면……."

하고 불평을 토한 적이 있었는데,

"월사금 내지 않고 중학교를 졸업하면 될 게 아닙니까?"

하고 검정 시험을 치를 의향을 태영이 말하며,

"어떻게 하건 군청 서기 노릇보다는 나은 짓을 하고 살 테니까 걱정 마십시오."

하는 바람에 아버지는 다음 말을 잇지 못하고 말았다.

그 뒤 처음으로 단둘이 대면하는 시간을 지금 가진 것이다.

"아버진 면 인민위원회에 나가신다죠?"

"부위원장을 하라 해서 그러고 안 있나."

"저에 대한 체면 때문에 하시는 겁니까, 아버지가 하고 싶어서 하시는 겁니까?"

"……."

"저에 대한 체면 때문에 하신다면 내일에라도 그만두이소."

"체면 때문만은 아니다."

"일제 때 군청 서기를 해서, 보상하는 뜻으로 하시는 겁니까?"

"그런 것도 아니다."

"그러면 그만두십시오. 인민위원회는 좌익 정당의 빛깔을 띠어가고 있는데, 아버진 좌익 운동을 하실 순 없을 것 아닙니까?"

"내라고 해서 못 할 게 있나?"

"앞으로 좌익 운동은 신념 없인 안 될 겁니다. 그저 막연하게 그 노선을 지지한다는 정도의 생각 갖곤 어림도 없을 겁니다. 아버진 인민위원회를 그만두셔야 합니다."

"내가 그만두겠다 한다고 쉽사리 허락해주겠나?"

"자기가 하기 싫으면 그만이지, 누구의 허락이 필요합니까. 아버진 그런 일 그만두시고 편안하게 농사나 지으시지요."

"나도 그런 마음이 없진 않지만……."

"그렇다면 그렇게 결행해야 합니다. 아버진 마음이 약해서 탈입니다. 한 집에서 둘이나 좌익 운동을 할 필요는 없지 않습니까?"

아버지는 묵연히 앉아 있더니 뚜벅 말했다.

"내 생각으론 너도 좌익 운동을 그만두는 것이 좋겠다."

"그만두고 뭣을 하란 말입니까?"

"시대가 정상화될 때까진 가만히 공부나 하면 안 되겠나?"

"그 시대를 정상화시키는 사람이 누군데요?"

"네가 가만히 있다고 동쪽으로 갈 것이 서쪽으로 가겠나?"

"모두가 그런 생각이면 시대가 반동 쪽으로 가고 말겠죠."

"그 반동이니 뭐니 하는 소릴 나는 못 알아듣겠더라. 뭣이 반동이고, 뭣이 반동 아닌 기고?"

"앞으로의 시대의 주인공은 노동자와 농민입니다. 그러니 그들의 이익을 옹호하는 정치 노선은 정당한 것이고, 그와 반대되는 노선은 반동입니다."

"어떻게 하는 기 노동자와 농민을 위하는 노선이고? 좌익들이 반동이라 하는 우익들도 노동자와 농민을 위한다 하지, 위하지 않겠다는 말은 안 하더라."

"정권의 형태와 내용이 문제가 되는 것 아닙니까. 아무리 노동자와 농민을 위한다고 해도 최고의 권력이 부르주아의 손아귀에 있으면 결국 노동자, 농민을 착취하는 기구가 되고 말 거거든요."

"난 잘 모르겠다. 공산당 천하가 돼도 결국 노동자는 노동을 해야만 묵고살 끼고, 농부는 농사를 지어야 묵고살 끼니까."

"그러나 노동자가 공장의 주인을 겸하자는 게 공산당 아닙니까. 농토의 주인은 농민이라야 한다는 게 공산당의 주장 아닙니까. 노동은 하되 착취를 당하진 않는다는 게 사회주의 국가란 말입니다."

"그렇게 되도록 놔두나?"

"그러니까 투쟁을 해야 하는 겁니다."

"누구하고 투쟁을 하는 기고?"

"자본가와 지주, 그리고 그들을 지지하는 자들이죠."

"그들과 싸우기 전에 미 군정과 싸워야 할 것 아닌가?"

"정세가 그렇게 되어가고 있죠."

"그렇게 해서 승산이 있겠나?"

"승산이 있고 없고 간에, 옳은 일을 위해선 싸워야 할 것 아닙니까?"

"그러니까 너는 잠자코 있어달라는 것 아닌가."

"아버지가 인민위원회를 그만두이소."

"네 생각이 꼭 그렇다면 인민위원회를 그만두겠다."

"그렇게 하이소."

"너도 좌익 운동을 그만둬라."

"전 그렇게 할 수 없습니다."

"왜?"

"전 신념 없인 살아갈 수 없습니다. 그런데 실천 없는 신념이란 있을 수 없습니다. 전 내일 죽더라도 저의 소신을 관철할랍니다."

아버지는 물끄러미 아들을 바라보기만 했다. 아들의 고집을 꺾을 어떤 수단도 없다는 것을 그는 잘 알고 있었다. 그러나 다음과 같이 중얼거려보지 않을 수 없었다.

"너까지 포함해서 우리 집안은 사대 독자다. 그러니까 네 입장은 남과 좀 달라. 네게 무슨 일이 있어봐라. 우리 집안은 거기서 끝나는 기라."

그런 관념 자체가 낡은 사상이라고 반박하고 싶었으나 태영은 잠자코 있기로 했다. 아버지의 중얼거림이 너무 애처롭기 때문이었다.

태영이 이틀을 고향에서 묵고 함양읍으로 떠나려는데 하준규가 찾아왔다. 하준규는 태영의 할아버지가 죽었다는 말을 듣고 당일로 문상하고 돌아갔는데, 태영이 왔다는 소식을 듣고 다시 찾아온 것이다.

하준규는 얼굴이 수척해져 있었다. 며칠을 면도도 하지 않은 듯, 구레나룻과 턱수염이 거무스레 얼굴을 덮고 있었다. 그러한 모습 전체에서 몹시 고민하고 있다는 흔적이 느껴지기도 했다. 그러나 말만은 쾌활하게,

"할아버님이 돌아가셨다고 해서 너무 상심하지 마소."
하며 태영의 손을 잡았다. 태영은 자기의 손을 하준규에게 맡긴 채,

"두령님을 만나러 함양읍으로 가려던 참이었는데요."
하고 한동안 말을 잇지 못했다.

'두령님'이란 말에 만감이 포함되어 있었던 것이다.

"내가 오길 잘했지, 태영 군은 함양읍에 나타나지 않는 게 좋아."

원색의 봄

하준규의 말엔 복잡한 사정을 암시하는 냄새가 묻어 있었다.

그날 밤 하준규는 다음과 같은 내용의 이야기를 했다.

공산당은 정수분자精髓分子만으로 당을 만든다는 명분을 세워, 지방의 실정을 전연 모르는 '오르그'(계급 정당·노동조합 등 혁신 단체의 하부 조직을 강화하기 위해 상급 기관에서 파견되는 사람)를 파견해서 그들의 구미에 맞는 사람들로 지방당을 만들었다. 이렇게 해서 당 간부가 된 사람들은 지방의 실정을 왜곡했다. 그렇게 해놓고는 그 모순을 은폐하기 위해 폐쇄성을 더해서 독선적인 조직으로 만들고, 그들 자신의 특권 의식을 가꾸고 있는 형편이다.

"이런 조직으로 혁명을 수행할 수 있겠어? 상부의 명령을 강제하는 건 하향식으로 해도 좋지만, 밑바닥 조직은 민주적이어야 될 게 아닌가."

하준규의 이런 한탄을 듣고 박태영은 깜짝 놀랐다.

"두령님이 함양 군당의 책임자 아닙니까. 책임자가 그런 말씀을 하신다면······."

"나는 군당의 책임자가 아니라 조직책이지."

"책임자라고 들었는데요."

"그건 임시방편이었어. 곧 중앙에서 오르그가 내려와서 개편했지."

"그럼 지금 책임자는 누굽니까?"

"김영세란 사람이지."

"김영세?"

"읍내 사람인데, 한동안 옥고를 치른 적이 있지. 박헌영 당수와 같이 대전 형무소에 있었다더먼."

"그런 사람이 있었어요?"

"있었어."

"감옥살이를 했다는 그 경력으로 군당 위원장이 된 거로구면요."

"그렇지, 그러나 그런 인사를 두고 왈가왈부하는 건 아니야. 그 뒤의 꼬락서니가 아까 내가 말한 대로 되어서 곤란하다는 얘기지."

"노상필 씨의 형인 노정필 씨가 인민위원장이라면서요."

"노정필 씨는 훌륭해. 노정필 씨는 나와 똑같은 고민을 하고 계셔."

"그럼 두 분이 힘을 합쳐 당의 결함을 시정하면 될 것 아닙니까?"

"그랬다간 당장 반동으로 몰리게?"

하준규는 쓰디쓴 웃음을 띠고 또 이런 말도 했다.

"내 목표와 당의 목표가 같다고만 해서 내부의 모순을 그대로 승인하고 나가야 할까? 내부의 모순을 그대로 두면 목표의 달성이 어렵다는 것을 확신하면서도 당이 시키는 대로 해야 할까? 이것이 고민이야. 그래 나는 몇 번인가 당에서 이탈할 생각을 했지. 그러나 내가 입당시킨 당원들을 그대로 두고 나서기도 뭣하고, 그렇다고 전부 이끌고 나가기도 뭣하고 해서……."

"두령님이 입당시킨 당원이란 모두 보광당 당원이겠죠?"

"그렇지."

"모두 몇이나 됩니까?"

"35명."

"어떻든 당을 그만둬선 안 되죠."

"나도 그렇게 생각하고 있지만……."

"그만둘 생각은 마시고 시정해나가도록 해야죠."

"말은 쉽지만 어려운 일이야. 그런데 이런 일이 있었어. 지난달 말경이야. 중앙에서 당을 위해 목숨을 바칠 수 있는 열성 당원의 명단을 확인해서 올리라는 지령이 있었어. 공산당원이면 모두 입당할 때 당을 위해 목숨을 바친다는 서약을 한 처지지만, 객관적으로 판단해야 할 땐 신중을 기해야 할 일 아닌가. 그런데 간부회의를 연 결과 열성당원 150명으로 하자는 의견이 나왔어. 150명이면 당원의 거의 전부야. 그래 내가 말했지. 중앙에서 특별히 열성당원의 명단을 제시하라고 할 땐 그만한 필요가 있어서 하는 거니까 당원 하나하나의 성격과 실적을 조사해서 조금이라도 미심쩍은 사람은 명단에서 빼야 한다고……. 그랬더니 대뜸 반발이야. 조직책으로 있으면서 당을 위해 목숨을 바칠 각오가 돼 있지 않은 당원을 조직했느냐는 거야. 그렇다면 그건 나의 책임이란 기라. 또 이런 말을 하는 자도 있었어. 당원을 신뢰하지 않는 나의 태도는 패배주의라고……."

"그래 결국 몇 명의 명단이 올라갔습니까?"

"150명의 명단이 올라갔지. 내가 보기엔 그 십분의 일인 15명도 당을 위해 목숨을 버릴까 말까 한데……."

"그건 중대한 문젠데요. 당이 무슨 계획을 세우고 그 계획에 필요한 병력을 챙기는 셈으로 그런 보고를 하라고 했을 테니까요."

"그러나저러나 다른 지구의 당도 우리 함양의 사정과 비슷할 테니까, 중앙에선 무모한 계획은 안 하는 게 좋을 끼라."

하준규와 태영은 당에 관한 의견을 솔직하게 털어놓았다. 그런데 그 결론이 자꾸만 비관적으로 흘러가는 데는 어쩔 수가 없었다.

말이 난 김에 태영은 노정필 씨의 태도에 관해 묻고, 이에 대한 하준규의 태도에 관해 물었다. 하준규의 대답은 이랬다.

"노정필 씨는 공산당의 과격한 주장엔 불찬성인 것 같애. 그분은 민주주의에 기반을 둔 통일 정부를 수립하는 게 이데올로기에 앞서 중요하다는 견해를 가지고 있지. 물론 사회주의를 지향하는 태도는 확고해.

그러나 미 군정의 테두리 안에서 가능한 한 합법적인 정치 활동을 하자는 게 그분의 주장이야. 그런 뜻에서 그분은 민주주의민족전선 결성에 커다란 기대를 가지고 있는 것 같애. 그 때문에 노정필 씨는 지금 서울에 가 있어."

태영은 노정필 씨가 서울에 가 있다는 소식을 듣자 '하영근 씨를 만나게 해봤으면…….' 하는 생각이 들었다. 비슷한 성분의 지식인들이어서 서로 통하는 점을 가지고 있을 것이란 짐작에서였다.

태영이 그런 뜻을 말했더니 하준규는

"하영근 씨는 현실에서 도피할 생각만 하는 사람이지만, 노정필 씨는 온건하긴 하나 적극적인 자세를 가진 사람이어서 말이 맞지 않을걸."

화제는 어느덧 박태영 자신의 문제로 번졌다.

박태영이, 노동식이 참여하고 있는 부산 노동조합에서 일하고 싶다는 의향을 비치자, 하준규는 반대했다.

"당에서 떠나면 떠났지, 그렇게 하면 못써. 당을 떠나지 않을 생각이면 어디까지나 중앙에서 버텨야지."

"그렇다면 그 캡이란 놈과 언젠가 결판을 내고 말겠어요. 그렇게 되면 당은 그놈을 두둔할 것이고, 내게 대한 반당 행위자 낙인이 더욱 굳어져버릴 거니까, 그런 판국이 오기 전에 전신轉身을 하고 싶어요."

"그땐 당에서 나와버려. 자기를 그렇게 몰라보는 조직에 무슨 미련이 있어!"

하준규는 결연하게 말했다.

"두령님은 걸핏하면 당을 이탈하라는 뜻을 표명하시는데, 그토록 당에 대해 실망하고 있습니까?"

"지금의 상태로선 70퍼센트쯤은 실망이오. 지금과 같은 전술로는 목

원색의 봄 235

적 달성이 어림도 없어."

"당을 떠나서 어떻게 하시렵니까?"

"마음속의 당에 충실할 도리밖에 없지."

"마음속의 당이라뇨?"

"당은 이런 것이어야 한다는 이상상理想像을 그려놓고, 그 이상상에 맞는 조직이나 클럽을 만들어서 그 조직에 충실하는 거지."

"그런 게 가능할까요?"

"가능 여부는 고사하고, 우선 자기 자신에게나 충실하자는 뜻이지 뭐."

"그러나 두령님, 당을 두고 달리 분파를 만들 수는 없지 않습니까. 그리고 당을 제외하고 사회주의 국가를 만들 추진력이 달리 있을 수 없지 않습니까. 그러니 사소한 일은 참아야죠."

"그러니까 지금 참고 있는 것 아뇨?"

"넉넉잡고 지금부터 일 년 동안만 참아보시죠. 그래도 좋은 싹이 보이지 않으면 그때 결단을 내리죠."

"일 년 동안이라? 좋지. 당이 재건된 지 얼마 되지 않았으니까 그쯤 시간을 두고 검토하는 것도 나쁘지 않지."

"어떻게 되든 우리는 행동을 일치시킵시다. 두령님이 당을 떠나면 저도 떠나겠어요. 노동식 선배도 그런 마음일 겁니다."

"보광당으로 재출발한다?"

하고 하준규는 웃었다. 그러자 자연히 패관산 이야기가 나오게 되었다.

"성 노인은 아직 그곳에 계십니까?"

"계시지."

"그 어른, 고집이 대단하셔."

"늦바람이 나셨는지 어떤 과부와 만나 같이 살고 있어."

"그건 초문인데요."

"지난달 하두 눈이 많이 왔길래, 어떻게 되었는가 싶어 가보았더니만 아주 깔끔하게 살림을 채려놓고 사시더만. 그래 세상이 하 수상하니 또 괘관산으로 들어가야 될지 모른다고 했더니만 펄쩍 뛰시는 거야. 그런 불길한 소리 하지 말라고……. 그러나 곰곰이 생각해보니 그런 꼴이 꼭 있고야 말 것 같애."

그렇게 되면 큰일이란 생각이 없지 않았으나 태영은

"할 수 없죠. 미 군정을 상대로 싸우게 된다면 수단과 방법을 가릴 수 없을 테니까요."

하고 말했다.

"그렇게 될 정세까지 당은 생각하고 있는지 몰라."

하준규는 한숨을 쉬었다. 아닌 게 아니라 공산당의 정세 파악은 너무나 아전인수 격이었다. 신탁 통치를 둘러싸고 노골적으로 소련 일변도로 나가기 때문에 미국의 태도를 경화시키는 결과를 만들고 있다는 사실을 부인할 수 없는데, 그러면서도 인민을 조직하는 당의 힘으로 미군정의 정책을 유리하게 인도하게 될 것이라고 믿고 있는 모양이니 딱했다.

"우리가 너무 경솔했던 것 같애. 권창혁 선생의 충고를 좀더 성실하게 받아들였더라면……."

하준규의 이 말은 공산당에 입당한 사실을 두고 한 것이었다.

"어차피 그렇게 된 것을 어떻게 합니까?"

하고 박태영은 갑자기 하준규의 마음이 그처럼 약하게 된 까닭이 당의 문제만이 아니라 다른 곳에 있는 것이 아닐까 하는 생각에 이르렀다. 그래 이렇게 물었다.

"혹시 걱정거리가 달리 있는 것 아닙니까?"

"달리 걱정거리가 있을 턱이 있소. 당이 문제지."

"당의 일을 그렇게 심각하게 생각하지 맙시다. 아까 말씀드린 대로 일 년쯤 시간을 두고 검토합시다."

"그러기로 했으니까 그렇게 하기로 하지만, 내가 서둘러서 입당시킨 동지들을 생각하니 통 마음이 안 놓여. 당이 성공하지 못할 경우나 미군정과 정면으로 충돌할 경우, 그 동지들의 장래가 어떻게 되겠느냐 말이오. 나는 나 자신의 일이라면 아무런 걱정도 하지 않아. 실패를 하건 어떻게 되건 나 하나의 생명으로 책임지면 되니까. 그러나 나만 믿고 입당한 40명 가까운 동지들을 생각하니 잠이 안 올 지경이라."

하준규는 어떤 예감에 떨고 있는 것이 분명했다. 태영은 그러한 두령을 위로하고 용기를 북돋워주고 싶었다. 그러나 유일한 수단은 당의 장래에 걱정이 없다는 사실을 증명해 보이는 방법밖에 있을 턱이 없는데 태영에겐 그런 확신을 말할 자신이 없었다. 그래 태영은 다음과 같이 말했다.

"두령님, 부산에서 노동식 선배를 만났을 때 생각한 건데, 나는 지금부터 당을 연구하겠습니다. 그 생리와 병리를 캐보겠습니다. 박헌영을 비롯한 간부들의 인간 됨됨이도 같이 연구하겠습니다. 그리고 판정을 나 나름대로 내리겠습니다. 그래서 도저히 당을 신뢰할 수 없다는 판단이 서면 지체 없이 연락하겠습니다. 일 년의 여유를 둘 필요없이 그때 전원 탈당합시다. 그래갖고 새로운 방향을 결정합시다. 그 방향이 발견되지 않으면 보광단으로 고쳐 지리산을 개간하는 작업이라도 합시다. 정치에서 손을 떼고 말입니다."

마음 탓인지 하준규의 얼굴에 화색이 돌았다. 준규는 태영의 손을 잡고 비로소 실토를 했다.

"사실은 박군을 만나 공산당에서 탈퇴하자는 의논을 하려 했소. 35명의 당원이 마음의 부담이 되고, 게다가 박군이 중앙에서 당으로부터 골탕을 먹고 있다는 소식을 듣고 해서 내 딴엔 단단히 각오를 한 거요. 그런데 박군을 만나 여러 얘기를 듣고 보니 그 말을 끄집어낼 수가 없드만. 지금도 내 기분은 당장에라도 당을 그만두었으면 해. 나는 무식하니까 조리 있게 분석하고 비판할 순 없지만, 아무래도 이 조직엔 본질적으로 틀린 데가 있는 것 같단 말야. 인간의 모임에 화기和氣가 없어서야 되겠어? 아무리 졸렬한 군대라도 그 속엔 인간의 모임이란 화기란 게 있을 끼라. 그런데 이놈의 조직엔 전연 그런 게 없거든. 동지들의 약점을 찾을라고 광분하는 기라. 동지들의 약점을 찾아내지 못하면 당원의 자격이 없는 것처럼 모두들 착각하고 있는 기라. 그래도 당의 일을 정직하게 수행하면 봐 넘기기라도 하겠지만, 몽땅 거짓 보고도 예사로 할 수 있는 기라. 실리적인 점이 전연 없는 지금의 형편이 그 꼬라지니, 만일 당이 정권이라도 잡아봐. 그 꼴이 어떻게 될지 생각하면 소름이 끼쳐. 그러나 박군의 얘기를 듣고 나의 결단을 연기하기로 했어. 박군의 명석한 두뇌로 당을 잘 분석해서 하루바삐 판단을 내리도록 해요."

태영은 하준규의 말에 일일이 공감하면서도, 당에서 출생 성분을 중시하는 것은 그만한 이유가 있으리란 짐작을 새삼스럽게 했다.

노동자나 빈농 출신의 당원은 당에 대한 비판이 없다. 당의 명령이면 무조건 받아들이고 의심하지 않는다. 하준규만 해도 부농 출신이고 게다가 인텔리다. 불합리한 당의 처사에 민감하게 반응하고, 그런 나머지 당의 철鐵의 규율을 견디어내지 못한다.

태영은, 당에도 잘못이 있겠지만 하준규의 성급한 태도에도 잘못이 있다고 느끼고 일 년쯤 시간을 두면 피차의 잘못이 수정되지 않을까 하는 막연한 기대를 해보지 않을 수 없었다. 결론적으로 말하면 태영은 당에 대한 연구 결과가 어떻게 나오건 당을 떠날 의사는 조금도 없었다. 그러나 하준규가 굳이 당을 떠나겠다면 자기도 당을 떠날 수밖에 없다는 각오를 다짐했다.

이런저런 얘기가 끝날 무렵 태영은 순이의 안부를 물었다.

"순이는 잘 있어. 지금 야학에 다니고 있는데, 성적이 우수한 모양이라. 가끔 만나기만 하면 홍 도령, 전 도령의 안부를 꼭 묻거든. 잘 모르겠다고 하면 금방 시무룩해져."

"순이를 한번 봤으면 좋겠네요."

"함양읍으로 오면 만날 수 있지만, 박군은 함양읍에 나타나지 않는 게 좋을걸."

"그건 왜 그렇습니까?"

"짐작이 되겠지만, 군당 간부들과 나 사이는 그렇게 좋은 게 아니거든. 그러니 박군이 나타나면 박군과 나를 걸어 무슨 모략을 꾸밀지 몰라. 우리 보광당 조직을 이용해서 우리들끼리 섹트를 만들지 않을까 하고 잔뜩 살피고 있는 터니까."

"섹트를 만들까봐서가 아니라 이미 섹트가 돼 있는 것 아닙니까?"

"그렇다고 볼 수도 있지. 그러나 도리 없는 일 아닌가. 괘관산 출신 도령들이 내 중심으로 행동하는 건."

"도리 없는 일이죠."

함양 군당에 있어서의 하준규의 곤경이 그런 사정으로 해서 더욱 악화되었으리란 건 짐작하고도 남음이 있었다.

3일 후 전주에서 만나기로 약속하고 하준규는 이튿날 함양읍으로 떠났다.

태영의 아버지는 상주가 되었다는 이유로 면 인민위원회의 부위원장직을 사퇴했다.

김숙자와의 혼인 신고가 돼 있지 않아 이번 기회에 하자는 얘기가 나왔으나, 김숙자가 의과대학에 갈 목적이 있다는 이유로 연기하기로 했다.

태영이 숙자를 데리고 떠나는 날 아침, 태영의 아버지는 큼직한 돈 꾸러미를 내놓았다.

"이건 너의 할아버지가 네가 오면 주라고 유언으로 남기신 돈이다. 세어보니 꼭 30만 원이더라. 객지에서 고생이 많을 테니 가지고 가거라."

그러나 태영은 그것을 받지 않았다.

"다 성장한 놈이 집안 살림에 보태주진 않으면서 되레 돈을 가지고 나갈 순 없습니다. 이걸 갖고 소를 사시든지 돼지를 사시든지 해서 살림에 보태도록 하십시오. 제가 필요할 때 달라고 하겠습니다."

그 대신 태영은 하영근 씨에게 선사하려고 곶감을 서너 접 걸머졌다.

"인제 가몬 또 언제 올 끼고?"

하며 슬프게 울던 어머니의 모습이 태영의 망막에 남았다.

태영과 숙자는 서너 재의 동산을 넘어, 땀을 식힐 겸 고갯마루에 풀을 깔고 앉았다. 그 고개를 넘으면 고향 마을이 보이지 않게 된다.

"숙자, 저 마을에서 박태영이 탄생했다는 사실을 기억해줄 사람이 있을까?"

"내가 있잖아요."

"아니, 먼 훗날 사람 말요."

"그러길 원해요?"

"원하는 건 아니지만……."

"원하지도 않는데 왜 그런 말을 하죠?"

"저 마을도 쓸쓸하고 나도 쓸쓸하고 해서."

숙자는 태영의 그런 기분을 알 것 같기도 하고 모를 것 같기도 했다. 단순한 공명심만을 갖고 하는 말은 아닐 것 같았다.

그러나 숙자는 말했다.

"저 마을이 태영 씨 마을이라는 사실을 길이 남기고 싶거든, 톨스토이처럼 되든지 에디슨처럼 되든지 해요. 당신에겐 그럴 소질이 있어요."

"레닌처럼 되어선 안 되는가?"

"레닌? 당신은 레닌이 되길 꿈꾸세요?"

"그러진 않지만, 어쩐지 저 마을을 보고 있으니까 이상한 느낌이 들어."

"할아버지가 돌아가신 충격 때문이겠죠."

"할아버지는 돌아가시지 않았어. 마을 뒷산에 생시적보다 더 뚜렷하게 존재하셔."

"그 말 뜻, 알 것 같애요."

"할아버지는 살아 계실 때도 무덤의 뜻 이상은 가지고 있지 않으셨으니까."

"그건 너무한 말 아닐까요?"

"아냐, 꼭 그랬어. 할아버진 내게 시킨 일도 요구한 일도 없었고, 나를 나무라는 말씀도 없었으니까. 그저 지켜보아 주신 눈이고 마음이었으니까, 지켜보는 눈과 마음이 없어질 까닭이 있어? 그걸 느끼는 내 마음이 있는 한, 언제든 살아 존재하는 거지."

"오늘 당신은 꼭 유심론자 같은 말을 하시네요."

"유심론자?"

"그래요."

"유물론의 철학을 관철하기 위해선 유심론자 이상의 유심론자가 되어야 하는 경우도 있겠지."

"그런 모순이 어딨어요."

"그런 모순이 사람과 세계를 발전시키는 원동력이 되는 거야."

"무슨 소린지 난 모르겠어요."

"서툴게 빨리 알 필요는 없지."

태영은 묵묵히 고향 마을에 시선을 쏟고 있었다.

"여보, 우리 한평생을 평화롭게 살 순 없을까요?"

숙자가 태영의 시선을 좇으며 말했다.

"평화롭게 살고 싶어?"

"응."

"공장의 직공이라도 될까? 이름 없이, 소리 없이 다소곳이 살다가 늙고 시들어 낙엽처럼 지는 인생을 살아볼까?"

"그렇게 되면야 얼마나 좋을까."

숙자는 한숨을 섞었다.

태영은 다시 자기의 생각을 좇는 눈빛이 되었다.

숙자가 뚜벅 말했다.

"우리 집안은 사대 독자라죠?"

"그렇지."

"어머니가 그 말씀을 하시며 우셨어요."

"아버지도 그런 말씀을 하드먼."

"의과대학이구 뭐구 집어치우고 전 애나 낳을까요? 한 다스쯤 낳아

보구 싶어요."

"쓸데없는 소리."

하고 태영이 일어섰다.

"어째서 쓸데없는 소리유? 전 저 마을로 돌아가고 싶어요. 당신을 데리고……. 마을에 가서 농사나 짓구, 애나 낳을래요."

태영이 고갯마루를 내려가기 시작했는데도 숙자는 그 자리에 서서 태영의 등을 향해 이렇게 외쳤다.

뒤돌아보지도 않고 태영이 말했다.

"나는 저 마을로 돌아갈 수도 없고, 내 진로를 바꿀 수도 없어. 마을로 돌아가고 싶거든 혼자나 돌아가소."

숙자의 눈에서 와락 눈물이 쏟아졌다.

무슨 까닭인지 숙자는 마을로 돌아가야 한다는 충동을 강렬하게 느꼈다. 그러나 발걸음은 태영의 뒤를 쫓고 있었다.

박태영이 서울로 돌아오자 뜻밖의 일이 기다리고 있었다. 민전 사무국民戰事務局에서 근무하라는 지령이었다. 민전 사무국장은 이강국이다. 이강국은,

"특별히 당에 요청해서 박 동지를 민전 사무국으로 데리고 왔으니, 기대에 어긋나지 않게 일하라."

라는 당부와 함께,

"내 명령 이외엔 누구의 말도 듣지 마라."

라고 못을 박았다. 박태영이

"위원장이나 부위원장이 직접 명령하는 일이 있으면 어떻게 합니까?"

하고 물었더니,

"모든 명령과 지시는 사무국을 통해서 나가게 되어 있으니, 사무국장인 나를 통하지 않는 명령이나 지시는 무시해도 좋다."
라고 하고,

"만일 그런 일이 있으면 즉시 내게 보고하라."
라고 했다.

민전 사무국 요원으로 발탁되자 숙소는 태영이 임의대로 정해도 좋다는 허락이 내려졌다. 최저한도의 생활비는 이강국 자신이 지급하겠다는 것이어서, 태영에겐 그 이상 반가운 일이 없었다.

이 일이 결정되자 태영은 명륜동으로 하영근 씨를 찾아갔다. 숙소를 그곳으로 정했으면 하는 생각도 있고, 공산당을 연구하는 데에 하영근과 권창혁의 도움이 필요하지 않을까 하는 생각도 있어서였다.

박태영의 당에 대한 태도는, 하준규와의 약속이 있기도 해서, 상당한 변화가 있었다. 최선의 방법으로 공산당을 연구하겠다고 각오한 것이다. 즉, 이념으로서의 공산당은 신성한 것이지만, 현실로서의 공산당은 시행착오를 거듭하고 있으니 철저한 분석과 비판의 대상이 된다는 입장을 태영은 채택하기로 했다. 태영이 이런 설명을 하고,

"공산당을 떠날 것을 전제로 하고라도 객관적이며 과학적인 공산당 연구를 하겠습니다."
라고 덧붙이자, 하영근 씨는 근래에 드문 반가운 소식을 들었다면서 다음과 같이 말했다.

"공산당 연구는 생각보다 어려울 게다. 일본인을 비롯한 반공 계열 인사가 쓴 비판은 목적 의식 때문에 왜곡된 부분이 많고, 공산당원 자신들이 쓴 기록도 목적 의식 때문에 사태를 왜곡하고 있다. 그런 왜곡된 문서를 통해 진상을 파악하려는 노력이 쉬울 까닭이 있겠나."

그러면서 하영근 씨는 재미있는 예를 하나 들었다.

"혁명 전 러시아 공산당의 당수는 알렉산드 슐리아프니코프란 사람이야. 레닌이 아니었어. 혁명 초기 러시아 공산당 중앙위원회 멤버는 거의 망명 지식인들이었는데, 슐리아프니코프만이 노동자 출신이었어. 그런데 이 사람은 혁명이 성공한 얼마 뒤에 반당 행위자로 몰려 감옥에서 처형되고 말았지. 오늘날 볼셰비키 당사黨史를 보니 그의 이름은 전부 말살되었어. 러시아 혁명을 성공 단계에까지 이끈 당수가 육체와 함께 이름까지 말살되었으니, 공산주의자는 역사 자체마저 위조한다고 할 수 있지 않은가."

"아무리 그럴 수가 있겠습니까?"

태영이 분연한 표정으로 말했다.

"이 사람아, 내가 거짓말을 하는 줄 알아?"

하고, 하영근 씨는 두툼한 러시아 책을 서가에서 꺼내와서 박태영 앞에 펴놓았다.

"지난달 권창혁 씨가 이걸 구해왔어. 이북에 있는 친구에게 부탁해서 입수한 모양이야. 자넨 러시아어를 모르니까 이 볼셰비키 당사를 읽을 수 없겠지만, 나는 권창혁 씨의 도움으로 이 첫 부분을 읽었단 말이네. 그런데 아무리 찾아도 슐리아프니코프의 이름이 없어."

"선생님은 슐리아프니코프의 이름을 어디서 알았습니까?"

하영근 씨는 다시 일어서더니 트로츠키의 러시아 혁명사 영역본을 꺼내놓았다.

"대조해보려고 이 책을 진주에서 가져오랬지. 보라구."

하고 하영근 씨는 권말의 색인을 펴고 그 가운데 있는 슐리아프니코프의 난을 가리켰다. 거긴 슐리아프니코프란 이름과 더불어 그에 관한 기술記述이 있는 페이지 숫자가 제시되어 있었다. 제1장에만 해도 43페이지를 비롯해 여덟 번의 빈도로 나타나고, 제2장에선 두 번, 제3장에선 세 번.

"이처럼 트로츠키의 혁명사엔 뚜렷이 나와 있어. 트로츠키는 이 책을 객관적으로 쓰기 위해 자기 자신의 일도 삼인칭으로 썼을 정도야. 그리고 트로츠키가 없는 사람을 날조할 까닭이 없어. 그런데 트로츠키의 책엔 이처럼 명시되어 있는 사람이 어떻게 해서 볼셰비키 당사엔 흔적도 없는가 말야. 슐리아프니코프는 분명히 볼셰비키이기도 했는데……. 이런 예로 미루어, 소련에서 나오는 공식 문서가 얼마나 엉터린지 알 수 있잖아? 공산당 연구의 뜻은 좋지만 성과를 얻긴 힘들걸세. 그러나 이왕 마음을 먹은 것이니 힘껏 노력해보게. 문헌 같은 건 권창혁 선생을 통하든지 해서 내가 입수해줄 테니까."

실증을 보니 태영은 약간 얼떨떨했다. 뒤에 반당 행위를 했기로서니, 초기의 기록까지 없애버릴 필요는 없지 않은가.

"전 조선공산당 연구부터 할 작정입니다."

하영근 씨는 그 일에도 응분의 협조를 하겠다고 약속했다.

태영은 이어 민전 사무국에서 일하게 되었다는 사실을 알리고, 당분간 명륜동에서 기거했으면 하는 희망을 말했다.

하영근 씨는 두말없이 승낙했다. 그리고 덧붙였다.

"숙자 씨와 같이 거처하면 되겠지?"

"그건 안 됩니다. 숙자는 의과대학에 들어가야 하니까요. 결혼 생활은 숙자가 의과대학을 졸업할 때까지 미룰 작정입니다."

"그럼 권창혁 씨 방 윗방으로 하지."

하영근 씨는 이렇게 말하고 곧 하인을 불러 그 방을 청소하고 불을 지피라고 일렀다.

민전 사무국의 일은 복잡한 것 같으면서도 심심할 정도로 일이 없었다. 이강국의 말 이외의 말은 안 듣기로 되어 있는데, 이강국이 민전 사무국에 나타나는 것은 이틀에 한 번 꼴이었다. 그것도 두 시간 정도 머무는 것이 고작이었다. 게다가 그에겐 비서가 두 사람이나 있어 개인적인 용무를 맡을 일도 없거니와, 박태영이 맡은 일은 민전 사무국 일로 엄격하게 제한되어, 이강국이 사무국을 떠나고 나면 무료히 책상을 지키는 일밖에 할 일이 없었다. 그뿐만 아니라 3개 정당과 53개 사회단체를 묶어 백수십 명의 간부로 이루어진 단체이고 보니, 덩치가 큰 매머드의 꼴이 되어 기동력이 전연 없었다.

결국 지금까지 공산당의 이름으로 발표한 구호와 선전문을 민전의 이름으로 한다는 절차상의 변동이 있었을 뿐이었다. 이를테면 당이 결정한 것을 집행 위원회에 걸면 그대로 형식적으로 통과되고, 통과된 안건은 사무국의 간단한 절차를 밟아 조직부니 선전부니 문화부니 하는 곳으로 넘어가기 때문에, 사무국 요원 박태영은 일을 하려고 해도 할 일이 없었다.

사무국 요원은 박태영 외에 십여 명이 있었는데, 박태영과 똑같은 처지여서, 처음 며칠은 사무실에서 서성거리더니 조금 지나자 모두들 어디론지 흩어져버렸다. 그래서 어떤 날은 박태영과 전화를 받는 사환, 둘이서 사무실을 지킬 때도 있었다.

그런데도 민주주의민족전선은 대외적으론 제법 활기를 띠는 것 같은 인상을 주었다. 해방일보, 인민일보 등 좌익 계열의 신문이 매일처럼 민주주의민족전선의 기사를 제1면에 대서특필하기 때문이었다.

박태영은 환멸이 컸다. 민전이 소기의 목적을 달성하려면 그야말로 전선다운 긴밀한 결합체로서의 결집력과 기동력을 가지고 있어야 하는데, 허울만 좋은 개살구 격이었던 것이다.
　그러나 박태영은 민전 사무국에 있었기 때문에 많은 사람을 알게 되어, 공산당을 연구하는 데 알맞은 발판을 마련할 수 있었다.
　그 무렵 박태영은 박헌영에 관한 다음과 같은 일화를 들었다.
　1925년 11월경 박헌영이 일본 경찰에 체포되었다. 당시 박헌영은 공산청년동맹의 책임 비서였다.
　그때는 예심법이란 것이 있어, 철저한 조사를 한다는 명분으로 몇 해이건 재판도 하지 않고 감옥에 넣어 썩힐 수 있었다. 그래서 박헌영의 재판은 체포된 지 2년 만인 1927년 9월에야 개정되었다.
　이때부터 박헌영은 미친 사람인 척했다. 감방의 벽을 향해 엉뚱한 소리를 지껄이기도 하고, 사람을 보면 겁에 질린 듯 숨는 흉내를 내는가 하면, 갑자기 싱글벙글 웃어젖히며 침을 질질 흘리기도 했다. 드디어 그는 감방 내에서 자살을 기도하기도 했다. 자살을 못 하도록 수갑을 채워놓으면, 수갑을 찬 채 전신을 벽에 부딪쳐 온몸을 피투성이로 만들었다. 할 수 없이 독방으로 옮겨놓았더니, 똥을 손으로 이겨 벽에 바르기도 하고, 주는 밥은 먹지 않고 똥을 '맛있다.'며 먹기도 했다.
　이에 이르러 재판부는 그를 보석했는데, 보석 중에 틈을 타서 국경을 넘어 블라디보스토크로 도망쳐버렸다.
　이 얘기를 들려준 사람은 이현상의 사위 윤씨였다. 윤씨는 '당을 수호하고 조국 독립을 달성하기 위한 영웅적인 행동'이란 주석까지 붙여 박헌영의 이 양광투쟁佯狂鬪爭을 극구 찬양했지만, 박태영은 생각이 달랐다. 그래서 윤씨가

"영웅적인 투쟁 아닙니까?"
하고 의견을 물었을 때 태영은
"상상도 못 할 일이구면요."
하면서도 속으론, '영웅적인 투쟁이 아니라 미친 개 같은 행동이군.' 하고 중얼거렸다. 똥을 주워 그것을 손으로 집어 벽에다 바르는 행위도 뭣한데 그것을 먹었다 하니, 악돌이 같은 사람일진 모르나 영웅의 풍모와는 거리가 멀다는 생각이 들었다. 영웅이기엔 누군가의 말마따나 '미학이 방해를 하는 것'이다.

많은 공산당 간부들이 투옥되어 더러는 죽기도 했지만, 대부분은 옥고를 견디고 너끈하게 해방되었다. 일본의 도쿠다 규이치, 시가 요시오, 미야모토 겐지 들은 십여 년의 감옥 생활을 하고 나와 영웅적인 환영을 받지 않았던가. 그들이야말로 진실한 영웅인 것이다.

진실한 뜻의 영웅이나 지사는 어떠한 난경도 인간으로서의 품위와 위신을 지니고 극복해야 한다. 똥을 벽에 바르고 먹고 하는 것은 목적이 어디에 있건 인간으로서의 품위와 위신을 짓밟는 행동이다.

태영은 그 일화가 사실이라면, 도리 없이 당수로서의 그의 명령에 따를망정 존경하진 않겠다고 다짐했다.

그러자 문득 '일본의 재판관들이 박헌영의 보석을 결정한 것은 박헌영의 양광에 넘어간 것이 아니라, 양광이건 뭐건 그렇게 저열할 수 있는 인간에겐 재판을 할 가치도 없다고 판단했기 때문이 아닌가.' 하고 추측해보기도 했다.

그 얘기를 들은 날 밤, 태영이 하영근과 권창혁이 있는 자리에서 이와 같은 감상을 말했더니, 권창혁이 빙그레 웃으며 한 말은 이랬다.

"그 사실만으로도 박헌영은 가장 공산주의자다운 공산주의자라고 할 수 있지 않은가. 공산주의자가 되려면 수단과 방법을 가리지 않는 태도에 철저할 줄 알아야 한다. 인간의 품위니 위신이니 하는 것은 공연한 사치라고 생각하는 것이 그들의 신념이다. 필요에 따라선 개같이 될 수도 있고 돼지같이 될 수도 있다는 증거이기도 하다. 박헌영의 그러한 태도에 갈채를 보낼 수 없다면, 박군은 그 사실만으로도 공산당원으로서의 결격을 표명한 셈이다."

하영근 씨는 한 마디의 말도 없었다.

권창혁이 이어 말했다.

"박헌영뿐 아니라 공산당에 관해 알고 싶거든 김철수金徹洙 씨와 접촉해보게. 그분도 민전의 간부인 모양이니 쉽게 접촉할 수 있을 거라."

"똥 먹었다는 얘기를 들으니 흥미가 없어지네요."

하고 태영은 자기 방으로 돌아왔다. 그리고 일기에 다음과 같이 썼다.

'내가 생각하기론, 박헌영 씨는 모범적인 공산당 투사는 될지 모르나 당수가 될 사람은 아니다. 당수라고 하면, 인간으로서의 위신을 충분히 지키며 투쟁을 일관할 수 있는 역량을 가진 사람이라야 한다. 옥살이를 피하기 위해 똥을 먹은 사람을 조선공산당의 당수로 모시게 된 것은 조선공산당의 불행이 아닐까. 당수는 과학적인 분석의 대상이기에 앞서 상징적인 의미를 가지고 있는 것이다……'

북조선에선 토지개혁이 완수되었다는 소식이 날아들었다. 몰수한 토지는 백만여 정보, 무상 분배의 혜택을 받은 농가의 수는 71만 호.

해방일보와 인민일보는 이 기사를 대서 특필했다.

민전은 이 기사를 미끼로 대대적으로 농민을 선동 고무할 계획을 세웠다. 이 계획에 곁들여 미소 공위에 대한 대책을 결정하기 위해 민전 중앙위원회의 개최를 서둘렀다. 1946년 4월 중순의 일이다.

박태영은 그러한 어느 날 민진 사무국에서 이강국의 구두 지시를 받아쓰고 있었다. 그 요지는, 북조선에서 실시된 토지개혁의 내용을 밝힘으로써 남한의 농민이 부러워 못 견디도록 하는 선전 선동문을 써보는 것이었다. 그 일이 끝났을 때, 박태영이 이강국에게 물었다.

"박헌영 당수가 똥을 먹었다는 것이 사실입니까?"

이강국은 공산당 간부 가운데서 두드러지게 몸치장에 신경을 쓰는 사람이기 때문에, 그만한 결벽을 지닌 사람이 그 똥 먹은 일화에 어떻게 반응하는가를 보고 싶었던 것이다.

"그만한 어른이니까 우리의 당수로 모신 게 영광 아닌가?"

이강국의 첫 대답은 이랬다.

"그러니까 어떻습니까, 당수의 공적을 널리 선전하기 위해서라도 그 일화를 해방일보 같은 데 소개하는 것이 좋지 않을까요?"

이강국은 대답이 없었다.

"해방일보에서 안 하면 제가 다른 신문에 그 사연을 투고라도 하고 싶은데 당이 용서해주겠습니까?"

하고 태영이 거듭 물었다.

"그건 안 하는 게 좋을 거야."

"왜 그렇습니까?"

"미국놈들이 있잖나. 미국놈들이 그걸 읽으면 어떻게 생각하겠나. 앞뒤의 사정은 빼버리고 똥 먹은 사람으로 선전 재료를 삼지 않겠나."

이 대답을 할 때의 이강국의 표정은 분명히 찌푸려져 있었다.

그런 일이 있고 얼마가 지나 태영은 김철수란 노인과 환담할 시간을 가졌다. 김철수는, 조선공산당의 역사를 알고 싶다는 태영의 희망을 순순히 받아들였다. 그런데 태영이 '박헌영 당수의 경력을 말할 때 똥 먹은 장면은 빼는 게 좋지 않을까.' 하는 의견을 말하자, 김철수는 망설임 없이 말했다.

"그걸 빼면 어떻게 돼. 박헌영이 공산당 운동을 했다고 하지만 그건 모두 물거품처럼 돼버렸고 똥 먹은 사실이 유일무이한 그의 공적일 텐데 그걸 빼버리면 뭣이 남겠어."

모처럼 시작한 박헌영 연구의 벽두에 똥 먹은 얘기가 나왔다는 것이 태영에겐 우습기도 하고 우울하기도 했다. '똥 먹은 사람을 당수로 모신 조선공산당'이란 아무래도 유쾌한 제목이 될 수 없었던 것이다.

1946년 4월 18일 미소 공동위는 성명 제5호를 발표했다. 이 성명은 미소 공동위가 협의의 대상으로 지정할 수 있는 정당·사회 단체의 자격을 밝힌 것이다. 그것은 청원서에 서명해야만 협의의 대상으로 하겠다는 것인데, 그 청원서의 요지는 이랬다.

1. 우리는 모스크바 삼상회의 결의문 중 조선 문제에 관해 제1조에 밝힌 바와 같은 그 질의의 목적을 지지하기를 선언한다.
2. 우리는 임시정부 조직에 관한 삼상회의 결의문 제2조 실현에 대해 공동위원회 결의를 고수한다.
3. 우리는 공동위원회가 임시정부와 함께 제3조에 표시된 신탁 통치에 관한 제안을 작성하는 데 협력하기로 한다.

언뜻 보면 반탁을 주장해온 정당, 또는 사람들에겐 치명적인 성명이었다. 아니나 다를까, 우익 진영은 이 성명 때문에 야단법석을 떨었다. 청원서를 내야 하느냐, 안 내야 하느냐가 시비의 초점이었다.

한편 좌익은 기고만장했다.

"그럼 그렇지."

"지금부턴 우리 세상이다."

"그까짓 반동놈들 꼴좋다."

"아무렴, 우리의 우방 소련의 실력은 대단해."

"천치 같은 미국놈들, 즈그가 무슨 재간으로 우리 소련 친구들에게 대항할 수 있겠는가?"

이처럼 지껄여대고 축배를 드는 등 소동이 벌어졌다.

이와 같은 여론을 반영한 듯, 좌익 계열의 정당과 단체는 각기 앞을 다투어 성명했다. 조선청년총동맹은

"제5호 성명은, 최근 소미 공위의 결렬을 선전하고 그릇된 것을 선동하는 반동분자에 대해 최대의 충격을 준 것이다. 우리 청년은 앞으로 더욱 소미 공동위원회와 보조를 같이해 민주주의 임시정부 수립에 전력을 다할 것이다."

하고 기염을 토했고, 조선과학자동맹은

"공동성명 제5호를 우리는 전면적으로 지지한다. 반민주주의자, 반탁 운동자를 적극 배제하기 위해 투쟁할 것을 성명한다. 반민주주의 지도자 김구, 이승만, 안재홍, 김성수, 장덕수 등 기만적 지도자에게 속은 인민은 용감하게 그 사상에서 해방되어 민전에 참가하기를 요청한다."

라고 했고, 학생통일촉진회는

"제5호 성명을 지지하며, 임시정부 수립에 학생들도 적극적으로 노력한다."

라는 메시지를 미소 공위에 전달했다.

이러한 가운데 5월 1일 우익계 정장 20개가 일제히 청원서를 제출했

으니, 좌익들의 기세는 알아볼 만했다.

이러한 정세를 풀이하면서 이강국은 득의만면했다. 민전 사무국에 나타나서 거의 두 시간 동안 장광설을 휘두르고, 조선은 공산당의 수중에 들어간 것이나 마찬가지라고 뽐냈다.

"조선 인민의 벗은 소련이다. 한 사람 한 사람이 의욕과 포부에 차 있다. 그 의욕이란, 약소민족을 해방하겠다는 의욕이다. 그 포부란, 세계 어느 곳에서든 인민민주주의를 수립하겠다는 포부다. 이에 비하면 미국인들은 아무것도 아니다. 기껏 자기 자신의 안일과 행복을 추구할 뿐이다. 자본주의의 추구라는 것을 잘 알고 있기 때문이다. 의욕이 있을 수 없다. 포부도 있을 수 없다. 그들은 자기들의 처지를 누구보다도 잘 알고 있다. 그러니 소련의 명분 앞에 굴할 수밖에 없다. 소미 공위의 행방은 뻔하다. 소련의 주장이 그대로 통할 것이 뻔하다. 우리의 앞날엔 이로써 탄탄대로가 열린 셈이다. 그러나 탄탄대로라고 해서 안심해선 안 된다. 운전수는 위험한 길에서보다 탄탄대로에서 사고를 낸다."

그래놓고 이강국은 금일봉을 내던지며
"젊은 동무들, 이걸 갖고 오늘 밤 축배나 올리게."
하고 떠났다.

박태영은 술자리에 끼지 않고 혼자 거리를 헤맸다. 거리를 헤매면서 생각하고 싶었다. 지도자로서 받들고 있는 이강국이 그처럼 흥분할 정도로 기뻐하는 것이 아무리 생각해도 납득이 되지 않았다. 미소 공위 제5호 성명은 그 공위의 파탄을 자초하는 성명이라고 보았기 때문이다. 그 성명을 근거로 청원서를 낸 우익 정당은 '반탁은 자유'란 보장을 하지 중장으로부터 받고 일단 청원서만은 제출해보자고 한 사람들일 뿐, 미소 공위에 동조하는 사람들이 아니란 사실을 태영은 잘 알고 있었다.

태영이 잘 알고 있는 사실을 이강국이 모른다면 이는 터무니없는 얘기가 된다. 태영은 또, 미국이 그런 공동성명을 낸 동기에 대해 생각해봤다. 얼마만 한 우익 단체가 그 정도의 청원서를 내는가를 측정해보기 위해서인지도 모른다고 생각해봤다. 미국이란 나라는 이강국이 생각하는 대로 그렇게 단순한 나라가 아니며, 공위에 참석한 미국의 대표들이 그렇게 호락호락하진 않을 것이란 짐작도 있었다.

박태영은 지난 3월 18일을 회상했다.

그날 오후, 그는 서울역 앞에 있었다. 미소 공위의 소련 대표들을 환영하기 위해 모인 사람들 틈에 끼여 있었던 것이다.

민전 대표 강진姜進, 공산당 대표 권오직權五稷, 중앙인민위원회 대표 최익한崔益翰, 문학가동맹 대표 임화, 문화단체총연맹 대표 이태준 등의 얼굴이 보였다.

박태영은 복잡한 심정으로 이 대표들의 환영 연설을 들었다. 공산당 대표 권오직의 연설은, 미천한 종이 상전에게 아첨하는 것 같은 느낌마저 풍겼다.

"……세계 노동 인민의 벗이며 인류의 태양이며 우리 약소국 국민의 해방의 은인이신 스탈린 대원수의 명령을 받들고 먼 길 멀다 하지 않고 오신 스티코프 사령관 각하의 호의에 감사하오며, 우리는 열성적, 열광적으로 환영하는 바이옵니다……."

심한 수사는 진실로부터 멀어져 결코 과학적일 수 없다는 사실을 알고 있을 어른들이, 그리고 말끝마다 과학적 사회주의를 들먹이는 어른들이 왜 저 꼴일까 싶어 한숨이 저절로 나왔다.

"조선 인민의 우방 소련 만세!"

"위대한 스탈린 대원수 만세!"

"소미 공위 만세!"

"우리의 벗 스티코프 장군 만세!"

박태영은 목청이 터지게 부르는 만세 소리에 창화하면서도 왠지 허망한 감정이 스며드는 걸 어쩔 도리가 없었다. 그것은, 펑크 난 고무공에 아무리 바람을 넣으려고 해도 금방 새어나가버리는 꼴과 흡사했다.

소련 대표 일행이 미군이 영접하는 차를 타고 숙소로 떠난 뒤 군중은 해산하기 시작했다. 어느 단체인지, 그대로 데모에 들어가는 패도 있었다. 「해방의 노래」를 부르며 행진하는 그들의 모습을 보며 박태영은 '나는 가혹하게 자기비판을 해야겠다.'라고 생각하고 입을 악물었다.

태영은 그 길로 조선공산당 중앙위원회란 기치가 커다랗게 드리워진 공산당 본부 앞을 지나 충무로 쪽으로 걸어 어느 한적한 다방을 찾아들었다. 그 다방 한쪽 구석에 자리를 잡아 차를 시켜놓고 태영은 자기비판을 시작했다. 태영의 첫째 자기비판은 다음과 같았다.

'내겐 분명히, 소미 공위의 실패를 원하는 마음이 한 가닥 있다. 지금 당은, 민전은 한결같이 소미 공위의 성공을 바라고, 그럼으로써 인민의 나라를 만들어야겠다고 서둘고 있는데 나는 소미 공위의 실패를 원하는 마음을 한 가닥이라도 지니고 있다니……. 그 원인이 뭣일까. 기왕 나는 신탁을 반대한 적이 있다. 그래서 당으로부터 근신 처분을 받았다. 그 처분에 대한 불만이 내 가슴속에 도사리고 있어, 소미 공위가 실패하길 바라는 바탕이 되어 있다. '보아라. 신탁 통치는 불가능하지 않으냐. 불가능한 신탁 통치를 지지하고 나선 것이 본래 틀린 일이 아니냐.' 이렇게 당 지도부에 익살을 퍼붓고 싶은 저의가 있는 것이다. 그렇게 해서 나의 견식을 뽐내고 싶은 것이다. 내가 자기비판을 해야 할 점은 바로 이 점이다. 나는 당에 대해 마음속으로 커다란 죄를 지었다. 나는 나의 추잡한 소아小我를 버리고 당의 방향에 내 방향을 일치시켜야 한다. 결단코 나는 나를 용서해선 안 된다. 그런 맹세를 하기 위해 손가락을 한 개 잘라버릴까! 그러나 그건 너무나 자멸적이고 소극적인 행동이다. 나의 너절한 심리를 당에 그대로 보고해서 처벌을 청해볼까? 그러나 그랬다고 해서 문제가 해결되는 것은 아니다……'

박태영은 이마에서 기름땀이 솟았다. 곤봉이나 가죽 채찍에 실컷 두들겨 맞았으면 후련하겠다는 생각마저 들었다.

'둘째로 반성할 것은 당에 대해 품고 있는 회의다. 약간의 시행착오는 있을망정 당의 목표는 옳다. 당의 강령은 옳다. 그런데도 나는 몇몇 상급 당원에 대한 감정으로 당 전체를 비방하려는 마음의 경사를 가졌다. 이러한 소지가 있었기 때문에 당은 내게 근신 처분을 명했고, 윤이나 장 등 상급자들이 나를 백안시한 것이다. 나는 그들로부터 어떤 멸시를 받아도 좋다. 원래 당원으로서의 수양이 모자랐으니까……'

이렇게 몇 시간을 앉아 있었는지 모른다. 그런데 그렇게 앉아 있는 태영의 몰골이 사나웠던지, 다방의 레지 한 사람이 태영의 표정을 살피며,

"손님, 어디 편찮으신 거 아뉴?"

하고 빈정대는 투로 묻기까지 했다.

이런 물음에 대꾸하진 않았으나 태영은 속으로 중얼거렸다.

'그렇다. 분명히 나는 지금 편찮다.'

그런데 미소 공위는 태영의 눈엔 엉뚱하게 진행되고 있었다.

미소 공위 제1차 회의는 3월 20일 오후 한 시에 덕수궁에서 열렸다.

하지 중장의 인사는 '미·소의 대표가 한국의 앞날을 위하는 이 회의에서 보람 있는 합의가 이루어지길 바란다.'는 극히 의례적인 것이었다.

그런데 소련 대표 스티코프의 연설은 서두부터 짙은 정치색을 띠었다.

"……조선 인민은 민주주의 제 정당과 사회단체의 합의를 바탕으로 해서 민주 자치 기관인 인민위원회를 만들었다. 그런데 전 조선 인민의 생활을 민주화하는 과정엔 많은 난관이 가로놓여 있다. 이 난관들은 민주 제도 확립을 방해하려는 반역자, 모든 민주주의적 분자들의 폭행으로 말미암아 생겨난 것이다. 앞으로 수립될 민주주의적 조선 임시정부는 모스크바 삼상회의의 결정을 지지하는 민주주의 제 정당과 사회단체를 망라해서 창건될 것이다……."

스티코프는 이 연설에서 반탁 진영, 즉 우익 정당을 제외하고 임시정부를 수립할 것이란 소련 측의 의향을 명시한 것이다.

공산당을 비롯한 민전 산하의 제 정당, 사회단체는 이 연설을 적극적으로 환영하고 지지했다. 해방일보는 사설에 다음과 같이 썼다.

"……소련 대표 스티코프는 양국 공동 위원회의 행동 강령이라고 할 만한 구체적 조건을 보여주었다. 전체의 정신은 진정한 조선 민주주의 진영에 대한 절대적 지지를 표명했다. 오늘 조선에는 반동적 반민주주의파의 민주주의 제도를 파괴하는 운동이 있다고 지적했는데, 반동분자들은 간장이 써늘해질 것이요, 낯짝이 화끈할 것이다. 우리 당에서는 이번 소미 공동위원회를 도와서 모스크바 삼상회의의 결정에 근거해 조선 문제를 해결하기에 협력할 것이요, 반동적 반민주주의 분자의 책동을 물리치고 모든 민주주의자들과 보조를 같이해나갈 것을 굳게 맹세한다."

박헌영도 자기의 소감을 밝혔다.

"스티코프의 연설은 민주주의 진영에 큰 힘을 주었다. 우리가 지금까지 주장한 것이 모두 옳았다는 것을 말해준 것이다. 중간에 서서 '좌우익이 다 같이 잘못이 있으니 덮어놓고 통일하자.'고 알선하는 소위 중간파들도 오늘에 와서는 반성하고 자각이 있어야 한다. 두 나라 대표 중 한 분이 우연히 우리와 일치된 견해를 가지고 있다는 것을 발견하고 우리는 마음 든든한 자신을 얻었다."

이렇게 당수와 당은 스티코프의 연설을 환영했다. 그런데 박태영은 불길한 예감을 가졌다. 권창혁의 말을 빌리지 않더라도, 공동위원회는 상대방이 있으니까 공동위원회인 것이다. 만일 소련 측이 반탁 진영의 정당을 협의 대상으로 안 한다면 미소 공위는 벽두에서 결렬된 것이나 마찬가지다. 태영의 눈엔 그게 뻔했다.

그런 까닭으로 5호 성명이 나오자 당은 더욱 기뻐했는지 모른다. 그러나 그건 공위 결렬의 책임을 미군 측이 짊어지기 싫은 데서 나온 고육지책일 뿐, 성공의 단계를 연 것은 아니었다. 박태영이 이러한 인식을 갖게 된 것은 물론 권창혁의 영향 때문이었다. 그렇지만 이승만과 김구를 둘러싼 세력과 미 군정청의 동향을 조금이라도 관찰하는 눈을 가진 사람에겐 너무나도 선명히 그 결과가 내다뵈는 사태였다.

박태영은 진심으로 고민했다. '소미 공위에 모든 운명을 맡긴 듯한 당이 만일 공위가 결렬되는 마당에는 어떻게 처신할 것인가?' 해서였다.

당수 박헌영은, '반동분자들은 간장이 써늘해질 것이고, 낯짝이 화끈할 것'이라고 했는데, 과연 누구의 간장이 써늘해지고 누구의 낯짝이 화끈할지 모를 일이란 생각은 정말 괴로웠다.

그런데 일은 박태영의 그런 걱정을 비웃는 듯 순조롭게 진행되어갔다. 3월 21일의 제1호 성명, 3월 23일의 제2호 성명에 이어 3월 29일의 제3호 성명은 제법 구체적인 합의점을 제시했던 것이다.

공동성명 제3호로써 미소 공위는, 모스크바 결정의 제2항, 즉 '정당·사회단체와의 협의에 의한 임시정부 수립'을 제1단계로 하고, 제3항, 즉 '임시정부 참여하의 4대국 신탁 통치 협약의 작성'을 제2단계로 삼아, 순차로 그 실천을 기하기로 한다는 뜻을 밝혔다.

공산당을 비롯한 민전 산하의 각 단체는 이 3호 성명을 환영·지지하는 시민대회를 서울운동장에서 열기까지 했는데 드디어 제5호 성명이 나왔으니, 공산당 정권이 눈앞에 있는 것처럼 착각한 것도 무리가 아니었다. 당시의 사정을 보다 자세하게 알기 위해서 김남식 씨의 『남로당 연구』 가운데서 인용해보면 다음과 같다.

민전 중앙위원회 제2차 회의는 4월 20일 서울 견지동 시천교 강당에서 열렸는데, 공위 제5호 성명이 발표된 직후였기 때문에 임시정부 수립 문제가 토의의 초점이 되었다. 회의는 상오 11시 이강국의 사회로 시작되었다. 중앙위원 389명 중 299명이 참가했다. 개회사에서 김원봉은 회의의 목적을 다음과 같이 밝혔다.

"소미 공동위원회에서 민주주의 임시정부 수립 문제가 구체화되고 있는데, 임시정부 수립으로 모든 문제가 끝나는 것이 아니라, 근본 문제인 새 국가 건설을 위해서는 장기적인 투쟁이 필요하기 때문에 이러한 문제를 토의하기 위해 모이게 된 것이다."

회순에 따라 경과 보고는 최익한, 일반 정세 보고는 박헌영, 임시정부 수립에 관한 조직 원칙은 성주식, 정권 형태는 이여성, 중요 정책은 이강국, 반민주주의에 관한 보고는 김오성이 각각 맡아 했다.

임시정부의 정권 형태에 관한 보고에서 이여성은 다음과 같은 '정부

및 행정 기구 조직 요강'을 발표했다.

1. 국가의 전 권력은 인민에 속함.

2. 인민은 법률 앞에 일체 평등함.

3. 18세 이상의 인민은 선거권과 피선거권 향유.

4. 정식 선거에 의해 정식 인민 대표자 대회가 성립될 때까지 잠정 인민 대표자 대회를 소집해 이것을 최고 권력 기관으로 함.

5. 잠정 인민 대표자 대회는 민주주의 정당, 대중 단체, 사회단체, 문화 단체 등의 대표자, 지방 대표자 및 당해 사회층을 대표할 만한 무소속 개인으로 구성함(약 6백 명).

6. 잠정 인민 대표자 대회는 국가의 최고 의사와 정책을 결정하며, 대통령, 부통령, 중앙 인민위원장, 대법원장, 검찰총장, 군사 위원, 회계 감사원장 등을 선임, 또는 파면함.

등 모두 39개 항에 이르렀다.

이러한 정권 형태는 공산당의 주장을 구체화한 것으로서, 이미 조직되어 있는 인민위원회를 보다 발전시키자는 것이었다.

한편, 인민공화국의 중앙인민위원회에서도 대회를 열어 다음과 같은 요지의 결정서를 채택했다.

"인민위원회는 인민 속에서 생성 발전한 것으로서, 무한한 고난과 투쟁을 통해 인민의 지지를 받고 인민의 정치를 실행하는 인민 주권의 형태이다. 삼상회의의 결정에 의해 수립될 우리 조선 민주주의 정부는 철두철미 인민 정권인 이상, 그 형태는 우리 인민위원회를 확대, 발전시켜야 할 것이며, 더구나 지방 인민위원회의 인민 체계는 움직일 수 없는 기간적基幹的 존재이다. 이 대회는 민주주의 임시정부 수립 과정에 있어서 우리 인민위원회가 정권의 유일한 형태인 것을 명확히 결의

하고 선언하는 바이다."

이러한 대회가 연속되자 권창혁은 하룻밤 박태영을 불러서 물었다.

"미소 공위가 성공할 것 같은가?"

"성공하지 못할 것도 없죠."

박태영은 억지 대답을 했다. 권창혁은 그런 박태영을 물끄러미 바라보다가 침울하게 말했다.

"그게 박군의 진정이라면 그 인식의 정도가 유감스럽고, 박군의 본심을 숨기고 한 말이라면 역시 유감스럽군."

이어 권창혁은 미소 공위가 성공할 까닭이 없는 이유가 바로 민전의 대회, 인민공화국의 대회에 있다고 지적했다.

"소련 측의 제안에 동의하면 적색 정권이 선다는 것을 뻔히 알고도 미국이 동의하겠나. 미 점령군은 이 반도에 공산 정권을 수립해주려고 와 있는 건 아냐. 사상을 가지는 건 자유겠지만, 정치는 현실적인 모든 조건의 표현이다. 아마 이것은 유물론적 정치학의 제1조가 아닐까 하는데, 우리나라의 유물론자들은 그 제1조도 모르는 모양이다."

박태영은 계속 잠자코 있었다.

권창혁이 예언한 대로 미소 공위는, 좌익 계열이 공위 참가 결의문을 내고 임시정부 수립 요강을 다듬는 등 야단법석을 하는 바로 그 시기에 무기 휴회로 들어가버렸다.

'닭 쫓던 개', 또는 '떡 줄 사람의 사정도 물어보지 않고 김칫국부터 마신 꼴'이란 말은 이런 경우를 위해 마련된 것이었다.

미소 공위가 무기 휴회에 들어가자 민전 사무국은 개점휴업 상태가 되었다. 사무국장인 이강국이 코빼기도 보이지 않으니, 그의 지령을 받아야 할 박태영에게 일이 있을 까닭이 없었다. 게다가 본인은 아직도 모르고 있었지만, 당에서 제명되어 밖으로 나온 처지인 그에게 당으로부터 새로운 지령이 있을 까닭도 없었다. 당의 외곽에나마 있게 되자면 이강국이 박태영을 당에 인계해야 하는데 아직 그럴 단계도 아니고 보니, 박태영은 공중에 떠버린 존재일 수밖에 없었다.

그래도 박태영은 아침이면 민전 사무국에 나갔다가 밤이면 돌아오고 하는 나날을 되풀이하고 있었다. 그런 가운데서도 그는 격변해가는 정세를 눈으로 피부로 느끼며 안절부절못하는 심경이었다.

5월 12일, 서울운동장에서 독립전취국민대회獨立戰取國民大會를 개최한 우익 청년 일부가 자유, 중앙, 인민보 등 신문사와 공산당, 전평, 민청 등의 사무실을 습격한 사건이 있었다.

5월 15일엔 난데없이, 공산당 정판사精版社에서 위조지폐를 만들었다는 사실이 군정 공보국에 의해 발표되었다. 공산당은 즉각 부인하는 성명을 냈지만 사건은 확대될 것이 명백했다. 공산당 본부를 군정 경찰이 수색하고, 정판사는 폐쇄되고, 해방일보는 정간 처분을 받았다.

이렇게 주위의 공기가 불온하게 되자 민전 사무국엔 아무도 나오지 않게 되었다. 모두 지하로 잠적하지 않았을까 싶었지만, 박태영은 잠적할 지하도 없었다. 아무것도 한 일이 없고 현재 아무 일도 하지 않고 있으니 지하에 잠적할 이유도 없었다.

하루는 하도 답답해서 묵정동으로 장을 만나러 갔다. 그런데 묵정동의 아지트는 이미 철수한 후였다. 동대문 밖의 합숙소를 찾았으나 아는 얼굴은 하나도 없고, 자기를 수상하게 보는 눈초리들만 있었다.

마침 근처에 이현상의 사위인 윤씨가 살고 있다는 생각을 하고 그 집을 찾았더니 며칠 전 이사를 했다는 거였다.

어떤 계획이 당에 의해 진행되고 있음이 분명했다. 그 계획을 위해서 아지트를 바꾸고 이사를 하는 등 비상조치가 취해졌을 것이라고 짐작했다.

어떤 계획일까 궁금하기도 했지만, 당으로부터 소외된 스스로의 처지가 너무나 한심스러웠다. 자기비판의 수단으로라도 당의 명령이면 물불을 가리지 않겠다는 자기의 의욕이 안타까웠다.

그렇게 되니 목적 없이 거리를 쏘다닐 수밖에 없게 되었다. 그런데 그 거리는 이미 박태영의 거리가 아니었다.

미군의 지프차가 획획 달리고 있고, 백색 테러가 골목마다에 대기하고 있고, 반동의 공기가 충만해 있는 거리가 박태영의 거리일 수는 없었다.

눈부신 5월의 태양이 거리에 깔려 있지만 태영은 살얼음 위를 걷는 살벌한 기분이었다. 어느덧 걸음이 종로 네거리에 이르렀다. 태영의 어깨를 툭 치는 사람이 있었다. 김상태였다.

"여기만 걷고 있으면 누군가를 만나거든."

김상태는 쾌활하게 웃었다. 햇볕에 그을린 건강한 얼굴이었다. 태영은 반갑게 손을 잡았다.

"이거 얼마 만이고."

"반년쯤 됐지. 그런데 넌 뭣하노. 아직도 그것 하나?"

그것이란 좌익 운동을 뜻하는 것 같았다.

"아아니……."

하고 태영은 애매하게 웃었다.

"그럼 정치 운동 안 한단 말인가?"

"지금 휴업 중이다. 그런데 자네 얼굴, 되게 검구나."

"내 얼굴?"

하고 상태는 말했다.

"느그는 정치 운동 하지만 나는 육체 노동 안 하나."

"학교는?"

"이번 7월엔 불가불 졸업한다."

"돌팔이 의사 하나 생기겠구나."

"그렇지, 돌팔이지. 그런데 나는 연구실에 남아 좀더 공부할 작정이다. 돌팔이는 면해야 될 것 아닌가."

"길에서 이럴 게 아니라, 어디 다방에라도 들어가자."

박태영이 제안했다.

"오케이."

김상태는 간단하게 응했다.

다방을 향해 걸으며 태영이 빈정댔다.

"'오케이'라니, 너도 양키 물이 들어가는구나."

"세계에서 제일 많이 알려진 말이란다. '오케이'는 양키 말이 아니고 국제어란다."

태영과 상태는 다방에 들어가 자리를 잡았다.

"너, 뭣할래?"

태영이 물었다.

"난 커피."

"찬 것으로 하자. 벌써 덥다."

"오케이."

"또 오케이냐?"

"운동을 하니까 자연 그런 말버릇이 되는 걸 어떻게 하나?"

"곧 의사선생이 될 사람이 그게 뭐꼬. 점잖지 않게."

"네가 싫다면 그만두지."

김상태는 상냥하게 말했다.

"이규 소식은 듣나?"

상태가 물었다.

"가끔 듣지. 지금 동경에 있지. 동경대학을 마치고 프랑스로 갈 모양이더라. 이규도 이번 7월엔가 8월에 졸업이래."

"그놈은 참말로 팔자 좋은 놈이다."

"팔자가 좋지."

태영은 생각하는 얼굴이 되더니,

"그놈은 원래가 양지쪽으로만 살아갈 사람이야."

하고 한숨을 섞었다.

"자네도 그렇게 살아보라몬. 자네만 한 두뇌가 있으면 뭐든 원대로 할 수 있을 텐데."

"그래갖고 어떻게 영웅이 돼?"

"뭐라꼬?"

"이왕이면 영웅이 돼야 안 되겠나?"

"보이스 비 앰비셔스!(청년이여, 포부를 가져라!)"

그런 설익은 소리를 해도 어색하지 않은 게 김상태다. 박태영은 김상태를 만난 것이 새삼스럽게 기뻤다.

"오늘 안 바쁘나?"

"왜?"

김상태가 되물었다.

"자네하고 오래 있고 싶어서."

그렇게 말하는 박태영을 김상태는 놀란 눈으로 봤다. 그런 말을 할 박태영이 아니라고 상태는 생각하고 있었던 것이다.

"너, 요즘 쓸쓸하구나!"

"쓸쓸하다."

"뭐, 일이 잘 안 되나?"

"세상 돌아가는 꼴을 보라몬."

"세상이 어떻나. 태양은 오늘도 동쪽에서 떠서 서쪽으로 지고, 내일도 그럴 게고, 5월이 가면 6월이 올 게고, 들어가 잘 집 있고, 굶지 않을 만큼 밥 있고……. 정치가 시끄럽다고 하지만, 해방된 지 1년도 채 안 되었응께 할 수 없는 일 아닌가. 장차 영웅이 될 사람이 그만한 일로 쓸쓸해서야 쓰나. 무슨 일인지 모르지만……."

아무리 상대가 김상태라고 해도 태영은 자기의 사정을 털어놓을 수가 없었다. 상태가 이해할 수 있도록 설명할 방법이 없을 것 같았다. 그래 이렇게 물었다.

"자넨 소미 공위를 어떻게 생각하나?"

"난 그런 덴 관심이 없어."

"관심은 없더라도 무슨 생각만은 있을 것 아닌가?"

"그건 본래부터 안 되게 돼 있는 것 아닌가?"

김상태는 예사롭게 말했다.

"그건 왜?"

"우익은 반탁이고 좌익은 찬탁인데, 그것부터 합쳐놔야 미소 공위가 되든지 소미 공위가 되든지 할 것 아니가. 그게 안 될 판이니 될 끼 뭐꼬?"

"자넨 소미 공위가 성공되지 않길 바라나?"

"난 바라지도 안 바라지도 안 해."

"그런 말이 어딨노?"

"여기 있지 않나?"

"철저하구나."

"철저하지. 비정치非政治, 비행동非行動, 비비판非批判이다, 나는."

"사람은 원래 사회적 동물, 즉 정치적 존재라 하는 긴디, 넌 너무 억지 아니가."

"나는 의학적 존재이고 부모의 아들이고 아내의 남편이고 아들의 애비면 돼. 그 이상은 바라지도 안 해. 좋은 의사가 된다는 것도 내겐 큰 사건이다."

"너, 중국의 노신이란 문학자의 책 읽은 적 있나?"

"많이사 못 읽었지만 『아큐정전』인가 하는 건 읽은 적이 있어."

"그 노신 선생이 이런 말을 했어. 정신이 썩어빠진 국민은 육체가 아무리 건강해봐야 기껏 남의 나라의 노예밖에 되지 않는다고."

"그 말 썩 좋은데. 그러나 육체의 건강 없이 무슨 정신이 있노. 병에 걸리면 병 걱정밖에 못 하는 거 아니가. 죽으면 그것도 저것도 없고……."

"같은 값이면 정신의 건강도 생각하라, 이 말이다."

"내 혼자서 정신 고치고 병 고치고 할 수가 있나. 정신 고치는 건 네가 맡아라."

김상태는 쾌활하게 웃었다. 화제가 동기생들 소식으로 바뀌었다. 왕년의 급장다운 관록과 책임으로 김상태는 급우 전체의 소식에 정통하고 있었다.

"모두들 열심히 살고 있는 모양이라서 반가워. 그동안에 한 사람도 죽은 사람이 없는 걸 보니 모두 명당집 자손들인 기라."

그럭저럭 시간이 꽤 오래 지났다.

"해도 진 모양이니 어디 가서 대포라도 한잔할까. 너, 술 마시지?"
하고 상태가 일어섰다.

"자네하고라면 마실 수도 있지."

박태영이 따라 일어섰다. 그리고 재빨리 카운터로 가서 셈을 했다. 그런 행동도 박태영으로선 처음이었다. 김상태는 미소를 띠고 그것을 지켜보고 섰더니, 셈을 하고 돌아서는 박태영의 귀에 대고 소곤거렸다.

"느그 공산당 정판사에서 위조지폐 찍었다쿠던데, 아까 그 돈 위조지폐 아니가?"

"예끼, 이 사람."

하고 태영도 웃었다. 다른 사람으로부터 이런 말을 들었으면 화를 냈겠지만, 김상태의 말이고 보니 웃음으로 대할 수 있었던 것이다.

"말이 난 김에 묻겠는데, 정판사에서 위조지폐 찍었다는 거 참말이가?"

다방 문을 나서면서 상태가 물었다.

"그걸 내가 어떻게 알겠노. 허지만 당에선 부인하고 안 있더나."

"공산당은 수단과 방법을 가리지 않는 조직이라쿤깨 혹시나 해서 물어본 거 아니가."

"소미 공위엔 관심이 없다쿠면서 그런 덴 관심이 있구나."

"정치엔 관심이 없지만, 그런 사건엔 호기심이 있지."

화신 앞에서 걸음을 멈추더니 김상태가 좋은 생각이 났다는 투로 말했다.

"다동에 이규의 애인이 있니라. 그 집에 가보자."

"이규의 애인이라니, 그거 무슨 소리고?"

"이규란 놈, 순하디순한 얼굴을 하고 선량하디선량한 척하면서도 속으론 보통내기가 아니어. 그놈이 떠나기 얼마 전 내 단골집에 데리고 갔더니, 하룻밤 사이에 여자를 뚝 꺾어버렸어."

"그럼 이규의 애인이라는 게 술집 색시란 말인가?"

"그래. 그러나 술집 색시라도 흔한 그런 색시가 아니라 규중처녀나 다를 바 없는 순진한 여자다. 아직도 이규를 잊지 못하는 것 같애. 하룻밤을 자도 만리성을 쌓는다는 말이 있더만 그놈이 그 꼴인 기라. 하룻밤을 같이 지낸 것만으로 평생 잊지 못할 만큼 정을 디려놓았응깨."

박태영으로선 전연 뜻밖의 얘기라서 어리둥절했다.

'이규 군은 그럴 사람이 아닌데…….'

했지만 김상태가 거짓을 꾸밀 까닭이 없다. 징그러운 생각이 들면서 호기심도 없지 않아 박태영은 가벼운 발걸음으로 김상태의 뒤를 따라 다동 골목으로 들어섰다.

조그마한 방을 차지하고 앉아 있으니 젊은 여자 둘이 들어왔다. 하나는 양혜숙이라고 하고, 하나는 김영자라고 했다. 양혜숙은 서글서글하고 쾌활한 편이고, 김영자는 식물처럼 조용했다.

"영자 씨, 오늘 내 귀한 손님 모시고 왔어."

김상태가 이렇게 말하자, 김영자 색시는 조용히 얼굴을 들었다.

"당신 애인 이규 군과 둘도 없는 친구지."

영자는 부끄러운 듯 다시 고개를 숙였다.

"이애는 참 이상해요."

양혜숙이란 여자가 거들었다.

"그 이규 씨를 못 잊어, 떠난 지가 거의 반년이 돼가는데도 가끔 찔끔찔끔 눈물을 짜니 딱 질색이야."

"혜숙 씨가 잘 보호하겠다고 하잖았나."

김상태가 말하자 혜숙이 눈을 흘겼다.

"보호하겠다고 했지, 눈물 짜는 꼴 볼라고 했나?"

김상태는 혜숙을 가리키며 말했다.

"박군, 바로 이 여성이 다동 여성동맹의 위원장이라네."

"그런 말 말아요. 내가 언제 그런 것을 했어요."

"아차, 말이 빗나갔어. 여성동맹 위원장감이라고 해야 옳나? 하여간 열렬해. 그런 점에서 박군의 동지가 될 게다."

"민주 진영에서 일하세요?"

혜숙이 박군에게 건 말이다.

태영은 애매하게 웃었다. 상태가 대신 대답했다.

"일하는 정도가 아니라 쟁쟁한 투사다. 얼마 안 가 영웅 될 사람이란 말이다."

"수고하십니다. 우리, 악수합시다."

양혜숙이 손을 내밀었다. 겸연쩍었지만 박태영은 그 손을 잡았다.

"그런데 요즘 민주 진영에서 일하시는 분들이 통 오지 않아요. 전엔 종종 오셨는데……."

양혜숙은 그 까닭을 알고 싶다는 표정을 했다. 김상태가 또 가로맡아 말했다.

"위조지폐 찍다가 들켜놓은깨 쓸 돈이 모자라기 때문이 아닐까?"

"뭐라구요?"

양혜숙이 와락 성을 냈다. 농으로 하는 짓만은 아닌 것 같았다. 그리고 "반동 경찰의 날조예요. 그 날조에 덩달아 그런 말씀하시는 걸 보니, 의사 학생 선생님은 참으로 반동인가봐."

양혜숙은 짐짓 안타까운 표정을 지었다.

"나는 반동도 아니고 주동도 아니다. 혜숙 씨 기분이 나쁘다면 취소하지."

하고 상태는 잔을 혜숙에게 돌렸다.

그런 자리에 익숙하지 못한 박태영은 무슨 말을 꺼낼 엄두도 내지 못하고 술을 연거푸 들이켰다. 어쩐지 술에 취해보고 싶은 심정이었다.

그러는 사이 태영은 김영자를 훔쳐보곤 했는데, 이규가 그 여자를 좋아한 까닭을 알 것만 같았다. 그런 곳에 있는 여자답지 않게 정숙한 기품이 보였고, 얼굴이나 맵시도 고왔다. 그러나 하윤희란 약혼자를 두고 그런 여자와 하룻밤이라도 지냈다는 데 이규의 불결을 느꼈다. 박태영은 그런 점으론 청교도와 같은 사상, 사상이라기보다는 결벽증을 가지고 있었다.

자연 이규 이야기가 다시 화제로 되었다. 먼 나라로 가버린 왕자를 그리워하는 것 같은 얘기가 될 수밖에 없었다. 그런데 갑자기,

"10년 후를 기다리는 게 저의 사는 보람이에요."

하고 김영자가 수줍게 말했다. 무슨 뜻이냐고 묻는 박태영에게 양혜숙이 설명했다.

"이규 씨와 정란이, 영자의 본명예요. 10년 후, 1956년 1월 25일 정오에 화신 앞에서 만나기로 약속을 했어요. 이애는 그날을 기다리고 있답니다."

"혜숙 씨와 나는 들러리로 기다려주기로 했지."

김상태가 보탰다.

'아아, 10년!' 하는 감회가 박태영의 가슴속을 바람처럼 스쳤다.

'아아, 그때 과연 나는 어떻게 돼 있을까!'

터무니없이 박헌영 당수의 얼굴이 뇌리에 떠올랐다.

원색의 봄 273

태영이 눈을 떠보니 동창에 햇살이 비쳐 있었다. 배 속에 메스꺼움이 있었다. 머리에도 아픔이 있었다. 지난밤 지나치게 술을 마신 탓이었다.

"무슨 술을 그렇게 많이 마셨소?"

머리맡에서 숙자의 소리가 났다. 태영은 눈을 들었다. 숙자의 토라진 얼굴이 거기 있었다.

"하 선생님 보기가 민망해서 죽겠어요."

"왜?"

"토하고 울고, 울다가 토하고, 챙피해서……."

"그런 일이 있었어?"

태영인 전연 기억이 없었다.

"그런 일이 있었어가 뭐예요?"

이규와 십 년 후에 만나기로 했다는 정란이란 아가씨에게 안주가 담긴 사발에서 안주를 치우고 그 사발 가득히 술을 따르게 하곤,

"10년 후 그때 나도 그 자리에 나가겠다."

하고는 단숨에 그 잔을 들이켰는데, 그 장면을 끝으로, 거짓말처럼 그 뒤의 기억은 온데간데가 없었다.

"그럼 어떻게 돌아왔을까?"

의혹이 말이 되어 중얼거렸다.

"김상태란 분이 데리고 왔어요."

"상태가? 그는 어떻게 됐지?"

"아무렇지도 않습디다, 그분은. 당신을 인계하고, 다리 한 번 비틀거리지 않고 돌아가셨어요."

태영은 기지개를 켜고 가까스로 일어나 앉았다. 몸이 천 근의 무게였다. 갈증으로 입안의 침이 말랐다.

"물 좀 줘."

숙자는 물사발을 태영 앞에 놓았다. 태영은 한 사발의 물을 죄다 마셨다. 그런데도 갈증이 남았다.

창에 사람의 그림자가 비치더니 기침과 함께 문이 열렸다. 하영근의 웃는 얼굴이 방 안을 들여다봤다.

"정신 채렸나?"

"예."

태영은 안절부절못하는 심정이었다.

"어젯밤의 박군은 실패한 혁명가를 닮았던데."

"실수해서 죄송합니다."

"군자도 평생에 한 번쯤은 그럴 수 있겠지."

"다신 그런 일 없을 겁니다."

"또 그런 일이 있어서야 될라구. 세수하고 아침 먹고 내 방으로 좀 오게."

하고 하영근은 문을 닫았다.

박태영은 스스로의 몰골이 처참하다고 생각했다.

그날 아침, 하영근은 박태영에게

"좌익 운동을 해도 좋고 뭣을 해도 좋으니 학교에만은 다니게. 그렇게 흥청망청하는 동안에 시간은 흘러버린다."

하고 강한 충고를 했다.

"학교에 가봤자, 뭐 할 일이 있습니꺼. 교수라는 게 모두 데데한데요, 뭐."

"학교에 가서 무엇을 배우란 뜻이 아니다. 학생의 신분을 갖고 일정한 기간을 지내라는 뜻이다. 그 기간엔 너 혼자서라도 공부를 하게 될

원색의 봄

것 아닌가. 이번 9월 신학기에 정식으로 학교에 입학하도록 준비를 해. 1학년부터 시작하는 거다. 그리고 앞으로 4년간 학생 신분으로 행동해."

태영이 우물쭈물하는 태도를 보이자, 하영근은 약간 화를 내는 표정이 되었다. 말투도 격해졌다.

"넌 부르주아의 학제 같은 건 무시해도 좋다고 생각하겠지만, 세상은 그런 게 아니다. 넌 내일에라도 공산 혁명이 일어날 것같이 생각하고 있을지 모르나, 그건 어림없는 짐작이란 사실을 나는 요즘 똑똑히 알았다. 3차 대전이 발생하지 않고서야, 이 남조선은 미국의 영향에서 벗어날 수가 없어. 미국의 영향에서 벗어날 만큼 좌익 세력은 강하지도 못해. 38선은 반영구적인 분단선으로 굳어진다. 38선 이남은 미국의 지배하에 있다. 38선 이북이 소련의 지배에서 벗어나지 못하듯이, 이남은 미국의 지배에서 벗어날 수가 없어. 혁명을 기다리다가 시간을 허송할 수는 없잖은가. 자네가 혁명 운동을 한다고 해도 앞으로 긴 길을 걸어야 해. 그러니까 앞으로 4년 동안은 학생의 신분으로 공부하고 행동하란 말이다. 어젯밤 네가 술을 마신 것을 보고 나는 생각했다. 네겐 큰 슬픔이 있다고. 그런데 이대로 나가다간 그 슬픔이 고질이 되고 만다. 말하자면 폐인이 되고 만다. 기분을 전환할 필요가 있어. 젊은 사람답게 살아보란 말이다. 학생의 기분을 도로 찾으란 말이다. 자네의 결점은 자네가 너무 숙성했다는 점이다. 자네가 너무 조달했다는 점이다. 서둘러 어른이 되려고 하는 점이다. 자네 나이, 지금 스물셋이 아닌가. 그런 나이로 어른 행세를 하려고 하니 무리가 아닌가. 주저할 것 없어. 9월 신학기엔 어느 대학이라도 좋다. 대학에 들어가도록 해. 금년 중학교를 졸업하는 학생들과 같이 시험을 치러 입학하란 말이다⋯⋯."

하영근의 격한 말에 박태영은 감히 반항할 수가 없었다.

"그렇게 하겠습니다."

하고 그 방에서 나왔다. 사랑 모퉁이로 치맛자락이 사라졌다. '숙자가 엿듣고 있었구나.' 짐작하고 태영은 웃었다.

그러나 태영은 조선공산당과 박헌영의 내력을 알아두어야겠다는 생각을 포기할 순 없었다. 짬이 있기만 하면 김철수 씨를 찾았다. 그러나 김철수 씨는 자기가 경험한 사건, 접촉한 인물의 테두리를 넘어서지 못했다. 흥미가 없진 않았으나 단편적이었다. 어느 날 김철수 씨는 드디어,

"내가 할 얘기는 미주알고주알 다 했어."

하고 손을 들었다. 그 대신 신용우 씨란 사람에게 소개장을 써주었다.

"하두 괴팍한 사람이 돼놔서 순순히 응해줄지 모르겠네만, 하여간 이 편지를 가지고 가보게."

김철수 씨의 말에 의하면, 신용우 씨는 초기부터 공산당 운동에 관계한 사람으로서 박람강기가 보통 아닌데, 워낙 꼼꼼해서 타협할 줄 모르는 성품이라 투쟁 경력도 많고 옥고를 치르기까지 했는데도 조직 생활에 부적당한 사람이란 낙인이 찍혀 그 흔한 공산당의 중앙위원 자리 하나 차지하지 못했다는 것이었다.

"당원이긴 합니까?"

"당원도 아닐 거야."

박태영은 그런 신용우에게 흥미를 느꼈다.

신용우는 마포 공덕동에서 살고 있었다. 산비탈로 꼬불꼬불 기어올라 골목의 중간쯤에 있는 신용우의 집을 찾기에 반나절이 걸렸다.

이제 곧 기울어질 듯한 조그마한 한옥의 문짝 위에 '신화식'이란 문패가 붙어 있는 것을 확인하고 태영은 대문을 밀었다. 문은 수월하게 열렸다. ㄱ자형으로 된 집 왼쪽마루에 자그마한 체구의 반백머리 노인이 앉아 있었다. 눈빛이 날카로웠다. 태영은 그가 바로 신용우 씨일 것이라고 짐작했다.

"신 선생님을 뵈러 왔습니다."

태영은 그 노인 앞에 다가가서 공손히 절했다.

"댁은 뉘슈?"

무표정한 얼굴 가운데서 입만 움직였다.

"박태영이라고 합니다."

"말투를 들으니 경상도 사람이군."

"예."

"나는 충청돈데, 경상도 사람이 내게 무슨 일이 있어 왔수?"

태영은 대답 대신 김철수 씨의 편지를 꺼내 내밀었다. 신용우는 편지의 겉봉을 한참 훑어보더니,

"이리 와 앉으시오."

하고 자기의 곁자리를 턱으로 가리키고 봉투를 뜯었다. 한참을 읽더니,

"공산당의 역사는 알아서 뭣할 거유?"

하고 박태영을 쏘아보듯 했다.

"알아두는 게 필요할까 해서요."

"모르는 것보다 아는 게 낫겠지. 한데 알아야 할 게 한두 가지가 아닐 텐데 왜 하필 조선공산당의 역사를 알아야 하느냐 말이우."

"한 마디로 설명할 순 없습니다. 그저……."

"당신은 당원이우?"

"예."

"당원이면 한가하게 그런 걸 묻고 돌아다닐 겨를이 없을 텐데."

신용우의 표정엔 못마땅하다는 기색이 돌아 있었다. 박태영은 부득불 자기의 처지를 설명하지 않을 수 없었다. 당에서 소외되어 있는 자기의 처지를 얼마간의 울분을 섞어 말했다.

"망할 녀석들."

신용우는 이어 뱉듯이 말했다.

"그런 버르장머리 때문에 공산당은 망할 거야. 공산당이 안 망하면 나라가 망할 거구."

태영은 비좁은 집 안팎을 훑어보았다. 신용우가 등지고 앉아 있는 방 말고 몸채라고 할 수 있는 건물에는 두 개의 방이 있고, 사람이 있는 기척은 없었다. 마루엔 보얗게 먼지가 앉아 있었다.

"선생님은 혼자 사십니까?"

"아들놈에게 얹혀 살구 있지."

"아드님은?"

"철도국에 나가고 있수."

뜰 한 모퉁이에 있는 올망졸망한 옹기들이 가난하고 쓸쓸한 살림살이를 그냥 말해주고 있었다.

"독립 운동 한답시고 돌아다니는 통에 세전世傳의 재산을 다 없애고, 아들 교육도 제대로 못 했지. 자식놈은 말은 안 해도 그게 불만인가 보이. 해방이 되어도 일제 때의 학력이 큰소릴 하는 모양이야."

하고 신용우는 기침을 했다. 그 기침에서 박태영은 병색을 보았다.

"선생님, 편찮으신 것 아닙니까?"

"편찮소. 몸도 편찮구 마음도 편찮수."

신용우의 기침이 계속되었다. 태영은 들고 간 꾸러미 속에서 주스 깡통을 꺼내 따고 물그릇을 찾았다. 태영은 부엌으로까지 들어가서 사발에 물을 반쯤 떠 와 거기에 주스를 섞었다.

"이걸 자셔보십시오. 기침엔 주스가 좋을 겁니다."

"뭐요, 이게?"

기침 사이에 신용우가 물었다.

"오렌지주습니다."

신용우는 한 모금 마셨다. 이어 두 모금 세 모금을 마셨다. 그리고 조금 기다렸다. 거짓말처럼 기침이 멎었다.

"그것 신통하군."

하고 깡통을 들어보더니 말했다.

"이것, 미군 물자 아닌가?"

"그렇습니다."

"이런 과일즙까지 미국놈 것을 먹게 되었으니……."

하면서도 주스를 한 모금 더 마셨다.

"앞으로도 기침이 나시면 이걸 물에 타서 자시도록 하십시오. 깡통을 연 것이라도 이삼 일은 괜찮을 겁니다."

"고마우이."

마음 탓인지 그 말엔 인정이 괸 듯했다.

"당신, 경상도라고 했지?"

"예."

"경상도 어디쯤이지?"

"남돈데요, 지리산 근첩니다."

"지리산 근처라면?"

"함양입니다."

"함양, 진주, 하동, 산청, 그 지방이로군."

하더니 물었다.

"그럼 혹시 하필원, 박낙종, 이우적이란 이름을 들은 적이 있나?"

"예."

하필원은 민전의 간부이기 때문에 알고 있고, 박낙종은 정판사 사건 때문에 알고 있고, 이우적은 이규와 먼 친척이 된다는 사람으로 한 번 만난 적이 있었다.

"박낙종인 위조지폐 사건에 걸려들었드먼."

신용우는 혼잣말처럼 중얼거렸다.

"위조지폐 사건은 어떻게 된 것입니까?"

"낸들 아우. 그러나 아주 터무니없는 얘기는 아닐 것 같애. 그들은 못할 짓이 없는 놈들이니까."

"설령 그게 사실이라 해도 나쁘다고 할 순 없지 않을까요. 혁명적 정세를 만들어내는 수단으로서 말입니다."

"건설을 하기 위해선 먼저 파괴를 해야 하니까 있을 법도 한 일이지. 그러나 혁명적인 정세만 만들어놓고 뒷감당을 못 한다면 그건 엄청난 범죄가 될 수밖에 없지."

"선생님은 지금의 공산당을 못마땅하게 생각하시는 게 아닙니까?"

"피장파장이지. 한데 지금의 간부들이 당신이 나와 접촉하고 있다는 사실을 알면 좋아하지 않을 텐데, 그래도 괜찮수?"

그 말투엔 장난기가 섞여 있었다.

"도리 없는 일 아니겠습니까?"

"공산당은 무서운 조직이야. 먼저 그것을 알아야 해. 그런데 그 무섭다는 점이 외부에 대해서가 아니고 당원에 대해서니까 지독하다고 할 밖에."

태영은 갑자기 자기의 처지가 위험하다는 것을 깨달았다. 반당의 소질이 있다고 인정된 자기가, 투쟁 경력에도 불구하고 이단시당하고 있는 신용우와 접촉하고 있다는 사실을 당이 알면, 당원으로서의 앞날은 그로써 단절될 것이 뻔했다.

"박헌영을 비롯해서 주된 멤버들의 결점을 누구보다도 가장 많이 알고 있는 사람이 나야. 그러니 내가 입을 열지 않는 것만으로도 그들을 돕고 있는 셈이지. 하지만 놈들은 당신이 나와 접촉하고 있다는 사실을 알면 용납하지 않을 거요. 그래도 좋다는 얘기유?"

"이렇게 벌써 접촉해버렸으니 어떻게 합니까?"

신용우는 엷게 웃고, 박태영을 돌아보고 이런 소리를 했다.

"당신을 보니 이우적 군 생각이 나는먼. 그 친구, 비상한 머리를 가지고 있지. 아마 이론면에선 그 친구를 당해낼 사람이 없을 거유. 공산당이 그를 싫어하는 이유가 바로 그런 데 있지. 그다음 결정적인 이유는, 그가 나와 친하다는 것이구. 경상도엘 가면 '문둥이 옻나무 피하듯 한다.'는 말이 있다드먼. 내가 바로 그거유. 문둥이 옻나무 피하듯 공산당원은 나를 피하지."

"그래도 선생님은 공산당 천하가 되길 바라십니까?"

"내 비위에 안 맞는 놈들이 간부 노릇을 하고 있다고 해서 내 이상을 버릴 수야 있겠수? 놈들이 틀려먹었다고 해도 공산당의 원칙만은 지킬 테니까, 그렇게 하지 않고는 배겨낼 수 없도록 선진 공산당의 감시와 지도가 있을 테니까, 그런 데에 일루의 희망을 걸고 있는 거유."

"공산당 천하가 되긴 하겠습니까?"

태영이 진지한 표정으로 묻자, 신용우도 심각한 얼굴이 되었다.

"되게 해야지."

"되게 해야 한다는 것과 될 거라는 것은 다르지 않습니까?"

신용우는 한동안 묵묵히 앉아 있었다. 쉽사리 답을 내기가 힘들다기보다, 답을 내기가 싫다는 표정이었다. 신용우의 말은 그만큼 신중했다.

"공산당원은 그렇게 물으면 안 돼. 공산당 천하가 되겠느냐고 물을 것이 아니라, 공산당 천하를 만들어야 하는데 그러자면 어떻게 해야 하느냐고 물어야 해."

덧붙인 말이 태영에겐 인상적이었다.

"혁명은 항상 내게 있는 것이지, 내 밖에 있는 것이 아냐. 지금 간부들의 결점은 이 대원칙을 모른다는 데 있어. 그들은 하나같이 자기 속에 혁명을 가지고 있지 않아. 말하자면 자기 혁명을 못 하고 있는 거지. 입으론 계급의 타파를 부르짖으며 속으론 소시민적인 영달 의식, 편의주의, 독선주의, 영웅주의에 사로잡혀 있단 말야. 그러니 내가 보기엔 지금의 조선공산당의 간부적인 측면은 혁명을 하기 위한 혁명 조직이 아니라 출세와 영달을 바라는 갱의 집단이나 다를 바 없어. 전술만 있고 원칙이 없는 거야. 내가 분개한 꼭 한 가지 이유만을 들어보지. 그건 38선이야. 공산당이 38선을 무조건 철폐하라는 주장은 곧 반동과 통한다고 했는데, 그런 해괴망측한 말이 어디에 있느냔 말여. 그건 남조선의 반동 세력이 북조선으로 밀고 들어갈까봐 겁이 나서 하는 소리이기도 하지만, 남쪽의 공산당이 그들의 당내 헤게모니를 유지하기 위한 속셈도 들어 있는 소리란 말유. 그렇게 근시적이 돼갖고 앞으로 어떻게 하겠수. 전국적인 규모로서 혁명의 최대 장애는 38선이라는 사실을 깨닫지 못한 놈들이 무슨 혁명을 하겠다는 거유. 38선은 국토를 분단하는 선일 뿐 아니라 당을 분단하는 선이란 사실도 합쳐 깨달아야 해유. 분단된 국토에서 단일 혁명이 가능할까? 어림도 없는 일! 어서 나라를 하나로 해놓고 혁명 세력을 키워야 진정한 혁명이 되는 거유. 두구 봐유. 38선 때문에 굉장한 화가 닥칠 테니까. 그런데 우익은 38선을 무조건 철폐하라고 대들고 있는 마당에 좌익은 무조건 철폐를 거부하고 있으니, 장차 화가 닥쳤을 때 공산당은 무엇으로 민중의 원성을 감당할 것인가 말유."

신용우가 흥분을 더해가자, 다시 기침의 발작이 일었다. 태영이 얼른 주스가 담겨 있는 사발을 그에게 바쳤다. 신통하기도 했다. 주스만 마시면 기침의 발작이 멎었다.

태영은 그 뒤에도 한동안 신용우와 같이 있다가 후일을 기하고 하직했다. 태영은 신용우를 통해 또 하나의 인간형을 보았다. 조선이란 나라의 역정이 만들어놓은 또 하나의 인간형인 신용우는 태영에게 그만큼 우울을 더하게 했다.

그날 밤 박태영은 권창혁에게 혹시 신용우를 아느냐고 물어보았다. 권창혁의 대답은 다음과 같았다.

"알구말구. 그는 러시아어를 익혀 러시아어를 통해 모스크바 대학을 졸업한 유일한 조선인이다. 골수 공산주의자면서도 항상 조직에서 백안시당하는 사람인데, 그의 공산주의에 대한 견식이 너무나 투철하기 때문이다. 공산주의에 대한 순수한 정열을 가진 점에서도 유일한 사람이 아닐까 한다. 그러나 그런 사람이 공산당에 용납될 까닭이 없으니, 방황하는 공산주의자로서 끝난 사람이다. 그런 만큼 공산주의의 역사를 공부하는 사람에겐 다시없이 필요한 인물이라고 할 수 있을지도 모른다."

조선공산당의 내력을 박태영에게 얘기하기 시작하자, 신용우는 이론가다운 날카로운 면목을 나타냈다.

그는 먼저, 한일합방 이후의 조선의 정세를 간추려 보였다. 다음에 제2차 세계대전 이후의 세계 정세를 윤곽적으로 그려 보였다. 그리고 볼셰비키 혁명의 의미와 과정, 그리고 그것이 약소국가에 미친 영향을 설명했다. 이어 제3인터내셔널(국제공산당)을 중핵으로 한 '코민테른'의 설명으로 옮아갔다. 코민테른 대회는 7회까지 있었다는 것과 그 각 대회의 내용, 1943년 5월 15일 집행 위원회의 결의로 해산하게 되었는데 그 경위와 내용의 설명은 자세하기도 했고 요령도 있었다. 더욱이 태영을 놀라게 한 것은 연월일과 인명에 관한 신용우의 기억력이 탁월하다는 점이었다.

예를 들면 제1차 코민테른 대회는 1919년 2월 20일부터 3월 6일까지 열렸으며 제2차 대회는 1920년 7월 19일부터 8월 7일까지 열렸다는 것, 제3차 대회는 1921년 6월 22일부터 7월 12일까지에 있었다는 것, 이런 식으로 7차 대회에 이르기까지 연월일을 정확하게 기억하고 있을 뿐 아니라, 그때 누가 어떤 발언을 했다는 것을 러시아인인 경우엔 그 기다란 이름을 부칭父稱까지 빼지 않고 외고 있었다.

이러한 배경 설명을 하고 신용우는 조선공산당으로 화제를 옮겼다.

"조선공산당의 초창기를 설명하려면 이동휘李東輝 선생의 행적을 설명하면 되는 거유."

이동휘 선생을 말할 때의 신용우의 태도와 음성은 근엄했다. 태영도 엄숙하게 태도를 꾸미지 않을 수 없었다.

이동휘는 함경도 단천 출신이다. 불행하게도 그 생년월일은 모른다. 후세의 사가가 밝혀낼 수 있기를 바란다고 신용우는 말을 끼웠다. 이동휘가 타계한 해가 1928년이고 아직 60에 미달한 나이였으니까, 생년은 1870년대 초기로 추측할 수는 있다. 소싯적에 지방 관리의 부정 부패상에 흥분해 상경, 구 한국군 무관학교를 졸업했다. 한국군이 해산될 무렵의 계급은 육군 참령이었으니까, 지금으로 치면 영관이다. 1902년, 이준·민영환 등과 개혁당을 조직해 개화 운동에 힘쓴 적도 있다. 1907년엔 군대 해산의 기미를 알고 강화 진위대의 연기우·김동수 등과 의병을 일으키려고 했으나, 연기우 등의 체포로 사전에 기밀이 누설되어 실패했다. 그 후 안창호 선생과 같이 신민회를 만들어 개화 운동을 하다가 체포되어 투옥되기도 했는데, 풀려나자 간도로 가서 독립 운동을 계속했다. 간도에서 소련 땅 하바로프스크로 간 것은 1917년이다. 여기서 그는 모스크바 대학의 정치학과를 나온 박진순을 알게 되고, 박진순의 소개로 이민의 아들인 마타베이스박을 알게 되었다. 그리고 이들과 더불어 소련공산당 크레골리노프의 후원을 받아 1918년 6월 26일 한인사회당韓人社會黨을 조직했다. 그런데 이 무렵 일본의 시베리아 출병이 있었다. 나콜라예프항 사건 때문이었다. 일본군이 설치는 시베리아에선 한인 사회당은 활약할 여지가 없었다. 이동휘는 이듬해에 블라디보스토크를 거쳐 상해로 갔다. 1919년 8월 30일이었다. 이동휘는 대한 임시정부의 수립에 참여해 군무총장직을 맡았다가 이듬해 국무총리가 되었다.

 1921년 1월 10일, 이동휘는 볼셰비키당의 공작원 김만겸金萬謙과 협력해서 한인사회당 대표자회의를 상해에서 개최했다. 이 회의 결과 한인사회당을 고려공산당高麗共産黨이라고 개칭했다. 이동휘는 여운형을 비롯한 임시정부 요원들, 조완구·신채호 등을 당원으로 포섭했다. 그리고 이해에, 고려공산당이 정통적인 공산당이란 승인을 얻기 위해 모스크바로 갔다. 모스크바에서 레닌을 만났다. 이때 레닌은 '조선엔 지금 노동자의 조직이 없으니 민족 운동을 하는 것이 시의에 맞을 것.'이란 충고를 했다.

그런데 이 고려공산당 외에 또 하나의 공산당 조직이 있었다. 이르쿠츠크를 중심으로 한 지역에서 사는 한인들이 1918년 1월 23일, 러시아에 이르쿠츠크 공산당 한국인 지부를 만들었다. 그들은 일찍이 러시아에 귀화한 사람들이었는데, 내전 중엔 적군赤軍에 참가해 반혁명군과 전투한 투쟁 경력도 있고 해서 볼셰비키당의 두터운 신임을 받기도 했다. 이 한국인 지부는 곧 전로한국인공산당全露韓國人共産黨으로 발전했다.

이동휘의 조직과 이르쿠츠크의 조직은 서로 협조할 생각은 않고 시초부터 대립했다. 그런데 그 대립을 화해 불능하게 만든 사건이 발생했다. 이동휘가 자기의 심복인 박진순을 레닌에게 보내 운동 자금을 얻어 오게 했는데, 박진순이 돈을 받아오다가 이르쿠츠크에서 전로한국인공산당에게 그 돈을 강탈당했다. 전로한국인공산당들은 자기들의 조직이 정통적인 공산당이니 코민테른의 공금은 자기들이 쓸 권리가 있다는 명분을 내세웠다.

상해에서 고려공산당이 발족한 지 얼마 후, 이르쿠츠크에서 한인 공산주의자 대회를 열어 중앙집행위원회를 구성했다. 이때의 멤버는 안병찬, 한명단, 남만춘, 한규선, 이재복 등이었다.

이르쿠츠크파와 상해파가 서로 정통성을 내세워 싸우고 있을 무렵에 발생한 사건이었다.

코민테른 제2차 대회가 열릴 때, 대한 임시정부는 레닌의 원조를 얻기 위해 한형권을 모스크바에 파견했다. 한형권은 당시 2백만 루블을 받기로 되었는데, 소련 외교 인민위원 치체린으로부터 먼저 60만 루블 상당의 금괴를 받아 그중 20만 루블어치는 맡겨두고 40만 루블어치만을 가지고 왔다. 그런데 이 자금이 대한 임시정부로 가야 할 것인가 공산당으로 가야 할 것인가의 문제를 두고 시비가 벌어졌다. 공산당 대표인 이동휘가 국무총리를 하고 있으니까 레닌이 그만한 자금을 내놓았는데, 한형권이 임시정부의 대표로 갔으니 그 돈은 임시정부로 들어와야 한다는 주장이 우세했다. 그런데 이동휘는 심복 김립金立을 시켜 그 돈을 빼앗게 했다. 그리고 그 돈을 고려공산당을 위해 유용해버렸다. 그 가운데 일부의 돈은 국내에 있는 장덕수에게 주었다. 그러나 국내에 들어온 돈은 공산주의 선전을 위해서 쓰이진 않았다. 결국 이러한 문제들이 초점이 되어 이동휘는 국무총리의 자리를 내놓을 수밖에 없었다.

시베리아 시절부터 이동휘의 유력한 협력자였던 김만겸은 이 사건을 계기로 이동휘 편으로부터 떨어져 나와 이르쿠츠크 공산당에 접근해서 상해 이르쿠츠크 공산당 지부를 만들어 그것을 거점으로 공산주의 운동을 전개했다.

국무총리직을 사직하자 이동휘는 시베리아로 돌아가, 그곳에서 1928년 병사할 때까지 지냈다.

"나는 시종 이동휘 선생 편이어서 그를 가깝게 모신 일도 있는데, 참으로 아까운 어른이었소. 자금 문제로 실수를 하긴 했지만, 그것도 결코 사리사욕을 위한 것이 아니었수. 공산당을 위하는 것이 곧 조국을 위하는 것이란 일념이었고, 또 이르쿠츠크파가 그렇게 심하게 대들지만 않았더라도 그런 무리는 안 했을 것이유. 이동휘 선생은, 그 자금을 내놓은 레닌의 진의를 살리자면 임시정부의 금고에 넣어 보람 없이 쓰이는 것보다 공산당의 자금으로서 집중적으로 쓰여야 한다고 생각했던 것이 틀림없수. 하여간 공산당은 당초부터 대립과 분열로 망조를 드러낸 셈이 되었수."

여기까지 말했을 때, 신용우는 피로의 기색을 보였다.

박태영이 그다음 신용우를 찾아간 것은, 38선의 무허가 월경을 금지한 포고가 군정청으로부터 발표된 이튿날이었다. 아니나 다를까, 신용우는 적지않게 흥분하고 있었다.

"두고 보슈. 그놈의 38선이 끝내 민족의 고질이 되고 말 테니까유. 무허가 월경을 금지했다는데도 그 흔한 데모 한 번 할 생각도 없는 모양이니, 우익이구 좌익이구 모두 다 썩었어!"

"압니까, 어디. 내일이라도 데모가 있을지."

"아냐, 데모는 없어. 항의도 없구. 도대체 그럴 정신이 있는 놈들이 아니니까."

박태영은 잠자코 듣고 있을 수밖에 없었다.

그날은 흐린 날씨여서, 얘기는 방 안에서 진행되었다.

"코민테른의 인정을 받은 조선공산당이 정식으로 발족된 것은 1925년 4월 17일이유. 그런데 이에 이르는 과정을 설명하려면, 헝클어진 실꾸러미를 푸는 인내력이 필요하지."

하고 신용우는 한숨을 쉬었다.

"서울청년회부터 시작하지."

신용우는 그야말로 헝클어진 실꾸러미를 풀어나가는 식으로 조용조용 기억을 더듬어나갔다.

1919년 3·1운동 이후 일본놈들은 '문화 통치'란 걸 시작했다. 조선인의 언론 기관을 허가했다. 조선일보, 동아일보 등의 신문도 그 풍조를 타고 발행하게 된 것이다. 당연히 문화 운동, 사회 운동이 퍼졌다. 1921년부터 1922년까지 무려 3천여 개의 사회단체가 속출했다. 서울 시내에만도 70여 개의 집단이 있었다. 1920년 6월 28일 경운동에서 조선 청년단체연합회란 것이 결성되었다. 이 모임의 간사역을 맡고 있던 장덕수가 1921년 11월 17일 서울청년회를 조직했다.

이때 서울청년회의 주된 구성 분자는 김사국, 이영, 이득년, 김명식, 윤자영, 한신교, 오상근, 김한, 장덕수, 이득국 등이었다. 그 가운데 이득국이 회장직을 맡았다. 그런데 이 모임은 곧 김한, 이영, 임봉순, 고순음, 남정배, 박일병, 김사국이 주동이 된 사회주의파와 오상근, 김명식, 장덕수를 주동으로 하는 민족주의파 사이에 갈등이 빚어지게 되었다. 그 결과 김사국 등의 좌파가 주도권을 잡았다. 그리고 1924년 10월 김사국을 책임비서로 하고 조선공산당을 조직했다. 그 주요 인물들은 정백, 이영, 이정훈, 박형병, 최창익, 김영만, 강택진, 이병의, 김유인 등이었다.

"이 서울청년회계 공산당을 서울파, 또는 서울당, 서울계라고 하지. 이들은 코민테른의 승인을 얻으려 했으나 실패하고 말았수."

"화요회란 것은 뭡니까?"

"1923년 7월 7일에 발족된 일종의 사상 연구회였수. 홍명희, 홍증식, 조규수, 이승복, 윤덕병, 김병희 등이 주요 멤버였수. 화요회란 명칭은 마르크스의 생일이 화요일이어서 지은 것이우. 그 뒤 조봉암, 권오설, 김단야, 임원근, 조동우, 이승엽, 조두원, 김찬, 홍남표, 최원택 등이 합류하게 되었수. 박헌영도 뒤에 합류한 축에 드우. 이들이 1925년 4월 17일 조선공산당을 조직하는 주도 역할을 하게 된 거유."

"그 공산당이 코민테른의 승인을 받았다는 거죠?"

"그렇지."

"무슨 이유였을까요? 1924년 10월에 조직한 서울계 공산당은 코민테른의 인정을 못 받았는데 화요회의 공산당이 인정을 받았다는 이유 말입니다."

"이유는 간단해유. 서울계엔 볼셰비키당이나 코민테른에 선을 붙일 만한 사람이 없었던 까닭이유. 화요회계엔 그런 사람이 많았거든."

"이유가 그것밖에 없었을까요?"

"달리 이유가 있을 수 있었겠수? 이 파나 저 파나 노동자 출신이 아닌 것은 공통돼 있구, 투쟁 경력을 따진대두 별게 없구."

"ML당은 그 뒤에 생긴 거죠?"

"ML당이란 마르크스 레닌의 당이란 뜻이겠지만, 본래 이런 것은 없었수. 화요회 중심의 공산당이 1차, 2차에 걸친 검거 선풍으로 와해된 뒤, 1926년에 서울계와 상해파가 주동이 되어 당신이 잘 아는 김철수를 책임 비서로 해서 조직한 게 3차 공산당인데, 이들이 체포되었을 때 동아일보가 '종로 경찰서가 ML당원의 검거에 착수했다.'는 기사를 실었던 거유. 그때부터 ML당이란 이름이 나돌게 된 거유."

ML당에 관해선 김철수 씨로부터 자세한 얘길 들었지만, 명칭의 연유에 관한 얘기는 듣지 못했었다. 그래 김철수 씨는 그런 얘긴 안 하더라고 했더니, 신용우는

"그자, 노망기가 든 모양이지."

하고 빙그레 웃었다.

얘기는 '경성 콤 클럽'으로 넘어갔다. 이 조직은 일제 말기 이관술, 장순명, 권오직, 이현상 등에 의해 발족된 것인데, 1939년 그때 마침 출옥한 박헌영을 당수로 추대했다. 그러나 조직다운 조직을 갖춘 것도 아

니고, 활동을 한 것도 아니었다. 당을 재건하겠다는 호롱불 같은 희망의 불을 켜본 것에 불과했다. 그나마도 40년, 41년의 검거로 인해 더러는 옥중으로 가고, 더러는 지하로 잠적해 공산주의 운동은 명맥이 끊겼다.

"명맥이 끊긴 건 아닙니다. 부분적으로 살아 있었습니다."

박태영이 떳떳이 말했다.

"그거 무슨 말이유?"

"이현상 선생님이 지리산에서 2백여 명의 공산당원을 양성하고 있었으니까요."

"그게 사실인가?"

신용우의 얼굴에 놀란 빛이 있었다.

"사실이고말고요. 저도 그 후보 당원 가운데 하나였습니다."

하고 괘관산에서 있었던 일을 얘기했다. 그러나 신용우는

"그렇다면 남조선에 있어서의 공산주의 경력으로선 이현상을 최고로 쳐야겠군."

하고 반신반의하는 표정을 지었다.

박태영은 신용우가 퍽이나 의심이 많은 사람이란 인식을 새삼스럽게 가졌다. 그리고 그러한 태도, 즉 사람을 좀처럼 믿으려 하지 않는 태도가 조직 생활에 부적당하다는 낙인이 찍히게 한 원인이 아닐까도 생각했다.

신용우는 앞에서 말한 것과 같은 대강의 설명을 하고 나서, 서울청년회의 파벌 싸움, 당원끼리의 대립 등 자질구레한 사건들에 대해 언급했다. 대부분이 치사스럽기 짝이 없는 내용들이었다.

일례를 들면 이런 것이었다.

김사국을 주동으로 하는 서울청년회는 외국에 유학한 경력이 없는 토착 청년들의 집단이었다. 이에 대립해서 일본 등지에 유학한 청년들이 북성회北星會라는 것을 만들었다. 북성회는 뒤에 북풍회北風會라는 이름으로 바뀌었다. 북성회의 주동 인물은 주로 동경 유학생으로서 김약수, 변희용, 이여성, 송덕만 등이었고, 참가 인원은 60여 명이었다.

북성회는 이와 같이 유학생 중심의 조직이었기 때문에 일본공산당과는 긴밀한 연락이 있었으나, 국내에 있어서의 세력이나 영향력은 미미했다. 그래서 그들은 국내에 세력을 심어 공산당을 만들고 코민테른의 승인까지 받을 계획을 세웠다. 김약수는 코민테른에 대한 공작을 모스크바에 있는 일본인 가타야마 센片山潛을 통해 할 생각으로 정우영을 모스크바에 파견했다. 가타야마 센은 정우영의 얘기를 듣더니 '조선공산당은 너희들의 힘으로 만들도록 하라. 그렇게 하면 코민테른의 지부로 승인하는 데 힘써주겠다.'고 격려했다.

정우영의 보고를 듣고 기뻐한 김약수는 국내 청년 단체 규합에 박차를 가했다. 이러한 북성회의 움직임이 서울청년회의 반발을 일으켰다. 1923년 8월 24일 김약수 일행이 순회 강연을 마치고 종로 관철동에 있는 낙양관이란 요정에서 회식을 하고 있는데 서울청년회가 습격을 했다. 김약수 등 다섯 명이 중상을 입었다. 그러자 북성회는 보복으로 서울청년회 멤버인 최창익을 장인 여관으로 유인해 전치 2주일의 중상을 입혔다. 이러한 경위도 있어 서울청년회와 북성회는 불구대천의 원수가 되었는데, 그 대립이 뒤이은 청년 운동, 사회 운동에 적잖은 암영을 던졌다.

그런데 박태영이 가장 흥미 있게 들은 얘기는, 1921년 가을 모스크바에서 열린 제2차 코민테른 대회에 우리 대표들이 참가한 경로와 내용이었다. 이 대회에 한국을 대표해 참석한 인원은 52명이었다. 그 52명 가운덴 여운형, 박헌영의 이름이 있고, 김규식, 나용균의 이름도 있었다. 김규식, 나용균 등 비공산계 인물이 참석하게 된 것은, 그 대회의 명칭이 동방인민대표자대회東方人民代表大會이기 때문이었다.

모스크바로 가는 경로도 갖가지였다. 블라디보스토크에서 철도로 간 사람도 있고, 장가구張家口 루트로 해서 고비사막을 횡단해서 간 사람도 있었다.

"그때 신 선생님은 어디에 계셨습니까?"

꿈 같은 얘기의 감격에서 깨어나기 위해 태영이 물었다.

"그때 난 모스크바에 미리 가 있었소. 이동휘 선생의 심부름으로 석 달 전에 가 있었는데, 막상 대표들이 모이고 보니 여운형 씨가 단장이 아니겠수. 나는 크게 실망했지. 마땅히 이동휘 선생이 단장이 되어야 했으니까 말유. 뒤에 알고 보니, 이르쿠츠크파와의 지도권 다툼이 그런 꼴루 만들어버린 거유."

"모스크바, 아니 레닌은 어느 편을 두둔했습니까? 이동휘파와 이르쿠츠크파를 두고 말입니다."

"레닌은 신중한 지도자유. 어떻게든 화해를 시키려고 했지, 일방적인 두둔은 하지 않았수."

"레닌을 만난 일이 있습니까?"

"먼빛으로 보고 연설은 들었지만 대면한 일은 없수."

"스탈린은?"

"그도 먼빛으로 보았을 뿐이유."

"당시의 모스크바는 어땠습니까?"

"모스크바는 신비로운 도시유. 사람을 사로잡는 마력을 가졌단 말유. 그땐 내전 후 얼마 되지 않아서 교통도 불편하고 그밖의 생활환경이 좋지 못했지만, 그런 불편을 보상하고 남는 분위기란 게 있어유. 난 고리키가街 푸시킨 광장 근처에서 지내고 있었는데, 그땐 물론 그 거리의 이름이 고리키가는 아니었지만, 낯설구 물선 땅인데두 정이 들더란 말유."

태영은 신용우의 눈이 회상에 잠기는 빛깔로 변하는 것을 보았다.

"그때 선생님의 연세는?"

"서른 안팎이었지."

그 말에 감개가 서려 있었다. 박태영은 선망의 감정을 숨길 수 없었다.

"뭐니뭐니 해도 선생님껜 청춘이 있었습니다."

"청춘이 있었구말구."

신용우의 음성엔 자랑의 광채가 있었다.

한참 만에 태영이 물었다.

"선생님은 요즘 너무나 외로우신 것 아닙니까?"

"도리가 없는 일 아뉴."

"밖에 나가셔서 활동을 해보시면 어떻겠습니까?"

"활동을 해?"

하고 신용우는 쓸쓸하게 웃고,

"욕이나 하구 돌아다니라면 몰라도, 내가 설 자린 없는 것 같수."

하며 한숨을 섞었다.

"아직 60도 안 되신 연세 아닙니까?"

"연령이 어디 문제겠수? 기력이 문제지. 내겐 기력이 없어유. 건강 탓이겠지만……. 이대로 사라질밖에……."

"언제 와도 선생님 혼자 계시는데, 며느님이나 손주들은 없습니까?"

"며느리도 직장에 나가유. 손주들은 학교에 가구. 저녁때가 되면 모여들지. 내가 하는 일은 집을 보는 일이유. 도둑이 들어도 가져갈 아무것도 없는 집을 지키고 있는 셈이유."

신용우는 묘한 웃음소릴 냈다.

"기침을 덜 하시는 것 같아 다행입니다."

"박군이 갖다 준 주스 덕분에 천식이 소강상태를 이룬 것 같애유."

조금 망설이다가 태영이 말했다.

"장안파와 재건파의 대립에 관한 얘길 듣고 싶습니다."

"그건 내가 아니라도 쉽게 설명할 수 있을 거니까 딴 사람에게서 듣도록 하슈."

"그럼 박헌영 씨에 관해 아시는 것이 있으면?"

"그 친구 이름도 입에 담고 싶지 않수. 박군이 이현상과 그런 사이라니까, 박헌영 얘긴 이현상 군에게서 들으면 될 게 아닌가?"

"이현상 선생과는 지금 선이 끊어진 상태에 있습니다."

"그건 안 돼. 당으로부터 어떤 처분을 받았는진 몰라도 그만한 인연이 있으니까 인간적인 유대를 끊어서는 안 되우. 박군은 젊으니, 박군이 이현상 군을 찾아가슈. 찾아가서 홀대를 받더라도 찾아가는 게 후배의 도리유."

신용우는 먼 곳으로 시선을 보내면서 중얼거렸다.

"인간에 있어서 가장 불행한 일은 고독이유."

박태영은 그 말뜻을 잘 알 것 같았다. 신용우는 자기의 고독을 힘겹게 견디고 있는 것 같았다.

"선생님은 서울청년회나 화요회 같은 데 참가하지 않았습니까?"

"내가 참가한 당은 상해에서 발족한 고려공산당이우. 이동휘 선생과 공산당이우. 나는 그 조직의 일원이란 의식으로 지금도 공산당원이우. 이동휘파 공산당 최후의 한 사람이지."

그렇게 말하는 수연한 모습을 보고 그 자리를 떠나긴 힘들었지만, 박태영은 멍하니 그냥 앉아 있을 순 없었다.

"성가시게 해서 죄송합니다. 또 찾아뵙겠습니다. 그동안 안녕히 계십시오."

태영은 자리에서 일어섰다.

"가려우?"

하고 신용우도 따라 일어섰다. 그리고 말했다.

"혹시 서신을 보낼 일이 있을지도 모르니 박군 주소라도 적어두고 가우."

태영은 명륜동 하영근 씨의 집 주소를 적어 문갑 위에 놓았다. 그것을 선 채로 허리를 꾸부리고 들여다보면서 한 신용우의 말이 태영의 가슴을 찔렀다.

"부고도 이리로 보내면 되겠죠?"

"무슨 그런 말씀을 하십니까?"

"아무래도 살 날이 얼마 남지 않은 것 같아서 해본 소리유. 조금 기력이라도 있으면 38선을 베구 죽을 수도 있을 텐데, 그것도 어림없구."

태영은 뭐라고 위로해야 좋을지 말을 찾지 못했다.

"마음을 강하게 잡수시고 건강을 회복하도록 하십시오. 앞으로도 자주 찾아오겠습니다."

이런 말을 남기기가 겨우였다. 태영은 신용우의 슬픈 눈빛을 등 뒤에 느끼면서 그 집 문을 나섰다.

하영근이 박태영에게 '대학에 입학하되 꼭 1학년부터 시작하라.'고 못을 박은 데는 까닭이 있었다. 어떤 말끝에 김숙자를 통해, 박태영이 경성대학에 학적을 가지고 있다는 것과 그것이 변명變名으로 되어 있다는 사실을 안 것이다. 그러니, 그저 학교에 다니라고만 하면 그 변명을 통해 다니게 될 것이니, 결과적으로 공산당의 프락치 노릇을 계속하라는 말이 되고 만다고 생각했기 때문이다. 하영근은 또 박태영이 공산당으로부터 소외되어 있다는 사실도 알아차렸다. 그런 기회를 놓치지 않고 이용하기 위해서 하영근은 박태영에게 강한 충고를 한 것이다.

그런데 하영근의 성격은 일단 작정한 것이면 끝까지 밀고 나가는 강압적인 데가 있었다. 기회 있을 때마다 하영근은 박태영에게 입학할 학교를 결정했느냐, 또는 준비는 시작하고 있느냐를 따졌다. 태영은 언제까지나 요령부득한 대답만 하고 있을 처지가 못 되었다. 그래 이현상을 찾아보라는 신용우의 권고에 자극을 받기도 해서, 대학 진학 문제도 해결해야 되겠다고 생각하고 이현상을 찾아 나섰다.

서울에서 김 서방 집을 찾는다지만, 이현상뿐만 아니라 공산당 간부의 거처를 알아내기란 불가능에 가까웠다. 당이 이미 비합법적 태세에 들어갈 것을 예측하고 지도부의 소재를 완전히 지하로 몰아넣어버린 것이다.

태영은 세밀한 계획을 세웠다. 이현상의 소재를 알 만한 사람들을 이 잡듯 할 작정이었다. 우선 이현상의 사위인 윤씨를 찾아야 했다. 사흘 동안 헤맨 끝에 겨우 윤씨를 찾아낼 수 있었다. 윤씨의 누이가 정보를 주어 수소문한 결과였다.

그런데 윤씨는 자기도 이현상의 소재를 모른다고 딱 잡아뗐다. 오히려 한술 더 떠서, 박태영이 이현상의 거처를 알게 되면 꼭 자기에게 연락해달라는 부탁을 간절히 했다. 공산당의 사정을 어느 정도 알고 있는 태영은 '이렇다면 최악의 경우 체포령이 내려져도 공산당 간부가 잡힐 턱은 없을 것'이란 확신을 갖게 되어 그 점은 마음이 놓였지만, 초조하고 답답하긴 마찬가지였다.

열흘을 찾아 헤매다가 기진맥진해서 포기할까 했는데, 어느 날 우연히 길거리에서 자동차를 타고 어떤 골목으로 들어가려는 이강국을 보았다. 골목 안에서 나오는 자동차가 있어서 이강국이 탄 차가 멈춰 있었던 것이다.

박태영은 차 곁으로 가서 이강국에서 정중히 인사했다. 이강국은 상냥하게 인사를 받고,

"별 일 없었지?"

하고 다정한 말까지 던져주었다.

그때 박태영의 뇌리를 스친 책략이 있었다.

"선생님, 이현상 선생님이 저보고 오라는 전갈을 하셨는데 어디 계시는지 알아야죠. 그래 초조하기만 합니다."

"그래?"

하고 이강국은 의아한 표정을 지었다.

"이현상 선생님은 제가 응당 자기의 거처를 알고 있을 거라고 생각하고 계시는 모양인데, 사실은 그렇지 않거든요."

이현상과 박태영의 관계를 알고 있는 이강국은 추호의 의심도 없이 누상동의 거처를 알려주고, 골목길이 트이자 그리로 들어가버렸다.

박태영은 고맙기가 한량없었다. 그 뒷모습에 대고 경례라도 하고 싶은 충동마저 일었다. 그러나 한편, '이강국 선생은 아무래도 당원으로서의 수양이 부족하구나.' 하고 웃는 마음도 있었다.

원색의 봄 299

공산당원은 어떤 일이 있어도 당 간부의 아지트를 본인에게 물어보지 않곤 남에게 가르쳐주어선 안 되게 되어 있었다. '박태영과 이현상의 관계니까.' 하고 이강국은 대범하게 생각했을지 모르나, 아내나 아들이나 남편, 또는 아버지를 찾는대도 아지트를 가르쳐줄 수 없게 되어 있었다.

이튿날 새벽부터 박태영은 이현상의 아지트로 되어 있는 집 대문 앞에서 서성거렸다. 어떤 기회에 대문이 열리기만 하면 들어설 참이었다. 그러지 않고선 대문 안으론 들어갈 수 없다는 걸 박태영은 너무나 잘 알고 있었다. 사전 연락도 암호도 없이 대문을 두드리고, '이현상 선생님을 찾아왔습니다.'라고 해보았자 통할 까닭이 없었다. 집은 한옥으로 꽤 큰 편이었는데, 근처의 집들과 특별히 구별할 수 있는 특징 같은 것은 없었다. 문패에 달린 이름은 이중하였다.

한 시간 대문을 바라보고 있었으나 육중한 대문은 열리지 않았다. 영원히 열리지 않을 것같이 보이기도 했다. 태영은 그 집을 한 바퀴 돌아보기도 했다. 집 좌우에 골목이 있고, 뒤쪽은 돌담을 사이에 두고 다른 집과 이어져 있었다. 당 간부의 아지트이니, 뒷집도 또한 준아지트쯤으로 되어 있을 것이라고 짐작할 수 있었다. 그런데 태영은 그 집 오른쪽 담에 조그마한 샛문이 달려 있는 것을 발견했다. 심부름꾼이나 식모아이들이 드나드는 출입구라는 것을 곧 알 수 있었다. 샛문은 담 한 부분을 도려내서 낸 것인데, 빈번히 사용하고 있다는 사실을 곧 알 수 있었다. 담 부분과 문 부분 사이에 먼지 같은 것이 끼어 있지 않아서였다. 태영은 대문보다 샛문을 지켜보기로 했다. 마침 근처에 전신주가 있어서, 전신주에 기대서서 누군가를 기다리는 척할 수 있었다.

몇 분인가 지났는데, 시장바구니를 들고 골목 어귀로 들어서는 중년의 부인이 있었다. 태영은 부인이 샛문으로 들어갈 것이란 예감을 가졌다. 아니나 다를까, 부인은 저만큼 전신주 그늘에 사람이 서 있는데도 개의치 않고 나직이 누굴 부르는 소리와 함께 샛문을 두드렸다. 태영은 재빨리 부인 앞을 지나치는 척하다가 샛문이 열렸을 때 막무가내로 부인을 따라 샛문 안으로 비비고 들어섰다.

"왜 이러는 거예요?"

샛문을 열어준 소녀가 질린 표정으로 앙살스럽게 말했다. 부인은 기가 막혀 말이 안 나온다는 표정이었다.

"난 이현상 선생님을 만나러 온 사람입니다. 이 선생님과 난 대단히 친한 사입니다. 수상한 사람이 아닙니다. 이름은 박태영입니다. 중요한 일이 있어서 왔습니다. 만나게 해주십시오."

박태영은 우선 자기의 무안을 덜려고 소녀에게 정신없이 지껄였다.

"그런 사람 없어요."

소녀가 이렇게 말하자 중년의 부인은 그동안 박태영의 관상을 살펴보고 위험인물은 아니란 생각이 들었던지 소녀에게 눈짓을 했다.

"그럼 여기서 기다리세요."

하고 소녀는 집 뒤로 돌아갔다. 중년 부인은 말없이, 바로 옆에 문이 열려 있는 부엌으로 들어가버렸다.

쉰 살 안팎으로 보이는 남자가 태영에게로 걸어왔다. 건강한 체구에 유순한 얼굴을 가진 사람이었다.

"어떻게 오셨습니꺼?"

뜻밖에 경상도 사투리였다.

"이현상 선생님을 만나러 왔습니더."

태영의 말투도 경상도 사투리가 되었다.

"누가 이 집에 이현상 씨가 있다고 합디까?"

"이강국 선생으로부터 들었습니더."

"이강국 씨가?"

하더니 물었다.

"당신 이름이 뭡니까?"

"박태영입니다. 이현상 선생님과는 지리산에서 같이 지냈습니다."

"그래요? 이리로 와보소."

하며 그 사람은 앞장을 섰다.

밖에서 보기보다 그 집은 넓었다. 집이 세 채나 울 안에 있었다. 행랑이 있고 사랑이 있고 몸채가 있었다. 남자는 사랑으로 보이는 건물 앞에 태영을 세워놓고 미닫이식으로 된 문을 열고 마루에 올라서서 태영이 보이지 않는 저쪽으로 돌았다. 잠깐 있더니 그 사람이 나타났다. 올라오라는 시늉을 했다.

이현상은 넓은 장판방에 병풍을 등지고 앉아 있었다. 옆에 문갑이 있고, 책상 위엔 책과 서류가 수북이 쌓여 있었다. 이현상은 옥색 마고자를 단정히 입고 표정 하나 없이, 들어오는 박태영을 맞았다.

태영이 무릎을 꿇고 공손히 절하고 좌정하자,

"어떻게 내가 여기 있다는 것을 알았소?"

했는데, 그 말투엔 약간의 노여움이 섞여 있는 듯했다.

"이강국 선생님께서 가르쳐주셨습니다."

"이강국이가? 그 사람, 일낼 사람이군."

태영은 등에 식은땀이 흘렀다. 일이 번거롭게 되지 않도록 하기 위해선 사정을 설명해야 했다.

"선생님을 뵙고자 한 일념으로 제가 거짓말을 했습니다."

"거짓말을 했다? 어떤 거짓말을 했단 말유."

"이현상 선생님이 저를 찾으신다는데 어디로 찾아가면 좋겠느냐고 했습니다."

"음."

이현상은 한동안 생각에 잠겼다가 물었다.

"뭣 때문에 나를 만나려고 했소?"

"전 지금 갈피를 잡을 수가 없습니다. 소속도 분명하지 않고, 과업도 없고, 어떻게 해야 좋을지……."

"박군의 신상은 이강국 동지에게 맡기고 있는데, 이강국 동지로부터 무슨 말이 없었던가?"

"민전 사무국에서 일하라는 말 외엔 아무 말도 없었습니다. 그런데 민전 사무국은 개점휴업 상태입니다. 이강국 선생님도 나오시지 않습니다. 민전의 일이 어디서 진행되고 있는지도 저는 알 수가 없습니다."

"민전의 진짜 본부가 어디에 있는지도 모른단 말이군."

"본부는 알고 있습니다."

"간판을 걸어놓은 곳이 본부가 아니란 얘기여."

이현상은 노골적으로 불쾌한 표정을 지었다. 그때에야 박태영은 깨달았다. 자기에겐 알리지 않고 민전이 본부를 옮겨버렸다는 것을. 그러고 보니 자기가 맴돌고 있던 장소는 위장일 뿐이었다.

'나는 철저하게 소외당했구나.'

박태영은 슬펐다. 이현상의 싸늘한 말이 떨어졌다.

"나는 박 동지가 그렇게까지 되어 있는 줄은 몰랐군. 한데 그렇게 된 책임이 어디에 있다고 생각하우?"

박태영이 알 까닭이 없었다. 그러니 그저 묵묵할 수밖에 없었다.

"박 동지와 접촉한 중간 간부들은 한결같이 박 동지를 싫어하니 어떻게 된 까닭이우? 나는 내가 너무 박 동지를 두둔하는 데 대한 반발이 아닐까 생각해서 일체 무관심한 척해봤지만, 결과는 마찬가지야. 박 동지의 뛰어난 재질이 당을 위해 보탬이 될 수 없다는 건 참으로 아쉬워."

박태영은 '당으로부터 일단 반동분자로 결정을 받으면 도저히 헤어날 수 없구나.' 하는 절망을 되씹었다. 그런 결정을 한 사람들은 자기들의 결정이 끝내 옳았다는 증거를 찾으려 하고, 하부 당원들은 그러한 간부들에게 아첨하는 기분으로 그런 증거를 제공하려 하는 조작이 결국 당사자에겐 헤어날 수 없는 늪이 되는 것이 아닐까. 박태영은 자기가 모르는 장소에서 진행되는 다음과 같은 대화를 쉽사리 상상할 수 있었다.

"그 박태영이란 사람, 요즘은 어때?"

"자기 버릇 개 주겠습니까."

"아직도 반항적 자세가 있단 말이지?"

"그럼요. 워낙 자존심이 강해서, 사사건건 불만투성이인 것 같애요."

"당이 요구하는 건 충성이야. 아무리 능력이 있어도, 아니 능력이 있을수록 충성도가 약하면 위험인물이 돼. 박태영은 계속 경계해야 해."

이런 대화가 오가고 있다면 박태영이 설 자린 당 안엔 없다.

"그러니 전 어떻게 해야 하겠습니까?"

태영이 머리를 조아렸다.

"나와 같이 있게 했으면 좋겠지만 그럴 수도 없구."

이현상도 박태영을 위해서 고민하고 있는 터였다. 박태영에 대한 중상과 모략이 거의 사실이 아닐 것이라고 믿기는 하지만, 그런 와중에 있는 사람을 가까이에 둘 순 없었다. 말하자면 아직 당적에 복귀하지 못한 비당원을 당 중추에 둘 순 없었다.

"어떻게 하면 좋을지 박 동지 자신이 말해보우."

처음으로 이현상의 입에서 인간적인 말이 나왔다.

"부산으로 가서 노동식 동지의 노동조합 일을 도왔으면 하는데 어떻겠습니까?"

"그건 안 돼."

이유도 들먹이지 않고 이현상은 잘라 말했다.

"전처럼 경성대학 일을 보면 어떻겠습니까?"

"그것도 안 돼. 대학에서의 조직은 벌써 확고한 기틀을 잡았어. 거기다 또 새로운 사람을 투입할 순 없지."

이것도 안 된다, 저것도 안 된다. 그렇다면 말을 안 한 것보다 못하지 않은가. 박태영의 심정은 그랬다. 그런데 이현상으로선 박태영이 비당원이란 점이 문제였다. 당원이라야 할 수 있는 일을 비당원이 지원하니 될 말인가.

"그럼 전 혁명 전선에서 탈락할 수밖에 없지 않습니까?"

이미 탈락했지만, 이현상은 그렇게까지 말할 순 없었다.

"탈락이 아니라 당분간 쉬는 것이 좋을지 몰라."

이건 이현상의 박태영에 대한 애정이었다. 이현상이 박태영을 예사롭게 생각했다면, 위험한 과업을 맡겨 당의 제물로 만들 수도 있었다.

"쉰다고 해서 혁명 전선을 이탈하는 건 아니지. 일선에 있다가 후방으로 돌 수도 있고, 후방에 있다가 일선으로 나올 수도 있고 하지 않은가. 그러니 당분간 후방에서 공부나 하게."

박태영은 이 말을 출당 선고로 받아들였다. 자기도 모르게 눈물이 나

원색의 봄 305

왔다. 이현상은 그런 박태영을 한참 동안 지켜보다가 말을 이었다.

"박군이 있는 곳을 알려줘. 당분간 쉬고 있으면 내가 부를게. 그때 다시 만나 혁명 과업을 완수하자구. 당분간은 이 집의 전화를 이용해. 이중하 씨를 찾아 박군의 주소를 알리면 돼. 이편의 변동이 있을 땐 이중하 씨가 연락하도록 할 테니까."

박태영은 할 말이 가슴속에 꽉 차 있었으나 그만두기로 하고 일어섰다.

대문을 나설 때 그 집 주인 이중하가 태영에게 봉투를 내밀었다.

"용돈입니다. 이 선생님이 드리는 겁니다."

태영은 그 봉투를 무감동하게 받아 넣었다.


"이것이 좌절이냐, 해방이냐!"

태영은 좌절이라고 해도 슬프지 않고, 해방이라고 해도 기쁘지 않았다. 무감각하다는 표현이 옳을지 몰랐다.

태영의 무감각한 마음 앞에, 그러나 6월의 태양은 눈부시게 깔려 있었다. 이제 막 생활이 시작됐다는 듯 생기가 넘쳐 보이는 거리가 어쩌면 저 먼 어느 나라의 거리처럼 느껴졌다.

혁명의 의욕이 사라졌을 때 거리는 생기를 잃는다. 생활에 대한 의욕이 결여되어 있을 때 거리는 의미를 잃는다.

'나는 이 거리에 지금 방관자로서 지나가고 있다. 혁명의 바람이 불건 반동의 바람이 불건 이미 내가 알 바 아니다.'

이때 태영의 뇌리를 스친 시구가 있었다.

"태양은 단애斷崖 위에서 타오르고, 고민은 나지막이 육교 밑을 거닌다."

'내게 있어서 고민이란 무엇일까. 좌절된 의지가 고민인가, 해방된

육체가 고민인가.'

태영은 오늘 하루 동안 서울의 거리란 거릴 다 쏘다니며 지내기로 작정했다. 사슬에서 풀려난 사자가 거리에 튀어나온 것처럼 쏘다니고 싶었다. 그런데 그 사자라고 자처하는 놈이 기껏 곤충일 수밖에 없다면 한 폭의 만화가 될 것이 아닌가.

'만화라도 좋다. 만화 속의 주인공이면 더 바랄 나위 없다.'

그러다가도 '어떤 몇 사람의 조작이 한 인간으로부터 혁명의 의지를 박탈할 수 있을까.' 하는 의문에 부딪혔다.

'공산당만이 혁명 전선일까?'

답은 공허했다. 선뜻 마포 공덕동의 쓰러져가는 집에서 살고 있는 신용우의 모습이 떠올랐다. 그건 좌절된 의지가 해방된 육체에 깃들어 있는 상징적인 몰골이라고 해도 좋았다.

"나는 고려공산당 최후의 일원이다."

이게 신용우에게 위안일 수 있을까.

동대문을 돌면서 이런 생각을 하다가 태영은 공덕동 쪽으로 방향을 돌렸다.

을지로 입구에 나섰을 때는 정오였다. 그 정오의 햇빛 아래 그늘이 가셔진 백라白裸의 길가, 은행의 벽돌담을 등지고 앉아 있는 사나이를 보았다. 때 묻은 일본 군복을 걸친 그 사나이는 나이를 겨냥하기 어려웠고, 얼굴은 먼지 빛깔이었다. 사나이 앞에 놓인 것은 불개미 더미였다.

태영은 걸음을 멈추고 서서 불개미 더미를 내려다보았다. 먼 데서 보면 불분명한 윤곽의 검은 더미에 불과한데, 가까이에서 보니 무수한 생명의 집합이었다. 무수한 생명이 밀집해서 전체가 하나의 생명인 것처럼 움직이고 있었다. 무수한 수이면서 하나인 그 더미는 지켜볼수록 그로테스크한 양상을 띠고 태영의 가슴에 파고들었다.

"이것, 뭡니까?"

태영이 물었다.

"불개미요."

슬쩍 들여본 사나이의 눈은 황탁해 있었다. 영양실조의 흔적이었다.

"팔 거요?"

"팔 거요."

"이걸 어디다 쓰죠?"

"남자의 양기를 돋우는 데 그만입죠."

그로테스크한 불개미 더미를 씹어 먹어 남자의 성기를 힘 있게 한다는 사상은 통쾌할 만큼 그로테스크했다. 태영은 마음에 들었다.

"전부 얼마요?"

"천 환만 내슈."

태영은 아까 이중하로부터 받은 봉투를 뜯지도 않고 쑥 내밀고 불개미를 싸달라고 했다. 사나이는 불개미를 싸기 전에 봉투 속의 돈을 세다 말고 황탁한 눈으로 태영을 봤다.

"그것 다 줄 테니 빨리 싸줘요."

사나이는 주섬주섬 불개미를 시멘트 포장지로 싸서 끈으로 묶으려고 했다.

"묶을 필요 없소."

태영은 그 꾸러미를 받아들고 남대문 앞까지 갔다 수십만의 생명이 꾸러미 속에 있다는 생각이 태영을 간지럽게 했다. 염천교 다리 가까이에서 좁다란 공터를 발견한 태영은 그 공터로 가서 꾸러미를 풀었다. 그리고 씨앗을 뿌리듯 한 줌씩 쥐어 불개미를 공터 가득히 헤쳤다. 작

열하듯 하는 여름의 햇볕을 자그마한 등으로 쐬며 불개미들은 우왕좌
왕하더니, 누군가가 명령이나 한 것처럼 다시 한군데로 모여들었다. 박
태영은 그들이 모이길 기다려 그 더미 위에 흙발을 얹었다. 그리고 입
을 악물기까지 하면서 그 불개미들을 밟아 문질렀다. 그 유린 행위를
태영은 한동안 계속했다. 보는 사람이 있었다면 그를 미친 사람이라고
생각했을 것이다.

# 폭풍 전야

미소 공위는 무위로 돌아갔다.

스티코프 일행은 평양으로 떠났다. 공산당을 비롯한 좌익 계열은 태양이 떨어진 배나 다를 바 없었다. 내일에라도 공산 정권이 설 것 같았는데 스티코프가 떠나고 보니, 일장춘몽에 뒤이은 환멸만 남았다.

정판사 위조지폐 사건 문제는 군정청의 진상 발표와 더불어 돌이킬 수 없는 약점이 되었다. 당국이 제시한 증거를 반증할 자료가 모자랄 뿐 아니라, 그 문제로 인해 당내에 불화까지 생겼다.

조선공산당 본부가 수색을 받았다. 힘으로 그런 수모를 막지 못했다는 것은 공산당의 무력을 만천하에 폭로한 거나 다를 바 없었다.

해방일보는 정간 처분을 받았다. 공산당의 입이 없어진 거나 마찬가지였다.

포스터와 삐라를 규제하는 법령이 내려졌다.

드디어 공산당 본부 건물을 명도하라는 명령이 떨어졌다. 서울역에 내려서기만 하면 하늘 일각을 점령하듯 으리으리하게 걸려 있던 '조선공산당 중앙위원회'란 현수막을 걷어 없애야 했다.

이런 일이 있을 줄 알고 공산당은 합법당과 지하당의 이원 조직으로 정비하고 있기는 했으나, 합법 부분에서의 그러한 후퇴는 당으로서 커다란 타격이었다.

이승만은 단독 정부 수립을 들고 나와 공공연하게 공산당과 싸울 각오를 피력했다. 이것은 공산당의 실력이 별게 아니란 판단이 선 결과라고 볼 수 있었다.

서울국립대학 종합안이 발표되었다. 사상 투쟁의 근원지로서 경성대학을 이용하려는 공산당의 책략에 물을 끼얹는 거나 같은 일이었다.

잇달아 미국 육군성은 한국을 항구적인 군사 기지로 만들 것이란 계획을 발표했다.

일제 이래의 공산당 간부 조봉암曺奉岩이 박헌영에 대한 비난을 곁들여 조선공산당을 반대하는 성명을 발표했다.

위조지폐 사건 관련 혐의로 박헌영의 왼팔과 같았던 이관술이 체포되었다.

이렇게 되고 보니 박헌영의 심기가 편할 까닭이 없었다. 분통이 터질 지경이었다. 박헌영은 7월 7일 일요일, 명륜동의 아지트에 심복들을 소집했다. 중앙위원 전원이 참석하진 않았지만, 그 모임에서의 결정이 공산당의 의사로서 요약될 것이다.

그 자리에 모인 자들은 박헌영, 이승엽, 이강국, 김삼룡, 이현상, 이주하 등이었다.

사회를 맡은 박헌영은 처음부터 서슬이 시퍼랬다. 어떤 놈이건 자기의 의견에 반대하는 놈이 있기만 하면 통째 씹어 삼킬 것처럼 독을 피웠다.

"여보, 동지들. 꼴이 이게 뭐요? 공산당이 이 꼴로 돼서 되겠수? 모두들 뭘 하는 거요. 오늘은 사생결단을 내야겠소. 정판사 사건 하나 감당할 수가 있나, 본부 건물 하나 유지할 수가 있나? 이래가지구 정권을 탈취할 수 있겠수? 경제 투쟁에 승리할 수 있겠수? 사상 투쟁에 성공할 수 있겠수? 말짱 헛수작이었단 말유. 서울에만도 당원이 20만이나 있다면서 본부 수색 하나 막지 못했단 말유?"

"미리 전술이 짜여 있지 않았기 때문에 생긴 착오 아니겠습니까?"

이승엽이 넌지시 한마디 했다.

"뭐라구요? 위급할 때 당을 보호하는 것은 전술 문제이기 전에 자연 발생적인 반응이어야 하는 거요. 글쎄, 투쟁 조직으로서의 당이, 그 당의 당원이 긴급 사태가 벌어졌을 때 꼭 지령을 기다려 행동한단 말유? 이승엽 동지, 그렇다면 당수가 묶여 가는 것을 보고도 미리 짜인 전술에 따른 지령이 없다고 해서 수수방관해야 한다는 얘기 아뉴? 본부를 수색할 때만 해도 그렇지. 20만 당원이 스크럼을 짜고 시위라도 한번 했더라면 호락호락 본부 건물의 명도령은 내리지 못했을 거요. 모두들 뭣하고 있단 말요. 무슨 일이 나면 꽁무니나 슬슬 빼구……. 모든 것을 자기 책임으로 하고 희생정신을 발휘할 당원이 한 사람도 없단 말유? 뭐든 내가 지령을 내리지 않으면 안 된단 말유?"

"개인 행동을 너무나 심하게 규제한 때문이 아닐까도 생각하는데요."

김상룡의 의견이었다.

"되도록 노출되지 않도록 하라는 지시도 있었으니까."

이현상도 한마디 끼웠다.

그런 말들이 모두 박헌영의 신경을 자극했다.

"정해진 방침을 개인 행동으로 변경하지 말라는 거지, 당의 위기를 보고도 가만있으란 얘기는 아니지 않소. 글쎄, 노출을 삼간다고 해서 당의 간부가 붙들려 가는데 격투 한 번 벌일 당원이 없었단 말유? 안 돼요, 안 돼!"

박헌영은 숨을 거칠게 내쉬며 말을 이었다.

"그것만이 아니우. 그 조봉암이란 놈이 내게 뭐라고 했수? 당에 대해 뭐라고 했수? 그런 놈 하나 잡아 없앨 수 없는 이 조직이 투쟁 조직이란 말유? 당을 반대하고 당수를 비난하는 그런 놈은, 그 따위 아가리를 벌리기가 바쁘게 해치워야 하는 거요. 종로 네거리에서 사지를 찢어야 하는 거유. 그 대갈통에 권총알을 쏴 넣어야 하는 거유. 그래야만 당을 겁낼 것 아뉴? 반동들에게 겁을 주지 못하는 당이 앞으로 무슨 투쟁을 하겠다는 거유? 공산당이 무슨 사교 클럽인 줄 아시우? 공산당이 무슨 학술 단첸 줄 아시우? 안 될 말이우. 안 될 말이구말구."

박헌영의 상체가 부들부들 떨렸다. 입 언저리에선 게거품이 끓었다.

"그러니까 이렇게 모인 것 아닙니까. 지난 일은 도리가 없으니, 앞으로 닥칠 일 의논이나 하십시다."

이현상이 정중하게 말했다.

"뭣보다 투쟁 조직으로 강화해야겠소. 그 방식을 연구해보우."

박헌영이 이렇게 말하자, 이주하가 나섰다.

"투쟁 조직이 되려면 우선 폭력 조직이 되어야 하지 않겠소?"

"이런 식으로 나가다간 안 되겠수. 차근차근 근본 문제부터 다져나갑시다."

하고 이현상이 질서 있는 회의를 하자고 제안했다. 그러자면 정세 파악부터 시작해야 했다. 그래 다음과 같은 결론이 나왔다.

미국이 적임을 재확인한다. 소극적으로 적대시만 하고 있을 것이 아니라, 적극적으로 타도해야 할 적이란 것을 인식해야 한다.

미소 공위에 희망을 두고 있을 때는 가능한 한 미국의 비위를 거스르지 않도록 노력했지만, 공위에 기대하기가 어렵게 된 마당이니 그런 신경을 쓸 필요가 없다.

종래에도 미 군정을 비판했지만 간접적·소극적이었다. 그러나 지금부터는 사사건건 날카로운 비판을 한다. 그들의 침략적인 의도를 폭로한다.

폭력과 난동을 다음다음으로 일으켜 군정 질서를 마비케 해야 한다. 요컨대 우리 당의 세력이 얼마나 강한가를 과시해야 한다. 혁명의 길은 폭력에 의할 수밖에 없다는 사실을 재확인한다.

조선공산당이 건재하다는 것을 북쪽을 비롯해서 중국, 소련, 나아가 세계 만방에 알리도록 끔찍한 사건을 조작해야 한다. 그러자면 전국적 규모로 폭동을 일으켜야 한다. 그리고 그 폭동을 인민 항쟁이라 한다.

이상과 같은 판단에 의해 구체적인 전술을 짜기 시작했는데, 그에 앞서 당원 파악이 있었다.

"조직을 맡은 이현상 동지가 보고하시오."

박헌영이 명령했다.

"1급 당원 수를 보고하겠습니다. 서울·경기도를 합쳐 7만, 강원도 2만, 충청남도 1만, 충청북도 5천, 전라북도 3만, 전라남도 4만, 경상남도 5만, 경상북도 6만, 제주도 2천, 도합 28만 7천 명입니다. 다음은 2급 당원입니다. 서울·경기도 21만, 강원도 4만, 충청남도 2만, 충청북도 1만, 전라북도 6만, 경상남도 10만, 경상북도 12만, 제주도 4천, 도합 56만 4천 명입니다. 후보 당원과 심복의 수는 이 수의 2배로 보면 되겠습니다. 그러니 병력으로 치면 개산槪算 2백만이라고 볼 수 있습니다."

"여보시오, 개산이란 게 뭐요?"

이승엽이 불만스러운 얼굴을 했다.

"작전 계획을 세울 때는 과학적인 수를 내지요. 개산이라고 한 것은, 중앙을 비롯해서 각 지방 당부에 지금도 당원의 변동 상황이 있기 때문입니다. 7월 15일 현재의 당원수를 한 명의 착오도 없이 계산하도록 하겠습니다."

"성인 인구를 1500만으로 치고, 거기서 노쇠한 자와 병자를 빼면 1천만 내외의 남녀가 남을 텐데, 당원 총수 2백만이라면 대단하지 않습니까?"

이주하가 약간 의심스럽다는 투로 말했다.

"후보 당원과 심복의 수를 넣은 거니까 백만 미달이라고 보아야겠죠."

이승엽이 타이르듯 말했다.

"당원을 80만으로 잡고도 80만 대군 아뇨? 80만 대군을 갖고 있으면서도 혁명을 못 해? 당이 이 꼬락서니라?"

박헌영이 다시 흥분했다.

"조직과 훈련만 잘되면 혁명을 하고도 남지요. 미 군정의 경찰이래야 불과 3만, 미군의 수는 2만. 80만이 5만을 상대로 싸움을 못 해요?"

이강국이 이때까지 다물고 있던 입을 열었다.

"80만이 있으면 그중 8만은 정예 당원으로 칠 수 있지 않겠소?"

박헌영이 좌중을 둘러보며 물었다.

"8만은 넘겠죠, 정예 당원이."

김상룡의 말이었다.

"정예 당원이 8만은 될 거라구요? 8만이면 8개 사단이오. 8개 사단의 정예 부대라면 그야말로 못 할 짓이 없을 거요. 꼭 그렇다는 자신이 있다면 우리, 북쪽으로 가서 무기를 얻어옵시다그려!"

이주하는 아무래도 그런 수가 믿어지지 않는지 투덜대는 투였다.

"여보, 이 동지."

박헌영의 핀잔 섞인 말이 날아왔다.

"이 동지는 숫제 패배주의 아뇨?"

"패배주의가 아니라 신중주의입니다."

"그 신중이 지나치면 패배주의가 된단 말요."

박헌영은 불쾌감을 숨기려 하지 않았다.

"당수 동지."

하고 이주하는 정색을 했다.

"당수께서 아까 뭐라고 했습니까. 당이 수색을 당하고 간부가 체포를 당해도 속수무책으로 있는 당이 무슨 투쟁 조직이냐고 하시지 않았소? 80만의 당원, 8만의 정예 당원이 있다면 결코 그럴 수 없었을 것 아닙니까. 당이 수색을 당하는 날 서울을 불바다로 만들 수 있었을 것이고, 군정청 본부는 잿더미로 만들 수도 있었을 겁니다. 우익 반동놈들이 벌벌 떨고 밤잠을 자지 못하게 만들고, 놈들이 오금이 떨어지지 않아 집회 같은 건 엄두도 내지 못하게 할 수도 있었을 겁니다. 그런데 사실 어떠했습니까. 아무 일도 없었죠? 그런데도 80만 당원, 8만 정예 당원이 있다고 해요?"

박헌영이 심각한 표정으로 이현상을 건너다봤다. 이현상은 이주하를 잠깐 노려보다가 물었다.

"이주하 동지, 그렇다면 내 보고가 틀렸단 말입니까?"

"틀리지야 않았겠지요. 그러나 그건 오직 수뿐이란 말입니다. 당원이란 이름의 수가 그만큼 있다는 얘기일 뿐이란 거죠. 병력으로서 믿을 당원은 못 된다, 이 말예요."

이주하는 쌀쌀하게 말했다.

"당이 당원을 믿지 못하면 어떻게 되는 겁니까?"

이현상이 말했다.

"믿을 수 있는 당원으로 만들어야죠."

이주하의 말은 여전히 쌀쌀했다.

"어떻게 하면 그렇게 만들 수 있겠수?"

이현상의 말소리는 떨리고 있었다.

"그게 당의 과업 아닙니까. 그렇다고 해서 이현상 동지 개인이 책임져야 할 문제는 아니니 흥분하지 마세요. 그리고……."

이때 박헌영이 이주하의 말을 막고 나섰다.

"이주하 동지는 자꾸만 그렇게 회의적인 태도만 보일 게 아니라 구체적인 대안을 내놔야 될 게 아뇨?"

"일단 생명을 내걸고 당을 위해 봉사할 당원을 확인해봅시다. 그 확인된 결과에 따라 계획을 짜야 할 게 아닙니까?"

이주하가 말하자,

"미리 계획과 전술을 짜놓고 당원을 그 계획에 맞추어 훈련시키는 것도 하나의 방법 아니겠습니까?"

하고 이강국이 말했다.

"손자병법에 어긋나는 소린데……."

라고 한 사람은 김삼룡,

"확인을 한다지만 그 방법이 우선 문제 아닐까요?"

라고 한 사람은 이강국,

"확인도 하고 계획도 짜고, 그 계획에 맞춰 당원을 훈련시키구,……세 가지 일을 동시에 추진할 수 있지 않겠소?"

하고 박헌영이 그 문제의 토론은 일단 매듭짓도록 했다.

이어 정예 당원 확인 작업은 이현상이 책임지기로 하고, 폭동 계획 수립 책임은 김삼룡이 지기로 하고, 당원 훈련 책임은 이주하가 지기로 했다.

그러나 대강의 방침은 정해둘 필요가 있다고 해서 다음과 같은 합의를 보았다.

1. 전평 산하의 노동조합을 동원해서 전국적인 파업에 돌입한다. 이로써 군정 질서를 완전히 마비케 한다. 파업 돌입은 10월에 한다.

2. 미 군정 질서 마비를 틈타 역시 10월에 농민을 중핵으로 하는 폭동을 일으킨다. 이렇게 하면 도시와 농촌을 한꺼번에 혼란시킬 수 있고, 노동자와 농민의 유대를 강화시킬 수 있다.

3. 이상과 같은 전체적인 계획은 당에서 짜고, 파업의 세부 계획은 전평상무위원회全平常務委員會에서, 농민 폭동은 당 선동부에서 준비한다.

4. 동원될 수를 정확하게 예상하고 중점 지역을 특히 설정하되, 계획엔 당원 훈련 목적도 가미해야 한다.

5. 선전 선동문 작성·배포를 위해 각 지구당에 지령해서 지금부터 종이 확보를 서두르도록 한다.


부산에서 노동식은 중앙으로부터 엄청난 지령을 받았다. 부산에 있는 각종 노동조합 조직을 강화해서 정해진 날짜에 총파업에 들어가는데, 각 조합은 공통적 투쟁 목표와 특수적 투쟁 목표를 세워 각각 요구 조건을 달리 준비해놓으라는 것이었다. 부산시의 산업, 교통, 기타 행정이 완전히 마비되도록 치밀하고 철저한 계획을 세우고 추진하라는 단서를 붙인 지령이었는데, 노동식은 그 지령을 받자 마음이 편하지 않았다.

전평 부산 지부의 간부 회의를 열기에 앞서 노동식은 부산시의 문화 단체 오르그를 맡고 있는 동창생 최창덕을 찾았다. 대강의 방향을 의논하기 위해서였다. 최창덕은 부산상업학교 동창생인데, 그림그리기를 좋아하고 글쓰기도 좋아하는 딜레탕트로서 호인이란 평을 받고 있었다.

두 사람은 날씨도 무덥고 해서 다대포 해변으로 나갔다. 툭 트인 넓은 곳에서 밀담을 하는 것이 편리하다는 점을 정치 운동 체험을 통해서 두 사람이 잘 알고 있는 터였다.

노동식이 말을 꺼냈다.

"올가을엔 아무래도 큰일을 낼 모양이더라."

"그럴 것 같애. 문련文聯엔, 맹원의 명단을 확인하고 당성을 검토한 후에 보고하라는 지령이 와 있어. 그런디 당성을 어떻게 검토하노. 1, 2, 3, 세 등급으로 나눠서 보고하라는데, 무슨 기준이 있는 것도 아니어서 참말로 딱해."

최창덕이 투덜투덜 말했다.

"내게 내린 지령은 그런 정도가 아니라."

하고 노동식이 차근차근 설명했다. 조용히 듣고 있더니 최창덕이 말했다.

"그런 걸 나한테 얘기하몬 우쩌노. 내가 무슨 도움을 줄 수 있는 것도 아니고."

"도와달라는 기 아니라, 하두 큰일이라서 의논을 해볼라쿠는 기다."

"무슨 의논?"

"들어봐. 노동자가 파업을 한다쿠몬 임금 인상, 노동 시간 축소, 보건

후생의 보장, 취직 또는 퇴직에 관한 요구, 대강 이런 것 아니겠나."

"그렇지."

"그렇다면 소도 언덕이 있어야 비벼댈 것 아닌가배. 그런디 철도노조는 정부란 상대가 있응깨 파업하고 투쟁할 대상이 있지만, 우선 부두노조만 해도 파업까지 할 형편이 못 되는 기라. 화물선이 들어온다캐야 일주일에 수천 톤짜리 한 척 있을까 말까 해서, 하역 회사가 수지가 안 맞거든. 노동자들도 그런 사정 아는 기라. 그런깨 '적게나마 골고루 일을 나눠주자. 이익이 박해도 서로 참자.'고 되어 있거든. 그런 판이니 파업을 하자고 우떻게 말하느냐 말이다. 당 중앙의 명령인깨 명분이 서건 안 서건 파업을 하자고는 못 할 것 아니가. 그랬다간 단번에 분열되는 기라. 이때까진 정세에 따라 용케 행동해서 가까스로 단합을 유지하고 있는디 말이다."

"그렇겠구나."

"그런디 또 이상한 기 있어. 노동자들에게 파업을 하라쿠는 건 생활 조건을 향상시키자고 하는 긴디, 이건 그기 아니라 부산시 전체를 마비시키는 데 목적이 있는 기라. 부산시가 마비되면 제일 먼저 굶어죽는 건 노동자가 아닌가배. 하루 벌어 하루 먹는 처지의 노동자가 한꺼번에 일손을 멈춰봐. 우떻게 되겠노?"

"굶어죽게 되면 강도질이라도 할 것 아니겠어? 노동자가 전부 강도로 변하면 부산은 엉망진창이 될 낀디, 그기 바로 혁명 기풍의 조성 아니가. 당은 기걸 노리고 있는 기 아닐까?"

"혁명 기풍만 조성해놓고 혁명을 성공시키지 못하면 우찌 될 거고?"

"당 중앙에 그걸 한번 물어부지 그래."

"그런 것 묻다가 큰코다칠라꼬."

"당 중앙이 하는 짓도 우섭더라야. 어떨 땐 정신 상태가 의심스러워. 문화 단체라 해놓고 벽보 붙이는 사람을 모아놓은 셈으로 치고 있응깨 말이다."

최창덕은 이렇게 말하고 싱겁게 웃었다.

"아닌 게 아니라 그렇겠고나. 문학동맹 한다면서 문학은 안 하고, 안 하고가 아니라 잡지 한 권 낼 생각 안 하고 벽보 붙이는 일만 하고 있으니 그것도 딱한 일이고만."

노동식은 비교적 문련의 내막을 잘 알고 있는 터였다.

"미술동맹도 그렇지. 전람회라도 할까 하면 모든 예술은 인민에게 복무해야 한다나? 그러니까 전람회 같은 그런 부르주아적인 노릇은 반동 행위라는 기지. 어이가 없어."

"어이가 없지. 그러나 어떻게 할 도리가 있나? 시키는 대로 해야지."

노동식이 이렇게 말하자, 최창덕이 우울한 표정을 지으며 투덜댔다.

"그러나저러나 혁명이라쿠는 기 되는 것가, 안 되는 것까?"

"문련의 오르그가 그 따위 소릴 하면 어찌노?"

"누군가가 문련을 문화단체총연맹이 아니라 문둥이단체총연맹이라쿠더카만, 그래놓응깨 내 같은 놈을 끌어다 오르그 노릇을 하라쿠는 것 아니가?"

지평선 아득히 돛단배 하나가 지나가고 있었다. 보일 듯 말 듯한 그 배를 눈으로 쫓던 최창덕이 말했다.

"마음 턱 놓고 그림 한번 그려보면 좋겠다."

"팔자 좋은 소리 하지도 말아라. 나는 지금 똥이 탈 지경인디."

"세포 회의를 열어 결정하라몬."

"그게 곤란하단 얘기다. 이번 지령은 절대로 복종해야 한다. '반론을 허용하지 않는다.'라고 돼 있어. 어설프게 세포 회의를 열었다간 정보가 누설돼서 어떤 결과가 올지 몰라."

"세포 회의에 걸지 않고 우쩔 끼고, 그라몬."

"내 자신 방침과 각오가 서 있어야 세포 회의에 걸 것 아니가. 이대로는 안 돼."

생각할수록 노동식은 사태가 어렵게만 보였다. 단 한 달, 아니 일주일을 지탱할 끼니라도 준비해놓고 파업을 하든지 장난을 하든지 해야지, 대부분이 잡곡은커녕 겨도 구하지 못해 예사로 때를 거르는 마당에 무작정 파업을 선포한다는 것은 노동조합을 분해하는 결과밖에 더 될 것이 없었다.

그러자 최창덕이 불쑥 말했다.

"철도노조하고 남전노조南電勞組만 파업을 하도록 하라몬. 그밖의 노조는 자네 말마따나 서툴게 건드렸다간 본전도 못 찾을 낑깨. 철도노조와 남전노조가 파업에 들어가면 동정 파업이란 명목으로 며칠쯤 다른 노조도 파업을 하는 기라. 그런깨 다른 노조헌텐 시기가 올 때까지 가만있으라꼬 하고 우선 철도노조와 남전노조만 상대로 하는 기라."

노동식은 역시 최창덕에게 의논해본 것이 잘됐다는 생각이 들었다. 참으로 멋진 안이었다. 당 중앙 지령의 체면을 최창덕의 안으로 세울 수 있을 것이다. 그러나 우울한 마음은 남았다. 노동조합의 지구地區 오르그가 노동 운동의 원칙 또는 당의 원칙에 따라 행동을 못 하고 기껏 당 중앙에 대한 체면치레에 급급하는 것은 아무래도 정상이 아니기 때문이었다.

'당 중앙의 전술이 틀려먹었으니까 도리가 없다.'

이런 변명은 있을 수 있지만, 틀려먹었다고 생각하면서도 추종하지 않을 수 없는 그런 상황 자체가 불쾌했다.

"총파업을 해서 부산시를 마비시켜 혁명 기분을 조성해놓고는 우쩔 작정인고?"

최창덕이 물었다.

"인민위원회 권능을 회복하고 인민공화국 체제를 확립한다는 거지."

"미국이 순순히 들어줄까?"

"하지에게 가서 물어봐서는 모르지."

"일만 내놓으면 우찌든 될 끼다 싶어 하는 노릇 아닐까. 안 있나, 조센진의 그 근성 말이다."

"설마 그렇기야 할라꼬?"

최창덕도 뭔가를 골똘하게 생각하는 모양이더니 중얼거렸다.

"노동자는 파업을 하도록 해놓고 문련에는 경찰서에 방화나 하라쿠는 지령이 내려질지도 모르겠다."

"그런 지령이 내려질지 모르지."

노동식이 정색을 하고 말했다.

"그럴 가능성이 있겠재?"

최창덕이 긴장된 표정으로 물었다.

"틀림없이 있을 끼다. 경찰서 아니면 도청을 불태우라고 할지 모르지."

최창덕이 질린 표정이 되었다. 단번에 얼굴이 핼쑥하게 된 기분이었다.

"그런 지령이 내려졌을 때 결행할 만한 놈이 문련 안에 있나?"

"씨부리는 걸 보면 용두산이라도 떼메고 갈 것 같은 놈이 많지만, 막상 그런 지령을 내리면 어찌 될지 모르지. 있기야 몇 놈은 있을 끼다만. 벽보 붙이다가 들켜 두들겨 맞고 나온 놈들이 경찰이라쿠몬 이를 갈고 있응깨 보복할 기회만 있으면 할 끼다만."

그런 점으로 봐선 공산당의 전술은 신통했다. 아직 각오가 서지 않은 놈에겐 위험한 일을 시킨다. 위험한 일을 하고 나면 자연 경찰관을 무서워하게 되고 이어 미워하게 된다. 경찰관을 미워하게 되면 공산당으로선 첫 출발이다. 만일 붙잡히면 그 미움은 배가된다. 그런 효과가 있으니까 당원을 붙잡히게 꾸미는 경우도 있다.

노동식은 이런 것을 생각하다가, 그 반대의 경우도 있다는 것을 생각했다. 위험한 일을 하고 나면 겁을 먹고 탈락하는 놈도 있고, 경찰의 앞잡이로 전신하는 놈도 있다. 그렇게 해서 탈락할 놈을 미리 탈락하게 하는 것도 공산당이 노리는 목적이었다. 그런데 아무리 좋은 목적이라 해도 사람을 수단으로만 쓰는 태도를 전면적으로 긍정할 순 없었다.

"파업을 한 뒤에 어떻게 하라는 지령은 없었나?"

"없어."

"덮어놓고 파업만 하면 된다는 얘기구만."

"도저히 들어줄 수 없는 요구 조건을 내걸고 무한 투쟁을 하라는 거지."

"그러다가 사고가 발생해서 죽는 사람이 생기면 어떻게 해."

"죽는 사람으로 하여금 죽게 해라, 그런 거겠지."

"그런 무책임한 일을."

"혁명 운동을 하다가 죽는 사람이 나타난다고 일일이 책임을 질라쿠다간 우찌 될라꼬. 혁명이란 본래 무책임한 기라."

"너헌테 책임 추궁을 하몬 우짤래?"

최창덕은 아무렇지 않게 이야기했지만, 그게 노동식의 가슴에 꽂혔다.

'그렇다. 죽는 사람이 발생할 거라는 예상도 해야 하는구나. 그럴 경우 나는 어떻게 하지?'

이렇게 생각하면서도 노동식은 말했다.

"단위 조합 위원장이 안 있나. 철도노조는 철도노조대로, 남전노조는 남전노조대로……. 내야 뭐, 표면에 서진 않을 거니까."

"표면에 안 서도 부산선 너가 실질적인 사령관 아니가. 넌 지령만 해놓고 책임은 안 지겠단 말이가?"

"지령이야 중앙에서 한 것 아니가."

"부산에서 실행하는 건 너 아니가."

우울한 얘기였다. 노동식은 바다에서 눈을 돌려 하늘을 쳐다봤다. 하얀 구름 조각이 이곳저곳에 떠 있을 뿐, 걷잡을 수 없을 만큼 하늘은 넓었다. 노동식은 자기도 모르게 한숨을 쉬었다.

"무엇을 어떻게 하건 네가 책임을 진다고 전제하고 중앙의 지령을 실행해야 하는 기라. 어떤 결과가 되어도 말이다. 성공하면 영광은 당 중앙으로 가고, 실패하면 우리 책임인 기라. 그런 걸 미리 알고 행동해야 해. 이게 우리의 양심인 기라."

최창덕이 노동식의 고민을 이해하고 한 말이었다.

"당원으로서의 책무와 인간으로서의 양심이 일치될 수만 있다면 어떤 곤란을 극복하고라도 떳떳이 일하겠는데, 그게 안 된단 말이다."

"너는 생각하기보단 센티멘털리스트로구나. 당원이 될 때에는 인간으로서의 양심은 걷어치워야 해."

"나는 인간의 양심을 보다 성실하게 지키기 위해서 당원이 된 긴다."

최창덕이 껄껄 웃었다.

"루이 아라공이란 시인이 있어. 프랑스인이지. 그 사람도 너와 똑같은 소릴 했드만. 보다 훈훈한 인간성을 얻기 위해, 보다 참된 인간이 되기 위해 공산당원이 되었다고. 정직하게 말하면 나도 그 말에 도취되어 공산당에 입당한 기라. 그런디 프랑스 공산당과 우리 공산당은 다른 모양이지? 난 입당한 날부터 공산당에선 인간이 부재라는 것을 깨달았거든. 그땐 내가 가지고 있는 인간의 관념이 소부르주아의 편견에서 벗어나지 못했기 때문일 것이라고 생각했지. 동시에 차원을 달리한 참된 인간이 있을지 모른다는 생각도 해보았지. 그러나 허사드만. 눈을 닦고 봐도 인간은 없어. 도전 의식, 영웅 의식, 타인에 대한 불신, 상부에 대한 아첨, 비뚤어진 출세주의……. 보이는 것은 그런 것뿐이었어."

"그런데 공산당에 붙어 있는 까닭은 뭐꼬?"

"이념이지, 이념. 그 이념에 나는 집착하고 있는 기라."

"맞았어."

하고 노동식이 일어섰다.

"그 이념을 위해서 죽을 수밖에 없지. 박헌영의 당을 위해서도 아니고, 그밖에 다른 어느 누구의 당을 위해서도 아니야. 공산당이란 그 간판이 지니고 있는 영구 불멸의 이념을 위해서 우리는 죽을 수 있는 기라."

노동식은 이렇게 말하며 박태영을 생각하고 하준규를 생각했다.

'그들은 지금 어떻게 하고 있을까.'

두 사람은 해가 저물 때까지 그곳에 머물다가 돌아오는 길에 술집에 들러 요기를 했다. 술집에선 아무 말도 하지 않았다. 낙지회에 막걸리를 서너 사발 들이켰을 뿐이다. 술집에서 나오며 최창덕이 조용히 물었다.

"이제 각오가 섰나?"

"섰다."

노동식이 쾌활하게 말했다.

골목에서 전찻길로 두 사람은 빠져나왔다. 그때 전신주 그늘에서 불쑥 나서는 사람이 있었다. 그는 동식과 창덕의 앞을 가로막고 섰다.
문남석 형사였다.
"문군 아이가?"
최창덕이 소리쳤다.
"최군하고 노군은 참으로 단짝이고나. 슬큼 샘이 나는디. 나도 즘 끼워주몬 어떠노. 다 같이 동창생 아이가?"
하고 문남석은 최창덕과 악수를 하고 노동식의 손을 잡았다. 그러고는
"오래간만이니 어디 가서 한잔하자."
하고 졸랐다. 탐탁지 않았지만 모처럼의 만남이고 모처럼의 청이기도 해서 창덕과 동식은 문남석 형사와 어울리기로 했다. 세 사람은 남포동으로 가서 선술집에 들렀다. 그런 장소이고 보니 무슨 얘기를 할 수도 없고, 재미난 얘기가 오갈 수 있는 사이도 아니었다. 문남석은
"죽지 못해 이 노릇을 하는데……."
하면서 두 사람의 눈치를 슬금슬금 보았다.
"모두 형편에 따라 사는 것 아닌가. 각기 방향은 달라도 서로 의리나 상하지 말고 지내세."
최창덕은 이런 말을 했고, 노동식은
"이왕 상업학교를 나왔으니 그 학력을 살리는 방향으로 나가면 어때."
라는 식의 얘기도 했다.
그런데 헤어질 무렵이었다. 문남석은 최창덕과 노동식을 번갈아 보며,
"우리가 앞으로도 잘 지낼라면 서로 신의가 있어야 안 되겠나. 너희들 일은 어떤 일이라도 내가 잘 봐줄 낑깨, 느그도 내 편리를 좀 봐주라 몬. 앞으로 무슨 일을 꾸밀 땐 내게만 귀띔을 해주라. 그래야 내게도 출

세길이 트일 것 아니가. 그러몬 절대로 느글 해롭게 안 할 낑개."

최창덕과 노동식은 어설픈 웃음을 띠고 듣고 있을 수밖에 없었는데, 단둘이 되자 최창덕이 발끈 화를 냈다.

"그놈의 자식, 하는 소리가 뭐꼬? 우리더러 경찰 앞재비 하라는 것 아니가. 그놈 제정신이 있는 놈인가. 우릴 그렇게 깔봐?"

"사람이 워낙 덜 되어서 그런 것 아니가. 덜 되지 않은 놈이 그런 짓을 하겠나. 성낼 것까지도 없다."

이렇게 말하는 노동식을 가로등 밑에서 말끄러미 보더니 최창덕이 혀를 찼다.

"넌 왜 그리 순진하노. 그리 순진해갖고 전평 오르그 노릇을 어떻게 하노. 명심해둬. 문남석이란 놈은 앞으로 일낼 놈이니까."


하준규의 경우는 더욱 미묘했다. 어느 날 저녁나절 군당책 김영세가 부른다고 해서 그의 집으로 갔더니, 김영세는 맨발로 마당으로 뛰어내리기까지 하면서 하준규를 반겼다. 이때까지 두 사람 사이는 그렇게 좋질 않았다. 좋지 않았다기보다 서로 반감을 품고 있었다. 다만 서로 그런 내색을 하지 않고 지내왔을 뿐이다.

얼떨떨한 기분으로 자리에 앉으며 하준규가 물었다.

"무슨 일이 난 겁니까?"

"중앙에서 하 동지에게 대단히 중대한 지령이 와 있소."

"군방에 온 지령이 아니고 내 개인에게 지령이 왔다는 말씀입니까?"

"그렇다고 할 수 있지."

"그것 이상한데요. 내 개인에 대한 지령을 김 동지를 통해 한다는 건 이상한 일 아닙니까?"

"결국 군당 전부가 해야 할 일이고, 내가 군당 책임자고 한께 그리된 모양이오."

"그 지령이 문서로 왔습디까, 사람을 시켜 왔습디까?"

"사람이 왔소."

"그 사람 지금 어디에 있습니까?"

"오늘 새벽에 떠났소."

"내게 대해 지령을 가지고 온 사람을 나와 만나게 해주지 않고 떠나 보내요?"

"돌 데가 많은 모양입디다. 워낙 바쁘다면서 떠나는 걸 우떻게 하겠소."

하준규는 불쾌했다. 성대로라면 당장 자리를 차고 일어나버리고 싶었다. 자기에 대한 지령을 가지고 온 사람이 자기를 만나지 않고 떠났다니, 그게 될 말인가 말이다.

하준규의 이런 마음을 눈치챘는지 김영세는 안절부절못하며 사잇문을 열고 안마당을 향해 고함을 질렀다.

"빨리 술상을 내오너라. 왜 그리 늑장을 부리노."

준규는 영세의 서두는 폼을 아니꼽게 보면서 재촉했다.

"대관절 그 지령이란 게 뭐요? 빨리 말씀하이소."

"간단하게 얘기할 것이 못 돼요. 술이나 들며 차근차근 얘기하겠소."

술사발을 받아놓고도 입을 대지 않는 하준규에게 김영세가 지령을 설명했다.

"오는 10월을 기해, 날짜는 추후 지령하겠답니다, 인민위원회의 권능을 복구할 대사업을 시작한다는 긴디요, 말하자몬 인민공화국을 찾자 이거지. 장원을 중심으로 군민을 일으켜 세우라는 깁니더. 그래갖고 군청과 경찰서, 면에선 면사무소, 경찰지서를 점령하라는 거요."

하준규는 중도에서 김영세의 말을 꺾었다.

"그게 어째서 내 개인에 대한 지령이오?"

"들어보소. 이 일의 지휘는 특히 하 동지에게 맡기라는 지령이었단 말입니더."

"아무래도 이상한디요?"

"하 동지의 실력을 알고 한 지령인데 뭣이 이상하요?"

"군당 책임자가 지시하면 그 지시에 따라 움직일 낀디 하필 내 개인에게 지령을 했다니까 이상하지 않소?"

"군당 책임자를 바꾼다는 뜻일란지도 모를 일 아닙니까?"

하준규는 단번에 사태를 이해했다. 군청과 경찰서를 점령하는 등 폭동을 일으키라는 지령을 받자 김영세는 당황한 것이다. 그래 군당에 내린 지령을 하준규 개인 앞으로 온 지령처럼 꾸며 슬그머니 폭동 책임자의 역할을 하준규에게 맡겨버릴 속셈이었던 것이다.

"난 군당 책임을 맡을 의사가 없습니다."

준규는 결연하게 말했다.

"무슨 그런 말을……. 당의 명령이면 도리가 없을 낀디. 그리고 생각해보소. 그런 큰일을 치를 만한 영웅이 하 동지를 두고 달리 있겠소."

김영세는 입안이 마르는 듯 침을 삼켰다.

"영웅이야 많지. 우선 군당책 김영세 동무도 영웅 아닙니까?"

하준규는 쌀쌀하게 말했다.

"농담은 말고요, 우리 한번 뽄때 있게 투쟁합시다. 그러자면 하 동지가 총지휘를 맡아야 할 겁니더."

"나는 군당의 일개 간부로서 군당책의 명령과 지휘에 따르겠소. 그 대신 절대로 나는 총지휘하는 입장엔 서지 않을 거요. 그러니 이 문제는 내 개인하고만 의논할 것이 아니라 군당 요직자들을 모은 회의석상에서 김 동무 스스로 그 지령을 설명하고 전달하시오. 그 회의엔 나도 참석할 낑깨 구체적인 이야기는 그때 들읍시다."
하고 일어나서 뒤도 돌아보지 않고 그 집에서 나와버렸다.
'비겁한 놈!'
하준규는 걷다가 머리 위에 처져 있는 소나무 가지를 향해 점프하는 동시 바른손으로 내리쳤다. 팔뚝 두 배 굵기의 소나무 가지가 '삐걱, 털썩' 하고 땅에 떨어졌다. 또 쳐볼 만한 대상을 물색했지만 거기서부터 논 사이의 길이 시작되었다. 바위라도 눈앞에 있으면 산산이 가루를 내버리고 싶은 충동이 가슴속에서 부글부글 끓었다. 해가 진 어두운 들길에서 개구리 소릴 들으면서 준규는 생각에 잠겼다.
군청과 경찰서를 점령한다는 것은 어림도 없는 일이었다. 군민을 총동원하는 것은 무모한 것이었다. 그와 같은 지령이 전국적으로 내려진 모양인데, 아무리 생각해도 무모한 짓이란 판단 외에 달리 의견이 있을 수 없었다. 하준규는 금년 초부터 느껴오던 예감이 너무나 적중한 데 대해 스스로 놀라기도 했다. 그런 사태에 대한 예감이 적중했다면, 그 사태 이후에 올 비관적인 사태에 대한 예감도 적중할 것이다.
그러나 이 판국에 와서 당의 지령을 외면한다는 것은 있을 수 없는 일이기도 했다. 그럴 경우 괘관산 이래 데리고 있던 35명의 동지를 어떻게 하느냐는 문제가 산더미 같은 무게로 하준규의 가슴을 억눌렀다.
'미 군정과 맞서 폭동을 일으킨다?'
하준규는 허탈한 사람처럼 웃었다.
'그래놓고 또 지리산으로 도망친다?'
지리산으로 간다는 상념이 절망에 물들려는 가슴 한구석에 콩알 같은 불빛을 돋우었다. 이래도 안 될 바에는 지리산에 숨어 살 수밖에 없다는 마음이 향수의 빛마저 띠고 확산됐다.

'아아, 그러나, 그러나…….'

하준규는 어떤 일이 있어도 함양에서 폭동 총지휘자는 되지 않겠다고 마음속으로 다짐하고 걸음을 노정필 씨 집으로 향했다.

노정필은 하준규로부터 그 지령에 관한 얘기를 듣자 심각한 표정으로 생각에 빠졌다.

고요한 밤이었다. 집 앞 논에서 개구리가 울고, 집 뒤 숲에선 부엉이 소리가 들렸다. 거의 한 시간 동안 노정필은 꼼짝도 않고 앉아 있더니 얼굴을 하준규에게 돌렸다.

"하군, 공산당원이 몇이나 될까, 전국적으로?"

"흔하게 백만 당원이라고 하지 않습니까?"

"실없는 소리."

나직하게 말해놓고

"조선공산당은 자멸하기로 결의한 모양이구먼."

하고 다시 침묵에 빠졌다.

우두커니 앉아 하준규는 시장기를 느꼈다. 저녁 식사를 거른 것이다. 그렇다고 해서 노정필 씨 집을 하직하고 혼자가 되긴 싫었다.

"노 선배님, 밥을 좀 먹었으면 합니다."

노정필은 선뜻 그 말뜻을 몰랐던 것 같았다. 하준규가 말을 보탰다.

"김영세 씨 집에 가느라고 저녁 식사를 안 했습니다."

그때에야 알아차린 노정필은 심부름꾼을 불러 식사 준비를 시켰다. 밥상이 들어올 때까지도 노정필은 말을 잊고 있었다.

밥상이 들어오자 노정필은 먹으란 인사만 간단히 하고 다시 침묵으

로 돌아갔다. 드디어 입을 열었는데,

"승리할 가망 없는 싸움을 할 수야 없지 않은가. 공산당이 과격하게 나오면 민중의 지지를 잃게 돼. 일제 시대에 경험 안 해봤나? 일제 시대에 독립 운동자를 잡아낸 사람은 일본놈이 아니고 조선 사람이 아니었던가. 조선놈은 잡아주고, 일본놈은 처벌하고, 그런 식으로 36년이 지난 걸세. 이번엔 민중이 공산당 잡는 일을 하게 되었어. 두고 보렴."
하고 한숨을 쉬었다.

그리고 또 입을 다물어버렸는데, 난데없이 차범수가 나타났다.
"하 두령 집에 갔더니 없드만. 여기 와 있을 끼라고 짐작했지."
하고 차범수는 노정필에게 오래간만이란 인사를 하며 앉았다.
"차군은 웬일인가?"
노정필이 물었다.
"가만있을 수 있어야죠. 이리로 온다는 트럭이 있기에 편승해 달려왔습니다. 우린 일이 있기만 하면 하 두령을 찾기로 돼 있습니다."
차범수는 활달하게 말했다.
"아마 차 선배도 우리가 이미 알고 있는 문제 때문에 오신 것 같은데, 함양·산청 양군 인민위원장이 모였으니 진지한 토의를 해보시소."
하고 하준규는 얼굴을 펴고 웃었다.
"알고 계신다니까 하는 말입니다만, 당 중앙에 있는 어른들이 정신 나간 것 아닙니꺼? 지각을 가진 사람이 한 짓으론 도무지 볼 수가 없거든요. 군청과 경찰서를 점령하고 인민위원회의 권능을 복구하라니, 사명당四溟堂 같은 신웅神雄이 한 군에 하나씩 있어도 될동말동한데, 이건 당이 정세를 정확히 판단한 위에 세운 전술이니 치밀·철저하게 복종하라고 하니 도대체 어째야 되겠습니까?"

"우리, 지리산으로 들어갈 준비나 합시다."

하준규가 농담기 없이 말했다.

차범수는 하준규의 얼굴을 말끄러미 보며 그 말의 진의를 살피는 눈이 되었다. 준규가 말을 이었다.

"지령대로 한바탕 하고 지리산으로 갈 수밖에 없잖습니까. 거게 가서 평생 나올 생각 말고 신선 공부나 하는 기지."

"미군엔 성능이 좋은 비행기가 얼마든지 있다는 걸 하군은 모르나? 지리산에 가서 신선 공부 할 요량 말고 무덤 파러 갈 작정이나 하게."

노정필은 이렇게 말하고 덧붙였다.

"인자 친구가 왔으니, 하군은 차군을 데리고 가게."

노정필의 얼굴에 피로한 기색이 역력했다. 그는 그때 자기의 운명을 예감한 것 같았다.

태양이 중천에서 이글거리고 있었다. 구름 한 점 없는, 벌겋게 단 철판 같은 하늘. 구름이 없는 것은 그 이글거리는 태양이 죄다 태워 없애버린 까닭으로밖에 달리 이유가 있을 것 같지 않았다.

거리의 지붕들도 타고 있었다. 아스팔트가 금방 녹아내릴 것만 같았다. 자동차는 땀을 흘리며 허우적거리는 느낌이었다.

1946년 8월 초순의 그날은 정말 더웠다.

박태영과 김상태는 큰길에서 골목으로 빠져 청계천으로 나왔다. 물씬한 냄새가 청계천 밑바닥으로부터 올라와 코를 찔렀다. '청계'라는 맑은 이름이 오물과 썩은 물을 담고 추하게 너절하게 썩은 동물의 내장처럼 펼쳐져 있었다.

서울은 타고 있었다.

서울은 썩어가고 있었다.

서울은 더위에 지쳐 있었다.

군데군데 새끼줄 같은 것을 둘러놓은 집들이 눈에 띄었다. 콜레라 환자가 발생한 집을 그렇게 격리하고 있는 것이다.

서울은 콜레라에 걸려 빈사 상태에 있었다.

땀이 한없이 흘러내렸다. 닦아도 소용없었다. 박태영은, 땀을 쭉쭉 흘리며 걷는 김상태에게 물었다. 물었다기보다, 무슨 말이라도 해야 견디어낼 지경이었다.

"어쩌자고 콜레라까지 발생해가지고 이 야단이고?"

"병은 벌인 기라."

상태의 말이었다.

"의사가 그런 소릴 하면 되나?"

"의사니까 하는 소리 아닌가."

"그래, 콜레라에 걸린 사람들은 벌을 받아서 그렇단 말인가?"

"콜레라뿐이 아니지."

"그럼 환자를 왜 고칠라쿠노?"

"그래야 의사란 직업이 성립될 것 아닌가?"

"장삿속이구먼."

"장삿속이지. 기분으로 의사 노릇 하는 줄 알았나?"

"법정 전염병이라는 게 있다며? 전염병이면 전염병이지, 법정이란 건 또 뭐꼬?"

"알기 쉽게 말하면 말이다, 그 병에 걸리면 국가에서 무료로 치료해 줘야 한다는 기라. 그리고 그 병에 걸린 사람은 격리하는 데 있어서 강제력을 발동할 수 있는 기라."

"의사의 권한도 그러고 보니 대단하구나."

"대단하지. 생사여탈의 권한을 가지고 있으니까. 의사는 합법적으로 사람을 죽일 수 있어. 아니, 사람을 죽여도 법에 걸리지 않을 수 있어."

"지금 나는 대단한 놈허구 걷고 있는 셈이로구나."

"대단하지, 대단해."

두 사람은 땀투성이 얼굴을 하고도 웃었다.

개가 한 마리 혀를 길게 빼물고 새끼줄이 쳐진 건너편 집으로 들어가고 있었다.

"개는 콜레라에 안 걸리나?"

"갠들 왜 안 걸릴까. 그러나 난 수의사가 아니라서 모르겠는데?"

두 사람은 광교로 갔다. 다시 아스팔트 길이 시작되었다. 아스팔트에 반사되는 햇빛을 피해 건물의 그늘을 찾아가며 보도 위를 걸었다.

사람들이 모두 너절한 옷차림을 하고 오가는데, 하얀 모시 저고리에 역시 하얀 모시로 된 긴 치마를 깔끔하게 입고 파라솔을 들고 지나가는 묘령의 여자가 있었다. 그 여자가 지나가는 곳에만 산들바람이 일고 있는 것 같았다.

"저 치마를 뭣이라쿠는지 너 아나?"

상태가 물었다.

"모시 치마 아니가?"

"제기랄, 너 그리 무식해갖고 우쩔 끼고. 저런 치마를 열두 폭 치마라 쿠는 기라."

"유식한 놈 봤네."

태영과 상태는 정자옥 앞을 지났다. 그들은 지금, 곽병한과 정무룡이 온다는 소식을 듣고 서울역으로 마중 나가는 참이었다. 별도로 운동할 필요 없이 기회 있는 대로 걸어야 한다는 김상태의 지론에 따라 이렇게 한여름 한낮의 거리를 걷고 있는 것이다.

남대문 가까이 가서 김상태가 선뜻 높은 건물 위로 고개를 들었다. 그리고 중얼거렸다.

"이상한데?"

"뭣이?"

"보라몬. 없어지지 않았나."

"뭐가?"

"'조선공산당 중앙위원회'라고 길다랗게 달아놓은 현수막 말이다."

"나는 무슨 소릴 한다구. 공산당 본부를 딴 곳으로 옮긴 게 언젠데."

"그랬나?"

하더니 상태는 혼잣말처럼 했다.

"그놈이 턱 솟아 있으몬 기분이 이상해졌는데 약간 시원섭섭하구나."

"시원하면 시원하고 섭섭하면 섭섭했지, 시원섭섭은 또 뭐꼬?"

"공산당이란 게 꼭 그런 것 아니가. 놈들 지랄하는 걸 보면 없어야겠고, 돈 많은 놈 권세 부리는 걸 보면 있어야겠고."

"철저한 기회주의자로구나."

"내 기회주의가 어제오늘 시작된 것인 줄 아나? 그리고 기회주의자 아닌 놈 어딨노? 공산당도 기회를 보아가며 싸우는 것 아니가?"

싸운다는 말을 듣자 박태영은 생각나는 것이 있었다.

"경성대학 의학부하고 경성의전하고 통합한다는데, 경성대학 학생회가 그걸 반대한다면서?"

"자식들, 돼먹지 않은 놈들이라."

상태는 불쾌한 표정을 지으며 뱉듯이 말했다.

"즈그들은 대학생이니 전문학생을 받아들이기 싫다는 기라. 얄팍한 자존심 갖고 지랄들이거든. 학제가 바뀌었는데 어쩌란 말인가. 6년제 중학 나와갖고 대학에 가게 되니까, 그라믄 경성대학 의학부나 경성의전이나 똑같은 성질의 학교가 되는 것 아니가. ……똑같은 학교이고 그리고 똑같은 국립이니까 합하는 건 당연한디……. 그런 걸 부르주아 근성이라쿠는 것 아니가? 그런데 그걸 공산당에서 부채질하고 있다니, 정말 허파가 뒤집힐 지경이라. 공산당이 부르주아 근성을 자극해서 그편을 든다? 이게 될 말이가?"

"안 싸우겠다는 너도 이번엔 싸워야겠구나."

"무엇 때문에 내가 싸워. 합하든 안 합하든 나와는 관계없어. 나는 졸업해버렸으니까."

남대문을 지났다. 남대문을 지나면서 태영은 염천교 쪽을 보았다. 언젠가 태영은 그 근처의 공지에 한 꾸러미의 불개미를 풀어놓고 발로 마구 밟아버린 일이 있었다. 그래도 몇십 마리쯤은 살아 있을 것이다. '그 불개미가 어떻게 되었을까?' 하는 생각이 들었다.

"불개미를 먹으면 정력이 강해진다는데 그것 참말이가?"

"불개미? 길바닥에 놓고 파는 그 불개미 말이가?"

"그래."

"너, 정력 걱정하게 됐나?"

하고 상태가 태영의 눈치를 살폈다.

"천만에. 그저 물어본 거 아니가."

"불개미를 먹으면 정력이 강해질지 어쩔지 모르긴 하네만, 그런 것까지 먹어갖고 정력이 강해지면 어쩔 거고?"

"그저 물어봤다니까."

"참고로 알아둬라만, 정력에 관한 약이란 건 절대로 먹으면 안 돼. 정력이 감퇴됐으면 감퇴된 대로 그냥 내버려두는 기라. 건강만 정상이면 자연스럽게 회복되기도 하니까. 어설프게 약을 먹었다간 참으로 잡혀버리는 경우가 많아. 정력제란 것처럼 위험천만한 건 없어. 꼭 먹어야 할 판이면 의사와 의논해서 먹어."

"그건 장삿속으로 하는 말 아닌가?"

"장삿속으로 하는 말이니까 책임 있는 말이지."

서울역에 도착했다. 대합실 입구 쪽 벤치가 비어 있었다. 그늘진 곳에 앉으니 한결 시원했다. 기차가 도착하기까지 30분이나 남았다.

"시계도 더위를 먹은 모양이지? 느릿느릿 늑장을 부리는 걸 보니."

상태는 손목시계를 풀고 손목의 땀을 닦았다.

조금 앉아 있으니 더위가 다시 시작되는 것 같았다. 한산한 편이었으나 대합실 내부는 찌고 있는 시루와 마찬가지였다. 땀을 닦는 사람, 부채질하는 사람, 땀 범벅인 얼굴로 입을 벌리고 자는 사람 그리고 모두들 걸치고 있는 추릿한 옷들······. 더위의 세력이 얼마나 강한가를 완연히 보여주는 너절하고 치사한 광경이었다.

'병은 벌이다.'

라고 한 김상태의 말이 신통하다는 느낌이 새삼스럽게 들었다.

"병은 벌이라고, 아까 자네가 한 말, 그거 창작인가?"

"창작이라 해도 별수 없는 말이고 안 창작이라 해도 그럴듯한 말 아니가."

상태는 빙그레 웃었다.

"그런 소릴 하면 환자가 덜 좋아할 텐데."

"어느 쓸개 빠진 의사가 환자보고 그런 소리 할 끼고."

"아무튼 병은 벌이란 말은 좋아."

"가장 결정적인 예가 성병 아닌가배."

"문둥병이니 암이니 하는 건 어떻게 되노?"

"문둥병은 천형병이라 안쿠나. 어쨌든 병은 벌이야. 어린아이의 병은 부모에 대한 벌이고."

"말이 그렇게 빗나가면 완전히 의사답지 않은데?"

"더위에 머리가 돌았는가? 하여간에 나는 아직 의사 노릇을 해보지도 못했지만, 매일 병원 근처에 얼쩡거리고 있으면 이상한 기분이 들어. 과학이니 의학이니 해싸도 별수 없는 기라. 명이 긴 놈은 살고, 명이 짧은 놈은 죽는 기라. 건강과 생명은 아무런 관계가 없다는 생각도 들어. 생때같은 건강체가 정체도 모르는 병 때문에 나무가 꺾이듯 하기도 하니까. 의사라는 것은 기껏 병을 고치는 척해보는 배우야, 배우. 인명은 재천이니, 의사는 안심하고 배우 노릇을 할 수 있지."

"그 숙명론 참 좋다. '모든 것은 천명이다 숙명이다.' 해버리면 그만 아니가. 이런 얘기가 있지, 왜. 정월 초하룻날 어떤 놈이 일 년 신수를 보았더니, 점쟁이가 '금년엔 물에 빠져 죽을 괘가 나왔으니 절대로 물 가까이엔 가지 말라.'고 하더래. 그래 강은커녕 우물 곁에도 가지 않고 집 안에 처박혀 섣달 그믐날이 되었는데, 저녁나절에 마누라가 방문을 열어보았더니 신문지에 물 수水자를 써놓고 그 글자에 코를 처박고 죽어 있더란다."

"그게 마르크스주의자가 하는 소리가?"

하고 김상태가 웃었다.

"아마 더위에 머리가 살큼 돈 모양이지."

하고 태영도 웃었다.

기차가 도착할 시간이 아직도 20분이 남았다. 입을 다문 채 시간을 메운다는 것은 지겹다.

"그런데 의과대학하고 의학전문학교하고 어떻게 다르노?"

"대단히 다르지. 그러나 묘한 데가 있어. 의과대학 출신인 의사가 말야, 의과대학과 의학전문은 대단히 다르다고 생각한다면, 그 의사는 의사로서의 기량은 어떨지 몰라도 사람으로선 데데한 놈이다. 그와 반대로 의과대학이나 의학전문이나 뭐 다를 게 있느냐고 하는 의사가 있다면 그도 역시 너절한 놈인 기라."

"알 듯도 한데 잘 모르겠는데?"

"이렇게 생각하면 돼. 영어나 독일어 소설을 말야, 한 놈은 원서로 읽고 한 놈은 번역한 것으로 읽는다는 것쯤으로 생각하면 되지. 좋은 번역이면 원서나 다를 것이 없지 않나 싶어도 그 격차는 대단하거든. 의과대학에 다니는 사람은 독일어 원서를 통해 의학을 배우고, 우리 의전 학생은 일본말 책으로 안 배우나. 그 내용은 비슷비슷하지만, 의과대학을 나온 사람은 좋은 문헌이나 참고서를 광범위하게 읽을 수 있으니 발전과 향상이 빠르지."

"사람 나름이겠지."

"그야 그렇지. 그러나 일반적으로 말하면 그렇게 되는 거야. 지금 미국의 의학이 굉장하게 발달했데. 그래 나는 영어를 할 참이다. 연구실에 있는 동안 영어를 해갖고 의과대학을 나온 사람 수준까진 가야지."

이때 상태와 태영의 바로 앞에서 싸움이 벌어졌다. 지게꾼과 탱크바지를 입은 중년 사나이가 뭐라고 얘기하는 것 같았는데 갑자기 언성이 높아졌다.

"약속이 안 틀리오, 약속이?"

하는 사람은 탱크바지의 사나이.

"나는 분명히 백 원을 내라고 했수다."

하고 맞선 사람은 지게꾼.

"80원 이상은 못 준다고 하잖았어."

"그건 댁의 사정이구, 난 백 원 안 내면 못 가겠다고 그랬소."

"돈 20원 가지고 왜 이러지?"

"누가 할 소린지 모르겠다."

탱크바지가 지게에서 짐을 내리려고 했다. 지게꾼이 못 내리게 했다.

"백 원을 내놔요. 그러지 않곤 짐을 내려놓을 수 없어."

"이걸 당장."

"이걸 당장? 지게꾼 노릇 해먹는 놈이라고 깔보지 마슈."

"짐을 내려놓지 않는다면, 짐을 당신이 차지할 셈인가?"

"어어럽시오. 돈 백 원만 낸다면야 오죽 잘 내려놓겠소."

"나는 죽어도 80원 이상은 못 내."

탱크바지가 와락 짐에 달려들었다.

"이거 왜 이래. 짐을 갖고 가고 싶거든 돈을 내놔요."

지게꾼이 짐에 댄 탱크바지의 손을 사정없이 뿌리쳤다.

"이거, 사람을 치는 거여?"

"누가 사람을 쳐. 경우에 어긋난 짓은 하지 말란 말유."

어디에선가 지게꾼들이 우르르 몰려왔다. 일본 군복 바지에 삼베 적삼을 입은 몰골, 무명베가 먼짓빛으로 바래진 옷의 몰골······. 땀과 먼지에 뒤범벅이 되어 도시 얼굴빛을 알아볼 수 없는, 그리고 지칠 대로 지친 것 같은 그 지게꾼들의 군상이 어떤 중무장을 한 집단보다 두렵다는 생각이 태영은 들었다.

그 지게꾼들 가운데 하나가 나섰다.

"형씨, 듣자니 불과 20원 갖고 승강이인데, 점잖게 그 돈 내놓구 가슈."

"불과 20원이라구요? 어림도 없는 소리 하지도 말아요. 난 80원에서 단 일 원도 더 내지 못하겠소."

탱크바지가 서슴없이 내뱉었다.

"나두 백 원에 동전 한 닢 귀 떨어져도 못 받겠다."

지게꾼은 지지 않고 악을 썼다.

"여보슈."

하고 아까의 지게꾼이 소리를 높였다.

"점잖은 양반이 단돈 20원 갖구 왜 이러는 거유."

"단돈 20원? 서울은 산 사람 눈깔 빼는 곳이라더니……. 난 죽어도 80원 이상은 못 내겠소."

"배짱 한번 좋군."

지게꾼들 사이에서 나온 소리였다.

"배짱을 부리는 건 당신들이오. 난 이 물건 갖고 가서 한 푼 두 푼 코 묻은 돈을 벌어 연명하는 사람이유."

탱크바지가 그야말로 배짱을 세운 투로 말했다.

"그럼 이렇게 하슈."

하고 먼저 나섰던 지게꾼이 제안했다.

"형씨는 10원 더 내구, 형씨는 10원 덜 받구."

"안 되겠소."

한 사람은 탱크바지.

"난 그렇게 못 해유."

한 사람은 지게꾼.

보고 있는 사람들이 맥이 빠질 지경이었다. 태영은 그 장면에서 시선을 돌려 대합실 안을 둘러봤다. 처음엔 호기심을 갖고 보던 사람들도 대부분 딴 곳을 보고 있었다. 보고 있는 사람들도 그쪽으로 돌아간 눈이니까 할 수 없이 그냥 두고 있다는 표정들이었다.

"콜레라가 날 만도 하지."

상태도 진력이 났다는 표정으로 고개를 돌리며 중얼거렸다.

'단돈 20원을 두고 저렇게 다투는 사람들!'

태영은 더위 속에서 허겁지겁하는 기분이면서도 생각을 다잡아보지 않을 수 없었다. '저런 인간들을 위해 생명을 걸고 정치 운동을 한다!' 하는 상념이 뇌리를 스쳤다. '모두들 각자 자기를 위해서 저처럼 악착스러운 것이 아닌가!' 하는 마음도 비쳤다.

태영은 자기를 못살게 굴던 공산당 간부들, 바로 자기의 상위자들을 상기해봤다. 공연한 일로 트집을 잡는 그들의 근성과 20원을 갖고 저처럼 실랑이를 벌이고 있는 사람들의 근성이 과연 얼마만 한 차이가 있을까 하는 방향으로 생각이 번졌다.

'조그만 우위를 확보하기 위해서 머리칼에 홈을 파듯 남의 홈을 들춰내려는 짓이나 별로 다를 것이 없지 않은가.'

이렇게 생각하다가 태영은 솟구쳐오르는 맹렬한 외침과 같은 자각에 놀랐다.

'그러니까 인간의 개조가 필요하다. 인간은 개조되어야 한다. 비굴하지 않기 위해서 개조되어야 한다. 인색하지 않기 위해서 개조되어야 한다. 인간의 개조는 절대로 가능하다. 씨 없는 수박이 가능하지 않은가. 곰이 가죽으로 순화될 수 있지 않은가. 돈 20원으로 인간으로서의 채신을 치사하게 잃지 않도록 하는 사회를 만들어야 한다. 환경이 인간을 만든다. 인간이 환경을 만드는 건 아니다. 그러자면 마르크스주의밖에 없다. 조선공산당이 마르크스주의에서 어긋나 있다면 마르크스주의에서 어긋나지 않은 조직을 만들어야 할 것이 아닌가…….'

태영은 어느덧 더위를 잊었다.

일종의 영감 같은 것이 그의 정열을 사로잡은 것이다.

태영이 정열을 띤 영감에 사로잡혀 고개를 들었더니, 김상태의 시선은 여전히 대합실 입구에서 벌어진 싸움에 쏠려 있었다.

"안 돼요! 안 돼!"

"나도 절대로 안 돼!"

그러면서도 주먹다짐까지 번지진 않았다. 입과 삿대질로만 되풀이되는 지긋지긋한 그 싸움은 언제 끝날지 알 수 없었다.

태영이 고개를 돌리려고 할 때, 모시 두루마기를 입고 갓을 받쳐 쓴 한 선비가 지나가더니, 그 실랑이를 하고 있는 자리로 갔다.

"이거 무슨 꼴이오. 글쎄, 돈 20원을 갖고 서울하고도 이 정거장에서 장부라 할 수도 있는 사람들이 승강이란 말요? 당신들의 아들딸이 이 꼴을 봐보소. 자, 여기 돈이 있소. 당신에게 백 원 드릴 테니 제발 이 이상 승강일 하지 마소. 더워서도 죽겠는데 그 꼴을 보니 인생이 답답해서 죽을 지경이오."

그 선비는 백 원짜리 지폐를 지게꾼의 호주머니에 쑤셔 넣어주고, 주위에 얽힌 거미줄을 털듯이 활개를 활짝 펴고 휘휘 둘렀다. 뭐라고 하는 소리가 지게꾼과 탱크바지로부터도 들리는 듯했지만, 갓 쓴 선비의 '빨리 헤어져 가라는데 왜 이러고 있는 거요?' 하는 호통 소리에 뭉개져버렸다.

스피커 소리가 울려 퍼졌다.

부산에서 오는 기차가 곧 도착한다는 것이었다.

박태영과 김상태는 플랫폼으로 달려갔다. 이제 막 들어온 기차가 육중한 한숨을 내쉬며 멈췄다.

하나의 기둥을 등지고 서서 살피고 있는데, 정무룡과 곽병한이 하나씩 가방을 들고 저쪽에서 나타났다. 의논을 했는지, 둘 다 하얀 양복을 아래위로 입고 있었다. 하얀 양복이니, 검은 얼굴들이 더욱 검게 보였다.

상태가 달려갔다. 태영도 달렸다. 서로들 얼싸안았다.

정무룡과 곽병한이 눈물을 질금거렸다.

"제엔장, 아이들이가? 울긴 왜 우노?"

하며 김상태도 울먹였다. 태영도 콧등이 찡함을 느꼈다.

"역에까지 나와 있을 줄은 몰랐는데."

한숨 돌린 뒤 정무룡이 말했다.

"촌놈들이 서울 지리를 알겠나 싶어 안 나왔나."

상태의 말이었는데, 상태의 정성은 박태영이 잘 알고 있었다.

"급장 노릇 할 끼라고 꼭 나오자 안쿠나."

태영이 상태의 심정을 설명했다. 상태가 급우들에게 쏟는 정성은 이만저만이 아니었다.

"박군은 급장 들러리 서느라고 욕봤구만."

김상태도 익살을 섞어 말했다.

"우리들의 급장, 고마워."

곽병한이 다시 손을 내밀었다.

"항상 하는 소리지만, 내 생애 최고의 감투라고 생각해. 느그들 급장 노릇 한 기 말이다. 죽으면 현고급장신위顯考級長神位라고 써놓고 제사

지내라고 유언할 끼다."

김상태는 활발하게 웃었다.

역에서 빠져나와 택시를 잡았다. 상태가 운전사 옆에 자리를 잡으며 말했다.

"우선 내 하숙으로 가자."

상태의 하숙 가까운 목욕탕에서 같이 목욕을 하고 하숙방에 자리 잡은 네 사람은 전부 팬티 바람이 되었다.

"우리, 중학교 때 여름이 되기만 하면 항상 팬티 바람으로 안 놀았나. 그자?"

상태가 제안하자,

"급장이 시키는 대로 해야지."

하고 모두들 따른 것이다.

소주에 사이다를 섞어 마시며 하는 두서없는 얘기들이 5년간의 폭을 두고 오르내리고 동양 천지를 헤맸다. 다음은 그렇게 오간 얘기의 발췌다. 순서는 물론 재구성했다.

김　느그 만주 가서 뭣했노?

정　마적 노릇 안 했나.

김　생기기야 마적 같지만, 느그 간 갖고 마적 근처에나 가봤을라꼬?

곽　간이 작아서가 아니라, 우리가 갔을 땐 마적이 거의 없어졌어. 홍안령에나 가면 있다쿠더만, 그런 덴 갈 수가 있어야지.

김　그렇깨 뭣했나 말이다?

정　하얼빈에서 놈팽이 노릇 안 했나.

곽　나나 정군은 하얼빈 학원에 다녔지.

김　하얼빈 학원은 스파이 양성소라쿠던디.

곽　그런 목적으로 들어온 놈들도 있지. 그러나 나나 정군은 그렇지 않았어. 러시아어를 배웠을 뿐이다.

김　그라몬 느그 둘은 항상 같이 있었고나?

정　저놈이 어디 떨어질라 해야지.

곽　누가 할 소린지 모르겠다.

(정과 곽은 북만재목회사北滿材木會社에 취직해서 하얼빈 학원에 야학으로 다녔다.)

김　백계노인 여자들이 예쁘다던데, 느그 연애는 안 했나?

곽　나야 얌전하니까 그런 일 없었지만, 정군은 열렬한 연애를 했지.

김　정군의 그 꼴 갖고?

(정무룡은 검은 얼굴에 뭉클한 코를 가진 사나이다. 그의 자랑은 추남 제1호라는 데 있었다.)

곽　그런데 정군 같은 얼굴이 백계노인 여성에겐 매력적인 모양이거든.

김　코만 보고 물건이 좋을 끼라고 지레짐작한 것 아니가?

정　예끼, 이 사람.

김　곽군은 어쨌노?

곽　백계노인이 어디 조선의 미남을 알아주나.

(곽은, 얼굴은 검어도 이목구비가 단정하다. 그래서 중학시절엔 '인도 왕자'란 별명까지 있었다. 정무룡의 별명은 '킹콩의 사촌'이다.)

정　이규 군은 프랑스에 갔다며?

박　아직 동경에 있어. 내년 봄에야 프랑스로 갈 끼다.

정　하 부자 딸하고 갔다며?

김　그렇단다.

정　자식, 땡잡았고나.

박　땡잡은 건 하영근 씨의 따님 쪽이다.

정　그런 말도 성립될 수 있지.

곽　나는 네가 그 딸을 차지할 줄 알았는데.

박　쓸데없는 소리…….

김　느그는 박군의 마누라를 몰라서 그런 소릴 하는 기라. 박군의 마누라는 하 부자의 딸 한 다스를 갖다놓아도 비교할 바가 못 된다.

박　그런 소리 하지 마.

정　빠르기도 하재. 언제 박군이 결혼했노.

박　그런 소리 그만두라니까.

김　그건 그렇고, 느그 앞으로 뭣할래?

곽　급장이 시키는 대로 할라꼬 이렇게 찾아 안 왔나.

정　난 자네가 병원 개업이라도 하면 문지기라도 할라꼬 왔다.

김　병원 망칠 소리. 킹콩을 문지기로 세워놓으면 환자가 얼씬이라도 하겠나.

곽　그렇지 않을 끼다. 러시아 여자가 반한 걸 보면 킹콩에겐 뭔가 있는 기라.

김　천천히 생각해봐. 서둘 필요는 없응께.

정　농사를 지을래도 땅이 없고, 노동을 하재도 체력이 없고, 선생 노릇이나 할까 하지만 자격이 없고, 당분간 빙빙 곁도는 거지 별수 있나.

김　천상 정치 운동이나 해야겠구나.

곽　박군은 정치 운동을 한다며?

박　당분간 휴업이다.

김　태영인 아마 공산당에서 쫓겨난 모양이라. 말은 안 해도 나는 알지. 나는 굉장히 다행한 일이라고 생각해.

곽　공산당에서 쫓겨나다니, 어찌 된 건데……?

박　나 같은 놈은 공산당원이 될 자격이 없는 모양이지……. 내게 자격이 없다고 해서 자네들까지 자격이 없단 말은 아니지만, 직업 혁명가가 될 생각이면 단념하는 게 좋을 끼다.

김　직업 혁명가로 나서갖고 장차 한 바람 불릴 생각 없으면 뭣 땜에 정치 운동 할 끼고. 결국은 정치 운동 말라 소리 아니가.

곽　고향에 돌아오자 놀랬어. 우리 마을은 백 호 남짓한데, 좌익과 우익으로 완전히 두 동강이가 나 있더만. 우리 일가 친척만 해도 20호가 되는데, 이것마저 분열 상탠 기라. 정치적 의견이야 어떻든 인간적으로 단합해서 살 수 있을 텐데 모두들 서먹서먹해. 괜한 일을 갖고 말이다. 찬탁이다, 반탁이다 하는 기 농촌 생활에 무슨 관계가 있노. 찬탁이 어떻고 반탁이 어떻다는 것을 알지도 못하는 기라. 그저 한 편은 찬탁해야 한다고 설치고, 한 편은 반탁해야 한다고 우기는데, 그래갖고 서로 말도 안 하는 기라. 어느 편이 옳은진 모르지만, 앞으론 큰일이 나겠드만. 머리카락만 한 차이가 날이 갈수록 커져, 피차의 적대 감정이 상승 작용을 하는 것 같애. 나는 멋도 모르고 대립하고 있는 그들을 화해시키려다가 반동으로 몰려 혼났어. 시골 사람들의 말투에 흔히 그런 기 안 있나. '그놈의 자식 죽여버려야겠다. 혼을 한번 내줘야겠다.' 등 말이다. 옛날엔 농담으로 하고 듣고 하던 이런 말을 요즘은 그렇게 듣지 않는 기라. '누구 누구가 주막에 앉아 누굴 죽일 모의를 하더라.' 하는 식으로 말이 퍼지고, 그렇게 되면 이편에서도 '죽여야 한다. 대항해야 한다.'는 꼴로 감정이 격화되어가거든. 나도 해방 직후부터 마을에 있었더라면 어느 편으론가 휩쓸렸을 기라. '사태가 어느 정도 진전된 후에 돌아온 기 만 번 다행이다.' 싶더구만. 섣불리 정치 운동을 할 수도 없고 마을에 붙어 있을 수도 없어…….

(정무룡도 비슷한 얘기를 했다. 김상태와 박태영은 충분히 이해할 만한 일이라고 느꼈다.)

박　만주의 정치 사상은 어떻데?

정　처음 몇 달 동안 혼란이 있었지. 일본놈의 세력을 업고 덤비던 조선 사람이 많이 죽었어. 그러나 중공군이 들어와서 질서를 잡기 시작하면서부터 그런 일이 차차 없어졌지. 중공군은 참 훈련이 잘돼 있더만. 그런데 국부군이 들어오게 되자 또 한바탕 파란이 있었어.

곽　그런데 이상하드만. 국부군이 들어온다니까 중공군은 온데간데없어졌어. 밤사이에 종적을 감춰버린 기라. 총 한 방 쏘지 않고, 대항하는 흔적도 없이 백만을 헤아린다는 중공군이 모든 도시에서 하룻밤 사이에 싹 없어진 기라. 하늘로 증발했는지 땅속으로 스며들었는지, 그야말로 감쪽같이 없어져버렸거든. 일본군의 무기를 송두리째 둘러메고 말이다. 뒤에 안 일인데, 그때 중공군은 전부 오지의 농촌으로 숨어버린 기라. 군복과 무기를 숨겨놓고 전부 머슴살이로 들어갔단 말이다. 우리가 나올 무렵의 만주는 국부군이 장악하고 있었어. 장악한다고 해도 주로 도시를 장악하고 있었지. 백만의 중공군은 농촌으로 들어가 숨도 크게 쉬지 않고 농부들을 거들고 있는 참이라. 장개석이 그걸 모를 까닭이 없지만, 넓고 넓은 만주이고 보니 국부군도 어떻게 할 도리가 없는 것 같애. 미군 비행기가 자꾸만 국부군과 군 장비를 운반했는데, 지금쯤 어떻게 돼 있는지 모르지.

정　이데올로기 정당의 군대란 무섭다는 생각이 들었다.

김　북한을 통해 왔지? 느그가 본 북한의 사정은 어떻더노?

곽　각박하다는 느낌이더라. 일정한 수용소 외엔 못 가봤으니까 구체적으로 말할 순 없지만, 소련의 권위를 업고 공산당이 되게 조져대는 모양이더만. 내가 보기엔 북한에 있는 사람들은 죄다 제정신이 아닌 것 같애.

김　느그 얘기 들어보니까, 두 놈 다 빨갱이는 안 되겠구나.

곽　그렇다고 해서 우익이야 되겠나.

김　그럼 나와 똑같이 되는 것 아닌가.

정　우리 얘기 이만큼 했으니 인자 느그 얘기나 들어보자.

김　나는 의사 노릇과 느그들 급장 노릇을 잘하겠다는 생각밖에 없다. 정치에 대해선 완전히 백지다. 우익 정권에 세금을 낼 거다.

결국 박태영이 해방부터 그때까지의 정세를 설명하는 역할을 떠맡을 수밖에 없었다. 공산당에서 벗어난 탓인지, 그의 설명은 과격하지 않을 뿐 아니라 객관성을 띠고 있었다. 박태영이 말을 그렇게 할 줄 몰랐다고 김상태가 놀라기까지 했다. 박태영은,

"현재의 공산당은 나라를 이끄는 결정적인 지도력을 발휘할 수 없어. 만일 그런 일이 있으면 그야말로 이 반도에 또 다른 비극을 연출하는 결과가 될 기라."

하고 결론지었다.

"그럼 넌 공산주의에 실망했단 말인가?"

정무룡이 물었다.

"공산주의에 실망한 것이 아니고, 박헌영이 이끄는 조선공산당에 실

망했다는 얘기다."

그리고 이어 박태영은, 공산당으로부터 자기가 소외당한 이유와 경위를 설명했다.

"내가 당했대서 하는 말이 아니라, 이런 부조리가 다른 부분에서도 작용하고 있을 것이 아닌가. 강철 같은 규율을 조직의 원칙으로 삼아야 하지만, 그 조직이 유기적으로 생명처럼 움직여야 하고, 또 수액처럼 인화人和의 훈훈한 기분이 충만해 있어야 하는데, 시기와 질투, 출세주의, 섹트 근성, 이런 것이 판을 치니 될 말이가?"

"그럼 너는 앞으로 어쩔 기고?"

"당이 생리를 바꾸면 다시 들어갈 기다. 그럴 가망이 없으면 진짜 뜻이 맞는 친구들과 서클이라도 만들어갖고 장차 훌륭한 당을 만들기 위한 기초 작업이라도 할 셈이다."

정무룡과 곽병한은, 친분이 두터운 김상태를 만난다는 목적도 물론 있었지만, 박태영에게 큰 기대를 가지고 서울에 왔던 터였다. 그래서 박태영의 비관적인 태도는 적이 그들을 실망하게 했다.

"도리가 없다. 목공 기술이나 배워갖고 목수 노릇이나 하는 기다. 그래 일생을 다시 시작해보는 기지 할 수 있나."

정무룡이 한 소리였다.

"하필이면 왜 목수 노릇 한다는 기고?"

김상태가 빈정댔다.

"그래야 우리의 급장 김상태의 병원을 지어줄 것 아니가?"

"그렇다면 목수라고 말고 건축가가 되겠다고 해라."

"건축가? 좋지."

곽병한이 맞장구를 쳤다.

"됐어."

김상태가 갑자기 언성을 높였다.

"우리 클래스에 직업 혁명가는 박태영이 한 사람만 있으면 돼. 나는 의사 노릇을 하고, 정무룡은 건축가 하면 되고, 곽병한은 뭣할래? 뭐이건 하고, 이규는 학자 하고, 주영중 일파는 우익 운동 하고……. 그렇게 되면 백화 요란하는 기라."

사이다에 탄 소주라도 주기는 있었다. 네 청년은 어지간히 취했다.

김상태의 육자배기가 나왔다.

박태영은 밤늦게야 명륜동 집으로 돌아갔다.

"또 취하셨군요?"

대문을 열어주며 김숙자가 상을 찌푸렸다.

"그러다가 알코올 중독이라도 되면 어쩔라고 그래요?"

태영의 뒤를 따라오면서 숙자는 투덜댔다.

"알코올 중독자나 되었으면 좋겠소. 그러나 미안해요."

태영은 숙자의 어깨를 살큼 잡아보고 자기 방으로 들어갔다.

권창혁의 방엔 손님이 와 있는지, 말을 알아들을 순 없었으나 음성이 마루를 건너오고 있었다.

태영은 조금 망설이다가 그 방으로 가볼 생각을 했다.

미닫이 밖에서 기침을 하며 말을 건넸다.

"들어가도 좋습니까?"

"박군이로군. 들어와요."

권창혁의 소리가 있었다.

권창혁과 마주 앉아 있는 사람은, 피골이 상접해 있다고 표현할 수 있을 만큼 여윈, 나이는 권창혁 또래로 보이는 사람이었다.

"소개하지. 이분은 최원일 씨야. 일본 공동 통신의 유럽 특파원을 한 사람이다. 나와 최군은 외국어학교 동창이야."

하고, 권창혁은 박태영을 소개했다.

"박태영이란 청년이야. 정열과 재능이 특출한 인물이지. 랑팡 테리불(무서운 아이)이 아니고, 르 갤슨 테리불(무서운 청년)이다."

권창혁과 최원일은 마침 정세 얘길 하고 있었던지, 권창혁이

"박군도 알아둬야 할 거다."

하고 다음과 같은 말을 했다.

"민전에선 대대적인 폭동을 계획하고 있는 모양이더라. 이 시기에 박군이 그 진영에서 빠진 건 다행한 일이다. 공산당은 지금 무모한 일을 하려 하고 있어. 스스로 무덤을 파는 셈이지. 폭동을 일으키기만 하면 공산당은 그로써 붕괴되는 거야. 군정을 파괴하고 우익을 타도하려는 목적하에 계획한 폭동으로 그들 자신이 망하게 된단 말이다."

"선생님은 그것을 어떻게 알았습니까?"

태영은 우선 그것부터가 궁금했다.

"내가 어떻게 알았느냐고? 내가 알기 전에 군정청 정보과에서 먼저 알고 있었어. 나는 그 정보를 군정청 관리로부터 들었으니까."

"군정청의 조작이 아닐까요?"

"천만에. 박헌영이 내린 지령의 전문, 계획표까지 입수한 판인데……. 이래도 조작이야?"

"그렇다면 당 수뇌부에 스파이가 있다는 얘기 아닙니까?"

"수뇌부에 있건 핵심부에 있건, 스파이가 없는데 그런 정보가 사전에 흘러나올 수 있겠나?"

박태영은 할 말을 잃었다.

최원일이 입을 열었다.

"공산당 내부의 분파 대립이 상당히 심각한 모양이지? 혁명 정당 내부의 헤게모니 투쟁이 그렇게 심해서야 어디 혁명할 겨를이 있겠나."

"독재 정치를 목적으로 하는 정당이니까, 권력의 중심부에 있지 않으면 아무런 소득도 없거든. 그러니까 권력의 중심부에 파고들려고 덤비지."

"거지들끼리 자루 째는 격이로구먼."

"떡 줄 사람 의향은 아랑곳없이 김칫국부터 먼저 마신다는 얘기가 있지, 왜."

권창혁과 최원일은 한참 동안 말을 주고받았는데, 태영은 최원일이란 사람이 미국의 정보 기관에 관계하고 있는 사람이란 인상을 받았다.

"최 선생님은 주로 어디에 가 있었습니까?"

태영은 자기의 추측을 확인할 겸 물었다.

"쭉 독일에 있었소."

"계속 독일에 있다가 일본이 항복한 뒤에 돌아온 거야."

하고 권창혁이 보충했다.

"독일이 항복한 뒤에 독일에서 어떻게 지내셨습니까?"

"미군이 마련한 수용소에 있었소. 거기서 미국으로 갔다가 고향으로 돌아왔소."

"미국으로부터 후대를 받은 셈이구먼요?"

"그렇다고 할 수도 있죠."

권창혁이 끼어들었다.

"이번 우리 통신사에서 같이 일하게 됐지. 워낙 영어를 잘하고 미 군정청과 통하니까, 통신사가 최군 덕택으로 활기를 띠게 됐어."

최원일이 겸손해했다.

"괜히 하는 소리요."

최원일이 미군 정보 기관과 관계가 있다는 사실을 박태영은 확인했다.

"미국의 정보 기관은 퍽 발달해 있는 모양이죠?"

"발달했다마다요. 자금 풍부하지, 유능한 인재를 모을 수 있지, 거의 무소불능이라고 할 수 있는 게 미국의 정보 기관입니다. 일례를 들어, 조선공산당의 내부 사정을 박헌영 이상으로 잘 알고 있다면 말 다 한 것 아뇨?"

"그렇다면 남한에선 공산당이 성공할 수 없다는 결론인가요?"

"그렇소. 미국의 의사에 항거해서 공산당이 성공할 승산은 만 대 일이나 될까? 거의 절대적으로 불가능하다고 해도 과언이 아닙니다."

"미국의 정책이 바뀌지는 않을까요?"

"아무리 바꾸어봤자 반공 노선이 강해졌으면 강해졌지 약해질 까닭은 없죠. 지금 차츰 미소의 대립이 본격화되는 과정에 있지 않습니까?"

"그게 3차 대전으로 번질까요?"

"그렇게 되진 않겠지만, 그와 유사한 상태에까진 갈걸요."

최원일의 의견은 너무나 미국에 기운 것이었지만, 그의 현실 판단엔 틀림이 없는 것 같았다.

박태영은 우울한 마음을 안고 자기 방으로 돌아왔다.

## 지리산 7

지은이 이병주
펴낸이 김언호

펴낸곳 (주)도서출판 한길사
등록 1976년 12월 24일 제74호
주소 10881 경기도 파주시 광인사길 37
홈페이지 www.hangilsa.co.kr
전자우편 hangilsa@hangilsa.co.kr
전화 031-955-2000~3 팩스 031-955-2005

부사장 박관순 총괄이사 김서영 관리이사 곽명호
경영이사 김관영 편집주간 백은숙
편집 노유연 박홍민 배소현 임진영
관리 이희문 이진아 고지수 마케팅 이영은
디자인 창포 031-955-2097
인쇄 예림 제본 예림바인딩

제1판 제1쇄 2006년 4월 20일
제1판 제6쇄 2025년 8월 8일

값 14,500원
ISBN 978-89-356-5927-2 04810
ISBN 978-89-356-5921-0 (세트)

• 잘못 만들어진 책은 구입하신 서점에서 바꿔드립니다.